공수

무당의 입을 빌려
신이 인간에게 의사를 전하는 일

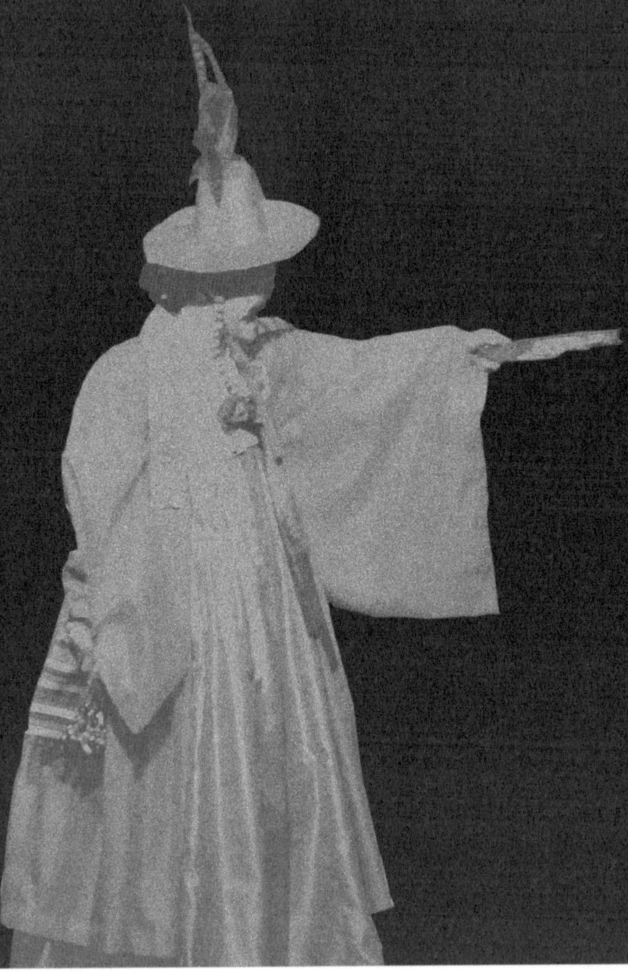

공수

오미호 지음

 삶을 꿰뚫는 35개 공수,
지금 막 터졌습니다!

"어서 털고 일어나 박차고 나오시랍니다.
어찌하여 엄한 것에 홀려 귀중한 시간을 낭비한단 말입니까."
-〈흐르는 강물처럼〉中-

들/어/가/며

   시작은 우연이었다.

   새벽녘, 아직 꺼지지 않은 불씨를 안고서 나는 잠시 숨을 고르고 있는 중이다. 마법처럼, 아침은 곧 당도할 것이다. 지난밤의 추억과 새벽녘의 기억 그리고 떠오르는 맑은 태양이 만들어낸 경계에서 나는 또다시 비틀거릴 테지.

   비틀거리고 싶지 않다. 그럼에도 비틀거리지 않게 해주세요, 하는 기도는 오래전에 그만두었다. 대신 "한 번만이라도 제대로 흔들릴 수 있게 해주세요."라고 기도한다. 어느 날, 여명 속을 달리며 되뇌었던 '흔들릴 결심'을 나는 아직 잊지 않았다.

지나고 보니 시작은 필연이었다. 그리고 어쩌면 그 끝은 우연일 것이다.

이 책이 세상에 나올 수 있게 도와주신 강명수 인천뉴스 대표님께 존경과 사랑을 전한다.

2023년 초겨울
오미호 적음

목차

들어가며

고래, 그물을 찢고 유영하다	9
더듬이가 없는 여자	25
남편의 세계를 탐하다	35
빈 방에서 사는 남자	45
물구나무서기 좋은 날들	55
얼음 속에 갇힌 연인	67
길 잃은 무당벌레	81
바늘 끝을 걷는 사람	93
징검다리를 건너는 사람들	107
죽었다 깨어난 남자	121
껍데기 사랑	135
잭팟 터뜨린 도깨비	151
돌지 않는 바람개비	163
보스	175
베네치아 떡볶이타운 탄생 시발점	189
천수바라춤을 추는 여인	205
수(水)중에서 피운 연꽃	219

눈빛살인 감옥 탈출기	231
이부자리가 없는 남자	241
고장 난 방아쇠로 당기다	253
다시 거인(巨人)!	267
사탕의 참맛을 아십니까?	281
개구리 알까기 게임 최종 승자는	297
모란꽃과 할머니	315
죽지 않는 공무원	329
보름달을 가진 할머니	343
착한 여자 부수기	357
설거지 당한 남자의 최후	371
아델라인에게 바치는 세레나데	387
오해할 결심	401
앞머리를 자른 여자	415
흐르는 강물처럼	429
파도가 부서질 때 창가에서	443
거래의 종말	457
유리구두와 오페라의 유령	471

고래,
그물을 찢고
유영하다

"삶을 스냅사진 한 장으로 규정지을 수가 있을까. 삶은 흘러가는 거야. 동영상이란 말일세. 맘에 드는 사진 한 장 액자에 끼워놓고 그 틀에 삶 전체를 잡아 가둔다면 참으로 잔인한 일이 아닌가. 수족관에 갇힌 물고기를 들여다보며 애잔해할 일이 아니야. 저의 삶을 먼저 들여다보는 게 순서지."

최근 심리치료전문가 자격증까지 따낸 딸아이의 진로문제를 묻기 위해 찾아왔는데, 자리에 앉아 채 숨을 고르기도 전에 흘러내리는 무당의 공수가 영 탐탁지 않다. 아리송한 말로 내담자의 답답한 심경을 건드리며 살살 몰아가다가 막바지에 다다르면 수천만 원 상당 굿을 권할 것이 뻔하다. '훗,' 알면서도 당하기 위해 찾는 게 또 우리네 삶이지 않나.

그럼에도 동백기름을 바른 듯 매끈한 쪽찐 머리와 단아한 한복 매무새가 제법 신뢰도를 끌어올리고 있는 저 무당이 쓰는 낱말의 조합이 심상치가 않다. 뭔가 심장을 '쿨럭' 내려앉게 하는 힘이 느껴졌다. 벌써 낚여 든 것일까. 어쨌거나 이성은 분명 그것을 인지하고 있다. 정신을 차리고 '당신이 뭔 소리를 더 하나 보자.' 하는 표정으로 자세를 꼿꼿하게 바로 세우는 나를 힐끗 쳐다본 무당이 상위에 있던 오방기를 둘둘 말아 쥐더니 가슴팍 앞으로 '푹' 찌르듯이 내민다. 오른손으로 하나, 왼손으로 하나 각기 하나씩 2개를 잡아 뽑으라고 지시한다. 목소리의 기운이 차갑고 매서웠다.

대학에서 심리학을 전공했고 대학원에서 심리치료학 박사과정을 마침과 동시에 심리치료전문가 자격증까지 한꺼번에 따낸 딸 수영은 정신분석학교 입학을 앞두고 있었다. 그런데 3일 전에 그동안 해왔던 모든 학위와 자격을 버리고 1년 정도 세계여행을 하며 자신의 삶을 처음부터 다시 세팅하고 싶다는, 한마디로 말도 안 되는 '폭탄선언'을 단행했다. 10년 넘게 공들였던 탑이다. 누가 봐도 격조 높고 품위를 갖춘 신분으로 살아갈 수 있는 토대가 마무리돼 가고 있는 판국인데, 세계여행이라니. 여행이 나쁘다는 것이 아니라 '시기'가 적절하지 않았다. 달리는 말에 채찍질을 한다고, 지금은 속도를 더 '바짝' 내야 하는 시점이었다. 기가 차서 말도 나오지 않았다. 그래서 웃고 무시했다. 나로서는 최선을 다한 대응이었다. '그동안 쉬지 않고 공부만 하느라 지친 거야. 한 번쯤은 투정을 부릴 수도 있지,'라는 정도로만 생각했으니까. 그런데 아니었다. 수영의 결단은 확고했다. 수영이 식탁 위에 올려놓은 여행계획서와 예상경비 등을 계산한 비용청구서는 이미 수습 불가 상황이라는 것을 알리고도 남았다.

수영은 어려서부터 뭐든 스스로 알아서 해냈던 기특한 아이였다. 어려서부터 '공부해라'는 부모의 잔소리 일체가 필요 없는 아이였다. 물론 필요한 시기에 맞춰 최고의 교육 시스템을 제공한 것도 수영의 그러한 성정을 형성하는 데 기여했을 것이다. 늦은 나이에 얻은 외딸이었기 때문에 수영의 교육을 위한 투자는 늘 최고를 고집했다. 다행히 수영은 부모의 바람과 말을 귀담아들을 줄 알았고, 나아가 자신이 해야 할 일도 정확하게 이해하고 실천했다. 감정을 감성화해서 표현할 수 있는 도덕적인 면모와 상대의 수준에 맞춰 차분하게 전달하는 말과 명료한 행동은 어디서나 돋보였다. 적절한 때에 짓는 따뜻한 미소는 특히나 아름다웠다. 우리 가족의 역사를 잘 알고 있는 주변 사람들은 수영이 자라나는 모습을 보면서 '유전자의 힘'이라고 추켜세우기도 했다. 남편과 나는 그러한 말을 들을 때마다 어깨를 으쓱했다. 그리고 기특하고 대견한 눈빛으로 수영을 바라보았다.

대한민국 수재들이 진학한다는 최고의 대학을 졸업한 남편과 나는 또 대한민국에서 내놓으라, 하는 인재들이 모여 겨룬다는 굴지의 기업에 입사해 성장해왔다. 대학 캠퍼스 커플이었던 남편과 나는 졸업하면서 당연한 수순처럼 이별을 했고 각자 결혼을 목적으로 한 연애를 또한 몇 번 겪었다. 그러한 과정을 거치고 다시 만난 남편과 나는 서로 많은 고민 끝에 결혼을 결심했다. 당시 39살이었던 남편의 손을 잡고 결혼식장으로 들어간 나는 36살 신부였다. 어린 신부는 아니었지만 버킷리스트 중 하나였던 '5월의 신부'를 고집했고, 그 꿈을 이룬 나는 예정대로 이듬해에 수영을 출산했다. 수영을 임신하기 위해 받은 합방날짜와 시간을 지켰고, 틈틈이 짬을 내서 기도한 공덕의 힘이었는지, 단번에 임신에 성공했던 것이다.

출산택일 일자에 맞춰 제왕절개 수술로 출산한 수영은 건강했고 특히 눈이 별처럼 빛나는 아이였다. 마취에서 깨어난 내게 처음으로 안긴 수영에게 "고생했지. 나한테 와주어 고맙다."라고 말했다. 수영은 그 말을 알아들은 것처럼 작디작은 손으로 내 엄지손가락을 꽉 쥐고는 별이 박혀 있는 것만 같은 눈빛으로 나를 빤히 쳐다보았다.

나는 수영을 잘 키우기 위해 여러 권의 육아 책을 끼고 살면서 수영의 육아에만 집중했다. 생후 6개월까지는 모유를 먹여야 면역력이 좋아지고 두뇌도 좋아진다고 해서 잘 나오지 않는 젖을 피멍이 들도록 짜서 고집스럽게 모유만을 먹였다. 또 생후 1년까지의 환경이 아이의 평생을 좌우하는 잠재의식을 형성하는 일생일대 가장 중요한 시기라고 해서 첫돌이 지날 때까지 남편과 나는 우리의 일상생활 전부를 수영의 사이클에 맞췄다. 1년을 잡았던 육아휴직은 화살처럼 지나갔다. 1년이 지나 직장으로 복귀하는 당일 아침까지도 수영을 떼어놓는 부분 때문에 고민을 했지만, 그동안 쌓아놓은 커리어를 송두리째 날리기에는 그 탑의 높이가 높았다. 더욱이 반생을 갈아 일군 탑이었기에 더더욱 포기할 수가 없었다. 나는 탑 쌓기를 포기하지 않는 대신에, 내가 버는 수입 전부를 수영을 위해서만 쓰는 것으로 남편과 합의했다. 검증된 최고의 돌봄 교사를 집안에 들였고, 필요한 시설을 준비했다. 다만 '출산과 육아'라는 엄중한 상황에 지칠 대로 지쳐버린 우리 부부는 수영의 동생을 보는 것에는 대해서는 '멈춤'으로 합의했다. 원만한 합의였다.

농사가 본업이지만, 한학자 집안의 장손으로서 명맥을 이어오고 있다는 자부심이 강했던 시부모는 "그래도 아들 하나는 있어야지." 하며 아쉬워했지만, 아들과 며느리의 의사를 존중해서인지 불필요한 덧말은 거두었다. 풍족하지 않은 환경에서 자란 아들 삼 형제가 집에 손 벌리지 않고 장학금을 받아가며 제 밥벌이를 하고 있다는 것만으로도 늘 감사하다던 어르신들이었다. 며느리인 나에게도 "도시생활이 좀 바쁜가. 무소식이 희소식이니, 오고 가는 문제로 진 빼지 않아도 된다."라는 말로 결혼 전부터 미리 배려해주던 분들이었다.

이런저런 '덕분으로' 직장생활에만 집중할 수 있었던 나는 유리천장을 깬 최초의 인사까지는 아니더라도 열 손가락 안에 들어갈 수 있을 만큼은 직장 내에서 인정을 받는 여성 핵심 인재로 자리 잡을 수 있었다. 남편은 수영이 9살 무렵, 마음을 맞춘 인재 몇을 데리고 나와 무역회사를 설립했고, 큰 어려움 없이 꾸준히 성장해서 지금은 동종업계 중견기업으로 자리매김한 상태였다.

양손에는 빨간색과 하얀색 깃발이 한 개씩 들려 있었다. 오른손으로 잡아 뽑은 것은 빨간색 깃발이었고, 왼손으로 잡아 뽑은 것은 흰색 깃발이었다.

"어허, 참. 어려움이 없다는 것이 이 댁 가족 어려움인데, 샘 좋고 햇빛 좋고 세월만 유수하니 원서 내면 합격이고, 로또 사도 당첨이구먼. 적어도 자네 프레임 안에서는 그렇다, 그 말일세. 어허, 참. 내놓고 내려놓고 흘려보내야 하는데. 쯧쯧. 그것이 어디 말처럼 쉬운 일이던가."

합격이고 당첨이고. 좋은 말은 다 나왔는데, 지어진 말의 매듭이란 것이 참으로 찝찌름하다. 저 무당의 말이 아까부터 당최 무얼 어쩌라는 것인지. 첫 단추가 제대로 끼워지지 않은 모양새처럼 뱉어내는 소리마다 아리송한 물결이다. 작은 한숨과 함께 '훗' 표출되는 무시가 섞인 실망의 표정을 입을 앙다물면서 목구멍 안으로 밀어

넣은 나는 섭섭지 않을 만큼의 복채를 내놓고 일어나 또각또각 무당집을 걸어 나왔다.

 수행기사를 마다하고 모처럼 직접 자동차를 몰고 나온 나는 무당집 담벼락에 세워둔 차에 올라 담배를 한 대 피워 물었다. 무당의 입속에서 흘러내린 낱말 조각들은 진즉에 폐기처분 했음에도, "내놓고 내려놓고 흘려보내야 하네."라는 무당의 말은 이상하게도 머릿속에서 떠나지 않고 중구난방 제멋대로 휘저으며 돌아다니고 있었다. 이성의 힘으로 다스려지지 않을 만큼 기분이 엉망으로 치달을 때만 허락한 담배를 꺼내 문 이유였다.

 운전석 창에 왼팔을 걸치고 담배 연기를 벗 삼아 치밀어 오르는 '화기'를 다스리고 있는데, 맞은편 담벼락 위에 웅크리고 있는 검은색 고양이가 보였다. 늙고 병들어 보이는 고양이였다. 치미는 감정 때문에 미세하게 떨리고 있는 손으로 꽁초를 던져버리고 다시 새 담배를 꺼내 입에 무는데, 고양이의 집요한 시선이 느껴졌다. 나도 모르게 그 시선을 바라봤다. 그 시선이 담은 함의는 '한심하다'였다. 그냥 그렇게 느껴졌다. 순간, 나는 불도 붙이지 않은 새 담배를 바닥에 패대기치고 차 문을 열고 나와 고양이를 향해 눈을 치켜떴다. 그리고 고양이를 향해 한 발짝씩 다가갔다. 고양이가 '하악' 하면서 등을 둥글게 만다. 나는 손에 쥐고 있는 라이터를 치켜들고 고양이의 눈을 향해 불을 켰다. 파란 불꽃이 일어나자 고양이는 말았던 몸의 탄력을 이용해 흡사 날아가는 듯이 건너편 담벼락을 타고 사라졌다. "내가 한심해 보여? 감히 어딜 쳐다보는 거야. 짐승 따위가 뭘 안다고 그런 눈을 하고 쳐다보냐고." 발을 부들부들 떨며 고래고래 소리를 지른 나는 차로 돌아와서 새 담배를 꺼내서 다시 입에 물었다. 그 담배를 끝까지 다 태우는 동안에도 나는 고양이가 사라진 빈 담벼락 위를 부들거리며 노려보았다.

10년 공든 탑을 허물고 새로운 출발점에 다시 서게 된 주된 이유로 수영은 '공감 능력 부재'를 들었다. 다른 하나는 내담자의 무의식에 돌덩이처럼 가라앉은 이야기를 튀어 오르게 할 수는 있지만, 내담자가 어렵게 쏟아낸 이야기들을 종합해 윤리에 맞는 이론적 틀 안에서 해결점을 찾는다는 것이 자신의 능력으로는 거의 불가능하다는 것을 깨달았고, 그러한 자괴감을 더는 극복하기 어렵다고 토로했다.

"엄마한테는 많이 미안하지만, 사실을 말하자면 나는 실패했어. 옆도 뒤도 돌아보지 않고 배우고 익히고 머리를 쥐어짜 가면서 논문을 써왔지만, 그것들이 다 무슨 소용이람. (짧은 한숨) 나는 단 한 명의 환자도 치유할 수 없어, 엄마. 단 한 사람도 말이야. 내가 사는 세계에서 다른 세계를 본다는 것은 쉬운 일이 아니야. 나는 처음부터 다시 시작해야만 해."

수영이 대학생이 되고부터 모녀간 수다 떨 일이 있거나 기분이 꿀꿀할 때 간혹 들르던 위스키 바에서 수영은 평소 좋아하던 종류의 위스키를 스트레이트로 연달아 서너 잔 들이켜고 나서 이렇게 말했다. 수영에게서는 처음으로 들어보는 무거운 말들이었다. 무거운 말들이 척척 쌓이고 있는 테이블 위로 수영의 볼을 타고 흐른 눈물이 스며들면서 화석처럼 굳어지고 있었다.

"내놓고, 내려놓고, 흘려보내시게."

결국 수영을 위해 돈을 '내놓고' 수영에 대한 기대감을 '내려놓고' 수영이 원하는 데로 흘려보내기로, 나는 결심했다. 수영은 그 어떤 아쉬움의 말도 없이 곧장 수속을 밟고 떠났다. 공항에서 '걱정 마! 그리고 고마워!' 하는 눈빛으로 한번 웃어준 게 전부였다. 그러나 막상 수영을 태운 비행기가 이륙하는 순간, 나는 그동안 내가 줄기차게 잡고 있던 무엇인가를 놓친 것처럼 '철렁' 가슴이 내려앉았다.

수영이 세계여행을 계획한 목적은 2가지였다. 세계 곳곳을 돌아다니며 다양한 문화와 이념 그리고 사회적 '틀'을 경험하고 그 제각각의 틀 속으로 던져진 인간들이 겪는 삶의 양상을 스케치함과 동시에 자신이 배워온 학문적 이론의 틀과도 접목해보고 싶다는 것이 그 첫 번째 목적이었고, 에고(Ego) 또는 사회적 관계를 의식한 목적성을 완전히 지워내고 온전히 자신의 내면 깊숙한 곳까지 찾아 들어가 참 자아를 만나고 싶다는 것이 그 두 번째 이유였다.

 어쨌거나 수영은 떠났고, 기내용 여행 가방 2개 정도로만 간소하게 짐을 챙긴 수영을 싣고 떠난 비행기의 매끈한 자태가 지나갔던 하늘만 남았다. 덩그러니 남은 하늘은 시시각각 변하고 있었다. 나는 더러 그러한 하늘을 올려다보며 예전보다 자주 담배를 꺼내 입에 물었다.

 회사 일은 여전히 바빴고 얼굴 보기 힘든 남편의 일상도 변함없었다. 틈틈이 연결된 수영과의 영상통화나 톡은 평소와 다름없었고. 수영은 평소처럼 자신이 먹은 음식 사진들을 보내주곤 했다. 특이사항은 없었다. '황무지를 건너는 시간이 잠재력의 폭발력을 가진 다이너마이트를 만들어낼 것이라고. 오래 엎드렸던 새가 높이 날아오르고, 일찍 핀 꽃은 혼자 먼저 시드는 법이라고. 고립의 시간을 통해 더 알차게 자신을 꽉꽉 채우길 바란다고. 엄마는 너를 믿는다고.' 수영과 통화할 때마다 앵무새처럼 반복한 나의 말들이라는 것도 변함없었다. 아아, 그러나 그러한 말들이라는 것이 아무런 의미도 없는, 허튼소리였을 뿐이라는 것을 깨달았을 때는, 너무 늦은 뒤였다. 수영은 이 세상 사람이 아니었다.

 수영은 햇볕이 쨍쨍 내리쬐던 어느 일요일 대낮에 스페인 작은 도시 비탈진 골목에서 죽었다. 오픈렌트카를 주차하고 잠시 레모

네이드를 사들고 나와 다시 자동차에 올라 시동을 걸던 참에 일어난 끔찍한 총기 살인 사건이었다. 일요일 대낮 도시 한복판에서 일어난 총기 살인 사건으로 대서특필된 사건의 피해자가 나의 딸 수영이라는 것을 알았을 때, 나는 그 자리에서 기절했다. 어떻게 숨을 쉬어야 하는지 그동안 어떻게 숨을 쉴 수가 있었는지조차 기억나지 않을 만큼 모든 감각은 마비됐다. 헬멧을 쓰고 훔친 오토바이를 타고 있던 한 남자는 주차된 차에 타고 막 시동을 켜던 수영에게 다가와 3발의 총을 쏘고 수영의 지갑을 훔쳐 달아났다. 마약범이었던 남자는 곧 경찰에 잡혔지만 수영의 목숨을 되돌릴 수는 없었다. 개인 총기 허용이 불가한 나라였음에도 수렵을 위한 총기 허용이 가능해 수영과 같은 총기 살인 사건 피해자가 종종 발생한다는 것이 대사관 측이 전한 해명의 전부였다.

수영이 죽고 우리 가족이 일구었던 모든 것은 신기루처럼 사라졌다. 흡사 그동안의 삶이 모조리 꿈이었고 일구고 가졌던 모든 것 또한 모조품이었다고 각성이라도 시키듯이 남편과 나의 삶은 일순간에 허물어졌다. 문득 정신을 차리고 깨어보니 신기하리만큼 낯선 세계에 서 있었다. 그 낯선 세계에서 까발려진 나란 존재는 괴물처럼 끔찍했다. 삶의 모든 부분이 짜놓은 계획대로 진행되어야 직성이 풀렸고, 그것은 나 자신뿐 아니라 남편과 수영에게도 똑같이 적용됐다. 정한 틀에서 벗어나는 일이 생기면 무엇이 어디에서부터 잘못된 것인지를 밤새워 분석하고 대안을 찾았다. 그리고 다시 플

랜을 짜고 그것을 삶에 적용했다. 그물은 날로 더 촘촘해졌다. 그리고 매우 튼튼했다. 그 그물을 틀어쥐고 만족해하던 괴물. 그것이 바로 나란 존재였다. 나는 밤낮으로 몸부림을 치며 울었다. 달리 할 수 있는 것은 아무것도 없었다. 심장은 천 갈래로 찢어졌고 창자는 만 갈래로 끊어졌다.

"'임포스터 신드롬'이라고 우리말로는 가면 증후군이라는 증세가 있어. 집안일과 회사일 심지어 가족구성원 전부의 삶까지도 사회적 틀과 타인의 기대에 맞춰 한 치의 오차도 없이 완벽해야 한다는, 일종의 강박증 같은 거야. 특히 누군가가 자신이 별거 아니라는 것을 알게 될까 봐, 늘 초조해하고 두려워해. 그래서 늘 계획해야 하고, 무엇 하나라도 꼬이거나 엉켜버리면 심한 불안증세에 시달리지. 심하면 우울증과 공황장애 그리고 '번아웃'이 올 수 있어. 어려서부터 늘 불안하고 초조해하는 엄마가, 나는 가장 두렵고 무서웠어. 엄마를 편안하게 해주는 유일한 방법은 나 자신 스스로 엄마가 원하는 모습으로 존재하는 거였어. 엄마가 단 하루라도 '어쩌라고.' 하면서 '난 나대로의 삶을 산다는데, 왜?' 하면서 속 편하게 살 수 있기를 밤마다 기도했어. 심리학과 정신분석학을 전공한 이유이기도 하고. 근데, 엄마. 나 있잖아. 엄마랑 같은 증상을 앓고 있어. 엄마를 보느라 나를 놓쳤던 거야. 미안해."

그날 위스키를 병째로 비우며 수영이 한 말들이 수만 개의 화살이 돼서 가슴에 와 박힌다.

"코 작은 멸치잡이 그물에 갇힌 고래의 심정이 어떨 거 같은가. 숨통이 막히는 것은 둘째 치고 잡다한 고기들에 치여 온전한 제 형태를 유지할 수 있었을까. 제때 치료하지 못한 쓸리고 치인 상처는 이미 곪을 대로 곪았는데, 고름 냄새를 맡고 달려드는 포식자들의 사냥은 또 어찌 감당할꼬."

그날 복채를 올려놓고 돌아서 나오던 나의 뒤통수에다 대고 쏘아대던 무당의 마지막 말까지 기다란 대창으로 날아와 두개골을 가르고 와서 박힌다.

수영의 49재를 마치고 무당의 권유대로 수영을 위로하기 위한 지노귀굿을 세 번 연달아 했다. 그사이 나는 천직으로 여겼던 직장생활을 정리했고, 무명 뮤지컬 배우 스폰서 역할을 충실하게 하면서 수년째 이중생활을 해오던 남편과의 이혼소송도 마무리했다. 그리고 마침내, 나는 아무도 배웅 나오지 않은 공항에서 기내용 캐리어 2개 정도로 간소하게 챙긴 짐을 들고 비행기를 탈 수 있었다. 하늘 위로 떠오른 비행기 안에서 나는 수영의 여행계획서가 적힌 노트를 조심스럽게 펼쳤다. 나는 수영의 여행계획서를 수행할 것이다. 아니, 완수한다. 그리고 첩첩이 쓰고 있던 가면을 모조리 벗어던지고 온전한 민얼굴로 돌아올 것이다. 그래서 넓고 푸른 바다를 선물할 것이다. 너에게로, 수영. 마침내 수면에 떠올라 머리 꼭대기에 있는 분수 구멍으로 숨을 크게 쉰 수영은 누구보다 빠른 속도로 그 바다를 유영할 것이다.

더듬이가 없는 여자

"태양이 무르익어 초목을 쑥쑥 키워 올리는데, 사주에 수기(水氣)가 없으니 장소를 옮겨가며 수기를 보충하는 수밖에. 엊그제 옮긴 직장이라도 수기를 보충할 수 없으면 서둘러 채비를 하고 길을 나서야지."

결국 이번에도 1년을 못 채우고 이 사달이 벌어졌다. 뒤늦게 간호조무사 자격증을 따고 시작한 일은 천직이다, 싶을 만큼 적성에 딱 맞았다. 환하게 웃으며 환자들에게 친절하게 설명을 해주고 있는 나의 모습은 스스로도 반할 만큼 충만한 자긍심으로 빛났다. 나는 매 순간 진심이었다. 그럼에도 나는 어제 또다시 병원장으로부터 사직을 권유받았다.

이번 병원은 지난겨울, 어리고 영악한 간호사 2명의 기막힌 이간질에 넘어간 병원장이 문자로 해고통고를 한 이후, 억울함에 밤잠을 설쳐가며 고민한 끝에 굳게 먹은 마음에 '시멘트를 바르고' 재취업에 성공한 아홉 번째 병원이었다.

"많이 생각했는데, 우리 병원 현실이나 분위기에는 맞지 않아서요. 열심히 해주신 것은 아는데, 지나치신 부분이 있습니다. 솔직히 많이 거북하고 거슬립니다. 잘 이해해주시리라 믿습니다."

30대 초반 젊은 남자 원장은 내원객들이 대기하는 소파에서 팔짱을 끼고 앉아 있다가 탈의실에서 막 퇴근준비를 하고 나서는 나를 보고 일어서더니 이렇게 말했다. 사실상 해고통고인 셈이다.

예상하지 않은 것은 아니다. 바보는 아니니까. 병원장과 나는 이미 서너 달 전부터 위태위태한 줄타기를 하고 있었다. 보이지 않는 투명한 신경의 촉수들은 병원 공간 곳곳에서 나를 노려보거나 더듬고 있었다. 승패는 이미 정해져 있었는데, 고집스러운 신경전이었다. 참담함으로 무너진 억장을 부여잡고 어떻게 집까지 돌아왔는지 기억도 나지 않는다.

"이번만큼은 1년을 넘겨보고 싶었습니다. 1년만 넘기면 2년 3년도 해볼 수 있겠다, 싶었거든요. 올해 여름이 참 많이 더웠잖아요.

그때 병원 내부 인테리어 공사를 한 일주일 했거든요. 저는 그때도 매일 나가서 공사현장을 챙겼어요. 일주일 휴무였는데도 말이죠. 병원 어디 한 곳이라도 제 손길 안 닿은 곳이 없답니다."

짓눌린 감정들이 목구멍을 타고 꾸역꾸역 올라와 공간에 척척 박히고 있었다. 이것은 말일까, 감정일까. 나는 내가 올리고 있는 말들이 행여나 중심을 잃고 휘청거리거나 격정에 휩싸여 무더기로 쏟아져 나올까를 우려하며 규칙적인 리듬감을 유지하기 위해 애썼다.

"더듬이가 없는 곤충이 사는 세상이 어떨 것 같은가. 느끼고 감응할 수 있는 감각기관이 없다는 것처럼 슬픈 게 또 있을까. 각설하고! 자네, 과유불급이란 말이 있다네. 지나친 것은 모자란 것만 못하다는 말이야. 지나친 자질과 지나친 충성, 지나친 친절, 지나친 올바름 같은 거 말일세. 자네가 가진 지나친 화기(火氣)가 세상의 습(濕)을 모조리 말려버린다는 생각을 해보시게. (으쓱 몸을 떤다) 사람 사는 곳은 자고로 축축하고 물기가 돌아야 살맛이 나는 게지. 아이고 내가 다 숨이 막히네."

무당은 부채를 소리 나게 '탁' 접더니 상 한쪽으로 올려놓는다. 뻑뻑해지고 있는 눈 속으로 무당의 무심하고 지루한 눈빛이 들어온다.

"귀하의 열정을 높이 평가하지만, 우리 병원과는 맞지 않는다.",

"간호사로서 자질이 뛰어난 것은 인정하지만, 귀하는 우리 병원의 방침에는 부합하지 않는다."라고 말하던 그들과는 다른 대답을 할 거라고 기대했던 무당까지도. 무당 역시 그들과 다름없는 한통속 족속들이다.

무당집 대문을 나서려는데, 담벼락에서 졸던 고양이가 다가오더니 내 종아리에 자신의 모가지를 비벼댄다. 한참을 그러더니 기어이 지난달 생일에 남편이 명품숍에서 직접 골라 선물해준 구두 위로 제 몸을 발라당 드러눕히더니 앞발을 구부리고 '야옹야옹'한다. 나는 고양이의 유연한 몸놀림과 나른해 보이는 눈동자를 멀뚱멀뚱 바라보았다.

백화점 식품관에 들러 어리굴젓 한 통과 이틀 후 돌아오는 남편 생일에 끓일 미역국에 필요한 한우 한 근을 사서 집으로 돌아왔다. 어리굴젓은 남편이 좋아하는 밑반찬이다. 비리고 특유의 향 때문에 먹지 못했던 음식이었지만, 남편과 살다 보니 지금은 익숙하게 먹는다. 남편이 집에서 밥을 먹는 일은 거의 없다. 그럼에도 나는 의무처럼 남편이 좋아하는 어리굴젓을 준비해두었다. 유통기한은 곧 지나버렸고 나는 그것을 먹었다. 어리굴젓을 먹기 시작한 계기이다.

새로 사 온 어리굴젓을 냉장고에 넣어놓고 냉장고를 연 김에 유통기한을 넘긴 어리굴젓을 꺼내 접시에 담았다. 그리고 떡 본 김에 제사 지낸다고, 나는 밥을 뜨고 젓가락을 들었다.

남편은 이름을 들으면 알만한 투자회사 지점장이면서 권역총괄자로 잘나가는 금융인이다. 아주 오래전부터 남편은 취침 용도로만 집을 사용했다. 올해 14살, 11살 된 두 아들은 미국에 있는 시모가 돌보고 있어 정원이 딸린 이층집의 공기는 공허하고 쓸쓸했다.

한국뿐 아니라 요가의 나라로 알려진 인도에서 더 많이 알려진 시모는 뉴욕 중심부에 위치한 초고층 빌딩에서 마음수련원(요가학원)을 운영하고 있는 사업가였다. 미혼모로 남편을 오롯이 혼자 키워낸 시모는 손자들 교육에도 열의가 넘쳤다. 결국 큰 애가 초등학교 들어가던 해에 남편이 결단을 내렸다. 물론 아이들과 나도 남편의 결단에 찬성표를 던졌다. 글로벌 시대에 뒤처지지 않기 위해서였고, 무엇보다도 실패 없는 멋진 삶을 살아가고 있는 시모와 남편이 내린 결정이었다. 나는 그들의 결정에 동조하고 필요한 제반 사항만 꼼꼼히 체크하고 챙기면 됐다. 그러면 된 것이다. 아이들은 울지도 않고 저들끼리 조잘거리며 비행기를 타고 떠났다.

미국은 먼 나라였다. 그리움은 거리를 이기지 못했다. 해가 갈수록 그토록 그립던 아이들을 만나도 시간은 더디게만 흘렀고, 함께 있는 시간들 또한 서먹하고 어색했다. 한국말보다 미국말이 편한 아이들과의 대화는 나아가지 못하고 제자리에서 빙빙 돌거나 툭툭 끊어지기 일쑤였다. 침묵은 더더욱 견디기 어려웠다. 어디부터 대체 무엇이 잘못된 것인지, 나는 캐물을 용기조차 없었다.

남편은 고등학교를 졸업하자마자 들어간 금융회사에서 만났다. 그리고 22살 되던 봄 남편과 결혼했다. 차장 직함을 달고 있었던 남편은 13살이나 많았지만 실수가 많았던 나를 매번 감싸주고 어여뻐 여겨주었다. 나는 그를 신처럼 의지하고 따랐다. 남들에게는 허니문베이비라고는 말했지만 정확하게는 혼전임신이었다. 결혼은 그렇게 한순간에 이뤄졌다.

시부의 부재를 빼고는 성공한 시모가 일군 집안 배경은 훌륭했다. 사람들은 모두 '남편 득템'이라며 부러움을 표명했다. '얌전한 고양이 부뚜막에 먼저 올라간 셈'이라며 대놓고 시기 질투하는 직장 동기도 있었다.

변변한 혼수도 준비하지 못한 채 결혼식을 올렸지만, 남편과 시모는 정신세계를 추구한 이력이 있어서인지 혼수나 기본 소양(학벌이나 집안 배경 등) 같은 것은 크게 신경 쓰지 않는 눈치였다. 그럼에도 시모의 형형한 눈빛과 남편의 침묵은 절로 고개를 숙이게 했다. 나는 늘 말과 행동을 조심했고 기가 죽어지냈다. 날이 갈수록 결정장애 증세는 심해졌고, 남편은 집에 돌아와서도 아이들 이야기 외에는 대화하지 않았다. 모든 결정은 남편이, 때로는 시모의 몫이었다. 나는 간장 종지 하나 사는 것조차 결정할 수 없었다. 나의 취향은 신뢰할 수가 없었다. 아니, 나는 애초에 취향 자체가 없었다.

어린 나이에 가정의 기틀을 마련하고 떡두꺼비 같은 아들 둘을 낳았지만, 나는 대문을 열고 안으로 들어설 용기는 끝내 낼 수가 없었다. 결혼을 하고도, 아이를 낳고도 달라진 것은 없었다. 그때도 지금도 내가 서 있는 곳은 변함이 없다. 그곳은 대문 밖이었다. 그곳은 바람이 불었고, 바람은 시렸다. 때로는 베일만큼 서늘했다.

자격증을 따고 일을 시작한 것은 살기 위해서였다. 가만히 있으면 뼛속까지 들어차는 바람으로 모든 것을 잃고 정신병원으로 갈 것만 같았으니까. 일의 목적이 돈이 아니었기 때문에 병원장이나 동료들과 사소하게 부딪쳤던 것은 사실이다. 병원이 환자의 병을 놓고 장사를 하면 안 된다고 주장했고, 환자들에게도 과한 진료에 대해서는 거부권을 행사해야 한다고 강조했다.

그들이 내게 말을 걸지 않고 그들끼리만 밥을 먹으러 가도, 내게 사직을 권고하거나 마침내 해고할 때조차도, 나는 믿지 않았다. 나의 문제가 아니라고. 그들의 문제라고 거듭거듭 세뇌했다.

부족함 없는 배경과 완벽에 가까운 직업적 사명감으로 빛나고 있는 나에 대한 시기 질투라고 믿어 의심치 않았다. 더 이상은 나를 굽힐 수 없었다. 때로는 굽히지 않아서 더 찬란하게 빛나는 것이라고 멋대로 상상했다.

그리고 지금, 아홉 번째 옮긴 병원에서 또다시 해고당했다. 그리고 나는 또다시 혼자 남았다. 시계는 낮 2시 15분을 가리키고 있다. 점심시간이 끝나고 한창 바쁘게 움직여야 하는 시각에 사명감으로 빛나는 자태를 뽐내며 병원을 누비고 있어야 할 간호사가 병원이 아닌, 정원이 훤히 내다보이는 키친룸에 놓여진 6인용 대리석 식탁에 혼자 앉아 비려서 좋아하지도 않는 어리굴젓에 밥을 먹고 있다. 휘익, 막힌 공간에서도 바람이 불었다. 채찍 같은 바람이었다.

"수기를 보충할 수 없으면 서둘러 채비를 하고 길을 나서야지."

나는 화장실에 가서 먹던 밥을 게워냈다. 어리굴젓 비린내 때문에 손가락을 목구멍에 넣지 않고도 수월하게 비워졌다. 그리고 세수를 했다. 남편 서재에 들어가 책장 서랍에서 여권을 꺼내 들고 드레스룸으로 들어가 손에 잡히는 대로 짐을 챙기기 시작했다. 가장 큰 여행 가방을 선택했는데도 금방 채워졌다. 가방을 끌고 거실로 나온 나는 문득 냉장고로 가서 새로 사 온 어리굴젓을 꺼내 통째로 쓰레기통에 버렸다. 좀 전과는 확연하게 달라진 집안 공기는 파닥파닥 활기 같은 것이 돌아다니고 있었다. 나는 열감이 느껴지는 양 볼을 두 손으로 감싸고 거실 통유리창 너머 정원을 가로질러 육중하게 닫힌 대문을 바라보았다. 나는 곧 저 문을 열고 나갈 것이다. 마침내 나는 대문 밖에서 대문 안으로 들어서게 될 것이다. '쿵쿵' 가슴이 미친 듯이 뛰고 있었다.

남편의
세계를
탐하다

"제 목숨 부지하려고 안 들어오는 걸 낸들 방법이 있나. 돈·명예보다 귀하고 사랑보다 귀한 것이 목숨인데, 자네 옆에 붙어 있을수록 명줄이 닳아 없어지는 형국이니, 주말부부도 과해. 서너 달에나 한 번 안부나 묻고 살아."

날이 갈수록 집에서 자는 날보다 바깥에서 자는 날이 많아지는 남편에 대한 원망을 어쩌지 못해 며칠을 수소문해서 용하다는 무당을 찾아왔는데, 곱다란 연초록색 비단 방석에 채 엉덩이를 붙이기도 전에 터진 무당의 공수다.

등때기가 곤봉으로 두드려 맞은 것처럼 후끈해지고 머리털이 곤두선다. 목덜미까지 차오르는 뜨거운 수증기 덩어리를 내뱉으며 물었다.

"우리 신랑이 저하고 같이 있으면 (어버버) 죽는다, 그런 말씀인가요? 옛날 어르신들이 말하는, 남편 잡아먹는, 뭐 그런 팔자를 말씀하시는 건가요?"

안광이 희번덕거리는 얼굴로 나의 눈을 뚫어져라 쳐다보던 무당이 부채를 '탁' 소리 나게 펼치더니 얼굴을 가리고 방울을 흔든다.

"차르르차르르륵."

신당을 채우는 방울 소리가 무당의 낮은 읊조림과 제멋대로 날뛰기 시작한 호흡을 가누지 못해 거칠어지고 있는 나의 숨소리까지 덮고 있다. 우습게도 그 순간 '거룩하다'는 단어가 떠올랐다.

남편은 3개월 전부터 무슨 체험농장 사업을 한다며, (시모가 들고 있던 시골 전답 5만 평을 어떤 감언이설로 받아냈는지는 몰라도) 시모 명의 땅덩이를 받아들고 사방팔방 다니면서 사람들을 만나기 시작했다.

두어 달 전부터는 근처에 있는 작은 사찰을 들락거리면서 그곳 주지스님과 친해지는가 싶더니, 한 달 전부터는 아예 선방 하나를 잡고 그곳에서 잠을 잤다. 집에는 주말에나 한 번씩, 그것도 마지못해 오는 것처럼 보였다.

네 살배기 아들과 이제 막 돌이 지난 아들 둘 육아에 지칠 대로 지쳐 있는 데다가, 당장 한 달 뒤 복직까지 앞두고 있는 나는 남편의 어이없는 '탈선'(나는 이 표현이 정확하다고 생각한다)을 이해할 수도, 용납할 수도 없었다. 목구멍을 타고 천불이 올라왔다. 머리털도 한 줌씩 빠졌다. 이대로 가다가는 곧 대머리가 될 판이었다.

"이혼? 어림없어. 그저 자네 업보려니 생각하시게. 이 집 대주가 딴살림 차리거나 잡기에 빠져 처자 골병들게 하는 인물은 아니라 하셔. 대주가 타고난 복이 많구먼. 이기적인 심보는 도리어 자네가 지나치다 하시니, 복 터지는 소리 그만하시고 일어나시게나."

예상치 못한 말들을 쏟아내는 무당의 입술을 쳐다보다가 나도 모르게 '와락' 설움이 터진다. 무당이 티슈를 한 장 뽑아 건네주는데, 그걸 받아 들고 눈물을 찍으며 나오는 나의 말이라는 것이 더 기가 찬다.

"저 혼자 하루 종일 애들 보면서 너무 힘들어요. 머리털도 다 빠지고, 손목 인대도 다 늘어나서 파스 없으면 잠도 못 자요. 근데 애들 아빠 오면 애들이 아빠만 좋아해요. 그런 애들도 죽도록 밉고. 이대로는 정말, 죽든지 미치든지 둘 중 하나라고요!"

"쯧쯧, (고개를 좌우로 흔들며) 참 많이도 못났네. 아이 키우는 엄마가 어떻게 요만큼도 손해를 보지 않겠다고 떼를 쓰는가. 다행히 이 집 대주가 자제분들과 인연이 깊어, 자네가 자제분들 모친 자리만 굳건하게 지켜내도 큰돈 안 들이고 다들 훌륭하게 자라 효도할걸세. 탓하려면 남편이 아니라 자네 타고난 기운을 탓해야 옳거늘. 쓸데없는 고집 내리시고 말 듣고 천복만복 누리시게."

부채를 접어 한쪽 상위에 조심스럽게 올려놓고는 문 밖을 향해 "다음 손님!"이라고 외치는 무당을 뒤로 하고 무당집을 나섰다. 무언가를 강탈당한 기분이었다. 골목 모퉁이에 세워둔 승용차 문을 열며 나도 모르게 이런 소리가 튀어나온다. "내가 미친년이지!"

집에서부터 걸어서 5분 거리 아파트에 사는 시모에게 맡겨둔 아이들을 찾으러 가니, 그새 보송보송해진 애들이 달려와 품에 안긴다. 시모는 그사이 손주들 목욕까지 시킨 모양이다. 부지런도 하시지, 눌러앉으면 또 이런저런 번잡스러운 일과 감정을 만들어 고문할 것이 뻔하다. 지레 복직 관련해 바쁜 척을 하며 인사도 하는 둥 마는 둥 서둘러 아이들을 데리고 집으로 돌아왔다.

집에 도착하니, 미친 듯이 허기가 밀려왔다. 생각해보니 어제저녁부터 울기만 하고 쫄쫄 굶었다. 밥솥을 열었더니 한 공기 조금 못 되게 남은 밥이 있다. 밥솥 채로 꺼내 들고 오늘 아침 시모가 배달

한 멸치볶음과 몇 가지 나물 반찬, 그리고 김자반을 넣고 비볐다. 아, 김자반은 어제 아침에 채워준 반찬인가. 일주일쯤 전에 시모가 방앗간에 가서 직접 짜왔다고 가져다준 참기름을 넣고 시모가 손수 담은 수제 마늘고추장도 한 숟가락 듬뿍 퍼서 올렸다.

요리를 좋아하는 현모양처 자질을 조금도 감출 마음이 없는 시모는 결혼한 이후부터 지금까지 쭉 아파트 현관 앞으로 반찬 배달을 해오고 있다. 단 하루도 거르는 날이 없었다. 몸살이 나서 아프다고 한 다음 날도 현관 앞에는 어김없이 아직 따뜻한 반찬통들이 있었다. 신혼 초에는 일하는 며느리를 위한다는(사실은 아들을 위한 것이겠지) 마음이라고 부담 갖지 말라고 했지만, 지금은 당연한 일상이 됐다. 그래도 가끔은 눈치를 보는 건지, "육아휴직 중이라도 애들 보는 일이 보통 일이니. 우리 집 반찬 하는 김에 조금 더해서 나누는 것이니 절대로 부담 갖지 말라."고 여러 차례 말했다.

큰 아이는 목욕을 해서 나른한지 좋아하는 비디오를 보다가 소파에서 그대로 잠이 들었고, 작은 아이도 소파 아래에서 블록놀이를 하면서 잠깐씩 칭얼대긴 했지만, 누구도 대꾸를 안 해주니 제풀에 스르르 잠이 들었다.

잠이 든 아이들의 얼굴은 멀리서 봐도 휜했다. 어디를 가도 아빠 닮았다, 는 말을 듣는 아이들은 어제 정확히 열흘 하고도 사흘이 지나서 집에 들어온 남편과 거실 바닥을 헤집으며 뒹굴고 놀았다.

그것이 발단이었다. 한참을 아이들과 놀아주던 남편은 주지스님에게서 온 전화를 받고 서둘러 집을 나섰다. 아빠와의 놀이에 빠져 한참 즐겁던 아이들은 아빠가 집을 나서자마자 울기 시작했다. 평소의 나라면 아이들을 달래거나 좋아하는 비디오를 틀어주었을 것이다. 그런데 그러지 못했다. 아니, 그렇게 하기 싫었다. 아이들은 한 시간 넘게 고래고래 소리치며 끈질기게도 울어댔다.

아이들은 말 그대로 철이 없어서라고 치자, 너는 뭐냐? 제대로 고장 난 사람이 아니고는 그렇게는 못 한다. 아이들과 놀아주는 남편 옆에 앉아 언제 적 원망이냐, 는 표정으로 굳었던 입가 근육을 귀에 걸고 같이 까르르거리지 않았는가. 아빠가 갔다고 발버둥을 치며 우는 아이들 사이에서 함께 울었던 너는 뭐냔 말이다. 무릎에 얼굴을 파묻고 눈물 콧물 쏟아냈던 '너'를 도대체 어떻게 이해해야 한단 말인가. 심지어 직업이 교사라는 사람이.

전화를 받고 나간 남편은 오롯이 하루가 지난 지금까지도 소식 한 자가 없다. 나 역시도 남편의 안부를 묻는 사람은 아니다. 전화로는 더더욱 아니다. 결혼생활을 하면서 남편의 안부를 묻다가 나는 자주 언성이 높아졌고, 안부를 묻다가 우리는 결국 각방을 쓰게 됐다. 교사로서 나름 교양을 갖춘 품격 있는 여성이라고 자부해왔지만, 남편의 안부를 묻다가 그 잘난 품격을 날려 먹었다고 보면 된다. 부부가 서로의 안부를 묻는다는 것은 어떠한 의미도 성과도 없는 친절한 악다구니일 뿐이다. 그것을 깨달은 이후 지금까지 나는 남편의 '안부'보다는 그나마 남겨진 자존심으로 발악하듯 지켜낸 '마지막 품격'을 유지하는 데 주력해오고 있는 중이다.

남편은 전화를 받고 급하게 나가면서 사업상 중요한 사람을 소개받아야 한다고 말했다. 그러나 집을 나선 아빠를 찾으며 우는 아이들을 달래지 못할 만큼 나의 인내심이 바닥나 있었다. 한순간에 모든 것을 삼키는 쓰나미처럼 거대한 무언가에 휩쓸려 어디론가 떠내려가 버릴 것만 같은 두려움에 나는 무엇이라도 잡아야 했다. 아니, 잡고 싶었다. 오늘 내가 무당을 찾아간 이유이다. 나는 진심 절박했다.

퇴근해서 집에 돌아온 남편과 아이들과의 전쟁 같았던 하루를 공유하면서 함께 밥을 먹고 함께 잠들 수 있기를 바라는 것이 욕심은 아니지 않나. 적어도 내가 배운 세상의 상식은 그랬다. 그런데 그 지극히 평범한 일상이 내 팔자에는 허락되지 않았다는 소리를 아무렇지도 않게 쏘아 올리는 무당의 말이라니. 나는 요망한 무당의 멱살을 잡고 욕을 했어야 했다. 그것조차 못하고 기에 눌려 어버버 쫓겨나온 꼬락서니가 생각하고 또 생각해도 한심하기 짝이 없다. 무당을 찾아가 도리어 첩첩 한을 쌓고 온 셈이다.

밥솥을 끌어안고 깊이를 알 수 없는 생각의 바닷속에서 이런저런 심란함으로 파고를 높여가고 있던 차에, 전화벨이 울렸다. 남편이었다.

"나 집 앞인데, 뭐 사갈 거 있어? 이야, 오늘 아파트 장터 열리는 날이네…… ('두리번두리번' 기색) 앗, 우리 자기 좋아하는 거 겁나 많다. 뭐 좀 사 갈까? 저기 곱창볶음이랑 파전도 있어. 자기 파전 좋아하지, 아, 그냥 이따 애들 엄마 집에 맡기고 같이 나와서 파전에 막걸리 한잔할까? 어때?"

항상 그랬다. 전화기 너머 세상. 그 세상은 남편이 사는 세상이다. 아무런 근심도 없고 늘 밝고 투명하기만 한 세상. 스피커폰 기능으로 전환한 휴대폰에다 대고 나는 고추장으로 붉게 물든 입술을 가져다 대고 말한다.

"파전에 막걸리? 오늘은 술 먹어도 되는 건가?"

주지스님과 친해지면서부터 생활수행에 빠져든 남편은 술과 담배를 멀리하고 단전호흡과 참선을 병행하고 있었다. 선무당이 사람 잡는다고. 나에게도 단전호흡이 왜 중요한지, 우리가 왜 '참나'를 발견하고 깨어 있는 삶을 지향해야 하는지에 대해서도 여러 차례 언급했다.

"응. 일요일인데 모처럼 나도 맘 편히 좀 쉬고 싶다. 어제 갔던 일이 아주 잘 됐어. 스님이 중간에서 애를 많이 써주셨어. 굉장한 수행자이기도 하고, 이 계통에서는 말만 들어도 알려진 실력가이기도 해. 다행히 나를 잘 본 거 같아. 서로 끌어주고 밀어주면서 좋은 인연 짓자고 하시더라고. 하, 간만에 숨이 좀 쉬어지는 느낌 알지? 자세한 건 술 한잔하면서 천천히 그리고 자세하게 얘기해줄게."

밝고 환한 에너지. 그러한 에너지가 가득 담긴 목소리다. 나는 그 자리에서 그대로 또다시 매혹당하고야 만다. 아, 나는 남편이 아니라 남편의 세계를 탐하는 걸까.

남은 밥을 음식물쓰레기통에 쏟아붓고 설거지를 시작한 나는 아직 당도하지 않은 휴대폰 속 그의 세계에다 대고 트로트 가요처럼 외친다.

"와우, 그때 말한 그 사람? 결국 해냈구나. 정말 멋진 일이야. 먼 길 다녀오느라 고생했지? 어서 올라와. (아이들 돌아보며 부러 큰 소리로) 얘들아, 그만 자고 일어나, 어서! 아빠 오셨다. 아유 그거, (장난감 블록) 통은 언제 또다시 엎은 거니? 주워 담아라, 어서."

빈 방에서
사는 남자

"자네가 원하는 것은 다 가질 수가 있지. 근데 허락되지 않은 게 하나 있구먼. 진심으로 갖고 싶은 한 사람. 때에 따라 바뀔 수는 있지만, 미치도록 갖고 싶은 그 사람을 가져서는 안 되네. 절대로 안 돼. 멀리 떠나보내야 해. 아시겠는가? 살리고 싶으면 명심하시게."

조그맣게 시작한 반도체 사업이 그쪽 산업이 급물살을 타면서 사업체 확장 이전 건으로 찾아온 참이었다. 그런데 무당이 대뜸 한다는 소리가 뜬금없다.

8년 전 다니던 회사를 퇴사하고 시작한 사업은 초창기 겪은 자금 문제를 빼고는 잘 나가고 있다. 지난해에는 수출 1천만 불 달성을 기록했고, 올해는 유능한 직원들이 대거 몰리면서 원가절감을 비롯한 특허출원 5개 전부를 상용화에 성공시켰다. 한마디로 노다지 광산의 심줄을 잡은 격이다.

뜬금없이 '진심으로 갖고 싶은 한 사람'이라니. 하도 어이가 없어 팔다리에 힘이 일시에 쪽 빠져나가는 것처럼 진이 빠졌다.

"아내와 중학생 아들이 있는데, 아내를 말씀하시는 건지……."

사업을 일으키느라 그간 아내 말고는 다른 생각을 해 본 적이 없다. 여자에게 관심이 없었다기보다는 그만한 심적 여유가 없었다. 새벽에 시작한 일을 다음 날 새벽까지 몰입했다. 영과 혼이 있다면 그것들 전부를 갈아 넣었다. 그리고 육체를 덧발라 불태우던 시절이었다. 아내가 볼멘소리를 한다 싶으면 '벌써 돌아왔나?' 날짜를 꼽으며 의식처럼 부부관계를 해치웠다. 그런 나에게 '갖고 싶은 한 사람'이라는 말은 낯선 외계어처럼 한참이나 멀고 또 아득하게 느껴졌다.

"'갖고 싶은 한 사람'이 맞다 하시네. 그 사람 말고는 다 허락됐어. 길 터졌으니 원하는 대로 아스팔트 깔고 쭉쭉 달려 나가시게."

뒤통수를 긁적이며 무당집을 나오는데, 당최 좋다는 말인지 안 좋다는 말인지 갈피를 잡을 수가 없었다. 머리가 띵했다. '갖고 싶은 한 사람'이 아내나 아들이라면 떠나보내야 살릴 수 있다는 것인데, 나에게 아내가 그리고 아들이 진심으로 갖고 싶었던 한 사람이었던가. 참으로 아리송하기만 했다.

 아내를 만난 것은 첫 직장이었던, 대기업 하청이긴 해도 제법 규모가 큰 반도체 공장에서였다. 아내는 그 회사 경리과에 근무하고 있었다. 전체 회식이 있던 날, 우연찮게 같은 방향 지하철을 타고 가면서 사귀기 시작했다. 그리고 그 해가 가기 전 조촐하게 결혼식을 올렸다. 차분하고 무던한 성격이었던 아내는 눈에 띄는 외모를 가진 것은 아니었지만 자신의 할 일을 미루지 않고 차분하게 해낼 줄 아는 성실한 여성이었다. 사업을 시작할 수 있었던 것도 사실은 아내의 격려와 아낌없는 지원 덕분이었다. 아내는 장인어른이 쥐어준 결혼지참금과 자신이 직장생활을 하면서 꼬박 모은 자산까지 일시에 정리해 사업밑천에 보탰다. 초창기 인건비 절약을 위해 맡긴 경리과 업무도 아내는 단 한 건의 실수도 없이 완벽하게 해냈다. 아내의 명확한 업무처리와 싹싹한 응대는 거래처간 신뢰형성에도 크게 기여했다. 그럼에도 '진심으로 갖고 싶은 한 사람'을 아내라고 말하기에는 낯 뜨거운 감이 있었다.

 무당의 말은 생명력을 키워가며 뇌리에서 맴돌았다. 나는 수시로 아득한 심연 속으로 빠져들었다. 결국 아내와 아들을 캐나다에 보내는 것으로 결정했다. 스스로 '기러기 아빠 되기'를 자청한 것이다. 어쨌거나 마음은 한결 편해졌다. 나는 다시 일에만 집중할 수 있었다.

그러다가 우연처럼 운명처럼, 혜정을 만났다. 아내와 아들이 캐나다로 떠난 지 6개월이 지나갈 무렵이었다. 서울에서 일을 보고 돌아오는 KTX 열차 칸에서 혜정을 만났다. 거의 30년 만에 보는데도 그녀가 앉아 있는 옆모습을 보자마자 나는 대번에 "야, 너 혜정이!"라고 소리쳤다. 혜정이도 나를 기억하고 있었다. 열차 칸에 나란히 앉은 우리는 자주 눈이 마주쳤고 그때마다 어색하게 웃었다.

그날 혜정과 태종대에서 와인을 두어 병 먹었고 밤바다를 보면서 걸었다. 무슨 이야기를 했는지는 잘 기억나지 않는다. 나란히 걷다가 손을 잡았고 멈춰 서서 하얀 포말이 부서지고 있는 바다를 홀린 듯이 내려다보기도 했다. 그리고 우리는 키스를 했다.

혜정도 그사이 결혼을 해서 10살 난 딸아이를 두고 있었다. 특파원인 남편을 따라 여러 나라를 다녔다고 했다. 어느 순간 그러한 생활이 떠돌이처럼 느껴져 지겨웠다고도 했다. 남편을 졸라 지난해 가을 해운대 바다가 보이는 곳에 아파트를 구했고, 지금은 아이와 둘이 살고 있다고 했다. 일주일에 두어 번 알바로 꽃꽂이 강사 일을 하고 있다고도 말했다.

꽃을 다뤄서인지 혜정을 안는 내내 백합 같기도 하고 라일락 같기도 한 체취가 코끝을 감돌았다. 혜정은 부드럽고 따뜻했다. 태어나서 처음으로 느껴본 환희에 떨며 내 손길이 닿을 때마다 그대로 녹아버릴 것만 같은 혜정의 알몸을 나는 그 밤이 새도록 쓰다듬고 또 쓰다듬었다.

그날 이후 우리는 끊임없이 문자를 주고받았고 전화통화를 했다. 그리고 조금의 시간만 생겨도 서로를 만나기 위해 애를 썼다. 보고 또 봐도 다시 또 보고 싶었다. 만나고 돌아서는 순간에도 나는 몇 번이나 다시 돌아서서 그녀를 안았다. 때로는 내가 미친 듯이 부산으로 날아갔고, 때로는 혜정이가 회사가 있는 평택 인근으로 숨 가쁘게 달려왔다. 마침내 우리는 중간쯤이다 싶은 지점에 작은 오피스텔을 계약하는 것에 합의했다.

오피스텔을 장만하고 근처에 있는 대형마트에서 생활에 필요한 가구와 몇 가지 용품을 장만했다. 혜정은 재미있는 소꿉놀이를 하는 것 같다며 아이처럼 조잘거리며 즐거워했다. 우리는 눈을 맞추고 마음을 맞추고 삶을 맞춰가고 있었다. 작은 공간은 밀도감을 높여가며 충만해지고 있었다. 산다는 것이 이토록 행복하고 충만한 것이구나, 나는 자주 그녀의 손가락을 더듬었다. 피아노를 전공한 혜정의 손가락은 길고 가늘었다. 그렇지만 묘하게 느껴지는 강단(剛斷)이 잡혀지는 매혹적인 손가락이었다. 손가락을 더듬으면서도 혜정을 안고 싶은 욕구가 수시로 올라왔다. 그럴 때마다 그녀의 손가락을 쥔 손에는 나도 모르게 힘이 세게 들어가곤 했다. 그녀는 짧게 비명을 지르며 눈을 치켜뜨고 나를 노려봤다. 그랬다. 혜정. 나를 노려보던 그 눈빛! 너는 나의 여신이었다.

중학교 2학년 반편성이 끝나고 봄방학이 시작된 날, 체육관 관장이었던 부친이 심장마비로 급사했다. 급작스런 환경 변화로 모친마저 정신이 반쯤 나가면서 가족이라는 굳건한 울타리는 순식간에 붕괴됐다. 집은 하루도 편한 날이 없었고, 외조모는 모친을 치료한다며 어떤 날은 스님을 모시고 왔고, 어떤 날은 교회 목회자를 모시고 왔다. 반년쯤 뒤에는 굿 당에서 여러 번의 굿을 하기도 했다. 혼돈의 연속이었다. 누가 뭐라고 하는 사람은 없었지만 그러한 가정환경은 나를 주눅 들게 했다. 주눅 든 나를 감추기 위해 스스로 말수를 줄였다. 늘 혼자 있기를 청했고 그래서 그냥 혼자였다.

그런데 그날, 여름방학을 앞두고 있던 그날 점심시간에 말이야. 창가에 비스듬히 기대서서 운동장을 바라보고 있는 나에게 다가온 너는 지금처럼 그렇게 눈을 치켜뜨고 말했지.

"너는 왜 말을 안 해? 말할 줄 알잖아! 우리가 우습니? 그런 식으로 잘난 척하는 거 웃겨."

윤기가 흐르는 짙은 검은색 단발머리였다. 열린 창문으로 쏟아지던 햇살에 보석처럼 반짝이던 그 단발머리를 찰랑이며 다가오더니 대뜸 화부터 내던 소녀. 혜정아! 그게 너였다. 그렇게 별처럼 달처럼 불쑥 들어와 가슴에 박힌 눈동자 하나. 너는 그날 나의 여신이 되었다. 알고 있었지?

일이 아무리 늦게 끝나도 나는 우리의 공간으로 달려갔다. 혜정이 그곳에 없어도 좋았다. 곳곳에 배긴 혜정과의 기억과 체취만으로도 나는 충분히 충만했고 충전될 수 있었다. 그렇게 6개월이 지나갈 무렵, 모르는 번호로 전화가 걸려왔다. 혜정의 남편이라고 자신을 소개한 남자는 지나치게 낮고 건조한 목소리로 아내를 그만 만나 달라고 요구했다.

나는 그가 한국에 돌아왔고, 혜정을 미행해 우리 둘의 행적과 관계를 속속들이 알아냈다고 판단했다. 순간적으로 다리에 힘이 탁, 풀렸다. 그럼에도 선뜻 '그만두겠다'고는 대답하지 못했다. 아니, 그렇게 말할 수 없었다. 나에게 혜정은 이미 그만두고 말고 할 사람이 아니었기 때문이었다. 그녀와 함께했던 시간들을 송두리째 배반하고 싶지 않았다. 남자는 바짝 조여지는 침묵을 더는 견디지 못하고 먼저 통화종료 버튼을 눌렀다. 나는 남자의 들릴 듯 말 듯 한 헛기침 섞인 숨소리가 사라진 휴대폰을 손에 들고 망연자실(茫然自失) 서 있었다.

남자의 전화를 받은 날 이후, 나는 혜정에게 자주 연락할 수가 없었다. 그녀의 안위가 걱정됐기 때문이었다. 혜정 역시 약속한 것처럼 연락이 끊어졌다. 휴대폰을 빼앗겼을까, 남편에게 폭력을 당하는 것은 아닐까, 별의별 생각이 다 들었다. 용기를 내서 안부를 묻는 간단한 문자를 보내 봤지만 답장은 오지 않았다. 애가 닳은 나는 그녀와 함께 와인을 마시고 나란히 엎드려 만화책을 보다가 눈을 맞추고 사랑을 나누던 오피스텔에서 그녀를 기다렸다. 시간은 느리게 흘렀고 혼자 마시는 와인은 떫고 밍밍했다.

부고를 받은 것은 두어 달이 더 지나서였다. 내게 혜정의 부고를 알린 사람은 혜정의 남편이었다. 전해줄 물건도 있다고 했다.

장례식장 인근 커피숍에서 만난 남자는 혜정이 급성간염 증상을 앓으며 까맣게 말라가다가 죽었다고 전했다. 아내의 간호를 위해 한국으로 돌아온 남자는 까맣게 타들어 가며 소멸되는 혜정의 몸 상태보다 자신이 아닌, 다른 남자를 사랑하고 있다는 사실을 받아들이기 힘들었다고 덤덤하게 말했다. 반듯한 이마에 시원한 눈매가 청량감을 주는 인상이었다. 남자는 작은 쇼핑백에서 혜정이 쓰던 폰을 꺼내 탁자 위에 올리더니 내 쪽으로 밀었다.

"비밀번호는 알 거라고 하더군요."

끊어졌다 이어진 필름처럼 남자가 일어서서 내 앞에 놓인 혜정의 폰을 바라보고 있는 모습이 눈에 들어왔다. 한참을 그렇게 서 있던 남자는 이내 인사도 없이 돌아서서 커피숍을 걸어 나갔다. 혜정이 내게 남긴 폰에는 우리가 함께한 사진과 우리가 나누었던 이야기들, 그리고 그녀가 기록한 메모와 녹음파일이 들어 있었다. 혜정은 보고 싶다고도 했고, 보여주고 싶지 않다고도 했다. 자신을 절대로 잊지 말아달라고도 했고, 자신을 잊고 잘 살라고도 했다. 그러한 말들에는 모두 '힘들어하지 말라고, 사랑했으니까 된 거라고, 그리고 끝까지 놓지 않아줘서 고마웠다'는 우리만이 이해할 수 있는 이야기들이 줄줄이 사탕처럼 매달려 있었다.

'갖고 싶은 한 사람'……을 나는 갖지 않았어야 했다. 가졌더라도 서둘러 놓아줬어야 했다. 어이없게도 나는 절대로 안 된다는 그 한 사람을 감히 가졌다. 그리고 바보처럼 끝내 놓을 수가 없어서 기어이 그 한 사람을 떠나보냈다. 나는 몇 날 며칠, 밤과 낮을 찢으며 통곡했다. '띠링, 띠링' 생활비 이체를 보채는 아내의 문자와 전화벨소리 또한 지치지도 않고 끈질기게 울리고 있었다.

물구나무서기 좋은 날들

"높고 귀한 존재가 자식 인연으로 와서 돕고 있구먼. 말라비틀어지다가 '바스락' 떨어졌을 자네 명줄 살찌워놓고 늘려놨는데, 무슨 해괴한 소리를 한단 말인가. (부채를 다시 쫙 펼치더니 얼굴을 가리고 방울을 '차르르륵' 흔든다. 이내) 자식 덕분에 책 내고 비행기 타고 다니며 연단에 설 날 멀지 않았네. 복 자랑 그만하시고. (부채를 '탁' 접으며) 어서 일어나시게."

중증 발달장애인 31살 나의 아들 현수는 오늘 새벽에도 공원 잔디밭 한가운데에서 잠들어 있다가 발견됐다. 5시가 채 못 된 새벽 시각에 울리는 전화를 받자마자 나는 익숙하게 웃옷을 걸쳐 입고 파출소로 달려가 보름달처럼 웃고 있는 현수를 데려왔다. 이번 주만 벌써 세 번째이다. 주기를 좁혀가며 벌어지는 참담한 상황을 수습하며 나는 실망감과 절망감 아니, 실패감에 치를 떨었다. 나락으로 치닫는 감정을 어쩌지 못해 도망치듯 달려온 무당집이었다. 평소의 나답지 않은 행동이다. 그런데 저 무당은 한술 더 떠 달나라 토끼 나무 이야기를 하고 있다.

'요망한 무당이 자식이 장애인이라고 나까지 깔보고 장난질을 하나' 싶어 눈이 절로 부릅떠졌다.

현수는 최근 자립이 필요한 장애인에게 지원되는 임대주택 입주 신청에서 당첨(?)돼 지난달에 입주를 마쳤다. 현수와 떨어져 각기 다른 집에서 산다는 것은 생각해 본 적 없었다. 아니, 그것은 그냥 일종의 '꿈' 같은 거였다. 발달장애 자녀를 둔 우리와 같은 사람들이 '발달장애 국가책임제' 등 장애인 지원정책을 정부에 줄기차게 요구해오기는 했지만, 막상 실질적인 현수의 자립을 현실로 앞두고는 머리가 띵했다.

걱정이 앞서고 두려움은 뒤를 쫓았지만 남편과 나는 '지난 30여 년, 길거리에서 날밤을 새우고 삭발을 해가며 얻은 전쟁 전리품'인 양 귀하게 얻은 현수의 자립 기회를 놓치고 싶지 않다는 데 동의했다. 하나부터 열까지 꼼꼼하게 체크하며 우리는 현수의 자립을 도왔다. 아직까지는 모든 것이 썩 미덥지 않았지만 그래도 세상을 한번 믿어보기로 결정했던 것이다.

현수가 이사한 집은 지역사회에서 지원해주는, 개별세대가 독립된 원룸형 임대주택이었다. 개인 부담금은 월 8만 원으로 시세에 비해 매우 저렴한 편이어도 31살 청년이 혼자 살기에는 부족함 없는 공간이었다.

이사를 마치고도 나는 떠나지 못한 채로 현수가 잠이 들 때까지 종종대고 있었다. 영상 도어락과 스마트 전등 버튼 사용법을 몇 번이나 반복해서 숙지시켰고, 하루 루틴을 순서대로 적어놓은 커다란 종이를 냉장고 앞에 붙여놓고 순서대로 하는지 여러 번 확인했다.

중증발달장애인이지만 한글을 읽을 줄 알았고, 이해력이 부족했지만 일상생활에 필요한 지시어 정도는 따라 할 수 있었기 때문에, 한두 달만 잘 적응해낸다면 아들의 완전한 자립 또한 가능할 수 있겠다, 싶었다. 막상 마음을 정하고 시작해보니 잊고 있었던 젖은 날개를 찾은 것도 같았고 어딘가에서 잃은 것도 같았던 '희망'이 떠오르면서 가슴은 내내 두서없이 뛰놀았다.

처음 사나흘은 현수가 잠든 것을 재차 확인하고 돌아왔음에도 도통 잠을 이룰 수가 없었다. 밤새 엎치락뒤치락하다가 벌떡 일어나 현수가 잘 있는지 가봐야 한다고 남편을 보채기도 하고, 심지어 말리는 남편을 때리기도 했다.

현수는 그러한 우리의 소동을 비웃기라도 하듯이 길고 위태했던 밤들을 무사히 건넜다. 다음날이면 성인 발달장애인들의 지속가능한 일자리제공을 위한 ○○사회적협동조합 고체비누 제작소 자신의 자리에 멀쩡하게 앉아 있었기 때문이다. 현수의 안위를 확인하고서야 나는 오랜 지병인 관절염으로 곧 부서져 사라졌으면 좋을 것만 같은 통증을 부여잡고 손가락마다 파스를 갈아 붙이고 약을 찾아 입속으로 쏟아 넣었다. 그리고 나서야 간신히 눈을 붙일 수 있었다.

  현수가 공원 잔디밭에서 자다가 처음 발견된 것은 자립하고 6일째 되던 날 새벽 4시께였다. 현수가 발견된 공원은 현수에게는 '솜사탕'이라고 각인된 곳이었다. 그곳을 지날 때마다 아무리 공원의 이름을 다시 알려줘도 현수는 고개를 저으며 '솜사탕'이라고 주장했다. 현수가 아주 어릴 때, 그곳에 상주하던 자전거 솜사탕 할아버지가 있었다. 현수를 보면 돈도 안 받고 분홍색 구름 솜사탕을 크게 만들어서는 현수의 손에 쥐여주며 "그놈, 참 잘 생겼다."라고 말해주던 할아버지였다.

  현수는 그 공원 잔디밭 한중간에서 잠들어 있다가 이른 새벽 산보에 나선 어르신에 의해 발견됐다. 현수와의 분리불안 증세가 가라앉을 무렵이었다. 사건접수를 하고 돌봄 지원자원봉사자의 말과 건물 내·외부 CCTV까지 일일이 다 확인해보았지만 특이사항은 발견되지 않았다. "거긴 대체 왜 간 거니?"라는 질문에 현수는 입을 동그랗게 하고 '하아' 웃기만 했다. 주체할 수 없는 마음을 다잡으며 현수를 앞세우고 집으로 돌아왔다. 3월인데도 바람이 시려서 입술이 덜덜 떨렸다.

겨울이 지나면 봄이 오는 것이 자연의 순리라는데, 현수와 나에게는 그러한 기본적인 순리조차도 비껴갔다. 겨울을 버티고 나면 다시 겨울이 왔고, 그 겨울을 다시 또 버티고 나면 어김없이 또다시 겨울이었다. 차려놓은 저녁밥은 먹는 둥 마는 둥 하며 소주잔만 기울이던 남편이 내뱉는 '조금만 더 지켜보자'는 탄식은 나를 더욱 곤두서게 했다. 현수가 공원 잔디밭에서 잠드는 일이 주기를 좁혀가며 반복되고 있었기 때문이었다. 고개를 가로젓기도 하고, 때로는 안타까워 파출소 밖까지 배웅을 해주며 건네는 경찰공무원들의 판에 박힌 위로의 말들도 거슬리고 역겨웠다.

파출소에서 데리고 온 현수를 따뜻한 물로 대충 씻기고, 햄을 구워 밥을 먹이면서도 나는 현수에게 여러 대를 맞았다. 일하러 조합에 가야 한다고 고집을 부리는 것이다. 현수에게 내가 쓰는 휴대폰을 내밀었더니, 신이 나서 그것을 눈에 집어넣을 듯 두 손으로 받치고 자신의 방으로 들어간다. 현수를 달래는 유일한 방법이다. 현수는 내 휴대폰 냄새를 맡고 볼에 대보고 안아도 보다가 어려서부터 좋아했던 색 바랜 밍크 이불을 뒤집어쓰고 알 수 없는 말들을 중얼거리다가 잠이 들었다. 나는 식탁 의자에 앉은 채로 현수가 만지고 노는 시간들을 망연자실 지켜보았다.

그 시간들이 얼마나 지났을까. 나는 무엇에 홀린 듯이 일어나서 현수의 방으로 들어갔다. 잠이 든 현수의 몸을 바로 눕히고 현수가 두 손으로 고이 감싸 쥐고 있는 나의 휴대폰을 빼내서 앞치마 주머니에 넣었다. 그리고 이불을 바르게 덮어주었다. 푸른 실핏줄이 보일 만큼 얇고 하얀 피부에 오독한 콧날 그리고 일자로 다문 입 매무새까지. 나는 잠든 현수의 얼굴을 오랫동안 바라보았다. 이윽고 감긴 눈꺼풀 속으로 눈동자가 빠르게 움직였다. 수면 5단계인 렘(REM)수면 단계에 이른 것이다. 나는 천천히 베개를 집어 들었다. 현수의 얼굴에 갖다 대고 6분만 참으면 된다. 딱 6분만 참으면 봄날 위로 날아오를 수도 있을 거야. 현수야. 너도나도 어쩌면 그곳으로 갈 수 있단다. 현수의 길고 까만 속눈썹이 파르르 떨렸다.

"사람들이 참 오만해. 자네처럼 먹물 좀 먹은 사람들은 더 많이 오만하단 말이지. 우주가 얼마만 한 것 같은가. 설마 이 작은 지구별이 전부라고 생각하진 않겠지. 부처님 눈으로 보면 이 세상이 어떻게 보일 것 같은가. 각설하고. 장난감 같은 이 작은 세상에서 자네 자식으로 태어났다고, 또 장애를 갖고 있다고 자네보다 못한 존재라고 생각하면 곤란해. 대체 누가 누구를 위해 희생했단 말인가."

복채로 돈 5만 원을 올려놓고 휘적휘적 무당집을 나와 일터이기도 하고 쉼터이기도 한 '동그라미' 센터로 돌아왔다. '동그라미' 센터는 4년 전 지역 내에서 함께 활동하던 같은 처지의 부모들이 의기투합해 (지자체의 지원을 받아) 설립한 장애인을 위한 작은 쉼터 공간이다. 무당의 말과 현수를 낳고 키운 지난 30여 년의 삶이 오버랩되면서 나는 센터에 돌아와서도 마음이 내내 뒤숭숭했다.

전생에 지은 업이 많아 24시간 케어가 필요한 중증발달장애인 아들 현수를 두었다고, 그래서 가장 행복해야 할 나의 청장년 30년 전부가 현수를 돌보느라고 희생됐던 것이라고 생각했다. 그런데 도리어 아들 현수야말로 저 위에 범접도 못 할 높은 차원에 계셨던 존재로서 나의 명줄을 늘리고 나의 보람찬 성장을 돕기 위해 이 우스꽝스러운 지구별에 내려와 희생 중이라니.

예술대학교 문예창작과를 나온 나는 작가가 꿈이었다. 정확하게는 시나리오작가였다. 줄담배를 피워대며 시나리오를 쓰고 지우고 욕하면서 누비고 다녔던 충무로에서 남편을 만났다. 우리는 꽤 오랫동안 연애했다. 29살 되던 봄에 남편에게 "아홉수를 결혼하는 거로 액땜하려고 해. 도와줄 거지?"라고 청혼했다. 남편은 흔쾌히 동의했고, 그 이듬해 현수를 출산했다. 나는 얼떨결에 엄마가 됐지만 누구의 엄마보다는 작가로서 나의 이름 석 자를 드높이고 싶은 마음이 더 절실했다. 아니, 절박했다. 현수를 친정 모친에게 떠맡겨놓

다시피 하고 나는 이리저리 휩쓸리며 충무로 바닥을 헤매고 다녔다. 현수를 돌봐주던 모친이 여러 번 현수가 다른 아이들과 좀 다른 것 같다고 말했지만 귀담아듣지 않았다. 현수는 보름달처럼 잘 웃는 순한 아기였고, 특히나 엄마인 나를 볼 때면 입을 함지박만 하게 벌리고 팔을 버둥거리면서 웃어주던 기특한 아기였다.

남편은 남편대로 엎어졌고, 나는 나대로 깨져갔다. 우리가 내놓은 충무로에서의 결과물은 참담했다. 3억이 넘는 빚과 현수의 발달장애 확정 소식이 그것이었다. 하늘은 먹구름을 드리우고 지상으로 가라앉고 있었다. 다시는 해를 볼 수 없을 것만 같은 두려움 속에서 나는 술에 취해 어린애처럼 발버둥을 치며 울었다. 남편이 내민 손을 잡고 갈기갈기 찢겨져 너덜해진 꿈을 쓰레기통에 내던지고, 본격적인 생활전선에 뛰어들기까지의 과정은 생략하자. 남편은 중학교 동창이 알선해주었다는 햄버거 유통업체 영업팀에 취직했고, 밤에는 대리운전을 뛰었다. 뒤늦게 정신을 차린 나는 현수에게 매달렸다. 현수의 상황은 생각보다 심각했다. 발달장애아 박사과정 논문을 써도 될 만큼 공부를 했고, 관련 단체들을 쫓아다니며 간담회며 토론회 패널로 참여해 목소리를 높였다. 나는 어느새 작가가 아니라 투사가 돼 있었다. 머리에는 자주 띠를 둘렀고 때에 따라 삭발까지 단행하면서 발달장애인 권리보장과 지원을 요구했다. 발달장애인이 성인이 돼서도 사회구성원으로 당당하게 살아갈 수 있도록 일자리(갈 곳)를 제공하고, 부모의 과중한 돌봄 부담 또한 사회가 나눠야 한다고 목이 터져라 외쳤다. 내가 현수를 사랑하는 방식이었다. 나는 그것이 현수를 위한 참사랑이라고 믿었다.

"나는 정말로 현수를 사랑했을까."

사랑은 손잡고 함께 가고 싶은 것이다. 사랑에 빠져본 사람은 다 안다. 사랑은 함께 하고 싶은 것이라는 것을. 나는 현수를 사랑하지 않았다. 나는 매 순간 현수와 분리되기를 희망했으니까. 또한 그것을 세상에 요구하느라 날마다 분주했으니까. 현수와 함께했던 수많은 나날들 중 아무리 꼽아보아도 현수의 손을 잡고 함께 가고 싶어 애가 닳았던 날은 기억에 없었다. 내가 사랑이라고 믿었던 것은, 사실은 현수로부터 도망치고 있었던 시간들이었다. 현수는 언제나 도망치고 있는 엄마를 지켜봤을 것이다. 태어나면서 지금까지 새털처럼 많았던 날들 내내 현수가 본 것은 '도망치고 있는' 엄마였다.

남편은 나의 고집을 꺾기 위해 여러 날 나를 설득했다. 마침내 고개를 끄덕여 준 그는 어깨를 흔들며 오래 울었다. 우리는 전세금을 빼서 캠핑카를 장만했다. 현수와 나를 위해 지상이 준비해준 선물이었다. 나는 더 늦기 전에, 더 나이가 들기 전에 나의 아들 현수를 사랑할 것이다. 나는 현수의 손을 놓기 위해 애쓰는 대신 더 굳세게 잡기 위해 애쓸 것이다. 그렇게 굳세게 잡은 손을 힘껏 흔들면서 세상으로 나아갈 것이다. 그리고 우리는 함께 보고 누린 세상을 담아낸 눈동자를 원 없이 공유할 것이다. 남편이 혼자 지낼 오피스텔 건물 담벼락에 개나리가 노랗게 피어나고 있었다. 마침내 당도한 봄이 막 깨어나는 중이었다.

얼음 속에
갇힌 연인

"갓을 쓰고 하얀 도포 자락을 휘날린 채로 얼음 속에 갇혔어. 저 두꺼운 얼음을 무슨 수로. (고개를 가로저으며) 당최 부술 재간이 없어. 안팎으로 몰아치는 바람이 너무 차."

날로 심해지는 허리통증으로 거동이 불편해지고 있었다. 두어 달 전부터 목이 뻐근하면서 팔 저림 증세가 심해지다가 최근에는 허리통증까지 가세했다. 세수를 할 때도, 앉아 있을 때도 통증은 집요하게 나의 의식으로 파고들었다. 심지어 누워있을 때조차도 나는 통증에서 벗어나지 못했다. 병원에서도 뚜렷한 병명을 제시하지 못했다. MRA 검사를 비롯해 과학 문명 발전으로 꽃피우고 있는 최신의료기술력이 제시하는 모든 검사시스템을 동원했지만 병명은 '병명 없음'이었다.

무당의 말에 내심 놀랐지만, 나는 "통증으로 잠을 잘 수가 없다."라고만 말했다.

무당의 눈동자 속에서 발사되는 매섭고 섬뜩한 기운이 흡사 레이저광선처럼 나의 눈동자에 적중해 꽂혔다. 그것은 '어느 안전이라고. 여기서는 안 통해! 알고 있지만 알리고 싶지 않은 진실을 어서 꺼내놓으시지.'라고 종용하는 듯했다.

나는 올해 38살 된 사업가이다. 성별은 남성이다. 여러 지역에서 다양한 매장을 운영하고 있어 사업가라고 소개하고 있지만, 장사꾼이라는 표현이 더 정확할 것 같다. 사회생활을 처음 시작한 것은 19살 때였고 본격적으로 돈을 벌기 시작한 것은 해병대를 전역한 25살 가을이었다. 마땅히 갈 곳이 없었던 나는 우연한 기회에 군대 선임이 연결해준 휴대폰 대리점에서 판매사원으로 일하게 됐다. '3대 팔이' 중 하나로 지목받기도 하는 '폰팔이' 맞다. 그러나 나에게는 기회를 열어준 고마운 직종이었다. 폰팔이 경력 1년 만에 나는 내 명의 대리점을 낼 수 있었고, 3년 후에는 모점을 근거로 한 5개의 대리점을 경영했다. 스마트 폰이 미친 듯이 팔리던 시절이었다. 돈을 갈퀴로 긁어모은다는 것이 실감 날 정도로 장사가 잘됐다. 가게 자리를 보러 다니는 것이 일상이 될 만큼이나 매장 수는 하루가 멀다 하고 늘어났다. 부동산 업자를 잘 구워삶아 놓은 덕에 목 좋은 상가가 나오면 선점할 수 있었고, 위치에 따라 휴대폰뿐 아니라 식당이나 커피숍, 또는 고급양장점을 개점했다. 누구는 '공부가 제일 쉬웠다'고 책을 냈지만, 나는 '돈 버는 일이 가장 쉬웠다'는 제목으로 책을 낼까, 잠시 고민했을 정도로 사업성장은 일사천리였다.

무당이 말한 얼음 속에 갇힌 남자. (잠시 침묵) 어디에서부터 어떻게 말을 꺼내야 할까. 그 남자는 나의 연인이다. 아니, 연인이었다. 아무렇지도 않게 다가와 "귀여운 내 철부지 애기!"라며 나의 양쪽 볼을 손으로 쭉 잡아 늘리는가 하면 이마와 발바닥 심지어 엉덩이에도 폭풍입맞춤을 해주던 내 하나뿐인 사랑. 그 남자의 이름은 쉬리였다.

쉬리를 만난 것은 이태원에 위치한, 제법 이름이 알려진 클럽에서였다. 좋은 가게 자리가 났다고 해서 며칠을 그 근처 상권이며 유동인구 동선과 시간대 등을 조사하고 있었다. 클럽은 우연찮게 들어갔다. 그냥 호기심 같은 거였다. 누군가를 만나기 위한 목적 따윈 처음부터 없었다. 사람을 상대하는 데 이골이 나 있었고, 사람이라면 지긋지긋했으니까.

쉬리는 전생이든 그 앞, 전 전생이든 아니, 마치 매 생애마다 보았던 사람인 것처럼 아무렇지도 않게 다가와 내 옆에 털썩 앉더니 자신을 소개했다. 그의 이름을 들으며 영화 '쉬리'가 떠올랐지만, 그는 대뜸 "한석규는 내 취향이 아니라서 말이지. 따지지 말고 그냥 불러. 쉬리라고."라고 말했다. 초면임이 분명한데도 명랑한 반말로 명령하듯이 말하는 그에게 나는 이상하리만큼 편안한 정감을 느꼈다. 짙은 눈썹과 음영이 깊게 진 눈매는 남성다우면서도 섬세했다. 입술선은 뚜렷했고 턱선은 갸름했다. 그러나 구레나룻 라인이 굵직한 데다가 눈빛이 강렬했던 그에게는 분위기를 압도해나가는 뭔가가 있었다. 어쨌거나 나는 그의 이름도, 그의 생김새도 퍽 마음에 들었다. 남성적이면서도 섬세한 생김새와 냉소적이지만 상대를 시원하게 제압해버리는 말투에서 묘한 '끌림'을 느꼈던 것이다. 쉬리는 직업이 뭐냐는 질문에는 "허공에 몸을 새기는 사람"이라고 말했다. 찰나였지만 제법 근사한 몸동작도 함께였다. 진짜로 허공에 그의 몸이 새겨진 것만 같은 착시를 느꼈을 만큼 멋진 순간이었다. 내가 주문한 브랜디가 마음에 든다면서 다가왔던 쉬리와 나란히 앉아 나는 연신 잔을 기울였다. 쉬리는 자신의 감정에 솔직했고, 무엇보다 유쾌했다. 쉬리는 아예 가까운 호텔에 룸을 잡고 우리가 마시던 브랜디를 밤새 이어 달려보는 것이 어떠냐고 제안했다. 나는 흔쾌히 동의했다. 그날 밤, 택시기사가 내려준 한강 변 호텔에서 각자의 세계에 갇혀 어쩌면 영원히 볼 수 없었을 2명의 남자가 '연인'이라는 이름으로 태어났다.

쉬리는 나를 '윤진'이라고 불렀다. '쉬리' 영화에서 여주인공 이름이 기억 안 난다며 "그 역을 한 배우 이름이 어때?" 하더니 대답도 듣기 전에 "윤진아, 임마. 그동안 어디 있었던 거니. 나 너 많이 기다렸어."라고 말했다. 나는 그가 불러주는 이름이 또 마음에 꼭 들었다. 오래전부터 불렸던 원래 나의 이름이었던 것처럼 익숙한 느낌이었다. 누군가에게 이렇게까지 빨리 매혹당해 보기는 처음 있는 일이었다. 당시는 사람을 상대하는 일, 아니 사람들 모두가 지긋지긋하던 시절이었다. 여성들과의 만남은 더 심했다. 혼기가 차기 시작하면서부터 우연이나 필연이란 징검다리를 놓고 만난 여성들은 아닌 척하면서 훅 들어오는 속물적 구린내가 진동하는 질문을 해대거나, 결혼확답부터 해달라는 식으로 사람을 질리게 했다. 나에게는 그런 만남에 시간과 에너지를 쏟을 만큼의 '너그러움'이란 것이 부재했다. 내가 자라온 시간들은 그러한 것들을 가르쳐주지 않았다. 배우고 익힌 것이 없었기에, 당연히 내놓을 것도 없었다. 일적인 만남 외에는 모든 사적인 관계를 끊어내던 시기였다. 끊임없이 차단하고 정리하는 시간들. 그럼에도 외로움 따위로 힘들었던 적은 단 한 번도 없었다.

쉬리는 달랐다. 나의 연인은 내가 사는 세계에 속한 사람이 아니었다. 쉬리가 사는 세계는 모든 가치 중심이 돈으로 귀결되는 세상이 아닌, 뭔가 나른하지만 풍요로운 어떤 것이 넘실대는 세상이었다. 그가 구사하는 고급 어휘와 천연덕스럽지만 결코 천박하지 않은 표정, 작은 손짓과 몸짓에서도 느껴지는 유려한 정중동(靜中動)의 기품까지. 나는 쉬리가 아니, 그가 가진 세계가 마음에 꼭 들었다. 짓궂은 장난꾸러기처럼 짓는 해맑은 찡그림과 '하아' 하고 뱉어내던 나른한 숨소리까지도 좋았다. 나는 나 자신도 몰랐던 내 안의 여성성을 드러내며 그에게 자주 투정을 부렸다. 그럴 때마다 그는 유머러스하게 달래주기도 하고 가만히 안고 얼러주기도 했다. 태어나서 처음으로 받아보는 아버지와도 같은 아늑함이었고, 어머니와도 같은 따뜻함이었다. 그와 함께 있으면 세상은 더할 나위 없이 평온하고 평화로웠다. 축복 같은 나날들이 흘러가고 있었다.

"쉬리가 얼음 속에 갇혀 나를 쳐다보고 있는 꿈을 꿔요. 나는 얼음 속에 갇혀 있는 쉬리를 바라보고 있어요. 어떻게 해야 할지 모르는 것도 같고. 어쩌면 그가 거기서 영원히 갇힌 채로 나만을 쳐다보기를 바라는 것도 같아요. 우리는 영원에 갇힌 것처럼 서로를 쳐다보고만 있어요."

"화경으로 보인 것이 자네가 꾸는 꿈이었구먼. (부채를 펼쳐 얼굴을 가리고 방울을 흔든다. 이내) 깃털처럼 가볍고 공기처럼 무거운 존재들. 얼음을 깨부술 수는 없어. 서로가 서로를 동강 낼 수도 있으니까. 둘 다 말일세. 바다 건너 남쪽 나라로 떠나. 시간이 많이 없어."

쉬리는 국립국악원 소속 무용수였다. 갓을 쓰고 하얗다 못해 푸른빛이 감도는 도포를 입고 양손을 펼쳐 너울거리며 날아오르는 그의 춤사위는 숨이 막힐 것만 같은 아득함을 느끼게 했다. 그가 한 발을 들고 학이 날개를 폈다가 오므리는 모습처럼 할 때면 더더욱 애가 탔다. 그가 새겨 넣은 몸으로 꽉 채워지고 있는 무대 공간을 바라보는 것만으로도 울렁증이 올라왔다. 그의 몸이 새겨진 허공 전부를 사버리고 싶을 만큼 나는 쉬리를 독차지하지 못해 안달이었다. 나의 삶 모든 순간을 쉬리와 함께하고 싶었다. 나는 쉬리의 연인이었고, 쉬리의 아기였고, 또한 그의 포로였다.

국내뿐 아니라 해외까지도 나는 쉬리의 공연을 따라 다녔다. 그의 공연을 보고 트윈침대가 놓인 호텔 방에서 쉬리를 기다렸던 무수한 날들도 함께 지나갔다. 쉬리는 지나친 나의 집착에 때로는 몸서리를 치며 "쫌!"이라고 소리쳤다. 그럴 때면 그의 눈치를 보며 조용히 근신했다.

그의 연인이 된 지 7개월이 지날 무렵, 경찰관들이 집으로 찾아왔다. 쉬리가 나를 '스토커'로 분류하고 경찰서에 신고를 했다는 것이다. 내가 배신감에 치를 떨며 "죽일 테야."라고 협박하자, 이번에는 법원에서 300m 이내 접근금지통지서를 보내왔다. '접근금지가처분' 조치를 신청했다는 것이다. 나는 머리를 쥐어짜며 분노감에 치를 떨었다. 그럼에도 나를 가장 견디기 어렵고 참기 힘들게 했던 것은 다시는 쉬리를 가까이에서 볼 수도, 만질 수도 없다는, 믿어지지 않는 참담한 현실이었다. 쉬리는 '나를 아는' 유일한 사람이었다. 구더기가 우글거리도록 곪아 터졌던, 당사자인 나 자신도 모르고 있었던 상처를 정성껏 꿰매주고 따뜻한 입김으로 '호호' 불어주었던 그는 완벽한 치유사이기도 했던 것이다.

 모친 말에 따르면 내가 3살이 되기 전에 부친은 자주 다니던 민물고기 매운탕 집 여사장과 눈이 맞아 집을 나갔다. 모친이 운영하던 역전다방이 빚으로 넘어가기 직전이었다. 부친에 대한 배신감으로 이를 갈 시간도 없이 모친은 낯선 소도시 식당에서 허드렛일을 거들며 나를 키워야 했다. 식당일이 끝나면 손님을 다 받고 난 식당 문간방에서 모친과 함께 쪽잠을 잤다. 고단한 삶 속에서도 축축하고 쓸쓸한 밤은 어김없이 우리 모자(母子)를 찾아왔고, 모친은 그 밤을 붙잡고 소주를 들이켰고, 나는 크레파스로 그림을 그렸다. 좀 더 큰 다음에는 도서관에서 당시 유행하던 하이틴 로맨스 소설 책을 빌려다 읽었다. 내 또래 남자아이들이 즐겨 읽는 무협지 소설보다는 부잣집 막내아들과 가난한 여성의 쫄깃한 사랑 이야기가 주를 이뤘던 하이틴 로맨스 소설이 내 취향에는 딱이었다.

 전세방 한 칸을 마련하지 못했던 모친은 내가 특성화고등학교를 졸업하던 해에 바퀴벌레가 우글거렸던 칙칙한 지하 월세방에서 마지막 눈을 감았다. 병원에서 알려준 모친의 병명은 '급성신부전증'이었다. 2학기가 시작되면서 선취직한 보험회사에서 한창 텔레마케팅 업무를 익히던 시기였다. 장례식장은 이틀 내내 썰렁하고 쓸쓸했다. 세상은 놀랍도록 차갑고 매정한 곳이었다. 쓰다가 소용이 끝나면 미련 없이 버려지는. 나 또한 세상의 소모품으로 쓰이다가 소용이 없어지면 아무도 찾아오지 않는 쓸쓸한 장례식장에서 모친처럼 사라져버릴 존재에 불과했다. 그러한 통감으로 모친의 장례를 치르는 내내 나의 심장은 차갑게 식어가고 있었다. 들고 외출할 일도 딱히 없었지만 그렇다고 버리지도 않았던, (아버지와 연애하면서 선물로 받았다던) 갈색 악어가죽 핸드백과 함께 모친을 보냈다. 모친이 한 줌 재로 돌아와 나에게 안길 때, 왜였는지는 모르지만 나는 어금니를 물고 다짐했다. 돈을 벌겠다고. 그것도 아주 많이.

 다짐했던 대로 나는 돈을 벌었다. 그것도 아주 많이. 밥을 먹고 한 일이라고는 돈 버는 일밖에 안 했으니. 어쩌면 당연한 결과이기도 했다. 그러한 결과를 앞에 놓고 때로는 스스로 대견해 우쭐하기도 했다. 쉬리를 만나기 전까지는. 나의 삶은 쉬리를 만나기 전과 쉬리를 만난 후로 양분됐다. 쉬리는 나뿐만이 아니라 내가 사는 세계 자체를 통째로 들어 올린 다음, 그가 사는 세계에 사뿐 내려놓았는지도 모른다. 이런 생각을 해본 적 있다. 누군가 양손을 내놓고 선택을 하라고, 한 손은 그동안 네가 번 돈이고 한 손은 쉬리라고. 그 순간에도 나는 아무런 갈등 없이 곧장 쉬리를 선택할 수 있을까. 나의 선택은 고민할 필요도 없이 곧바로 쉬리였다. 돈은 다시 벌면 되지만 쉬리는 '다시'가 안 되니 당연한 결정이리라. 쉬리를 만나기 전이었다면 상상조차 할 수 없는 선택인 셈이다. 그렇지 않은가.

 그러한 세상에 발을 내디딘 내가 쉬리에 대한 '그리움'을 어쩌지 못하고 죽어가는 것은, 당연한 수순일 것이다. 통증은 극심해지고 있었고, 조만간 나는 공기를 밀고 일어설 힘조차 잃을 것이다.

"바다 건너 남쪽 나라로 가시게. 시간이 없어."

겨울 가뭄이 심해 TV를 틀면 곳곳에서 산불 소식을 알리고 있을 무렵이었다. 그날도 나는 날로 악화되는 통증을 진통제로 막아가며 그동안 다소 소원했던 매장 업무에 집중하고 있었다. 속 썩이는 지점장 몇 명을 해고했고, 매출현황이 하향곡선으로 접어든 몇 개 매장은 부동산에 내놓았다. 샌드위치로 간단하게 아침 겸 점심 끼니를 때운 나는 더는 못 견디고 집으로 돌아왔다. 통증은 정수리까지 올라와 날카로운 송곳으로 사정없이 찔러대는 것만 같았다. 집으로 들어서자마자 침실까지 걸어갈 힘도 없어서 거실 한복판에다 몸을 뉘었다. 천장이 빙글빙글 돌고 구역질이 올라왔다. 이대로 죽는다 해도 하나도 안 이상할 것만 같은 늦은 오후였다.

휴대폰 벨소리는 오랫동안 멈추지 않았다. 마지못해 받은 휴대폰 속에서 쉬리가 툭 튀어나오더니 말했다. 국립국악원에 사표를 던지고 나오는 길이라고. 마치 좀 전에 차를 마시고 헤어진 연인처럼 아무렇지도 않게. 그러더니 대뜸 "윤진아, 여행 가자 우리."라고 말했다. 쉬리는 다시 연락을 할 테니 그전에 여행 준비를 잘 해두라고 했다. 방금 전까지 쉬리의 목소리가 들렸던 휴대폰을 들고 나는 벌렁거리기 시작하는 심장 소리에 귀를 기울였다. 어느새 벌떡 일어나 앉아 있는 나는 통증보다는 기쁨과 불안감이 교차하는 감정 사이에서 지펴지는 막연한 불길함에 몸서리를 쳤다.

 법원에 접근금지가처분 신청까지 하면서 나를 범법자 취급을 하던 쉬리였다. 그런데 두 달 만에 갑자기 전화를 해서 춤을 버리고 여행을 가자니. 쉬리의 의도가, 쉬리의 감정이 잡히지 않았다. 쉬리의 아버지는 이름을 들으면 알만한 건설사 대표이다. 외아들인 쉬리는 아버지 회사에서도 이사 명함을 가진, 이미 오래전부터 후계자 수업을 병행하고 있었던 금수저 춤꾼이었다. 나는 벌떡 일어나 여권을 찾아 유효기간을 체크했다. 유효기간이 충분히 남았다는 것을 확인한 나는 앉은 채로 다시 미궁 속으로 빠져들었다. 미궁 속에서 나를 건져 올린 것은 쉬리의 모친이었다.

 호텔 커피숍에서 처음 만난 그녀는 염색하지 않은 희끗희끗한 생머리를 곱게 빗어 한쪽 어깨 위로 내려뜨렸고 단아한 감색 H라인 원피스에 백합꽃 모양 금빛 브로치로 장식한 케이프 숄을 두르고 있었다. 나를 보고 자리에서 일어나 15도 각도로 천천히 고개를 숙여 인사를 한 쉬리 모친은 자리에 앉아서도 한참 동안 말이 없었다. 얼마나 지났을까, 그녀가 처음 꺼낸 말은 '미안하다'였다. 그리고 나를 스토커로 신고하고 법원에 접근금지가처분 신청을 냈던 사람이 자신이었다고 말했다. 드라마에서나 봄 직한 장면이 눈앞에서 일어나고 있어 나는 두어 번 눈을 비볐다. 그녀는 담담하게 '사랑'이라는, 또는 '가족'이라는 이름으로 자행했던 억압과 폭력을 고해성사하듯이 내게 털어놓고 속죄를 빌었다. 3대째 이어져 내려오는 독실한 기독교 집안에서 성 소수자였던 쉬리의 파행(?)을 더는 지켜볼 수 없었다고, 어쩔 수가 없었다고도 토로했다. 또 그럼에도 여기서 더는 쉬리를 잃고 싶지 않다고 말하며 흐느끼기도 했다.

쉬리가 마침내 자신을 가둔 두터운 얼음벽을 깨부수기 시작했다는 것을 그제야 깨달았다. 쉬리 모친이 먼저 일어나 나간 자리에서 나는 곧장 여기저기 부동산에 전화를 걸었다. 갖고 있는 매장을 모조리 다 정리할 의사를 밝혔고, 놀라서 쏟아져 나오는 높은 톤의 목소리를 무시하고 최대한 빠르게 처리될 수 있도록 도와달라고 부탁했다.

비행기는 잘 날아가고 있었다. 쉬리와 나는 서로의 손을 꼭 붙잡고 깊은 잠속으로 빠져들었다. 꿈속에서 나는 쉬리 모친이 전해준, 쉬리가 내게 남긴 유품을 받아들고 조용히 호텔 커피숍을 나서고 있었다. 쉬리가 내게 남긴 유품은 쉬리가 입었던 '동래학춤' 의상이었다. 쉬리의 춤 중에서도 나는 그가 추는 동래학춤을 가장 많이 좋아했다. 넓은 도포 자락을 휘날리며 쉬리가 허공에 자신의 몸을 새기던 시간들을 나뿐 아니라 우리는 함께 사랑했다. 쉬리의 꿈속에서는 쉬리의 동래학춤 의상을 입은 내가 하얀 도포 자락을 펄럭이며 얼음조각이 흩날리는 허공에 몸을 새기고 있을 것이다.

길 잃은
무당벌레

 "인간이 계산을 하면 신도 똑같이 계산해. 아쉬운 것은 인간이지, 신이 아니야. 햇빛을 가르고 불어온 바람과 그 바람의 결대로 흔들리는 꽃잎의 날갯짓을 보시게나. 그게 계산기 두드려서 될 일인가. 바람이 거세지기 전에 날려 보내시게."

 직장을 그만두고 자의든 타의든 엮였던 대인관계 '일체'를 끊더니 도서관에 다니며 책벌레가 되다시피 한 남편과의 이혼문제로 찾아온 참이었다. 그가 끊어버린 '일체' 안에는 아내인 나와 아이들까지도 포함돼 있었다. 어쩌다 물어보는 말에는 '응' 아니면 '아니' 정도로만 대답했고, 늦은 밤 도서관에서 돌아와 혼자 간단하게 밥을 차려 먹고 설거지까지 마친 후에는 자신의 서재로 들어가 방문을 닫았다. 잠그지는 않았지만 나와 아이들 누구도 그 문을 열고 들어가지 않았다. 벽 하나를 사이에 두고 나눠진 공간을 연결하는 문 한 짝에 불과했지만, 남편의 닫힌 심리가 둘둘 말린 방문의 두께는 화성보다도 멀고 아득했다.

　남편이 직장을 다니지 않는다고 해서 경제적으로 타격을 입는 상황은 아니었다. 비록 보잘것없이 시작한 남편과의 가정생활이었지만, 두 아이들을 낳고 키워오는 내내 우리 부부는 둘 다 줄기차게 돈을 벌었고, 종잣돈을 늘려가는 과정에서 투자했던 부동산 가격이 크게 오르면서 시작됐던 자산투자 또한 운 좋게도 모두 성공했기 때문이었다. 이미 강남 요지에 위치한 5층 규모 꼬마빌딩 3채를 소유하고 있었고, 거기서 나오는 수익금 또한 자산관리사를 통해 탄탄하게 운영되고 있었기 때문에 남편이 원한다면 여행이든 사업이든 컨설팅을 받아 지원하거나 밀어줄 수 있는 여유 정도는 있었다. 그러나 직장을 그만두고 근 1년이 넘도록 남편은 아무것도 요구하지 않았다. 나는 그저 묵묵히(답답함을 참으면서) 지켜보고 기다리는 수밖에 답이 없었다.

　경제적으로 자유로워지면 세상에 해결 못 할 일이 없을 것 같았는데, 가장 믿었던 남편이 미뤄둔 숙제처럼 뚝 떨어진 셈이었다. 사실 얼떨결에 투자한 부동산에서 생각지도 못했던 큰 수익을 낼 때까지만 해도 나는 세상의 돈이 어떻게 흘러가는지에 대해서는 문외한이었고 관심도 없었다. 그러나 노동으로 벌려면 10년 이상 아끼고 고생해야만 간신히 쥘 수 있는 목돈을 불과 1년 반 사이에 벌 수 있다는 사실은 충격적이었다. 화폐가치와 인플레이션을 활용한 투자에 눈을 뜨기 시작한 계기이다. 밤잠을 줄여가며 돈이 가진 정보를 배우기 시작했고 노력한 만큼 돈의 속성을 알아가면서 나에게 돈을 '뻥튀기'하는 재주가 있다는 것도 함께 깨달았다. 자산이 쑥쑥 불어나는 것도 재미있었지만, '먹고사는 문제에서 벗어날수록 더 많은 가능성을 열 수 있다'는 각성은 거의 감동수준이었다.

어려운 집안 형편 때문에 화가가 되고 싶었던 꿈을 접고 상업계 고등학교를 졸업하고 은행에서 15년 가까이 성실하게 일했던 나는 마침내 회사에 사직서를 낼 수 있었고, 꿈에 그리던 미대 입시를 준비할 수도 있었다. 두 번의 도전 끝에 원하는 미대에 합격한 나는 상고를 다니면서 들었던 눈물 나게 싫었던 주판이 들어 있던 책가방 대신 화구를 실은 중형 세단을 타고 대학교에 다녔다.

화폭은 그동안 응어리져서 숨죽이고 있던 내면의 불덩이를 가감 없이 받아주었고, 가속도가 붙은 불길은 걷잡을 수 없이 커져갔다. 달아오른 영과 혼들이 의도하지 않아도 저들 스스로 물감 속으로 풀려 들어갔고 아침이면 작품이 완성돼 있었다. 영원과 맞닿은 수많은 밤들이 지나갔다. 동기들과 교수들의 탄사가 이어졌고 과장이 섞이기는 했지만 어린 동기들도 질투 대신 '청담동 빌딩주님'이라며 잘 따라주었다. 융통성 있는 처세 덕분인지 주임교수는 이름이 알려진 작가들이 모인 자리에 '나이는 있지만 유망한 신인'이라며 나를 소개시키기에 이르렀다. 저마다의 뚜렷한 개성에 '도도함'이라는 방어기제를 입힌 그들의 시선들이 처음에는 몹시 불편했지만, 나는 나대로의 방식으로 대응하며 모임에 빠지지 않고 참석했다. 결혼도 안 한 은행원 아가씨가 아이를 배서 배가 불러오면서 당했던 주위의 눈초리와 손가락질에 비한다면 그 정도는 아무것도 아니었다. 경계선을 그으며 다가오지 않던 그들은 차츰 그들 스스로 파 내려갔던 선을 뭉그러뜨리거나 민망한 듯 발로 쓱쓱 지워가며 다가오기 시작했다. "당신 참 무던해. 부러 꾸미는 것도 없지만, 있는 그대로 툭 던져놓고 '알아서들 하셔' 하는 당돌함까지도 묘하게 잡아끄는 매력이 있어. 빛 고운 오색진주들 사이에 툭 튀어나온 흑진주라고나 할까." 이런 식의 칭찬인지 욕인지 알 수 없는 말을 해주는 작가도 있었다.

작가대열에 끼면서 인적 네트워크가 가동되기 시작했고, 더불어 국내외 미술대전 수상기록도 쌓여갔다. 개인초대전과 단체전 참여 요청이 잇따르면서 내놓으라는 강남 사모들을 꽉 잡고 있는 화랑 큐레이터의 제안도 들어왔다. 화장기 없는 얼굴에 덧니가 귀염성 있었던 큐레이터의 제안대로 신사동에 위치한 갤러리에서 개최했던 초대작가전에서 내가 그린 그림 값은 수직상승 했다. 평론가가 따라붙었고 언론에서는 아궁이 속 불붙은 장작에 부채질을 하듯이 나의 지난했던 행원 시절까지 스토리텔링으로 채색해서 대서특필했다. 어느 날 아침에 눈을 뜨니 나는 미술계의 신데렐라가 돼 있었다.

"빈대 한 마리 잡으려다 초가삼간 다 태운다고 하지. (쯧쯧) 다 잃는다고 해도 일단은 직성대로 해야 속이 후련한 법이거든. 자네는 그 반대로구먼. 그 잘난 초가삼간 지키려다 산송장 거두게 생겼어."

대학을 졸업하고 메이저급 언론사 기자로 출발한 남편은 큰 아이가 초등학교 입학하던 해부터는 대기업 홍보부서에서 일해 왔다. 소위 SKY대 국어국문학과를 수석 입학하고 수석으로 졸업한 남편은 어려서부터 신동으로 불렸을 만큼 똑똑했다. 낙후된 섬에서 평교사생활을 하며 생계를 유지했던 남편의 부친은 남편의 대학 수석 입학이 확정된 날 밤, 빈 외양간에서 목을 매달고 생사를 달리했다. 시골생활이 답답하다며 남편이 8살 되던 해 집을 나간 모친은 연락이 끊긴 상황이었고, 남편은 시골집을 정리하고 과외를 하고 아르바이트를 하면서 학업과 생계를 이어나갔다. 그리고 그즈음, 나를 만났다.

남편과 내가 처음 만난 곳은 아이러니하게도 신촌에 위치한 ○○나이트클럽에서였다. 대학생이었던 친구들을 따라 처음 가본 곳에서 우연찮게 파트너가 된 남편은 너무나 쑥스러워서 어쩔 줄 몰라 하는 나에게 "그냥 옆에만 있어주면 돼요."라고 말했다. 음악 소리가 시끄러워서 잘 알아듣지 못했지만, 분명히 그렇게 말했다. 친구와 친구파트너가 함께 손을 잡고 스테이지로 나가자 남편은 "같이 나갈래요?"라고 묻는 표정으로 나를 바라보았다. 뭐라고 해야 할지 망설이고 있는 나를 물끄러미 바라보다가 남편은 벌떡 일어나더니 내 팔을 잡아 일으켰다. '쿵쿵' 심장을 울리는 음악 소리와 현란한 조명으로 흔들리는 스테이지에는 이미 빽빽하게 들어찬 젊은 남녀들의 열기로 가득 차 있었다. 내 팔을 잡고 그 안을 비집고 들어간 남편은 내 귀에 입술을 대고 말했다.

"그냥 뛰면 돼요." 입김과 함께 '후욱' 들어온 그의 목소리는 뜨거웠고 나는 청룡열차를 타고 내려올 때처럼 정수리부터 시작한 전기가 온몸을 '찌르르륵' 관통해가는 아찔함에 몸을 떨었다. 나는 남편의 손을 마주 잡고 그 자리에서 '둥둥' 뛰었다. 빨갛게 달아오른 얼굴이 부끄러워 오래 신어서 인조가죽이 희끗희끗 벗겨지기 시작한 나의 낡은 검정색 단화만 내려다보며 뛰었다. 그날 새벽 나이트클럽을 나서는 좁은 계단에서 나는 남편의 애프터신청을 받았다. 그 순간, 빨갛게 달궈진 양 볼이 '빵' 터지는 줄 알았다.

남편은 퇴근 무렵이면 내가 근무하는 은행 앞에 와서 나를 기다렸다. 우리는 분식집에서 김밥이나 라면으로 저녁을 먹고 조금이라도 더 싼 방을 찾아다니며 미친 듯이 서로를 갈구했다. 싸구려 여인숙숙박비도 아까워 한 달이 지나갈 무렵에는 보증금 없이 월 10만 원을 받는 지하 월세방을 얻었다. 순서처럼 아기가 들어섰고, 결혼식을 올리지는 못했지만 그 이듬해 나는 백일이 안 된 아기를 안고 가족이라는 이름으로 남편 졸업식장에 참석했다. 수석으로 졸업하는 남편의 자랑스러운 모습을 눈에 담고 젖병을 쥐고 있는 우리의 아기와 눈을 맞추며 눈물을 글썽였다. 그 눈물의 감정이 뭐였는지는 기억나지 않는다. 아이 출생신고를 위해 남편과 나는 혼인신고를 올렸고, 그 정도면 충분했다. 마침내 우리가 부부가 되었노라고 이 세상에 정식으로 선포하는 형식 따위는 중요하지 않았다. 사랑하는 남편과 아기가 있었고 함께할 수 있는 미래가 있었기에 그것만으로도 나는 충분히 행복했다. 직장을 그만둘 상황이 아니었기 때문에 직장 상사와 동료들의 벌레 보는듯한 눈초리와 지탄의 손가락질을 받으면서도 사표는 끝끝내 제출하지 않았다. 아이는 동네 어르신들이 하루에 1만 원을 받고 돌아가면서 돌봐주었고, 나는 젖을 못 물려 퉁퉁 불은 젖을 사내 화장실 칸에 앉아 묵묵히 짜서 내버렸다.

남편도 나도 직장에 육아 그리고 늘어나는 집안일에 다크서클 면적이 넓어지고 있었지만, '나를 만나지 않았더라면 더 나은 삶을 살았을 당신'이었기에 지치고 힘들어도 아침이면 '번쩍' 눈을 뜨고 닥친 시간 속으로 몸을 내던졌다. 조금만 더 빨리, 조금이라도 더 많이 움직이는 것만이 내가 베풀 수 있는 사랑의 전부였다. 남편은 그 마음에 보답이라도 하듯이 '내가 조금 더 노력해볼게.'라고 말하는 것만 같은 눈빛으로 쳐다보며 나의 어깨를 토닥여주곤 했다.

시간은 흘렀고 두 아이들도 무럭무럭 자라 대학생이 됐다. 그리고 애쓰고 노력한 부분도 있지만 무엇보다 실패하지 않았기에 불어난 자산 또한 충분했다. 심지어 나는 공중파 TV에도 소개될 만큼 미술계의 신데렐라로서 전성기를 누리고 있었다. 작가의 현상에 대한 독특한 사유와 함께 선의 경계를 허물고 명암과 색채 그리고 유려한 빛의 흐름으로 사유를 풀어낸 작품들을 소개하고 싶다는 다큐멘터리 제작 요청이 쇄도하고 있었다. 행복에 겨운 비명을 질러도 모자란 시간들이 나를 통과하고 있던 시기였다.

"고마워. 먼저 말해줘서. 차마 말할 수가 없었어. 무너지고 있을 때, 당신이 옆에 있어줘서 견뎌낼 수 있었으니까. 나머지는 뭐든 당신이 알아서 해. 모두다 당신이 일군 거니까. (침묵) 미안하다."

마침내 남편의 서재로 들어가는 방문을 열고 들어가 준비한 이혼 서류를 책상 위에 올려놓자마자 남편은 준비해두었던 대본을 꺼내 읽듯이 말했다. 마치 오랫동안 이 순간을 준비해왔던 것처럼 아무런 격정도, 감정도 느껴지지 않는 말투였다.

"사람이 어떻게 그럴 수가 있어? 여태 이걸 바라고 그랬던 거야? 이따위 종이쪼가리를 갖고 들어와서 '제발 나하고 이혼해줘!'라고 내가 빌기를 바랐던 거냐고."

다리가 부들부들 떨려오면서 언성까지도 바들바들 떨리고 있었다. '당신 때문에 화가 나 미치겠어.'라는 마음을 들킨 것 같아 화가 더 치솟았다. 마음 같아서는 남편의 멱살을 쥐어 잡고 따귀라도 여러 대 갈기고 싶었다.

"그날 신촌에서 말이야. 당신을 처음 볼 때 알았어. 용암처럼 끓고 있는 뜨거운 열정 같은 거. 언제고 불만 붙으면 다이너마이트처럼 '꽝' 터질 것 같은 긴장감. 삶에 대한 강력한 희망 같은. 왜인지는 몰라. 그냥 느껴졌어. 당신이 옆에 있어준다면 무너지지 않을 것 같았어. 나는 그때, 정말로 살고 싶었어."

결국은 못 참고 그 자리에 털썩 주저앉았다. 말수가 적기는 하지만 자상하고 배려심이 많았고 지극히 이성적인 사람이 남편이었다. 직장에서도 상사와 동기 그리고 후배들 간 관계가 원만했고 업무적으로도 능력을 인정받던 사람이었다. 다만 오랫동안 쉬지 않고 일해 왔으니까 '지침' 현상 같은 거라고 생각했다. 일종의 '번아웃' 같은 거. 또는 남자들한테도 찾아오는 몹쓸 갱년기 증상 같은 거라고 생각했다. 저런 말과 저런 말투는 익숙한 남편의 것이 아니었다.

"뭘 해야 할지 몰라 공부만 하면서 살았어. 아주 어릴 때부터 쭉. 되고 싶은 것도, 갖고 싶은 것도 없고. 그저 생각을 하기 싫어서 매달렸어. 공부 말이야. 공부를 하기 위해 돈을 벌어야 했고. 또 돈을 벌기 위해 일을 하고. 그리고 이제, 당신과 아이들한테 매달려 줄기차게 올라온 세월마저 그 끝에 도달했다는 것을 깨달았어. 벌……. 받을게. 미안하다."

 남편과의 이혼은 신속하고 깔끔하게 이뤄졌다. 모든 이혼절차가 빠르게 진행됐고 남편과의 혼인관계는 소멸됐다. 내내 미뤄두었던 남편과의 근사한 결혼식을 올리지 못하고 나는 남편과 남남이 됐다. "박살낼 결혼사진이 없어 아쉽네."라는 말을 끝으로 나는 남편과 헤어졌다.

 남편은 곧장 남쪽 지방에 있는 한 사찰에서 머리를 깎고 출가했고, 나는 미술계 좁은 골목길 사이로 퍼진 이혼 소식을 빌미로 찧고 까부는 입방아에 질려 제주도로 떠났다. 일종의 안식 기간을 갖기로 한 것이다. 빛나던 유리구두를 잃어버리고 잿더미를 뒤집어쓴 것처럼 찝찌름한 나날들이 흘렀고, 그사이에도 바다낚시를 가르쳐주기도 하고 가끔은 선술집에서 술잔을 함께 기울여주던 돌싱-남과의 열애설 등으로 곤욕을 치러야 했다.

 시간은 무료하게 바닷가를 서성였고, 나는 무당의 말대로 아무것도 계산하지 않고 그저 바람의 욕망에 나를 맡긴 채로 펄럭일 따름이었다. 그림에 대한 욕망마저 서서히 스러져갈 무렵, 남편으로부터 한 통의 메일이 도착했다.

무당벌레는 땅에서부터 식물을 타고 가장 높은 곳까지 끈질기게 기어오르며 먹이를 찾아. 마침내 그 끝에 당도하면 망설이지 않고 날개를 펴고 날아간다고 해. 매 순간 치열하게 최선을 다했기에 미련 또한 없는 게지. 당신이 있는 그곳에서 길을 잃지 않았으면 해. 새롭게 도착한 땅에서는 꼭 근사한 웨딩드레스……. 입었으면 해.

—석원—

바늘 끝을 걷는 사람

"우주가 허락하지 않으면 밥알 한 톨 입속으로 집어넣을 수 없어. 뭐든 자네 복덕의 힘으로 먹는 것이지, 그 누구 덕도 아니라는 의미야. 자네 타고난 생기와 복덕으로 마땅히 먹어야 할 것을 먹는 것인데, 기죽고 숨죽이고 살 일 있나."

낼 모래 50줄을 바라보는 나이에도 칠순을 넘긴 모친 등골을 파먹고 사는 숨 막히는 처지를 비관하는 것은 아니지만, 그 무거운 압박감 위로 대뜸 없는 무당의 말이란 것이 참으로 잔인하다. 지금처럼 식충이로 살면 된다. 기죽거나 숨죽이지 말고 계속 식충이로 살면 된다. 그 말이 아닌가.

경제활동 일체를 멈춘 것은 이미 오래전 일이다. 그것은 게을러서도 아니고, 일을 하기 싫어서도 아니다. 다만 밥벌이라는 것이. 내가 하고자 한다고 되는 것이 아니었다. 그뿐이다. 한마디만 더 하자면 모친의 극성스러운 만류도 한몫했다는 것은 밝히고 싶다. 처음에는 '쓸데없는 소리'라고 귓등으로도 안 들었지만, 일을 하면 크든 작든 몸을 상하는 일이 빈번하게 발생했고, 돈이라는 것도 버는 것이 아니라 도리어 번 것보다 더 내줘야 하는 사건들이 이유도 모른 채로 터졌다. 결국 나는 모친의 권고를 받아들이고 일체의 경제활동을 멈췄다. 식충이로서의 삶을 인정한 것이다. 나름 살기 위한 방책이었지만 구르지 않는 시간은 어찌지 못했다. 나는 날마다 숨이 막혔다.

　모친이 챙겨주는 아침을 먹고 동네 뒷산을 쏘다니기도 하고 종점에서 종점까지 달리는 버스 뒷자리에 앉아 사람 구경을 하기도 하지만, 마땅히 해야 할 일이 없는 하루는 길고도 지루했다. 흐르지 않는 시간의 압력을 버틴다는 것은 고단한 일이었다. 명절 때나 한 번씩 당구장에서 보는 동네친구들은 '전생에 나라를 구했다'며 속 모르는 소리를 했지만, 딱히 반발하고 싶지도 않았다. '미친놈! 그 공덕 네놈한테 다 넘겨줄 테니 제발 하루라도 바꿔 살아보자.' 하는 정도로만 질러진 염장을 달랬다.

　모친의 말로는 목수였던 부친은 내가 태어나서 6살이 되던 해, 건설현장에서 추락해 즉사했다. 어린 아들을 안고 생계 전선에 뛰어든 모친은 팥죽을 쒀서 내다 팔기 시작했다. 이를 가엾이 여긴 동네 구멍가게 노부부가 가게 문간 옆 공터를 내주면서 모친의 팥죽 장사는 제법 규모를 갖춰갔다. 공터에다 팥죽을 쑤는 큰 솥단지를 얹을 수 있었기 때문이다. 산자락을 끼고 형성된 판잣집이 다닥다닥 미로처럼 얽혀 있던 골목길을 벗어나 큰길로 나서는 초입에 위치한 탓인지, 모친의 팥죽은 금세 동네 명물로 자리 잡았다. 시골에서 상경한 일용직 노동자들이 많이 살았고, 출근길 퇴근길 오며 가며 가볍게 한 끼니 때우기에도 안성맞춤이었던 탓이다. 겨울이면 모락모락 피어오르는 김을 '후후' 불어가며 먹을 수 있도록 따뜻하게 내주었고, 여름에는 묽게 식혀서 후르륵 들이킬 수 있게 내주었다. 또 이런저런 액막이용으로도 모친의 팥죽은 제법 인기가 좋았다.

팥을 불리고 안치고 새알을 빚는 세월 속에서 모친의 손은 트고 갈라졌다. 손가락 관절들까지 비틀리고 있었지만 나라는 인간은 당최 모친의 수고로움에 보답할 수 있는 재주라는 것이 없었다. 새벽 3시면 어김없이 몸을 일으키고 묵묵히 팥죽을 쑤기 시작하는 모친 또한 아들인 나에게 무엇 하나 바라거나 기대하는 것이 없었다. 간혹 밥을 먹다가 시선이 느껴져 고개를 들어보면 모친이 바라보고 있었다. 나에 대한 모친의 관심은 딱 그 정도였고 그뿐이었다.

공부 머리를 타고나지도 않았지만 모친은 단 한 번도 공부를 하라는 강요나 해야 한다는 압박감을 준 적이 없다. 그러니 시험 성적은 보나마나였다. 한마디로 바닥이었다. 초등학교(당시는 국민학교) 3학년이 돼서까지도 받아쓰기 시험에서 50점이 넘어 본 적이 없었고 국어 산수 할 것 없이 평균 30점을 넘는 과목이 없었다. 전교 꼴등은 도맡아놓고 했다고 보면 된다. 심지어 달리기도 꼴등이었다. 지금도 국민 메신저라는 카카오톡 앱(App)을 사용하지 않을 정도이니 말 다했다. 한글 맞춤법처럼 어려운 것이 또 있을까.

"일이라는 것이 꼭 돈을 벌기 위해서만 하는가. 돈이 되지 않는 일을 찾아 하면 되지. 인간의 정신과 노동력을 돈에만 결부해서 집행한다는 것은 귀한 생명의 가치를 돈의 노예로 전락시키는 꼴이잖나."

귀한 생명의 가치라니. 나 같은 사람에게는 '귀신 씻나락 까먹는 소리'이다. 날 선 칼날을 들이대고 장렬한 전사를 요구하는 세상에서 내가 할 수 있는 일은 아무것도 없었다. 스스로 답을 알고 있으면서도 무력함과 답답증을 어찌지 못해 찾아온 무당집이니, 나오는 대로 다 말이라고 숨 막히는 심중 위로도 턱턱 가멸차게 올려놓는 무당만을 나무랄 일도 아니다.

고등학교를 졸업하기는 했지만, 사람이 다닌 건지 책가방이 다닌 것인지 알 수 없는 시절이었고, 군대를 전역한 이후에는 마땅한 일거리를 찾지 못해 빈둥거렸다. 그러던 차에 동네 아는 형들 소개로 나이트클럽 '보이'로 취직했다. 그러나 일주일을 채우지 못한 채로 나는 백기를 들고 집으로 돌아와야만 했다. 맥주병과 과일 안주가 놓인 쟁반을 들고 테이블 사이를 통과하는 일은 재빠르게 적응했지만, 왼쪽 볼이 깊이 찢어져서 28바늘이나 꿰매야 하는 사건이 발생했던 것이다. 클럽 2층으로 올라가는 계단 양옆으로 펼쳐진 난간 테이블 손님들이 한순간에 시비가 붙은 것인데, 때마침 그 사이를 지나가다가 닥친 어이없는 참극의 주인공이 하필이면 내가 됐던 것이다. 누군가에게 밀쳐진 누군가의 육중한 몸이 순식간에 나를 덮쳤고 쟁반은 천장으로 솟구쳤다. 그렇게 중심을 잃고 넘어지는 찰나, 테이블 어딘가를 맞고 깨진 유리잔 파편이 순식간에 나의 왼쪽 볼을 깊숙하게 찢은 것이다. 30살도 안 된 한 청년의 얼굴이 이지러지게 된 사연이다. 상처는 아물었지만 상처의 흔적은 깊이 남았다. 내가 봐도 나는 참 많이 불편한 인상이었다.

모자를 깊게 눌러쓰고 동네 비디오방이나 당구장을 얼쩡거리며 스트레치가 난 시간들을 견디는 수밖에는 마땅히 할 수 있는 일이 없었다. 그러던 중 당구장 사장 친구라는 참치횟집 실장을 알게 됐다. 내기당구를 치면서 안면을 트게 된 그 남자는 앵두같이 볼록하고 붉은 입술로 나의 퉁퉁한 몸집이며 흠집 난 얼굴 그리고 살짝 새는 발음까지도 꽤나 정감이 간다며 자기 밑에서 회 뜨는 기술이나 한번 배워보라고 말했다. 그의 권유로 나는 얼떨결에 참치횟집 보조 실장으로 취직했다. 잘 갈린 회칼을 다루는 일이 생각보다 어려웠고 당연히 실수도 잦았다. 그럼에도 이를 악물고 버텼다. 힘쓰고 귀찮은 일들은 혼자 도맡다시피 하면서, 때로는 뭔가 부당하다는 감정이 올라오기도 했지만 이겨냈다. 실장은 작업해야 할 물량이 많거나 시간에 쫓길 때마다 앵두 같은 입술을 씰룩이며 내게 쌍욕을 해대곤 했지만 터지는 감정들을 꾹꾹 눌러가며 참아냈다. 잘 배우고 익혀 실장 직함을 달기만 하면 그럭저럭 밥벌이는 하고 살 수 있겠다는 막연한 희망이 있었기 때문이었다.

 마침내 실장이라는 직함을 받았을 때, 나는 진심으로 기뻤다. 앵두 같은 입술로 날마다 쌍욕을 해대던 실장이 사장과 다투고 나가면서 사장이 아쉬운 대로, 또는 홧김에 달아준 실장 직함이었지만 어쨌거나 실장은 실장이었다. 모친은 칼이라는 도구를 사용한다는 점이, 또 생명을 잃은 물고기라고는 하지만 그 살과 뼈를 가르고 포를 뜨고 하는 일이 아들의 평생 밥벌이가 됐다는 점을 탐탁지 않게 여겼다. 그럼에도 제 밥벌이를 하겠다고 졸린 눈을 비벼가며 꼬박꼬박 일터로 향하는 아들의 양어깨를 쓰다듬어주고 그 뒷모습을 오랫동안 바라봐주었다. 버스를 타기 위해 10여 분은 족히 걸어야 하는 비탈길 아래 신작로에 내려와 뒤돌아보면 까만 점으로 변한 모친이 아직도 거기에서 그대로 서 있었다.

 모친의 막연했던 우려가 현실이 된 것은 실장 명찰을 왼쪽 가슴팍에 떡하니 달고 채 한 달이 되지 않았을 무렵이었다. 어느 날 아침 눈을 떠보니 나는 범죄자가 돼 있었다. 죄목은 강간치상. 모친이 비싼 변호사를 2명이나 썼고, 잘잘못을 떠나 무조건 싹싹 빌면서 거액의 합의금을 물고 합의를 했으니 망정이지, 모친이 없었고 돈이 없었더라면 그대로 교도소로 끌려가 수년을 썩을 뻔했던 아찔한 사건이었다.

그 당시 내가 근무하고 있던 참치횟집은 대부분의 참치횟집이 그렇듯이 실장 2명(한 명은 사장이었음)과 실장 보조 한 명이 회를 뜨고 있는 도마 바로 앞으로 3~4명이 앉아 먹을 수 있는 바가 있었다. 사건이 발생하기 한 달 전부터 내가 작업을 하는 도마 바로 앞쪽 바에 앉아 초밥과 히레사케를 주문해 먹던 40대 초 중반께 여자가 자주 들렀다. 그 여자는 가게가 번잡해지기 전 초저녁 무렵에 와서 똑같은 메뉴를 주문하고 별도로 가방에서 2만 원을 꺼내 내게만 따로 건네주었다. 나는 감사함의 표시로 고급부위로만 초밥을 짓고 금가루 뿌린 회를 몇 점 더 얹어 내주었다. 여자는 묵묵히 초밥과 술을 먹고 가게가 바빠지기 전에 자리에서 일어나 까딱 묵례를 하고 떠나는 식이었다. 묘한 감정을 일으키는 여자였다. 화장이 과하지 않았고 옷차림 또한 경박스럽지 않았다. 다만 표정이나 몸짓에서 문득 묻어나오는 '교태' 같은 것이 있었다. 그것은 사람의 마음을 '철렁' 내려앉게 하는, 어딘가 모르게 불편하고 불안한 낌새 같은 것이었다.

그날은 마지막 손님이 나가고 한창 마감을 하고 있는데, 그 여자가 가게 문을 열고 들어왔다. 술이 많이 취한 것처럼 보였고, '곧 마감이라 안 된다'고 정중하게 말했지만 '오늘은 실장님 초밥을 꼭 먹어야 한다'면서 고집을 피웠다. 단골이기도 했지만, 올 때마다 2만 원씩 따로 챙겨주었던 정리가 있어 재차 거절하기가 어려웠다. 썩 내키지는 않았지만 마침 마감 당직이기도 해서 주문을 받고 퇴근을 준비하던 홀 여직원에게는 기본 상차림만 내주고 퇴근하라고 지시했다. 여직원의 입 내민 소리가 듣기 싫어서였고, 금방 먹고 평소대로 깔끔하게 갈 것이라고 생각했기 때문이었다. 그러나 그 여자는 꼭 먹어야겠다던 초밥은 먹는 둥 마는 둥 하고 술만 몇 모금 더 마시더니 그대로 인사불성이 됐다. 전작이 과한 모양이라고 생각하고 쓰러진 여자를 부축해 택시를 태워 보내기 위해 집을 물어봤지만 여자는 나의 목을 잡아끌며 '모텔로 가자'는 말만 반복했다. 할 수 없이 대충 가게 마감을 하고 완전히 축 처진 여자를 업고 가까운 모텔로 들어가 방을 잡아주었다. 간신히 방에 눕히고 돌아서는데, 여자가 와락 달려들었다. 뒤쪽에서 나의 허리춤을 껴안은 여자는 콧소리가 섞인 신음 소리를 내며 애원했다.

"사랑해줘. 오랫동안 좋아했어. 제발 나를 좀 어떻게든 좀 해줘. 제발, 제발 부탁이야. 응?"

젖 먹던 힘까지 뽑아 올려 매정하게 뿌리치고 방문을 박차고 나갔어야 했다. 절대로 그 여자를 향해 돌아서면 안 되었다. 그러나 나는 그만, 아무런 의심 없이 그 여자를 향해 돌아서고 말았다.

잠에서 깨어보니 경찰들이 들이닥친 모텔 방은 가관이었다. 여성의 옷은 여기저기에 찢겨진 채로 널브러져 있었고, 머리가 산발이 되고 양 볼 주위가 빨갛게 퉁퉁 부어 보이는 여성은 이불에 둘둘 말린 채로 들것에 실려 나가는 중이었다. 벌거벗은 몸으로 일어나 앉은 나는 영문도 알지 못한 채로 손목에 수갑이 채워졌다.

모친의 말로는 꽃뱀사기단에 당한 것이라며, 혀를 쯧쯧 찼다. 욕이 절로 나왔다. 그간 쓸 데가 없어 모으기만 했던 돈은 모친의 쌈짓돈까지 얹어 고스란히 사라졌고 나는 천하의 잡놈으로 빨간 낙인이 찍혔다. 참고 인내하고 버티었던 시간들까지도 모조리 부서져 쏟아져 내렸다.

"귀한 아들 귀한 아들 노래를 불러서 그랬나, 총각 딱지도 참 거나하게 뗐다."

모친은 깔깔 웃었다. 구치소를 나와 근처 공원 벤치에 앉아 모친이 건네준 생두부를 한 입 베어 물었을 때였다. 화가 나서 고개를 들었더니 소리는 웃는 소리인데 모친의 얼굴에는 눈물이 흐르고 있었다. 모친은 '너무 웃겨 눈물이 다 난다'면서 한참을 더 깔깔 웃었다. 나는 말없이 검정 비닐봉지에 담겼던 두부 한 모를 우적우적 씹어가며 다 먹었다. 태어나서 그렇게 서걱거리는 두부는 처음이었다.

그 사건 이후로는 일도 일이지만, 무엇보다 사람이 무서웠다. 도무지 시간을 밀고 앞으로 나아갈 수가 없었다. 종일 '벼룩시장'과 같은 구인구직정보지를 펼쳐놓고 이리저리 들여다보다 밥을 먹었고, 밥을 양껏 먹고 나면 배가 불러 또 양껏 잠을 잤다. 자다가 일어나 다시 정보지를 들여다봤지만 마땅히 하고 싶은 일도, 해야 할 이유도 찾지 못한 채로 금세 어둠이 닥쳤고 TV 채널을 이리저리 돌리다 보면 또 자정이 넘었다. 자정이 넘으면 라면을 몇 개 삶아 먹고 다시 잠을 청했다. 흐르지 않는 시간 속에 갇혀 발버둥조차 칠 수 없는 나날이었지만 그러한 와중에도 세월은 흘러갔다. 무심한 그 세월 속에서 나는 나이를 먹었고, 모친은 늙어갔다.

동네 어르신들의 권유로 짬짬이 이런저런 일을 시도해보기는 했다. 보일러 수리, 타일 시공, 이삿짐 나르기 같은 일들. 그러나 어김없이 사소한 사고나 진저리를 치게 하는 사건이 터졌고 마지막으로 도전했던 용접 일을 배우던 도중 결국은 그 모든 희망을 포기하기에 이르렀다. 왼쪽 팔과 가슴팍으로 폭발하듯이 튀어 오른 불꽃에 데여 6개월이나 병원 신세를 져야 했기 때문이다. 병간호를 하던 모친은 전보다 자주 깔깔 웃었다. 결국은 산소용접을 하다가 가

스관 호수에 튄 불꽃이 빚은 화상 참사를 마지막으로 나는 나의 삶을 인정하기로 결심했다. 식충이로서의 삶을 말이다. 발버둥 치지 않으니 고단하지 않았다. 그리고 통증도 서서히 무뎌졌다.

팥죽 장사로 가게 문 옆 빈 공간에 자리를 내주었던 이층집 구멍가게를 통째로 사들일 만큼 가게를 키워낸 모친이었지만 아무리 일손이 부족해도 아들인 나를 부리는 일은 없었다. 혼자 고생하는 모친이 짠해 돕겠다고 나설 때마다 모친은 한사코 손을 내저었다. '이건 내 일이니, 네 볼일 보라'는 식이었다. 못난 '식충이' 아들이지만 그래도 아들인데, 저렇게까지 기대 한 점이 없을까, 싶어 섭섭한 적이 없었을까. 그럴 때마다 모친은 "그저 살아 있으면 된다. 잘 먹으면 된다. 안 아프면 된다."라고만 말했다. 나는 모친의 말대로 다만 살아 있으면 되었고 잘 먹으면 되었고 아프지 않으면 되었다. 그러면 된 것이다. 그래서 나는 완벽했다. 모친의 아들이니까 이대로 완벽할 수 있는 것이다.

"그날이 동지가 막 지나고 한창 추울 때였다. 네 아버지가 그날 일하러 나갈 시간인데도 일어나질 못하더구나. 이불을 머리끝까지 끌어올려 덮고는 '오늘만 좀 일을 쉬고 싶다'고 하더라고. 한 번도 그런 적이 없는 양반인데. 그런 양반한테 내가 냅다 한다는 말이 '쉬고 싶다고 다 쉬면 이 구질구질한 동네 뜰 수나 있겠냐. 자식이 커나가는데 창피하지도 않냐.'라며 입에서 나오는 대로 퍼부어댔다. 너는 그 전날부터 열이 펄펄 끓어 숨을 학학대고 있지, 날만 새면 너를 들쳐 업고 병원으로 가야 할 판인데, 병원비가 얼마나 나올지도 모르겠고. 집에서 소일삼아 했던 전자부품 조립 할당량까지 밀려 있었다. 신경이 바늘처럼 바짝 곤두서 날뛰는데, 제어가 안 되더라고. 네 아버지가 무겁게 몸을 일으키고는 열꽃이 핀 네 얼굴을 말없이 바라보다가 '살아야지, 우리 아들.' 하더구나. 들릴 듯 말 듯 한 목소리였지만 분명히 들었다. 그게 네 아버지가 뱉은 마지막 말이었어. 깜깜한 새벽 좁은 골목길을 걸어 금세 시야에서 사라진 그 양반 뒷모습이 그날따라 또 왜 그렇게 마음이 찢어지던지. 너를 들쳐 업고 병원에 다녀오면서 팥을 사와 팥죽부터 쒔다. 평소 술도 안 하고 말수도 적던 양반이 그 며칠 전부터 동짓날 팥죽도 안 했냐면서 팥죽 타령을 했는데, 하필이면 그날 또 그렇게 맛있게 쒔지 뭐냐. 너는 병원에서 처방해준 해열제를 먹고 한숨 푹 자더니만 방긋 일어나 앉아 설탕을 넣어 비빈 식은 팥죽 한 그릇을 뚝딱 비워냈지. 그즈음일 거야. 현장에서 달려온 사람한테 소식을 받은 게. 네 아버지가 건물 난간을 혼자 걸어가는데, 꼭 옆에서 누가 민 것처럼 앗, 할 사이도 없이 아래로 뚝 떨어졌다는 거야. 뒤에서 걷던 동료가 보기에 꼭 그랬다는 거야. 높지도 않은 2층 높이였다는데, 하필이면 그 아래 쌓아놓은 벽돌 모서리에 머리가 찍혀 그 자리에서 즉사했다고 하더구나."

팥죽을 쑤던 모친의 솥단지가 놓여 있던 자리에는 유려하게 빛나는 황동색 거대한 높은음자리표 조형물이 설치됐다. 도시환경정비 사업으로 아파트 대단지가 들어서면서 다닥다닥 들어찼던 판잣집도, 모친의 이층집도 허물어져 사라진 지 오래다. 나는 높은음자리표 조형물 앞에 서서 바람의 결에 따라 능소화가 지고 있는, 어딘지 모를 그 공간을 홀린 듯이 바라보았다. 다만 그렇게 오랫동안 서 있었다. 마침내 북상하는 태풍의 영향권에 들었는지, 바람이 세차지고 있었다. 그때 문득, 오랫동안 귓가에서 맴돌던 무당의 마지막 말이 꽂히듯 심장으로 와서 박힌다.

"바늘 끝에 스스로를 세우고 걷는다는 것은 참회가 아니라 지옥이야. 발버둥 칠수록 그 자리에서 더 깊이 박혀갈 뿐이지. 그 고통의 심줄을 던져버리지 않는 한 그 지옥에서 단 한 발짝도 벗어날 수 없어."

징검다리를 건너는 사람들

"대주님 사주에 삼신이 보이지 않는데, 대주님 아내분 배 속에는 아기가 보입니다. 알고 계신 겁니까, 아니면 저한테 확인을 받고 싶어 오신 겁니까?"

자리에 앉기도 전에 터진 무당의 공수가 목을 벤다. 싹둑! 소리조차 나지 않을 만큼 예리하고 빠른 솜씨다. 최근 외출이 잦아지고 귀가 시간이 늦어진 아내의 몸에서는 매번 ('아내의 바람'이라는 심증에 쐐기를 박는) 익숙하지 않은 샴푸 냄새가 났다. 두어 달 가까이 그 냄새를 애써 무시했다. 내가 지나치게 예민해서일 거라고. 또는 다른 이유가 있을 것이라고 생각하며 불쑥 올라오는 의심을 지워내곤 했다. 무엇보다 아내는 임신 중이었다. 임신한 아내가 그런 짓을 할 리가 만무했다. 그런데, 이 무당, '아닐 거야, 그럴 리가 없어.'라며 다잡고 다잡으며 붙들어 매어두고 있던 아내에 대한 믿음뿐 아니라 내가 세워 올린 가정이라는 세계 자체를 단 두어 마디 말로 가볍게 베어버린다. 서늘하게 베어져 공중 어딘가에 샛노랗게 떠 있던 나의 머리통을 찾아와 붙이고 짐짓 아무렇지도 않다는 듯이 따져 묻기까지는 수초가 걸렸다.

"아내가 임신 중인 것은 맞습니다만, 제게 삼신이 안 보인다는 말씀은 아내 배 속에 있는 아기가 제 아기가 아니란 의미인가요? (잠시 헛웃음) 그 말씀은 참으로 동의하기가 어렵네요. (헛기침을 몇 번 하고 나서) 오늘 제가 여기 온 이유는 아내에게 다른 남자가 생겼는지를 묻고자 함입니다. 다른 말씀은 마시고 그것만 답변해주시면 됩니다."

짐짓 표정을 정돈하며 "난 괜찮아. 준비됐으니 어서 대답이나 하셔." 하는 투로 말했지만 이미 눈가가 푸르르, 떨리고 있다는 것이 스스로도 느껴졌다. 민망한 마음에 목소리에 부러 힘을 주어 말하는데, 저 아래 창자 어디서부터인가 시작된 뜨거운 무엇인가가 기도를 타고 맹렬하게 올라오는 것도 느껴졌다. 그 맹렬함이 너무나도 뜨거워 눈물이 펑, 하고 터질 것도 같았다. 그 아슬아슬한 순간, 다행히 무당의 말이 허공을 가르고 막 내게로 당도했다.

"저한테 묻지 마시고 병원에 가서 검사부터 받아보시랍니다. 그것이 빠르답니다. 제가 여기서 이러니저러니, 말씀드려도 믿지 않으실 것이고. (방울을 들고 몇 번 왈랑왈랑 흔들더니) 우리 할머니 말씀이 대주님 성정이 대쪽같은 분인데, 이런 곳에 오실 정도면 그동안 당한 마음고생이 꽤나 심했을 것이다, 하십니다. 아내분은 대주님이 감당할 수 있는 사람이 아니랍니다. 하루라도 빨리 놓아주는 것이 상수랍니다."

혹 떼러 와서 혹을 붙인 격이다. 아내에 대해 끝없이 피어오르는 의심을 종식시키고자 찾아온 무당집인데 아내가, 심지어 아기가 모두 내 것이 아니라는 청천벽력(靑天霹靂)과도 같은 말을 일말의 망설임도 없이 딱 잘라 말한다. 나도 그냥 딱 잘라 하늘이 샛노랗다.

아내를 말하자면 딱 잘라 아름다운 여성 그 자체였다. 세상에 태어나서 아내처럼 마음을 잡아끄는 사람은 단 한 번도 만나본 적이 없다. 길고 서늘한 눈매와 그 속에서 촉촉하게 빛나고 있는 눈동자는 그냥 바라보고만 있어도 마음을 무장 해제시키기에 충분했다. 적당한 높이에서 곧게 뻗은 콧대와 콧날은 사랑스러웠고 입술은 '안젤리나 졸리' 급까지는 아니더라도 상당히 도톰했다. 특히나 석류알처럼 밝게 빛나는 입술빛은 침이 절로 나올 만큼이나 탐스러웠다. 누구라도 아내를 처음 본다면 '첫눈에 반했다'는 표현이 서슴없이 나올 것이다. 실제로 아내와 나의 성혼을 선포하는 결혼식장에 참석한 하객들 모두 하나같이 웨딩드레스를 입은 아내의 모습에서 눈을 떼지 못했다. 여기저기에서 아내의 미모를 찬탄하는 언사들이 넘실댔다. 당연히 아내는 나의 기쁨이었고 행복이었다. 축복이라고 생각할 만큼이나. 아내에 대한 나의 사랑은 결혼한 이후에도 그렇게 한없이 깊어만 갔다.

"그 말씀에 책임지실 수 있습니까. 그래요. 아내에게 다른 남자가 생긴 것은 맞는다고 칩시다. 그렇더라도 저한테 지금 병원부터 가 보란 말씀은 취소하시죠. 그 말씀의 의미는 저한테 이상이 있다는 말씀이 아닙니까. (다시 헛웃음을 애써 짓다가 마른침을 꿀꺽 삼키고) 저는 모든 면에서 지극히 정상적인 남성입니다. 남성 기능 또한 아무런 문제가 없다는 말씀입니다."

이런 유치한 (우격다짐 식의) 말을 내가 왜, 볼품없는 파마 머리칼을 부스스 띄어놓고 뱀처럼 가늘게 찢어진 눈매를 하고 있는 이 무당 앞에서 해야만 하는 것인지. 말을 하면서도 어이가 없어서 목소리가 떨려왔다. 그렇다. 애초에 여기 온 것이 잘못이었다. 이런 비상식적인 곳을 왜 왔을까. 답답한 마음이 화근일 것이다. 늦었지만 이제라도 정신을 차리자, 싶어 지갑을 꺼내 복채를 내놓고 자리에서 일어서려는데 팔짱을 끼고서 마치 쩨려보듯이 나의 얼굴을 바라보고 있던 무당이 마치 적선이라도 하듯이 이런 말을 또 툭 던져놓는다.

"대주님, 아내분에게 대주님은 징검다리 중 하나일 뿐입니다. 양말과 신발을 벗지 않고도 원하는 세계로 진입하기 위해서는 대주님이라는 징검다리가 필요했던 게지요. 징검다리야 그 역할이 끝나면 그뿐. 우리 할머니 말씀이 대주님도 이미 알고 있다고 하시네요."

온몸에 있는 털이란 털이 곤두서면서 등골에 소름이 돋는다. 아내가 부친과 나의 도움으로 어렵지 않게 박사 논문을 통과한 것을 알고 있는 것일까. 아니, 학자로서뿐 아니라 예술가로서도 대내외적 인지도가 높은 나의 부친 덕으로 쉽지 않은 국내외 저명 학술지 논문 게재며 이름난 각종 대회 수상기록까지 보유할 수 있었다는 사실까지도. 그러나 그것은 변두리에서 치킨집을 운영하는 한부모가정 출신인 아내가 유학자로서 대한민국에서 명성이 자자했던 조부와 문인화의 새로운 지평을 열었다고 평가받는 학자(교수)이자 문인화가인 부친 그리고 문화예술 역사와 미학 그리고 평론 부문 박사(교수)이자 학교연구소장직을 맡고 있는 나까지 3대에 걸친 학자 집안 장손며느리가 되기 위한 '구색 맞추기' 정도였다면 이해가 될까. 꼭 아내의 출신을 밝히지 않더라도 그 정도는 당연한 일이 아닌가. 재능이나 실력이 없었던 것도 아닌데 말이다. 그럼에도 '징검다리'라는 무당의 표현은 간담을 서늘하게 하는 부분이 있었다.

종교무용학과 박사과정을 밟고 있던 아내를 처음 만난 것은 당시 모 광역시에서는 처음으로 출범하는 '메세나 협회' 토론회장에서였다. 주최 측의 추천으로 발제자로 나서 주제발표를 했던 나는 토론회가 끝나고 '발제를 감명 깊게 들었다'며 명함을 내미는 아내에게 자연스럽게 나의 명함을 건네줬다. 아내와의 인연은 그렇게 명함 주고받기에서 시작됐다. 아내는 예술이 지역사회 정경계에 어떻게 작동할 수 있는지, 그 메커니즘을 어떻게 만들어갈 수 있는지부터 시작해 예술과 자본주의 그리고 권력구도 트라이앵글에서 예술의 본질을 훼손하지 않으면서도 그 힘의 균형을 유지할 수 있는 방법론 등을 (실제로 궁금해서였는지는 모르겠으나) 묻기 위해서 내가 준 명함에 적힌 개인 휴대폰 번호로 여러 차례 전화를 했다. 나는 물론 그때마다 내가 알고 있는 모든 지식과 경험을 동원해 성심성의껏 답변해주었다.

처음 만나던 순간부터 이미 아내의 미모에 마음을 빼앗겼음인지 예술과 철학적 사고가 가미된 그녀의 명철한 질문의 무게와 사유방식이 무척이나 새롭고 신선하게 느껴졌다. 팔딱팔딱 뛰는 물고기처럼 역동적인 사유의 진폭은 덤이었다. 당연히 호감을 가질 수밖에 없었다. 운명처럼 나는 아내에게 만남을 제안했고 우리는 만난 첫날부터 우리 시대의 예술이 지향해야 하는 논제를 놓고 밤을 새워 토론했다. 사케를 마시며 들은 그녀의 사상은 판에 박힌 것만 같은 익숙한 사고의 스펙트럼을 무한대로 늘리는 신통방통한 재주가 있었다. 심지어 적당한 알코올이 들어가면서 꽃피우기 시작한 그녀의 감성은 너무나도 다채로워서 눈이 부실 지경이었다. 누가 먼저랄 것도 없이 우리는 키스를 하고 몸을 섞었다. 환희에 넘치는 아름다운 새벽녘이었다.

그날 새벽, 우리는 '아름다움이 심오한 철학은 아니다'는 데 동의했고, 오히려 예술의 세계에 깊이 빠져들수록 추상적이고 '해독 불가한 해석'을 요구하는 식의 예술계의 병폐만큼은 절대로 동의할 수 없다는 데에도 함께 고개를 끄덕였다. 작품마다 덕지덕지 붙은 온갖 라벨부터 도려내야 한다고, 우리는 더욱 격하게 공감했다. 우리는 누가 봐도 '아름다운' 작품들을 좋아해야 하며 그것이야말로 세상을 바꿀 수 있는 힘이 될 수 있다고 다시 한번 뜨겁게 입을 맞췄다. 내내 다양한 화제들을 던지며 아내가 가진 프레임의 넓이를 가늠하고 계산하는 나를 위해 아내는 아무런 의심도 없이 자신이 가진 예술적 신념이나 취향의 확고함을 자신만의 고급언어로 거침없이 표현해주었다. 아아, 아내는 진심으로 아름다운 여인이었다. 아니, 나에게 꼭 필요한 사람이었다. 아니, 아내는 아주 오래전부터 꿈꿔왔던 '나만의 뮤즈' 그 자체였다.

"징검다리라. 제가 징검다리였다면 아내가 저를 즈려밟고 가고 싶었던 최종 종착지는 어디였을까요. 저 또한 징검다리 역할이나 할 사람은 아닌데 말입니다."

쭈뼛 선 머리칼을 손바닥으로 쓸어 넘기며 내가 너스레를 떨 듯이 묻는다. 졸지에 반들반들 물비늘이 빛나는 평평한 돌덩이 하나가 된 마당에 그냥 솔직하게 말해보자, 싶기도 한 것이다.

"실체가 없답니다. 무형의 형태라 그것을 무어라 말해야 하는지 우리 할머니도 모르시겠답니다. 다만, 무언가를 바라보는데 그것이 가진 의미가 계속 바뀐다고. (말을 끊고 다시 방울을 잡고 왈랑왈랑 몇 번 흔들다가) 무어라 딱 떨어지는 말을 찾을 수가 없답니다."

나는 안다. 그것은 아마도 '예술의 빛'일 것이다. 아내는 타고난 예술가였으니 말이다. 나도 나지만 부친 또한 첫눈에 그것을 알아보았다. 부친이 아내의 학위 취득과 수상경력을 도운 것은 그 때문이었다. 탁월한 예술적 재능과 지성 그리고 미모까지. 네모난 세상에 익숙한, 이성적이고 고지식한 나란 사람하고는 타고난 결 자체가 다른 사람이 바로 아내였다. 어쩌면 그래서였을 것이다. 너무나도 갖고 싶었던, 그래서 미치도록 집착했을 것이다. 나의 뮤즈로 등극한 아내를 통해 비록 타고나지는 못했지만 죽어서라도 갖고 싶었던 '예술혼'을 한껏 고양시키고 싶었는지도 모른다.

부친은 어려서부터 외아들인 내가 예술인으로 살아가길 희망했다. "세상을 바꾸는 힘은 예술에서 나오는 것이다."라면서 기억도 나지 않는 어린 시절부터 부친은 바이올린부터 아크릴 물감이나 팔레트까지 (혹시라도 잠재돼 있을지도 모르는) 예술혼을 깨울 수 있는 도구를 손에 쥐여주며 기대에 찬 눈빛으로 나를 응시하곤 했다. 부친의 응시가 가진 함의는 무거웠고 그 무게에 눌린 나는 자주 어깨를 움츠려야 했다. 부친 앞에만 서면 주눅이 들었다. 부친의 바람과는 달리 나는 감성보다는 이성 쪽이 강화된 인간이었고 악기나 화구보다는 계산기가 익숙하고 편했다. 결국 부친의 기대와 나의 타고난 직성 그 중간쯤에서 타협을 본 나는 문화예술 연구와 평론을 주업으로 삼았고, 다행히 부친의 이름값 덕분으로 비교적 이름이 알려진 대학 정규직으로 근무할 수 있는 기회도 얻을 수 있었다. 그럼에도 불구하고 나는 늘 무언가가 부족하다는 느낌을 떨칠 수가 없었다. 채워도 채워도 여전히 부족한, 늘 무언가가 빠진 듯한, 아니 꼭 가져야만 할 무언가를 덜 가진 것만 같은 느낌은 아주 많이 불편했다. 아니, 불쾌했다.

그러한 느낌이 사라진 것은 아내를 만나면서부터였다. 아내를 부친에게 소개시킬 때만큼은 태어나서 처음으로 가슴을 쭉 편 자세로 당당하게 부친 앞에 서 있을 수 있었다. 부친 역시 아내를 보는 순간, 입을 활짝 열고 웃으며 나를 바라보았다. 아마 고개도 끄덕였을 것이다. 부친은 아니라고 부인하겠지만, 부친은 그날 처음으로 당신의 외아들인 나에게 만족했다. 표정은 감정을 숨기지 않았다.

"아내는 타고난 예술가입니다. 자신만의 독특한 세계를 몸으로 표현할 수 있는 '홍신자' 버금가는 춤꾼이기도 하지만, 다채로운 재료를 자신의 철학적 사유에 녹여 풀어낼 수 있는, 세계적으로도 손에 꼽을 수 있는 화가입니다. 아내는 예술가라기보다는 창조자에 더 가까운 사람입니다. 혁신적인 기업이 지금까지 존재하지 않았던 새로운 가치를 만들어내듯이 말입니다. 어떠한 공간이나 캔버스 위라도 아내는 지금까지 그 어디에서도 볼 수 없었던, 또는 그려지지 않았던 새로운 작품을 만들어낼 수 있는 사람입니다."

"아하! 그것이 바로 예술이란 것입니까? 이제야 우리 할머니 말씀이 이해가 됩니다. 대주님, 대주님 아내분이 가진 예술혼은 사랑의 감정이 동력이랍니다. 그래서 새로운 징검다리가 계속해서 필요한 거랍니다. 대주님, 지나친 것은 '참사'를 불러옵니다. 감당 안 되는 물건이라면 가지고 있는 그 자체가 '화(禍)'가 되는 법이거든요."

이름만 대면 알만한 정치인이나 기업가가 믿고 찾는다는 무당집이라고 해서 여당 최고위원으로 활동하고 있는 지역 의원이 입김을 넣어 잡아준 상담인데, 무당 입을 통해 나오는 공수마다 참담하기가 짝이 없다.

참담함, 이라는 감정을 무당집 담벼락에 씹던 껌을 붙여놓듯이 척, 붙여놓고 집으로 돌아온 나는 아내의 작업실로 들어가서 아내가 작업하는 모습을 지켜보기 위해 장만했던 작고 앙증맞은 일인용 소파에 털썩 앉았다. 그리고 한 쪽 벽면 절반 이상을 차지하고 있는 (법고춤을 추고 있는) 아내의 사진을 바라본다. 실물보다 두 배는 큼직한 사진 속 아내를 바라보며 나는 한참을 더 그대로 앉아 있었다.

"대주님 사주에 삼신이 보이지 않는데, 대주님 아내분 배 속에는 아기가 보입니다. 알고 계신 겁니까, 아니면 저한테 확인을 받고 싶어 오신 겁니까?"

사실을 말하자면, 무당의 첫 공수는 정확했다. 맞다. 나는 '비폐쇄성 무정자증'이라는 병명으로 신체검사 4급을 받고 공익근무를 한 사람이다. 특별히 몸이 불편하거나 생활에 지장이 있고, 일이나 직업에 지장을 주는 것도 아닌데 일방적으로 안타까운 취급을 받거나 장애인 취급을 받는 것이 싫어서 무당집에서도 평소대로 부인한 것은 나 자신도 모르게 발동한 '방어기제' 탓이었을 것이다. 그러나 그것이 뭐 어쨌다는 것인가. 조금 더 자세하게 설명하자면 아내와의 결혼 결심 또한 아내의 임신 소식을 듣고 나서였다. (훗!) 그런데, 그랬던 내가 아내의 징검다리일 뿐이라고?

용한 무당임에는 틀림없다. 그 사실은 인정한다. 그러나 신명조차도 나라는 '괴물'을 다 읽어내지는 못한 것이다. 어떻게 읽어낼 수가 있었겠는가. 아내야말로 철저하게 나의 징검다리가 되어야 한다는 것을 말이다.

마침내 나는 아내의 방에서 나와 나의 서재로 들어간다. 아내와의 대화를 기록(녹취)한 파일을 다시 들으며 아내가 아닌 '나'의 예술적 사유와 새로운 철학적 담론을 정리하기 위해서이다. 아내는 여느 때처럼 늦은 외출을 마치고 곧 돌아올 것이다. 익숙하지 않은 샴푸 냄새를 풍기며. 나는 아내가 묻혀온, 거슬리지만 이제는 제법 익숙해진 그 냄새를 맡으면서 아내의 발그레하고 사랑스러운 볼에 키스세례를 퍼부을 것이다.

죽었다 깨어난 남자

"우리네 중생들 심력(心力)은 저마다의 한계치라는 것이 있어. 한계에 다다르면 폭발할 수밖에. 더는 인내할 힘이 없으니 어쩌겠나. 성인군자라 해도 한계치에 다다르면 타고난 성정을 이겨낼 재간이 없다네. 병마에 지치고 늙어 힘이 부치거나 궁지에 몰리면 수심 수행이 다 무슨 소용인가. 그냥 하고 싶은 대로 하시게."

아내를 죽이고 싶은 욕구를 어쩌지 못해 지푸라기라도 잡자는 심정으로 찾아온 무당이 하는 말이 기가 차다. '그냥 하고 싶은 대로'라니. 광역시에서 3선 시의원을 지냈고 깔끔하고 깐깐한 성품 탓인지 80세 가까운 나이에도 척추에 꼿꼿하게 힘이 들어간 선배가 비밀리에 알려준 용한 무당이라기에 도시에서 도시로 장장 3시간을 운전해왔는데. '아내를 죽여라'는 공수가 나온 셈이다.

아연실색해서 무당의 부채 방울만 바라본다. 무당은 '뭘 더? 어쩌라고?' 하는 표정이다. 그럼에도 그의 표정에는 어떤 '엄중함' 같은 기운이 서려 있었다.

"어떻게 죽여야 제 속이 시원해지겠습니까? 제 손으로 직접 하는 것은 좀 꺼려지고요. 손 안 대고 최대한 자연스럽게, 그렇지만 최대한 고통스럽게 죽일 수 있는 방법이 있을까요? 듣기로는 뭐 '양밥'이라고, 저주를 걸어 죽일 수도 있다고 하던데요."

1년 전에 3급 고위공무원으로 정년퇴직을 하고, 인생 제2막을 화려하게 개막하기 위해 드론(초경량비행장치 무인멀티콥터 조정자) 국가공인자격증과 드론 교관(지도조종자) 자격증을 준비하느라 바쁠 때만 해도 내가 이런 말을 지껄이고 있을 줄은 상상조차 못 했다. 그러나 나는 흡사 막장 드라마를 찍으며 완전히 자신의 배역에 동화된 배우처럼 손톱만큼의 죄책감도 느끼지 않은 채로 무시무시한 말을 아무렇지도 않게 내뱉고 있는 것이다. 심지어 나는 15년 전 불교에서 천주교로 개종한 아내를 따라 세례를 받았고 현재까지도 성당에서 레지오 활동 등 봉사활동도 열심히 해오고 있는 독실한 가톨릭 신자인데 말이다.

문제가 터지기 전까지는 모든 것이 평온했다. 명예롭게 정년퇴직을 했고, 드론전문가 양성 센터 설립을 위해 필요한 자격을 취득하면서 퇴직을 앞두고 미리 준비해두었던 시나리오대로 하나씩 착수하던 상황이었다. 출발은 순조로웠고 차츰 자신감이라는 것도 쌓여가면서 나는 인생 제2막을 화려하게 개막할 꿈에 부풀어 밤잠을 설칠 정도였다. 그동안 쌓아두었던 지역 내 오피니언 리더를 비롯해 지역별 지자체 관공서 담당자 등 인적 네트워크는 충분했다. '드론'이라는 매개체를 활용해 시대적 요구에 부응하는 교육프로그램을 개발·시행하고 이를 통한 민·관 협력 거버넌스 구축까지만 밀고 나가면 지역 내 마을 교육 사업까지 뻗어 나갈 수 있겠다, 싶었다. 큰 욕심 안 부리고 시나리오대로만 풀려나가도 나머지 인생은 노익장을 과시하며 제법 근사한 삶을 영위할 수 있을 것이라고 믿어 의심치 않았다. 그러나 그 모든 계획과 믿음은 한순간에 '개꿈'으로 전락했다. 꿈을 '개꿈'인지 '깨!꿈!'으로 전락시킨 장본인은 바로 아내였다. 예상했겠지만.

사건은 필요한 자격증과 서류들을 정비하고 센터 개설에 필요한 제반 경비를 산출해 아내에게 목돈을 요구하면서 시작됐다. 아내는 마이너스가 최대치로 찍힌 통장 3개를 내놓고는 그동안 '징글징글하게 참았고, 이제 더는 못 참겠으니 말 나온 김에 모든 것을 털어놓고 부부인연을 정리하겠다'고 말했다. '정리하고 싶다'도 아니고 '정리하겠다'고 단도직입적으로 강요하듯이 말했다. 아내가 관리하던 현금자산은 마이너스 3억, 통일시대를 대비해 아내 명의로 장만해두었던 통일동산 인근 5천 평 가까운 대지도 없었다. 그나마 살고 있는 아파트는 내 명의라 건드리지 못한 것 같았고, 도시재생사업을 보고 마련했던 낡은 빌라 한 채도 사라지고 없었다. 나는 밀고 나오는 말을 내뱉을 힘마저 잃은 채로 한동안 정신을 차리지 못했다.

"당신과 살아온 30년 세월 그 하루하루가 나는 징글징글해. 당신 눈치를 보느라 입속에 들어간 밥알은 늘 곤두섰고 심장은 시도 때도 없이 콩닥댔어. 무엇도 할 수 없었어. 하루하루 당신 신경 거슬리게 할까 봐 노심초사, 또 노심초사. 아무짝에도 쓸데가 없는 '자루 떼기'가 무슨 염치로. 돈은 미안해. 몸만 나갈 테니 도장만 찍어줘."

노심초사? 누가 누구에게 할 말인가? 노심초사라니. 나는 아내의 말을 들으며 내 귀를 의심했다. 모조리 다 새빨간 거짓말이었기 때문이다. 나는 아내와 결혼한 이래 단 한 번도 아내에게 '눈치'라는 것을 준 적이 없다. 나야말로 아내의 '눈치'를 보며 살아왔다. 혹여라도 아내의 마음이 다칠까 봐 '노심초사'하면서 살아왔단 말이다. 그런 나에게 도리어 자신이 '노심초사'하면서 살아왔다고. 그렇게 살아온 지난 결혼생활 30년 하루하루가 다 징글징글하다고 말하고 있다. 아내의 입은 교활하다 못해 잔인했다. 공적인 일로 늦은 시간 귀가하거나 출장으로 집을 비운 적은 있지만, 아내 외에는 다른 어떤 여자에게도 한눈을 팔아 본 적이 없는 사람이 나다. 업무로 인한 술자리 등으로 술병이 나서 끙끙 앓은 적은 있어도 술김이라도 아내에게 폭언을 하거나 폭력을 행사한 적이 단 한 번도 없는 사람이 또한 나였다. 길을 막고 물어봐라. 요즘 세상 젊은이들 기준으로도 확실한 'A+' 남편감이다. 나는 지극히 안정적인 직장인이었고 모범적인 가장이었다.

그런데 심지어 "도장만 찍어줘?"라니, 지금 제정신인가? 사실을 까발리면 나야말로 아내에게 이혼을 요구할 수 있는 정당성이 확보돼 있다. 추잡스러워서 이런 말까지는 하고 싶지 않지만, 말 나온 김에 한마디만 더하자. 아내는 결혼해서 지금까지 아무것도 한 것이 없다. A+급 남편 만나 '기생충'처럼 살아온 거 외에는 가정에 기여한 것이 없단 말이다. 심지어 남들 다 자랑하는 2세도 출산하지 못했다. 즉, 이혼을 요구해도 내가 해야 맞는다는 의미이다. 어디 당돌하게 아내가 나에게 이혼을 요구할 수가 있단 말인가. 2세라도 있었더라면 모를까.

아내가 가임기에 임신을 한 횟수는 총 일곱 번이다. 일곱 번이나 왔던 나의 아기들은 모두 사산아로 태어났다. 6명의 아기는 3개월을 채 버티지 못하고 아내의 배 속에서 죽은 채로 꺼내졌다. 6명 모두 다 불자였던 아내가 명산대찰을 찾아다니며 불공을 드려 얻은 아기들이었다. 아내는 마지막까지 희망의 끈을 놓지 않았다. 마지막에는 종교를 개종하면서까지 기도에 매달렸다. 매일같이 성당에 나가 기도를 하는 눈치였고, 마침내 들어선 아기는 3개월을 넘어서도 아내의 배 속에서 살아 있었다. '성모님의 은총'이라며 아내는 밤마다 눈물을 흘리며 묵주기도를 올리곤 했다. 그러나 성모님의 은총이었던 그 아기마저 7개월을 버티지 못하고 아내의 배 속에서 꺼내졌다. 역시 죽은 채로였다. 그 아기는 죽은 채로 꺼내졌지만 진짜로 아기 같았다. 나를 닮은 것처럼도 보였다. 아내는 마취에서 깨어나자마자 곧바로 혼절했다. 누가 말해주지 않아도 상황을 인지했을 것이다. 나 또한 쉽게 수용할 수 없는 그 시간의 무게를 밀치지 못해 오랫동안 주저앉아 있었다. 얼마나 숨죽였고 얼마나 마음 졸이면서 아기와 아내를 위해 뒷바라지를 해왔던가. 작은 발소리에도 깨질까, 부서질까 두려워서 까치발로 살금살금 다니며 집안일을 도맡아 해왔다. 4급 승진을 앞두고 있던 시기라 밤낮으로 시간에 쫓기면서도 나는 그 모든 노동을 기꺼워하며 감내했다. 그렇게 5개월만 더, 4개월만 더, 3개월만 더. 그러나 곧 만날 수 있으리라 기대했던 2세와의 눈 맞춤은 끝내 이뤄지지 않았고, 시간은 거기서 멈춰 서서 더는 나아가지 않았다. 달수가 지나가고 계절이 지나가고 있었지만 기다렸던 시간은 줄어들지 않았다.

마지막 아기가 떠난 이후, 아내도 나도 더는 애쓰지 않았다. 우리는 아무 일도 없었던 것처럼 아무렇지도 않게 일상으로 복귀했다. 아이에 대한 이야기는, 마치 약속이라도 한 것처럼 입에 올리지 않았다. 나는 다시 일에 몰두했고, 아내는 예전보다 잠을 자는 시간이 길어지긴 했지만 밥도 잘 먹었고 이런저런 취미활동도 하면서 잘 사는 것처럼 보였다. 다만 거듭된 임신과 사산과정을 겪으면서 자연스럽게 내 몫이 됐던 집안일을 다시 가져갈 의향은 없어 보였다. 뭐라고 말이라도 좀 해보려고 하면 아내는 피곤하다면서 방으로 들어가 이불을 뒤집어썼다. 늦은 밤 퇴근하고 돌아와서 본 아내의 모습도, 주말 운동 약속으로 서둘러 집을 나서면서 본 아내의 모습도 다르지 않았다. 내가 볼 때마다 아내는 언제나 이불을 뒤집어쓰고 잠을 자고 있었다. 잠을 자는 아내를 깨워 이런저런 말로 감정을 섞어야 하는 것도 귀찮아 나는 일주일에 한 번씩 믿을 수 있는 업체와 연결된 가사 관리사를 집으로 불렀다. 두 식구 사는 살림이었고, 딱히 집에서 밥을 먹어야 하는 이유도 없었기 때문에 4급 진급을 확정 짓고 난 다음, 방치된 집안일에 대한 문제 또한 그렇게 내 선에서 해결하는 것으로 매듭을 지었다.

  그 외 모든 것은 이전과 다름없었다. 아내는 간간이 땅을 보러 다닌다고, 또는 운동모임에서 추진하는 동남아 여행에 따라간다는 식으로 집을 비우는 일이 있었지만 아내로서의 포지션은 굳건하게 지켜주고 있었다. 아내가 집에 있거나 부재하거나 내가 느끼는 체감온도에서 별반 큰 차이가 없었기 때문에 나는 굳이 아내의 외출이나 외박을 문제 삼지 않았다. 나 또한 각종 연수니 뭐니 외박과 장기출장이 잦았던 시절이었다. 아내와 각방을 쓴 지도 오래였고, 아내와 함께할 수 있는 취미활동이나 대화를 할 수 있는 공통된 화젯거리도 없었기 때문에 그저 각자의 자리만 유지해주면 되었다. 아내 또한 나와 같은 생각이었는지, 공적이든 사적이든 나의 생활

루틴에 지장을 주거나 간섭하는 언사는 피했다. 그대로 우리는 편안했다. 아니 어쩌면 나는 매우 만족했던 것도 같다.

"죽여줄 수 있지. 원하는 만큼의 고통 속에서 죽어가는 모습을 보길 원한다면 그것도 가능하네. 단, 약조를 해주셔야 하네. 여기서 작업이 들어가기 전에 자네가 반드시 해야 할 일이 있어. 한 달 안에 아내와 함께 한적한 동해바닷가에 가되, 자네는 파도가 높건 낮건 머리가 푹 잠길 정도로 쑥 들어갔다 나와야 하네. 그것을 딱 세 번만 반복하면 되네. 묻지도 따지지도 말고 무조건 해야 해. 그래야만 벌전으로 인한 뒤탈을 막을 수가 있어. 알겠는가."

믿을 수도 없고, 안 믿을 수도 없는 무당의 말을 가슴팍에 푹 찔러 담고 나온 나는 담벼락 위에서 등을 말고 바깥쪽 무엇을 바라보며 하악질을 하고 있는 고양이를 올려다보며 신발을 신었다. 그리고 곧장 무당집 대문을 열고 나와 다시 3시간을 쉬지 않고 운전해 집으로 돌아왔다.

아내가 이혼을 요구한 이후, 나는 믿어지지 않는 상황을 이해하기 위해 법무사 사무소와 은행 심지어 심부름센터까지 연일 정신없이 쏘다녔다. 알고 있는 모든 인적 자원과 물적 자원을 동원해 아내가 제시한 상황을 파악해야 했기 때문이었다. 그렇게 발품을 팔아가며 알아낸 사실은 충격 그 자체였다. 아내는 이미 오래전부터 이중생활을 해오고 있었다. 아내의 남자는 한 둘이 아니었다. 골프 강사, 수영 강사, PT 강사, 글짓기 강사까지. 강사 종합선물세트였다. 그들에게 명품 구두와 시계 등을 선물하고 밀회 여행을 다녀오는 식이었다. 심지어 자동차를 선물 받은 강사도 있었다. 그런 식으로 나의 반생을 갈아 넣은 에너지값을 써버린 아내에 대한 배신감으로 나는 머리꼭지가 돌아버릴 지경이었다. 아내는 죽어 마땅했다. 아니, 반드시 죽어야 했다.

아내는 저만치 뒤에 떨어져 마지못해 걷고 있다. 나는 머리까지 푹 담가도 될 만한 지점을 찾느라 마음이 바쁘다. 무당의 집을 나서자마자 부리나케 집으로 달려온 나는 곧장 아내에게 이혼 여행을 제안했다. 마다하는 아내에게 여행을 허락하지 않으면 도장을 찍어줄 수 없다고 우격다짐을 해서 여기까지 데리고 온 것이다. 아내는 오는 동안에도 뒷좌석에서 몸을 웅크리고 잠을 잤다. 내비게이션 안내를 따라 도착한 동해안의 한 한적한 해변 도로가에 차를 세우고 좀 걷자고 했더니 마지못해 따라나선 아내가 뒤따랐다. 마침내 적당해 보이는 위치를 찾은 나는 그 자리에서 신발을 벗고 양말을 벗었다. 뒤에서 따라오고 있는 아내가 보든지 말든지 나는 신발 속에다 벗은 양말을 개켜 넣고 천천히 바닷물로 걸어 들어갔다. 아내가 멈칫 놀라 멈춰 선 채로 나를 보는 시선이 느껴졌다. 뒤통수에 눈이 달린 것도 아닌데, 아내의 시선이 따갑게 와 닿았다. 파도가 세지는 않았지만 바닷물은 매우 많이 차가웠다. 젠장, 하필이면 12

월이었다. 허리까지 닿은 바닷물은 수만 개의 송곳이 박힌 양 찌르는 듯이 맵섭고 차가웠다. 이들이 절로 딱딱 소리를 내며 부딪쳤다. '아내 죽이려다 내가 죽는 게 아닌가.'라는 두려움이 엄습했지만 여기까지 와서 포기할 수도 없었다. 그대로 밀고 나갔다. 목 언저리까지 왔다 싶었는데, 갑자기 바닥이 푹 꺼지더니 발이 바닥에 닿지 않았다. 나는 고꾸라지듯이 그대로 바닷물 속으로 가라앉았다. '이게 아닌데.' 하는 생각도 찰나. 그대로 정신을 잃었다.

"누구 좀 도와주세요. 제발 좀 살려주세요. 여보, 제발! 제발 눈 좀 떠봐, 여보. 제발 이러지 마. 이러지 말라고!" 이런 소리들이 아주 멀리서 아득하게 들려왔다. 누군가가 서럽게 울부짖는 소리였다. 어쩐지 아내의 목소리 같기도 해서 가만히 들어보았다. 아내라면 무슨 일이 닥쳐서 저토록 서러울까, 싶어 마음이 찢어지게 아팠다. 울지 말라고 다독여주고 싶은데, 말도 나오지 않았고 몸도 어디 있는지 아무런 감각이 느껴지지 않았다.

"첫 아기가 유산됐을 때, 당신이 그러더라. 아기가 자랄 수 없는 자궁도 있다고. 의사한테 들었다면서. '설마 니 자궁이 그런 거는 아니겠지. 아기가 온전하게 자랄 수 없는 자궁이 자궁이겠어. 자루라면 모를까' 그러면서 엄청 웃더라고. 물론 알지. 당신이 나를 안심시키기 위해 한 말이라는 거. 근데 말이야. 당신한테 그 말을 듣는 순간 나는 모골이 송연했어. 그때가 결산 시기라 스트레스도 많앉고 바쁘기도 했으니까, 나도 내 자궁이 자루여서 아기가 죽지는 않았을 거라고 믿고 넘겼어. 훗, 근데 두 번째 아기가 들어섰을 때 말이야. 덜컥, 겁이 나더라고. 아기가 또다시 죽어서 나오면 어쩌지, 싶어 아무것도 손에 잡히지 않았어. 승진을 코앞에 두고 있었는데도 회사에 사표를 내고 집에서 하루 종일 가만히 누워서 아기만 생각했어. 먹는 것도, 씻는 것도, 걷는 것도, 생각하는 것도, 말하는 것도 뭐든 조심 또 조심하면서 말이야. (침묵) 근데 너무 웃기지 않아? 두 번째 아기도 죽어서 나오더라고. 그때부터였을 거야. 훗, 나는 제정신이 아니었던 거 같아. '아닐 거야, 아닐 거야.' 마치 어떤 '증명'이라도 해 보이겠다는 듯이 고집스럽게 밴 세 번째, 네 번째, 다섯 번째, 여섯 번째 아기가 모두 죽었어. 그리고 마지막 일곱 번째 아기까지도."

그때가 아내 생일이었나, 우리는 둘 다 술에 취해 있었다. 나는 아마, 승진 턱을 내느라 2차 3차까지 달리고 곤드레가 돼서 들어왔던 것 같다. 초만 꽂혀 있고 촛불을 켠 흔적이 없는 생크림 케이크와 이미 비워진 와인 병 2개가 놓여진 식탁에 턱을 괸 아내가 했던 말들이다. 나는 거실 소파에 벌러덩 누워 아내가 하는 말들을 들었던 걸까. 말하면서 뱉어지는 아내의 느린 한숨과 술에 취해 가빠진 숨소리까지도 깨끗하고 선명하게 들린다. 이토록이나 선명한데, 왜? 나는 왜 그날의 기억을 몽땅 잊었던 것일까. 무한 반복재생 동영상처럼 쉼 없이 돌아가는 아내의 말들을 거듭 들으며 나는 용기를 내서 아내에게로 다가간다. 턱을 괸 아내의 얼굴을 가만히 들어 눈물을 닦아주고 나서 허리를 굽혀 아내의 입술에 입을 맞춘다. 그리고 무릎을 꿇고 아내의 무릎에 머리를 묻고 용서를 빈다. 아내가 너무나도 가여웠다. 그리고 또 아내에게 너무나도 미안했다. '용서해. 나를 용서해줘!' 마침내 나는 폭발하는 감정을 어쩌지 못하고 벌떡 일어서 미친 듯이 아내를 끌어안았다.

"쿨럭, 흐으억!"

기도를 막았던 바닷물을 밀치고 나는 정말로 미친 듯이 아내를 끌어안았다. 그리고 이를 딱딱거리며 말했다.

"세 번은 무슨. 한 번이면 충분해!"

바닷물에 젖어 얼어가고 있는 머리카락을 흔들며 눈물 콧물이 범벅된 얼굴로 '살아나서 고맙다'며 울부짖는 아내를 나는 더 세게 끌어안고 어린애처럼 매달려 같이 울었다. 그리고 어렴풋이 눈치챘다. 아내와 나의 인생 제2막이 이제 막 시작됐다는 것을.

껍데기 사랑

"돈의 본질이 무엇인가? 돈의 본질은 원하는 경험을 사는 수단이 아닌가. '쾌'를 살 수도 있지. 너도나도 돈이라면 사족을 못 쓰는 게 그런 이유 아니겠나. 근데 이 돈이라는 놈도 만만치가 않거든. 여차하면 사람을 먹어버린단 말이지. 돈 자체가 본질 행세를 한단 말일세. 미친 듯이 돈만 벌고 나서 정작 어떻게 써야 할지 모른다면 그보다 불행한 일이 또 있을까. 사랑한다면 내주시게. 없으면 몰라도, 있는데 뭐가 문제인가."

25살 연하인 어린 연인과 그 가족이 요구하는 돈의 단위가 억대를 넘어가면서, 연인의 속마음을 묻고자 어려운 걸음을 한 것인데, 이 무당 대뜸 한다는 소리가 돈타령이다. 가슴팍에서 불덩이 같은 것이 올라오는 것을 심호흡으로 간신히 내리누르고 자세를 고쳐

앉았다. 그리고 말귀를 못 알아들어 답답하다는 심정을 노골적으로 담아낸 어투로 최대한 진중하게 다시 묻는다.

"돈 5억이 아까워서 그런 것이 아닙니다. 요 앞전에도 이미 몇 천만 원씩 여러 번 해주었고, 그 친구 모친 수술도 국내 최고 의료진을 섭외해서 비용 전액을 부담했습니다. 저도 양심이라는 것이 있는데, 어린 친구 만나면서 그 정도는 당연하다고 생각합니다. 다만 지금 제가 알고 싶은 것은 그 친구 마음입니다. 나를 어떻게 생각하는지. (짧은 한숨) 그러니까 단도직입적으로 내 옆에 끝까지 있어 줄 수 있는지에 대한 믿음을 가질 수가 없어서요. 그러니 돈을 해줘도 안 해줘도 지옥인 겁니다."

짜증이 섞인 불덩이가 수그러들지 않고 목구멍으로 치올라오는 통에 말을 끝맺기까지 여러 번 가쁜 숨을 몰아쉬어야 했다. 나이 50이면 지천명이라는데, 딸뻘 되는 어린 여자에게 마음을 빼앗겨서 돈을 주어도 호로록 날아가 버릴 것만 같고, 안 줘도 찌질한 모양새로 찌그러진 채로 버림을 받을 것만 같은 '두려움'을 태어나서 처음 보는 무당 앞에 앉아 하소연하고 있으니 그럴 만도 했다. 참으로 한심하고 비참하기가 짝이 없다.

그런데 저 무당이 무안함을 무릅쓰고 어렵게 끄집어 올린 말을 채 끝맺기도 전에, 펼치지도 않고 쥐고만 있던 부채와 방울을 그대로 상위에 '탁' 내려놓더니 목을 뒤로 젖히고 '깔깔' 웃는다. 그렇게 한참을 배꼽 빠지게 웃던 무당이 갑자기 웃음을 '뚝' 그치더니 정색을 하고 말한다. '두두두두'. 기묘하리만큼 가늘게 찢어진 무당의 입속에서는 흡사 기관총 총알이 발사되듯이 음폭도 없는 말들이 리듬도 없이 난사됐다.

"당연히 떠나지. 자네라면 붙어 있겠는가? 떠날 것을 두려워하며 일거수일투족을 노려보고 있을 터인데. 점사까지 볼 필요 없네. '사랑'이 뭔지도 모르는 인간과 무슨 수로 사랑을 논한단 말인가. 그냥 이 풍진 세상, 돈이나 많이 벌다 가시게."

사랑, 사랑이라고 했나. 무당의 입속에서 난사된 말들 속에 박힌 '사랑'이라는 단어는 이질감이 느껴졌다. 생소한 단어도 아닌데, 무척이나 멀고도 낯설게 느껴졌다. 사랑을 감정으로 승화할 수 있는 나이가 아니었고, 그런 헛된 감정에 자신을 투사할 수 있는 감성도 닳아 없어진 지 오래인 탓일 것이다.

물론 한때는 나도 아니, 아주 오래전에 좋아한다고 고백했던 여자가 있었다. 그 여자는 군대를 전역하고 복학해서 다니던 토익학원에서 만난 아내였다. 유난히 까맣고 윤기가 흘렀던 아내의 긴 생머리카락을 나는 특히나 많이 좋아하고 아꼈다. 우리가 자주 가던 레스토랑에는 붉은색 융단 재질로 제작된 크고 깊숙한 소파가 있었다. 그 소파에서 우리는 둘 다 몸을 깊숙이 묻고 시간을 보내곤 했다. 그곳은 언제나 좋아하던 팝가수의 노래로 출렁이고 있었고, 나는 책을 보다가도 내 어깨에 기댄 아내의 따뜻하고 매끄러운 머리카락을 자주 쓰다듬어주곤 했다. 그 시간을 나는 사랑했다. 그것도 아주 많이.

그 사랑의 끝은 허무했다. 아내는 8년 전에 4살배기 아들을 남기고 교통사고로 유명을 달리했다. 다음날 있을 아들 유치원 재롱잔치에 입고 갈 옷을 구입하고 오던 길이었다. 아내의 차는 중앙선을 넘어 달려오던 화물차를 피해 난간 쪽 가드레일을 찢고 한강 변으로 날아올랐다. 그리고 이내 처참히 부서졌다. 그날도 평소와 다름없이 아내가 해준 달걀 토스트를 먹고 출근했던 날이었다. 아내는 그날따라 시간에 쫓겼던 나를 쫓아다니며 유난히 더 조잘조잘 떠들었다. 두어 시간은 족히 액셀을 밟아야 도착할 수 있는 지방 소도시에서 개최되는 전국화물운송협회 모임에 늦지 않게 참석하기 위해 마음이 급했던 나는 현관까지 쫓아 나와서 "옷이 다 안 맞지 뭐야? 살이 이렇게나 많이 쪘는지 몰랐어. 나 많이 미워졌지?"라고 물어보는 아내의 샐쭉한 투정에 "백화점에 나가서 맘에 드는 옷 한 벌 사 입든가."라고 대충 아무렇게나 말하고 총총 집을 나섰었다. 그것이 아내와의 마지막 대화였다.

아내를 떠나보내고 한동안은 그리움과 죄책감으로 마음의 갈피를 잡을 수 없었다. 그러나 어르신들 말씀처럼 시간이 약이었다. 아내가 없는 세상에서도 똑딱똑딱 시간은 흘러가 주었고, 아들은 하루가 다르게 부쩍부쩍 몸집을 키우며 잘 자라주었다. 그사이 또 생각지도 않게 선친이 물려준 빈 차고지 부지가 신도시 개발지로 묶이면서 땅값이 폭등하는 통에 나는 졸지에 수백억 자산가가 되는 행운까지 따라줬다.

흐르는 시간과 주어진 상황에 탄력을 받은 나는 정신을 차리고 일에 매진하기 시작했다. 기존 운수사업체 확장뿐 아니라 리조트 사업에도 손을 댔다. 마음을 굳건하게 다지기 위해서는 아주 작은 틈도 용납해서는 안 됐다. 아내의 죽음이 툭 던져놓은 '삶의 덧없음'이라는 씨앗이 머리를 디밀고 올라와 제멋대로 발아할까 두려워서 나는 아침부터 밤까지 오로지 일, 일에만 몰두했다. 덕분에 선친의 유업으로 물려받은 화물운송사업체는 3배 넘게 성장했고, 전문가의 자문을 받아가면서 전국을 다니며 선점했던 차고지와 리조트 부지도 지속적인 자산증가에 기여하는 중이었다. 먼저 간 아내가 저 세상에서나마 도와주고 있다는 생각이 들어 다른 것은 못해도 아내 기일만큼은 무슨 일이 있어도 손수 챙겼고, 아내를 위한 천도재도 여러 번 정성을 들여 지냈다. 아무리 돈이 많아도 아내를 위해 할 수 있는 일은 그것이 다였다.

사업이 잘되면서 주위에서는 하루가 멀다 하고 좋은 사람을 소개하겠다는 제의가 있었고, 이런저런 이유로 거절하기 어려운 제안은 마지못해 수용하는 식으로 몇 번 여성을 만나기도 했다. 몇 사람과는 짧게는 3~4달, 길게는 1~2년 꽤 좋은 관계를 유지하기도 했다. 그러나 남들이 말하는 '연인'으로까지는 발전하지 못했다. 결벽증이 있는 것도 아닌데, 진도를 더 뺄 수가 없었다. 자산 규모가 500억 원대에 이르면서부터는 더더욱 쉽지가 않았다. 아직 어린 아들이 잘 자라나서 재산과 사업체를 온전하게 물려받을 수 있도록 해야 한다는 강박 같은 것도 핏줄인 이상 어쩔 수 없이 작용했을 것이다. 그런데 지난해 4월경 그러한 심리적 방어기제를 무장해제 시키고 순식간에 가슴으로 훅 들어온 여자가 있었다. 그 여자가 바로 지혜였다. 지혜는 나보다 25살이나 어린 아가씨였다.

당시 24살이었던 지혜는 은행원이었다. 은행원이었지만 나에게는 사업에 필요한 은행 관련 전반적인 업무를 대행해주던 고마운 사람이었다. 주거래 은행 지점장의 배려 덕분에 어떠한 상황에도 기다림 없이 필요한 업무를 바로바로 지혜가 대행해주는 식이었다. 그렇게 2년 넘게 얼굴을 보아왔지만, 그 사이 지혜와 개인적인 사담을 나눈 적은 없었다. 다만 복잡한 업무가 끝나면 고마움의 표시로 '원하는 거 있으면 말씀하세요. 뭐 하나 사드릴게요.' 하고 눈을 찡긋해 보인 게 전부였다. 다른 의미는 없었고 오랫동안 군소리 없이 내가 해야 할 업무를 신속하게 도와준 것에 대한 '예의 차리기' 정도였다.

그런데, 그날은 의외였다. 지혜가 정말로 전화를 걸어와 무언가를 사달라고 할 줄은 몰랐기 때문이었다. 그날은 평소보다 다소 늦은 시각에 일을 마치고 돌아와 막 맥주를 한 모금 마시려고 할 때였다. 아파트 베란다에 서서 흐드러지게 핀 벚꽃이 가로등 불빛에 흔들리고 있는 장관을 내려다보고 있을 때, 휴대폰이 울렸다. 모르는 번호였다. 평소라면 받지 않았을 것인데, 그날은 흐드러진 벚꽃들의 기운 때문이었는지, 전화를 받았다.

"항상 말씀하시던 거 있었잖아요. 오늘 사주실 수 있나요?"

비어 있는 대나무 속처럼 시원하고 낮게 터지는 음색. 익숙했지만 누구인지 금방 떠오르지 않아 잠시 침묵했던 것 같다. 한 1~2초쯤. 아하, 하고 누구인지 직감했을 때는 적잖이 당황했던 것도 사실이다. 나는 "이 밤에 살 수 있는 게 뭐가 있을까요."라면서 날이 밝으면 사주겠다고 말하려는데, 곧장 "순댓국에 소주요."라는 답변이 돌아왔다. 시원하고 거침없는 목소리에 나도 모르게 풋, 웃음이 나왔다. 심지어 순댓국에 소주라니. '귀여운 아가씨네.' 귀엽고 정감이 갔다. 또 어린 친구가 모처럼 쉽지 않은 결심을 하고 부탁했을 터인데, 하는 마음이 들어 댕강 거절하기도 난감했다. 결국 나는 "그러죠, 뭐. 저도 아직 저녁 식사 전이니까, 같이 먹죠. 어디로 갈까요?"라고 말했다.

지혜는 마르지도 살이 찌지도 않은 몸매에 갸름하지도 통통하지도 않은 얼굴형을 가진 평범한 아가씨였다. 화장기는 없었지만 피부가 뽀얗고 밝은 편이어서 입술만 살짝 붉게 칠한 거 같은데도 단정하고 귀여운 상이었다. 숱이 많은 검은색 단발머리는 늘 뒤로 질끈 묶여 있어서 언뜻 보면 꼭 고등학생 같았다. 그럼에도 지혜에게는 성숙한 카리스마 같은 것이 느껴졌다. 그것은 지혜의 반듯한 이마와 오똑한 콧대보다는 지혜가 가진 목소리 때문이었다. 지혜의 목소리는 낮지만 시원함을 느끼게 하는 뭔가가 있었다. 뭐랄까, 그 목소리에는 거절할 수 없는 어떤 에너지 같은 것이 느껴졌다.

아무튼 그날 지혜의 요구대로 순댓국집에 마주 앉아 순댓국에 소주를 먹었다. 순댓국은 개인적으로 좋아하는 음식 중의 하나이기도 했지만 마침 저녁 식사 전이었다. 또 혼자가 아니라 누군가와 좋아하는 음식을 앞에 두고 마주 앉아 이런저런 머리 굴릴 일 없이, 그저 먹는다는 행위 하나에만 집중할 수 있다는 것은. 생각해보니 오랜만이었다. 지혜도 나도 별말도 없이 각자 순댓국과 소주를 먹은 게 다였지만 그날 나는 기분이 꽤 괜찮았다.

그날 이후 딱히 정해진 저녁 일정이 없으면 지혜와 함께 저녁을 먹었다. 지혜도 나도 서로에 대한 개인사는 묻지 않았다. 순댓국집 주인이 틀어놓은 TV에서 나오는 화면을 들여다보며 별말 없이 밥을 먹었다. 어쩌다 눈이 마주치면 지혜는 방긋 웃었다. 잠깐 지어 보이는 웃음이었는데도 그 웃음이 그렇게 따뜻할 수가 없었다. 그렇게 한 달이 지나고 두 달이 지나면서 나는 따로 물어보지 않아도 자연스럽게 지혜에 대해서 알아갔다. 지혜는 다른 가족은 없고 지병이 있는 모친과 단둘이 방 2칸짜리 낡은 빌라에서 살고 있었다. 일부러 물어본 것도 아니었고, 그저 저녁을 함께 먹고 집 앞까지 바래다주면서 자연스럽게 알게 된 사실이었다. 오래된 노란색 유모차를 짚고 서서 기다리던 지혜 모친과 처음 대면했을 때는 순간 너무 당황해서 지혜가 일하고 있는 은행 고객이라고 스스로를 소개했다. 참 어이없는 소개였지만, 지혜 모친은 더 묻지 않았다. 그런 식으로 알아가다 보니 지혜에게 자꾸 마음이 쓰였다. 마음이 쓰이다 보니 그녀가 힘들지 않게 도와주고 싶었고, 또 이런저런 도움의 과정을 겪다 보니 마음뿐 아니라 육체적으로도 가까워졌다. 물론 지혜가 거부했다면 연인까지 될 일은 절대로 없었다. 하늘에 맹세코. 적극성을 보인 것은 내가 아니라 지혜였다. 어쨌거나 지혜와 나는 함께 밥을 먹는 사이에서 함께 잠을 자는 사이로 발전했다.

연인으로 발전한 지 1년이 다 되었을 무렵, 지혜 모친이 사전 연락도 없이 회사를 찾아왔다. 지혜 모친은 장애인 콜택시를 대절해 회사를 찾아와서 돈을 요구했다. 요구한 액수는 5억 원이었다. 밑도 끝도 없는 말에 당황했지만 나는 말없이 보이차를 우려내며 마음을 챙겼다. 그럼에도 지혜 모친 앞에 놓인 찻잔에 정성껏 우려낸 차를 따를 때는 손이 떨려왔다. 지혜 모친은 준비한 차는 한 입도

대지 않고 자리에서 일어섰다. 거동이 불편한 지혜 모친을 부축해 대절한 택시까지 모시면서도 나는 어떤 대답도 해줄 수가 없었다. 그저 씁쓸하고 슬펐다.

지혜 모친은 악성 뇌종양을 앓고 있는 환자였다. 지혜 말로는 지혜가 8살이 되던 해 사업 실패를 비관하던 부친이 집을 나갔고 모친 혼자 지혜에 대한 양육과 생계책임 전부를 짊어지고 살아왔다. 건설현장 잡일부터 보험업종직종까지 안 해본 일이 없을 만큼 수많은 직업을 전전하며 갖은 고생을 해왔는데, 막상 지혜가 직장을 다니면서 살림이 좀 나아질 무렵부터 몸이 아프기 시작했다고, 지혜는 남의 일처럼 덤덤하게 말했었다. 발병한 병은 현재 악성 뇌종양 3기에 접어든 상태였다. 지혜가 가장 많이 힘들어하는 부분은 모친이 겪고 있는 통증이었다. 날이 갈수록 심해지는 통증으로 인해 진통주사나 마약성 진통제가 아니면 단 하루도 버틸 수 없는 지경이라는 것이다. 몰랐다면 모를까, 알고는 도저히 가만히 있을 수가 없어서 뇌종양 관련해서는 국내 최고를 자랑하는 의료진을 수소문해두어 달 전 수술을 진행했다. 수술 예후가 썩 좋지는 않았지만 내가 할 수 있는 최선은 다했다고 스스로를 도닥였다.

사실, 지혜에게는 말하지 않았지만 수술을 준비하던 기간에도 지혜 모친은 하루에도 여러 번 나에게 직접 전화를 걸어오곤 했다. 고맙다고도 했고, 자신이 잘못되더라도 불쌍한 지혜를 잘 부탁한다고도 했다. 지혜는 어려서부터 영특하고 재주도 많은 딸이었는데 부모를 잘못 만나 태어나면서부터 고생만 하고 살았다면서 한참을 울었다. 또 남들 재롱 피우며 온갖 학원 다니고 공부할 때 지혜는 구정물에 손 담그고 온갖 집안일을 도맡아 해왔다고도 했다. 그러다가 또 몇 시간 후에 다시 전화를 해서는 너 같은 도둑놈은 천벌을 받을 거라며, 착하고 아무것도 모르는 어린 애를 꼬드겨서 단물만 쏙 빼먹고 버릴 게 분명하다면서 차마 입에 담지도 못할 쌍욕을 퍼부어댔다. 날이 갈수록 시야가 흐려져 앞을 잘 보지 못하는 데다가 오른쪽 팔과 다리도 마비되는, 편마비 증세까지 오면서 정신도 오락가락한 상태라는 지혜의 말에도 불구하고 지혜 모친이 내게 던진 말들은 무게가 있었다. 화살처럼 날아와서 차곡하게 쌓여가는 그 말들의 무게에 짓눌릴 때면, 나도 모르게 가슴에 손을 얹고 한참 동안 심호흡을 해야 했다.

"사랑처럼 무겁고, 사랑처럼 무서운 것이 또 있을까. 사랑의 무게를 달수 있는 저울이 있다면 자네는 몇 근이나 달 것 같은가. 한평생 살아도 껍데기로만 살았다면 재고 말 것도 없을 터. 백사장 모래알 수만큼이나 나고 진다 해도 사랑 한 근 챙겨가기가 어디 쉬운 일이던가. 뭐가 중한가부터 좀 돌아보시게."

지혜에게 느끼는 감정을 '사랑'이라고 생각해 본 적 없다. 먼저 간 아내에 대한 미안함 때문이기도 했지만, 이 나이에 '사랑' 타령은 더더욱 어울리는 감정이 아니었다. 그런 것은 이미 오래전에 떠나간 감정이었다. 내가 사는 시공간에서는 이미 오래전부터 존재하지 않았다. 사랑이라니 당치않다. 아니, 사랑 따위는 필요 없다.

거기에 대해서는 지혜도 같은 생각이었을 것이다. 지혜 역시도 '사랑'이라는 말을 입에 올린 적이 없다. 만약 지혜가 '사랑'을 갈구하는 여자였다면 나는 지혜를 만나지 않았을 것이다. 지혜는 심지어 '고맙다'는 말조차도 아끼는 사람이었다. 모친 수술비용 전액을 내주어도, 그 나이 또래가 좋아한다는 명품브랜드숍에 데려가 깜짝 이벤트 선물을 해줘도 그저 덤덤하게 받을 뿐, 좋다 싫다는 표현도 내비친 적이 없는 여자였다.

어느 시대, 어느 나라에서 오신 신명을 모시고 있는 무당인지는 모르겠지만, 지금의 내가 사는 세계와는 완전히 동떨어진 말들을 따발총으로 난사하고 있는 무당을 뒤로하고 나와 한강 변을 걸었다. 날이 저물면서 더 심해지고 있는 황사현상으로 도시의 하늘은 뿌옇게 가라앉고 있었다. 나는 가라앉은 하늘가에 앉아 흘러가는 강물을 오랫동안 하염없이 내려다보았다.

디데이는 크리스마스 연휴를 3일 앞둔 목요일 저녁으로 잡았다. 지혜를 마지막으로 보기 위해 모처럼 미용실에 가서 머리를 깔끔하게 손질했다. 그리고 평소에는 잘 입지 않았던 정장에 넥타이를 매고 지혜를 만났다. 지혜와 나는 평소처럼 순댓국을 먹으며 소주를 한 병씩 비웠다. 지혜는 본사로 발령이 나서 신입 여직원에게 인수인계를 하고 왔다고 말했다. 다음 주부터는 그 신입이 자신이 해오던 내 은행 업무를 도울 것이라고도 전해주었다. 나는 순댓국에 들어 있는 건더기를 다 건져 먹고 국물에 밥을 말아 천천히 먹었다. 국물 한 톨 남기지 않고 뚝배기를 싹싹 비워내면서 끝까지 묵묵히 먹었다. 다 먹고 자리에서 일어나 계산을 하고 다른 여느 날처럼 인근에 있는 호텔 방을 잡아 지혜와 섹스를 했다. 그리고 늦지 않은 시각에 지혜를 콜택시에 태워 집으로 보냈다.

그다음 날 오전, 나는 우체국으로 가서 지혜 명의로 사두었던 5억 원 상당 아파트 등기부등본을 지혜의 집 주소로 부쳤다. 우체국에서 나와 지혜에게 전화를 했다.

"지혜야, 우리 둘 다 미래에 대해서는 단 한 번도 말한 적 없었다. 그치? 약속한 것도 아닌데, 마치 금기어처럼. 그래, 너도나도 알고 있었던 거야. ……. 나 지금 너한테 변명하는 거야. 사랑한다고 말하지 못해서. 근데. ……. 나는 지금도 너를 사랑한다고 말하지 못해. 아니, 나는 절대로 말하지 않을 거야."

조용히 듣던 전화기 너머에서 '윽' 하는, 터지는 눈물을 참아내는 숨소리가 들렸다. 내가 심사숙고 끝에 정리한 시나리오를 지혜가 망칠까 두려워서 나는 서둘러서 말을 끝마쳤다. 이제 마지막 작별 인사만 마치고 종료 버튼을 누르면 된다. 그리고 지혜의 번호를 지울 것이다. 그러면 된다.

그런데 "잘 지내."라는 마지막 말이 채 다 끝나기도 전에 지혜의 목소리가 귓속 고막을 찢어버릴 태세로 용트림을 하면서 밀고 들어왔다. 장엄한 폭포수 아래에서 막 득음한 소리꾼처럼 지혜가 터뜨린 핏기 어린 목소리는 절절했다.

"사랑했어요, 나는. 나는 아저씨 사랑했다고요! 미래가 뭔데요? 미래 따위가 다 뭐냐고요? 나는 그딴 거 몰라요. 나는 그냥 아저씨가 좋았던 거예요. 아저씨를 보면 그냥 나 같아서. 그냥 짠하고, 애처롭고. 흐억, 그거 알아요? 아저씨 눈빛이요. 아저씨 나랑 닮은 거요. 그 빛이요. 흐억. 그냥 아저씨랑 같이 밥 먹어주고 싶었어요. 그냥 아저씨 보면 막 안아주고 싶었어요. 근데, 나 아저씨 사랑하더라고요. 밤이고 낮이고 아저씨만 생각났어요. 미친 듯이. 이런 말 하면 아저씨 갈까 봐, 나 떠나갈까 봐 참고 또 참았는데. 흐억. 그런데 왜요. 내가 뭘 어쨌다고요. 내가 아저씨한테 뭘 어쨌다고 이러냐고요."

한 번 터진 말의 봇물은 걷잡을 수 없었다. 나는 귓속으로 쏟아지는 지혜의 말들에 눌려 압사 직전이었다. 더는 참지 못하고 자동차로 달려가 시동을 켜고 벌벌 떨리는 손으로 핸들을 잡았다. 그리고 떨리는 목소리로 말했다.

"지금 갈게. 거기 그대로 있어. 내가 갈게. 네가 있는 곳으로 내가 지금 바로 갈 거야. 기다려줄 거지?"

 어린아이처럼 눈물과 콧물이 흘러내린 얼굴로 나는 마침내 액셀을 힘껏 밟았다. 자동차가 해맑게 '부웅~.' 하면서 앞으로 달려 나갔다.

잭팟 터뜨린 도깨비

"목욕을 하려면 옷부터 벗어야 하는 것이 순서이지 않나. 무용을 하려면 무용복을 입어야 하듯이. 동굴 속에서 다리 꼬고 있다고 성불될 일인가."

딸아이 결혼 결심을 돌리기 위해 찾아왔는데, 저 무당이 달라는 '비방'은 안중에도 없고 낚싯밥 던지듯이 아리송한 말들만 뭉텅 꿰서 툭 내놓는다.

"요즘 같은 세상에, 결혼이라니. 결혼이라는 굴레에 갇혀 살 아이가 아닙니다. 제 딸아이는 태어나면서부터 평범한 보통 아이가 아니었어요. 다른 것은 몰라도 결혼만큼은 절대로 안 됩니다. 제발 무슨 비방이라도 좀 내주십시오."

신도시에서 정원형 단독 3층 규모 동물병원을 운영하는 수의사이자 100만 구독자를 자랑하는 유튜버이기도 한 나의 딸 무영이 결혼을 하겠다고 선언한 것은 엊그제 밤이다. 야식으로 피자를 먹다가 갑자기 생각난 듯이 정말 아무렇지도 않게 무영은 "결혼식장으로 작지만 인테리어가 예쁜 카페를 대여했어요."라고 말했다.

처음 들었을 때는 귀를 의심했다. 장난하지 마, 하는 눈빛으로 무영을 바라보았지만 무영은 입술을 일자로 물더니 이내, "저 결혼해요. 아니 저는 결혼을 꼭 해야만 합니다."라고 말했다. 내 눈을 말갛게 쳐다보면서 언제나 그랬듯이 정확한 발음. 그리고 똑 부러지는 목소리로.

먹던 피자가 갑자기 돌덩이로 변한 것처럼 씹혀지지도 않고 목구멍 안으로 넘어가지도 않았다. 나는 티슈를 한 장 뽑아 입속에 물고 있던 피자를 뱉어내며 말했다.

"결혼을 꼭 해야만 한다고?"

"네. 그 사람 꼭 잡아야 합니다. 어머니 마음 알고 충분히 이해하고 있지만 지금은 저를 믿어주세요. 제발 부탁드립니다."

무영이 결혼을 한다는 것도 기함할 일인데, 결혼을 해야 하는 이유도 기가 찼다. "그 사람 꼭 잡아야 한다."는 말이 결혼을 해야만 한다는 이유로 설득력이 있는가. 평소의 무영이라면 논리적인 근거를 대고 적절한 예시까지 덧붙여서 매우 타당성 있게 설득했을 것이다. 그런데 그날은 평소 내가 알고 있던 무영이 아니었다. 아니, 평소였다면 결혼이란 단어조차 입 밖으로 꺼내놓지 않았을 터였다.

무영은 '비혼'을 주장하는 나의 의지를 배제하더라도 결혼이라는 제도가 필요한 사람이 아니었다. 상대의 세계와 자신의 세계 일정 부분을 교집합처럼 포개어야 유지할 수 있는 결혼생활은 무영을 불행하게 할 것이다. 또 그러한 과정 속에서 응당 포기하거나 희생돼야만 하는 자신의 세계를 들여다보면서 무영은 슬퍼할 것이 뻔했다. 왜냐하면 무영은 어느 누구와도 포개어질 수 있는 사람이 아니었기 때문이다. 무영의 사고와 감성 체제는 여느 보통사람과는 많이 달랐다. 무영을 낳고 기른 내가 누구보다 잘 안다. 무영은 엄마인 나와 같은 집에서 살고 있었지만, 무영이 쓰고 있는 시공간은 나와 같지 않았다. 다른 세계, 다른 차원이었다. 한때는 자랑이었지만 지금은 걱정이 돼버린. 그럼에도 오로라보다 신비롭고 아름다운 나의 딸 무영을 어디부터 어떻게 설명해야 할까.

무영은 세 돌이 채 되기도 전에 혼자 한글을 떼고 책들을 독파해 나갔고, 궁금한 영역에 대한 것들도 조막만 한 손으로 책장을 넘겨가며 스스로 습득해나갔다. 초등학교에 들어가면서부터는 아예 학교도서관을 제집보다 편안하게 이용하곤 했다. 무영을 위해 무영이 초등학교 3학년이 되던 해 시립도서관 근처로 이사했다. 멈추지 않는 무영의 지적 호기심을 해소해주기 위함이었다.

무영은 하루도 빼놓지 않고 도서관을 다니면서 다방면의 지식을 습득해나갔고 지식에 대한 갈구는 날이 갈수록 더 심해졌다. 궁금한 것이 있으면 못 참아 했고, 한 번 잡으면 밤잠을 마다하고 몰입하는 식이었다.

결국 중학교 1학년 1학기를 채 마치지 못하고 학교에 자퇴서를 제출했다. 학교에 매여 있는 시간들이 아깝다며 자주 보챘고, 교우관계에도 흥미가 없었던 무영을 위해 내가 해줄 수 있는 '엄마다운 결정'이었다. 무영은 약속한 대로 중·고등학교 과정을 검정고시로 2년 만에 패스하고 자신만의 방식대로 원도 한도 없이 공부해나가기 시작했다.

인터넷강좌와 원어 자막 해외영화 몇 편을 보는 것만으로도 5개 국어를 자유자재로 구사할 수 있었고 지리와 역사, 사회과학, 동서양 철학 심지어 예체능과 종교학까지 섭렵해나갔다. 유튜브 채널을 운영하면서 인기몰이를 하게 된 계기 또한 이러한 '지식창고'와도 같은 학습능력이었다. 마치 버튼만 누르면 원하는 물건이 '뚝딱'

떨어지는 자판기처럼 구독자가 어떤 질문을 해도 질문에 대한 명확한 답변이 순식간에 무영의 입속에서 튀어나왔다. 다만 무영이 섭렵한 모든 지식이 교우관계나 사회 경험을 통한 것이 아니어서인지, 무영은 구어체보다는 문어체를 많이 써서 말했다. 그러나 유튜브 세상에서는 무영의 그러한 언어습관마저도 독특함이라는 캐릭터로 작동했다.

그렇다고 무영이 자폐 성향이 있다거나 사회성이 결여된 성향인가, 하면 또 그렇지가 않았다. 오히려 그 반대였다. 무영은 어떤 누구보다 감성이 풍부했고, 공감 능력은 거의 타의 추종을 불허했다. 상대의 아주 사소한 말 또는 몸짓만으로도 무영은 상대의 속내를 알아차릴 수 있는 능력이 있었다. 상대가 속내와 다른 말을 하거나 방어기제를 사용하더라도 무영은 상대의 심중을 꿰뚫은 답변을 내놓기 일쑤였다. 무영을 처음 보는 사람들은 놀라워했지만, 거의 대부분은 차츰차츰 무영을 멀리했다. 가면에 가린 본연의 얼굴을 보여주기 싫은 사람들에게 무영과의 대면상황은 불편했을 것이다. 무영도 부러 애쓰지는 않는 눈치였다. 딱히 외로움을 타거나 사람을 갈구하는 편도 아니었고, 어쨌거나 무영은 그런 유형도 아니었다.

수의사를 직업으로 선택한 것은 그래서였다. 무영이 가진 지식이나 능력에 비한다면 턱없이 아깝다는 생각이 들었지만, 결국은 무영의 선택에 고개를 끄덕여주었다. 무영은 사람보다는 동물들과 교감하는 시간을 좋아했고, 무영 스스로도 동물들과 교감하는 과정에서 그들이 인간의 감각정보로는 절대로 알 수 없는, 다양한 정보를 알려준다고 말했다. 그래서인지 아무리 사나운 고양이라도 무영 앞에서는 입질을 멈추고 세운 발톱을 오므렸다.

무영의 말로는 일종의 텔레파시처럼 동물들의 감정이나 생각이 무영의 뇌에 와서 순식간에 딱 꽂힌다고 했다. 그런 방식으로 대화를 한다는 것이다. 무영의 이러한 '능력'을 직접 체험한 견주와 집사들은 앞다투어 자신의 SNS 계정이나 유튜브 채널에 올렸다. 유명세는 삽시간이었고, 무영은 TV에도 여러 차례 소개될 만큼 유명인사가 돼 있었다.

그런 무영이 결혼을 해야만 한다니. 거듭거듭 생각해도 수용할 수가 없었다. 물론 사랑에 빠질 수는 있다. 그러나 그 사랑을 빌미로 무영을 불행으로 직행하는 급행열차에 태워 보낼 수가 없었다. 입에 담기 어려운 욕까지 하면서 말렸지만 무영의 완고한 고집을 꺾을 수는 없었다. 나는 사랑하는 딸아이의 예견된 불행을 막기 위해 무엇이라도 잡아야 했다. 그래서 찾아온 용하다고 소문난 무당집이었다.

"남자가 무슨 대학병원 재활치료과 의사랍니다. 그 남자가 자신이 키우던 검은 고양이를 데려와 새로운 주인을 찾아달라고 했다는데, 딸아이가 그 남자를 그 자리에 딱 잡아 세우고 '결혼을 하자'고 했다는 겁니다. 남자가 너무 놀라서 '어버버'하고 있는데, 딸아이가 또 '나와 3주 안에 결혼을 해준다면 현금으로 13억 원을 주겠다'고 했다는 겁니다. 이게 제정신입니까? 정신이 나간 이런 결혼을, 제가 왜요?"

"인생은 따르는 것이지 따지는 것이 아니야. 업보를 탕감하기 위해 생기는 사건이 또한 인생인 것인데. 자네가 뭔데, 딸아이 결정에 오·엑스(O·X) 잣대를 들이댄단 말인가. 어느 누구라도 물 샐 틈 없이 짜여진 인과의 법칙에서 단 한 발자국도 벗어날 수 없어. 도깨비라면 또 모를까."

무당을 찾아간 보람도 없이 결국 무영은 검은 고양이를 데리고 왔다던 그 남자에게 현금 13억 원을 내주고 혼인신고까지 끝마쳤다. 그리고 대여했다는 작은 카페에서 간소하게 결혼식을 올렸다.

마지못해 참석한 나는 터무니없게 많이 생략된 형태의 결혼식을 쳐다보며 무영이 29살 되던 해에 성대하게 열어주었던 비혼식을 떠올렸다. 그날의 감동이 생생하게 떠올라 눈물이 앞을 가렸다.

"나 현무영은 검은 머리 파뿌리 되도록 비가 오나 눈이 오나 슬플 때나 기쁠 때나 혼자 행복하게 살 것을 다짐한다."

그날, 며칠을 함께 고심하면서 골랐던 금사로 수놓아진 장미꽃 문양 하얀 드레스는 무영에게 얼마나 잘 어울렸던가. 드레스를 입고 흡사 태양의 나라 여왕과도 같은 자태로 나타난 무영은 준비된 붉은 카펫 위에 서서 고귀한 자태로 맹세했었다. 혼자서 행복하게 살 것이라고.

무영을 좋아하는 구독자들이 전국 곳곳에서 찾아와서 얼마나 많이 응원해주었던가. 동물병원 고객들까지 몰려들어 하루를 통째로 빌린 무영의 비혼식장은 종일 유쾌한 축제 분위기였다. 웃고 떠들고 마시고 놀던 사람들의 웃음소리가 아직까지도 귀에 쟁쟁하다. 걷잡을 수 없이 눈물이 쏟아져서 무영의 결혼식을 끝까지 보지 못하고 집으로 돌아왔다. 그 짧은 결혼식마저도 견뎌낼 수가 없었다. 할 수만 있다면, 진정코 할 수만 있다면 나는 돌이키고 싶었다.

무영이 결혼한 남자, 아니 사위가 신혼여행지에서 1천 300억 원 상당 잭팟(Jackpot)이 터졌다는 소식을 들은 것은 무영이 결혼식을 하고나서 정확히 일주일 뒤였다. 그 소식을 들은 나는 정상적인 일상생활이 불가할 정도로 심장이 벌렁거렸다. 3일 뒤 신혼여행지에서 돌아온 무영이 내가 입원해 있던 병원 병실로 찾아왔다.

"그 사람이 검은 고양이를 안고 동물병원에 들어서는데 바로 알겠더라고요. 고양이를 맡기고 죽으러 간다는 것을. 13이라는 숫자가 머릿속에 찍혔는데, 느낌상 13억 같았어요. 미리 생각한 말도 아니었는데. 말부터 튀어나가더군요. '결혼해 달라'고요. 말을 한 저도 놀란 상태였고, 그 사람도 놀라서 서로 쳐다보고 있었는데, '결혼해주면 13억을 주겠다'는 말이 또다시 튀어나갔어요. 말리고 잡을 사이도 없었어요. 근데 그 사람이 그대로 풀썩 주저앉더니 엉엉 울더라고요. 저는 가만히 수그려서 그 사람 등을 토닥여주었어요. 등이 따뜻하더군요. 그래서 결심을 굳힐 수 있었습니다. 결혼하기로. '말의 힘'을 믿어보기로요. 그게 다예요."

무영의 말에 따르면 그 남자는 동료 의사가 소개해준 주식 브로커의 말을 믿고 주식투자를 하는 과정에서 레버리지(빚내서 하는) 투자를 과도하게 했다. 그런데 하필이면 특정(주가조작)세력에 의한 주가조작 의혹이 불거진 주식이었고, 금융감독원 조사 소식이 전해지면서 그 남자가 투자했던 주식은 연일 하한가를 기록했다. 어떻게 손써볼 새도 없이 남자는 하루아침에 13억 빚더미에 올라앉았던 것이다.

무영은 "솔직하게 다 말씀드릴 수가 없었어요. 저도 납득할 수 없는 상황인데, 어떻게 설명할 수 있었겠어요. 미안해요."

무영은 비혼주의자였던 예전으로 다시 돌아온 것처럼 차분하고 명료하게 말했지만, 나는 무영의 말을 믿지 않았다. 심장은 더 빠르게 벌렁거렸다. 그러니까 무영은 그때, 남자의 주식 빚 13억 원을 갚아주는 조건으로 혼인신고를 했다. 그리고 서둘러 결혼식을 하고 신혼여행지로 날아갔던 것이다.

나는 몇 번을 망설이다가 더는 못 참고 질문했다.

"13억 빚더미에 앉아 고양이를 맡기고 죽으려고 결심했던 그 사람이 며칠만 더 견뎌낸다면 곧 13억의 100배, 1천 300억 잭팟이 터진다는 것을 너는 알았던 거야. 그렇지, 그런 거지?"

병원 창가에 서서 노랗게 물든 은행나무를 바라보던 무영이 천천히 몸을 돌려 말간 표정으로 나를 바라보았다. 그리고 대답 대신 검지를 펴서 입술에 가져다 댄다. "쉿." 나도 무영을 따라 얼른 검지를 펴서 입술에 댔다.

"쉿!"

돌지 않는
바람개비

"착한 사람은 충족된 사람들이야. 자신이 충족되지 않았는데, 착한 사람은 없어. 그렇게 보였다면 그것은 당신이 쓴 가면이었던 게지. 이제라도 가면을 벗고 자신의 민얼굴을 똑똑하게 바라보시게. 빈털터리가 제 고집만 부리면서 아내를 질투하고 있잖은가."

하루 평균 12시간씩 주 6일을 악착같이 몸을 갈아 넣어 근무한 돈 전부를 가족에게 보내온 것이 꼬박 6년이다. 그리고 지금 나는 고장 난 몸으로 외딴 섬에 방치돼 있다. 24층 높이 24평 섬에 갇혀 날마다 통증으로 무너지고 있는 정신을 간신히 부여잡고 있다. 무엇이 억울한 것인지도 모를 '억울함'으로 가슴이 폭발할 지경인데, 그 감정을 표출할 수 있는 누군가도 옆에 없다. 족집게 무당이라더니, 용하긴 하다. '빈털터리'. 그래, 맞다. 나는 빈털터리이다.

경영학 석사를 마치고 친구와 함께 뛰어든 중고자동차 사업이 잘 나가면서 한때는 꽤 좋은 시절을 누렸다. 그 시절에 아내를 만나 결혼했고 슬하에 두 아들도 두었다. 부족함 없는 생활을 유지하기 위해 나는 밤낮으로 영혼을 갈아 넣으며 일에 매달렸다. 사업성장 곡선이 꺾일 무렵, 믿었던 친구가 모든 채무조항을 내 명의로 돌려놓고 알맹이만 쏙 뽑아 들고 중국으로 튀었다. 껍데기만 남은 회사를 뒤집어엎어 탈탈 털어야 했고, 개인 자산까지 모조리 처분해 밀린 인건비며 광고비, 임대비 등 중중한 채무를 정리했다. 그렇게 아끼지 않고 들이부었던 청춘은 시간 저편으로 사라졌다. 그 뒤로도 겪은 민·형사재판 과정까지는 생략하자. 하루하루 피가 마르고 지난했던 시간들이었다.

아들 둘을 키우며 엄마로서 역할을 충실하게 해주었던 아내는 백화점 베이커리 전문점 제빵사 보조로 취업했고, 축구에 소질이 있어 초등학교 때부터 엘리트 체육인으로 성장하던 큰아들은 박지성과 같은 축구선수에의 꿈을 포기하고 일반 고등학교에 진학했다. 중학교 3학년이던 둘째 아들은 학교폭력에 시달린다며 학교에 자퇴서를 제출하고 집에서 게임기만 들여다보고 있었다. 아내 말에 따르면 학교폭력위원회가 열릴 때마다 늘 가해자 명단에 이름을 올리던 작은 아이가 역으로 피해자로 바뀌면서 어쩔 수 없는 결정이었다는 것이다. 구치소 생활을 우여곡절 끝에 매듭짓고 나와 돌아가는 집안 상황을 보니 한숨이 절로 나왔다.

기존 거래처며 선후배를 비롯한 지인들을 미친 듯이 찾아다니며 살길을 모색했지만, 빈손으로 단칸 셋방으로 나앉은 사람을 믿고 선뜻 손을 내주는 사람은 아무도 없었다. 그나마 살 만할 때 도움을 받았던 사람들이야 '나 몰라라 않겠지.' 했던 기대는 사람을 더 절망하게 만들었다. 그들은 아예 전화조차 받지 않았다. 몇 날 며칠을 고민한 끝에 이를 갈며 새벽 인력시장에 나갔다. 일종의 객기 같은 거였다. 그런데, 팔자였던 건지. 첫날 잡부로 뽑혀 나간 건설현장 노동일이 생각보다는 꽤 할 만했다. '그래, 새끼들이 지금 굶어 죽게 생겼는데, 지금 내가 일을 가릴 처지인가. 정신 차리자!' 마음먹고 건설현장 노동일을 시작하게 됐다.

때마침 현장에서 내가 작업하는 모습을 유심히 지켜보던 전기 파트 소장이 지방 반도체 공장 건설 현장에서 일해 볼 의향이 있냐고 제의했고, 나는 흔쾌히 수락했다. 다른 생각을 할 여유도, 아니 이유도 없었다. 아내와 아이들과는 떨어져서 지내야 하는 것이 마음에 걸렸지만, '구치소에서도 견뎠는데.' 하는 마음으로 소장을 따라 지방으로 내려갔다.

평택에 위치한 반도체 공장건설현장은 쉴 틈 없이 돌아갔다. 하루 12시간 근무가 기본이었지만, 14시간, 16시간도 나는 마다하지 않았다. 2공수(14시간) 2.5공수(16시간)를 할수록 급여가 많아졌기 때문이다. 일이 있다고만 하면 제일 먼저 '번쩍' 손을 들었다. 영하

10도가 넘는 겨울날 새벽에도 새벽 5시 45분이면 어김없이 현장에 도착했다. 조출이 걸리면 새벽 2시 30분에 깨서 현장으로 달려갔다. 6명이 한 집에서 생활하는 숙식노동자로 생활하면서 '정서적인 안정' 같은 욕구는 포기했다. 일과 잠만이 일상의 전부를 차지하는 삶에서 정서 따위는 아무래도 상관없었다. 눈을 뜨면 득달같이 현장으로 달려 나갔고, 고된 노동이 끝나면 저녁을 먹으며 반주로 소주 한 병을 마시고 숙소로 돌아와 그대로 곯아떨어졌다. 다른 것은 생각할 여유도 없었고 생각을 하려고 해도 이어지지 않았다. 생각도 기력이 있어야 가능한 기능이었다. 머릿속은 온통 '잠'과 '쉼'에 대한 욕구뿐이었다.

숙소 생활이 익숙해지면서 자연스럽게 아내와 아이들을 보러 가는 것도 선뜻 시간을 내기가 어려웠다. 가족에게는 '차비' 핑계를 댔지만, 나에게 그 하루라는 쉼이 더없이 소중하고 중요했다. 그 하루는 무조건 밀린 잠을 보충하는 데 써야 했다. 그래야만 다음 한 주를 버틸 수가 있었기 때문이다. 세상을 창조하는 일도 아닌데, 마치 세상을 창조한 하느님인 양 6일을 일하고 하루를 쉬었다. 아니, 잠을 잤다. 인생의 다른 것은 모두 미뤄둔 채로 살아가는 생활이었다. 소장을 따라 현장이 바뀌기는 했지만 생활은 별반 다른 것이 없었다. 시간은 쉬지 않고 흘렀고, 나는 어느덧 50대 중반 나이가 됐다. 평생을 다른 누구보다 열심히 살았다. 그래서 나는 내가 잘못된 삶을 살았다고는 꿈에도 생각하지 않았다.

'잘못된 삶'이었다는 것을 알게 된 것은 7개월 전이었다. 몸에 이상증세가 나타나기 시작했다. 어느 날 갑자기 시작된 목의 통증이 걷잡을 수 없을 만큼 커져갔다. 목을 상하좌우, 그 어느 쪽으로도 움직일 수가 없었다. 심지어 직업병처럼 끌어안고 살았던 팔꿈치와 무릎 통증마저 극심해졌다. 그동안 진통제와 파스로 버텨왔던 통증들이 목을 움직이지 못하면서 한꺼번에 도지는 느낌이었다.

양방과 한방을 가리지 않고 다녀보았지만, 차도가 없었다. 아내와 아이들 성화에 짐을 싸 들고 집으로 돌아왔다. 처음에는 오랜만에 보는 아내와 아이들 얼굴을 보는 것만으로도 행복했다. 그러나 그러한 시간도 잠시. 나는 종일 아내와 아이들이 일하러 나간 빈 집에서 통증과 싸우면서 시도 때도 없이 밀려드는 '아무것도 못 하고 혼자 남은 공포감'까지 껴안고 벌벌 떨어야 했다. 혹사했던 몸에 '쉼'을 선사하고 통증클리닉을 다니며 의사의 말을 신처럼 떠받들며 따른다면 곧 나아질 수 있다는 기대는 곧 한숨과 절망으로 바뀌었다. 현관문 앞에는 자주 어둑어둑한 그림자들이 기웃거렸다. 흡사 나를 데리고 갈 저승사자들이 때를 기다리며 대기하고 있는 것만 같았다.

그럼에도 일을 마치고 돌아온 아내와 아이들은 내가 겪고 있는 통증이나 공포감을 이해하지 못했다. 아니, 나란 존재 자체가 그들 안중에는 없었다. 나는 곯아떨어진 아내를 흔들어 깨우고 자주 고함을 질렀다. 아내는 다크서클이 볼까지 짙게 드리워진 얼굴로 머리를 흔들며 "제발, 좀!"이라고 외쳤다. 그리고 베개를 들고 방문을 '쾅!' 소리가 나게 닫고 나갔다. 밤의 정적을 찢고 거대하게 울리는 방문 소리와 진동은 귀 고막으로, 그리고 엉치뼈에서부터 척추를 타고 곧장 목으로 전이됐다. 숨조차 쉬어지지 않는 극악의 고통 속에서 소금기둥처럼 굳어진 나는 '제발 좀 나를 데리고 가달라'고 저 승사자를 찾아가며 빌었다. 죽을 수만 있다면 정말로 죽고 싶었다.

내가 생사를 오가는 통증으로 하루라는 긴 시간을 버티고 있는데도, 아내의 사업은 흡사 불길이 일어나듯 성장세가 가팔랐다. 한마디로 남편이자 아버지인 나란 존재는 고통 속에서 죽든지 살든지, 그 여부와 상관없이 아내와 아이들은 부자로 가는 길을 닦고 달려가느라 정신이 없었다. 아내가 부업 삼아 하던 레터링 케이크 사업이 본격화된 것은 1년 전이었다. 아내는 내 명의 예금계좌 한 구좌를 해약한 금액을 보태서 봐두었던 가게를 인수하고 부업으로 하던 일을 사업으로 키워내기 시작했다.

아내가 주말이나 남는 시간을 활용해서 수제케이크를 만들어 주위 아는 사람 위주로 소소하게 판매를 시작한 것은 3년 전부터였다. 아이들을 낳고 키우면서 아내는 아이들에게 먹일 빵과 쿠키 등을 직접 만들어 먹였고, 학부형이 되면서부터 시작한 서예와 캘리그래피는 관련 단체에서도 여러 번 초청받아 전시했을 만큼 수준급 실력을 인정받고 있다는 것은 알고 있었다. 그러나 그러한 재능이 사업아이템으로 발현될 수 있다고는 생각하지 않았다. 아내 역시도 사업을 하겠다고 배우고 익힌 일은 아니었다. 그러나 지인들을 위주로 단순한 취미활동의 연장선상에 있었던 아내의 수제 레터링 케이크는 맛도 맛이지만 매우 매혹적이었다. 특히 아내의 독특한 서체는 '입소문'을 타고 삽시간에 유명세를 탔다.

밀려드는 주문을 감당하기 위해 아내는 고심 끝에 직장을 그만두었다. 그럼에도 곧, 아내 혼자만의 힘으로는 주문량을 수용하기 어려운 지경에 이르렀다. 급한 대로 일반 인문고에서 적응하지 못하고 낙오했던 큰 아이와 하루 종일 게임에만 심취했던 작은 아이까지 합세하게 됐고, 아이들이 합세하면서 아내의 사업은 인터넷쇼핑몰까지 섭렵해나가기 시작했다. 사업장이 필요해진 것은 당연했다. 전국에서 밀려드는 주문량을 소화하기 위해서 여러 명의 직원을 고용해야 했고, 그러한 일련의 과정은 마치 보이지 않는 누군가가 도와주는 것처럼 일사천리로 진행됐다.

전국 각지에서 밀려드는 주문과 결제, 고객 대응은 작은 아이가 맡았고 큰 아이는 배달과 택배 관련 일을 도맡았다. 하루 매출이 1천만 원대가 넘어서면서부터는 매출 곡선이 기하급수적으로 올라갔다. 아내의 이름을 내건 사업체명은 하루아침에 수제 레터링 케이크의 기준이 됐다. 옆에서 보기에도 참으로 놀라운 일이었다.

"바람개비는 돌아야 제맛 아닌가. 바람이 동쪽으로 불면 동쪽으로 돌고, 서쪽으로 불면 서쪽으로 돌고 말일세. 동쪽으로만 돌고 싶은 바람개비라도 바람이 서쪽으로 불면 서쪽으로 돌아가야지, 바람개비가 뻗대고 고집부린다고 해서 바람을 거슬러 동쪽으로 돌 수가 있나. 잘 생각해보시게. 어떤 상황이 주어졌건 간에 주어진 상황에 순응하면서 끝내는 스스로 주인이 된 사람이 누구였는지."

무당은 잘 알아듣지 못하는 나에게 한 번 더 천천히 말했다. 내가 곧 죽을 것이라고. 그리고 그 죽음은 내가 잘못 살아온 것에 대해 스스로가 내린 형벌이기 때문에 그 고통의 무게나 크기를 두고 다른 누구를 탓하는 것은 성숙한 자세가 아니라고도 했다. 내가 계속 못 알아듣자 무당은 정색을 하더니 한마디씩 끊어 오줌을 지릴 만큼이나 매섭게 호통쳤다.

"대주님 아내분과 자제분들은 대주님께서 잘못 살아 생긴 고통을 나눠야 할 이유도 필요도 없습니다. 아시겠습니까."

"나는 가족을 위해 내 전부를 바쳐서 일만 했습니다. 모든 것을 뒤로 미루고 모든 것을 참았습니다. 나 자신 전부를 포기하고 일만 하고 살아왔던 나에게 남은 보상이 겨우 이런 거란 말입니까? 보세요! 제 몸은 만신창이가 돼서 죽어가고 있고, 가족들에게는 찬밥신세가 됐습니다. 어느 누가 보더라도 이건 정당하지 않잖습니까."

화가 머리끝까지 치솟은 나는 부들부들 떨리는 목소리로 이를 갈 듯 따져 물었다. 무당과 싸우러 온 것은 아니지만, 내가 다 잘못했고 심지어 곧 죽을 거라고, 아무렇지도 않게 말하는 무당의 심사가 고약해서 더는 견딜 수가 없었다. 나는 의미도 없는 똑같은 말을 반복하면서 무당에게 고래고래 악을 써댔다.

　정신을 차려보니 낯선 방이었다. 6단짜리 서랍장과 서랍장 위로 이불 몇 채와 베개가 얹어져 있는 창문도 없는 방이었다. 나는 멀뚱멀뚱 뜬 눈으로 천장을 올려다보았다. 낮은 천장에는 형광등이 매달려 있었다. 무당과 실랑이를 하다가 아마 정신 줄을 놓친 모양이었다. 나는 의식을 타고 밀려들어 오는 통증을 부여잡고 간신히 일어나 앉았다. 일어나 앉은 자리에 무당이 던진 말이 화두처럼 '툭' 떨어졌다.

　"바람개비가 뻗대고 고집부린다고 해서 바람을 거슬러 돌 수가 있나."

　그러니까 그때, 사실은 그 당시에도 나는 알고 있었다. 중고자동차 사업이 망할 것이라는 것을. 그래서 친구가 배신할 것이라는 것을. 이를 갈면서 '나의 탓이 아니다.'라고 우겼지만, 나를 제외한 모든 사람들은 알고 있었을 것이다. 불어오는 바람의 방향을 거역하고 고집을 부려서 벌어졌던 '예견된' 실패였다는 것을.

건설현장에서 지나칠 정도로 몸을 혹사해가며 노동에만 매달렸던 것도 사실은 인정하고 싶지 않아서였다. 원치 않았던 바람의 방향에 보복이라도 하듯이 나는 목에 힘을 잔뜩 주고 '해볼 테면 해보시지. 절대로 굽히지 않을 테니까.', 그렇게 고집을 부린 것이다. 아아, 바람이 어디로 불든 바람개비는 바람의 방향대로 돌아가면 그뿐. 그뿐인 것을.

집으로 돌아오는 길, 낯선 골목길 담벼락에 기대선 나는 오랜만에 숨을 길게 내쉬어보았다. 담벼락에는 덩굴장미가 만발해 있었다. 그 사이로도 바람이 웅성거리고 있었다. 나는 목을 갸웃거리며 가만히 바람의 방향을 더듬어보았다. 그리고 바람의 방향에 맞춰 천천히 고개를 돌려본다. '드드득' 돌지 않았던 바람개비가 서서히 움직였다. 아주 천천히 그러나 제법 어울리게. 때마침 땅바닥을 뒹굴던 장미꽃잎 몇 장이 '휘익' 불어오는 바람에 공중으로 날아올랐다.

보스

"솜바지 두둑하게 챙겨 입었는데, 비를 만난 격이구먼. 젖은 바지 무게가 만만치 않으니 저 발을 어찌 뗄꼬. 아까워도 어쩌겠나. 솜바지 벗어 던지고 팬티 바람이라도 비는 피하고 봐야지. (방울을 흔들다가) 어허, 폭풍전야로세. 재고 말고 할 것도 없어. 서두르시게."

최근 참고인 신분으로 검찰 조사를 받고 있는 남편의 신변 문제보다는 대상이 무언지도 알 수 없는 불안감을 어쩌지 못해 찾은 무당의 입에서 터진 첫 마디부터가 심상치 않다.

남편이 모시던 보스의 뇌물비리의혹이 터지면서 보스의 최측근에서 30여 년 가까이 한결같은 충성심으로 활동해온 남편에게는 하루가 멀다 하고 검찰출두 명령이 이어지고 있었고, 평온했던 일상은 한순간에 깨졌다. 밤잠을 설치면서 초조한 나날이 지속되고 있었다. 지푸라기라도 잡겠다는 심정으로 '죽을 사람도 여럿 살려냈다'는 무당을 찾아 물어물어 장거리를 달려온 것인데, '솜바지를 벗어 던지고 팬티 바람으로 도망가라'는 '공수'가 나온 셈이다. 참혹하기 그지없다.

"죽으면 죽었지, 남편이 보스를 배신하는 일은 없을 겁니다. 어림없어요. 다리가 부러지는 한이 있어도 바지를 벗을 사람이 아닙니다. 남편에게 있어 보스는 말 그대로 하늘입니다. 하늘을 잃고 산다는 것은 불가합니다."

"어허, 가방끈 길고 배우고 익히는 것이 일상이신 분께서 이렇게나 말귀가 어두워서야. 그래서 말하지 않습디까. 기주님 껴입은 솜바지부터 벗으시라고요."

쇠몽둥이로 머리를 맞은 것처럼 아찔해지면서 머리가 하얗게 변했다. 이런 세상에. 무당의 공수가 남편이 아닌, 나를 향한 공수였단 말인가. 솜바지. 내가 껴입은 솜바지라니. 나는 솜바지의 '솜' 자도 모르는 사람이다. 내가 뭘 어쨌다고. 나는 방울을 낮게 들고 흔들며 눈을 감고 있는 무당의 얼굴을 쳐다보며 가뜩이나 쪼그라진 머릿속을 헤집으며 이리저리 뒤적거려본다.

최근 매스컴마다 종일 시끄럽게 떠들고 있는 남편 보스의 뇌물비리의혹은. 아니다, 그렇게까지 말할 것도 없다. 어쨌거나 그 사건은 전적으로 남편과는 무관한 일이다. 남편이 보스와 함께해 온 시간 전부를 뒤집어 탈탈 털어낸다 해도 먼지 한 점 나올 것이 없는 사람이다. 학부 시절부터 함께해온 남편이다. 누구보다 내가 잘 안다. 보스를 보좌하는 최측근으로서 드러나지 않게 온갖 궂은일은 도맡아 해왔겠지만, 그것은 남편이 맡은 '업무'였을 뿐이다. 직업, 먹고 살기 위한 일, 잡(Job), 또는 직무 그런 종류의 것이란 말이다. 보스의 가파른 성장과 더불어 남편 또한 가파르게 성장했지만 남편의 급여는 늘 '쥐꼬리'만큼, 아니 아주 솔직하게 말한다고 해도 그보다는 조금 두둑했을 뿐이다. 살아가면서 목돈이 필요할 때가 왜 없었겠는가. 물론 그럴 때마다 입을 내밀고 투덜거리기는 했다. 그러나 그때마다 남편에게서 돌아오는 대답은 한결같았다. "공직자 급여가 국민 혈세라는 것을 잊지 마. 없으면 없는 대로 살자. 도둑질까지 할 필요 없잖아."라고. 아, 머리를 뒤적거릴수록 피가 거꾸로 솟는 기분이다.

남편이 보스를 처음 만난 것은 30년 전 대한민국 모 광역시에서였다. 더 정확하게는 민중을 위한 교육에 주력하면서 특히 노동자들의 인권 보호를 위한 법적 지원 활동을 하던 한 시민사회단체에서였다. 대학교수가 꿈이었던 남편은 당시 그 바닥 생리를 뼈저리게 경험하면서 깊은 좌절감에 빠져 있었다. 우연한 기회에 선배 권유로 가입하게 된 그 단체에서 보스와 남편의 인연이 시작됐다. 당시 그 단체를 이끌고 있던, 남편보다 8살이 많았던 보스는 유난히 남편을 챙겼고 남편 또한 보스를 친형처럼 따랐다. 세상의 높은 벽에 부딪혀 '좌절한 꿈' 버린 남편은 운명처럼 보스에게 몰입하기 시작했다. 그것은 보스가 지닌 깊은 위로의 덕목 덕분이었다. 남편은 보스를 진심으로 존경했다. 보스의 말이라면 콩을 팥이라고 해도 믿었다. 보스가 그렇게 말한 데에는 반드시 그만한 이유가 있다고 말하며 콩을 콩이라고 말하는 나를 도리어 비난할 정도였다. 그런 남편을 보스 또한 많이 아꼈다. 인지상정인 셈이다. 대한민국 최고 인재가 들어간다는 S대 출신에 사회학과 박사였던 남편은 보스의 신임을 받기 시작하면서 마치 물 만난 물고기처럼 능력을 발휘하기 시작했다. 그것이 시작이었다.

그리고 나, 남편과 캠퍼스 커플이었던 나에 대한 썰을 잠깐 풀어보자면 나는 현재 지역사회에서 꽤 인지도가 있는 교육단체를 꾸려가고 있다. 남편과는 별개로 가정주부로서 딸아이 하나를 낳고 잘 키워보겠다고 노력을 했을 뿐인데, 어쩌다 보니 그 노력의 결실이란 것이 그렇게 귀결됐다. 일부러 애쓴 것은 아니었다. 남편과 부부로 살다 보니 나의 삶도 자연스레 그렇게 흘러갔을 뿐이다. 다만 아이를 키우는 학부모로서 아이와 함께 활동하다 보니 교육 쪽 전문가가 된 것이고, 이렇게 저렇게 그쪽에서만 뼈가 굵어지다 보니 수장이 됐다. 자랑까지는 아니지만 우리 단체가 지역 내 다양한 학교와 MOU협약을 맺고 진행했던 각종 교육 사업들은 전국적인 시범 또는 모범사례로 선정돼 각 시·도교육청에서 앞다투어 소개되기도 했다.

어쨌거나 남편과 나는 지역사회에서는 제법 알려진 오피니언 리더에 속했다. 그럼에도 남편과 나 두 사람의 능력치를 더해 아무리 최대치로 끌어올린다고 해도 보스의 뛰어난 지략과 시대를 아우르는 통섭 능력에는 미치지 못했다. 남편과 나는 우수한 아이큐(IQ)와 우직한 성정을 지닌 이인자 또는 삼인자로서 만족했다. 아니, 더할 나위 없이 충분했다. 명령을 받고 효율적인 실행 방안만 모색해 움직이면 됐으니까. 남편과 나는 꼭 보스 앞이 아니더라도 어느 자리에서건 '유능한 넘버3'이라고 스스럼없이 소개하곤 했다. 더 나아가 골머리 아픈 주인보다는 명령에만 길들여진 사냥개가 우리 적성에는 더할 나위 없이 안성맞춤이라며 대놓고 손바닥을 맞부딪치기도 했다.

이런 사건도 따지고 보면 별일도 아니다. 다른 것이 있다면 살짝 그 결이 다른 정도. 처음에는 '이 또한 지나가리라.' 하고 생각했다. 그러나 하루 이틀 지나면서 남편은 비장한 표정으로 입을 굳게 다물었다. 검찰출두 명령을 처음 받았던 날, 남편은 베란다에 나가 손빨래할 때 쓰는 빨간색 플라스틱 앉은뱅이 목욕 의자에 낮게 쭈그리고 앉아 등을 유리문에 기대고 있었다. 남편은 그날 오후 내내 베란다 창문으로 내다보이는 높고 푸른 가을 하늘을 올려다보았다. 비틀거리는 오후였다. 흡사 정지된 화면처럼 남편은 그 자세 그대로 멈춰져 있었지만, 남편은 분명히 비틀거리고 있었다. 나는 그것을 눈치챘다. 올해 24살이 된 딸아이가 조심스럽게 다가와 내 손을 잡아끌지 않았다면 나 또한 까무러쳤거나 무너졌을 것이다. 딸아이 손에 이끌린 나는 비틀거리고 있는 남편을 거기에 놔두고 소리가 크게 나지 않게 조심하면서 현관문을 닫았다. 그리고 '울컥' 마치 오래 묵었던 무언가가 치올라오는 감정을 참아내며 좁은 계단을 내려왔다. 엘리베이터도 없는 낡고 허름한 빌라 4층을 오르내리면서 날마다 열심히 살아왔을 뿐인데, 정작 '아무것도 그려지지 않은 도화지'처럼 무엇하나 떠오르는 것도 없었다. 도대체 나는 아니, 우리는 무엇을 하고 산 것일까.

"우리 가족이 무엇 하나 허투루 라도 받은 것이 있다면, 당연히 이실직고하고 용서를 빌 것입니다. 그러나 남편도 저도 줄줄이 엮이고 묶여 거슬러 올라가고 또 올라간다고 해도 10원짜리 한 장 받은 것이 없습니다. 다만 일을 하는 과정에서 상부조직이 있으면 하부조직이 있듯이 상급자가 시키는 일을 묵묵히 수행했겠지요. 그것은 당연한 이치가 아닙니까? 조직을 위한 대의명분은 언제나 분명했으니까요. 그것이 검찰의 조사를 받고 대중의 손가락질을 받을 만한 행동입니까."

"어허, 참. (쯧쯧거리며) 한낱 사냥개였다면 손가락질받고 말고 할 일도 없을 터. 옳든 그르든 주인의 명령을 수행하는 것이 사냥개의 본분이니까. 판단력이라는 것이, 사냥개에게 필요한 덕목은 분명 아니네만. 그런데, 자네. 혹시 그거 아나? 아무리 충성스럽고 용맹한 사냥개라도 말일세. 주인의 명령을 따를 때는 분명한 대가를 기대하고 움직이는 법이거든. 만에 하나, 혹시라도 해서 하는 말인데, 이 댁 대주가 말일세. 아무리 상부의 명령이라고는 하지만 그 일이 옳지 않은, 그야말로 들키는 날이면 한방에 자신의 인생이 나락으로 떨어질 수 있는 중대하고 위험한 일이라는 것을 알고도 가담한 건이 있다면 말일세. 과연 대가가 없었을까. 이렇게까지 말해주는데도 아니라고 박박 우긴다면 할 말 없는 것이고. (얼빠진 내 표정을 가만 응시하다가 까르륵 웃으며) 지나가는 똥개가 웃을 일이네, 그려."

남편을 폄하하는 무당의 말본새가 지나치게 야비하다. 그럼에도 틀린 말이라고 대들기에는 논리적으로 반박근거가 부족하다. 아닌데, 하면서도 납득이 돼버리니 침만 꿀꺽 삼키는 수밖에. 어쨌거나 지금 아쉬운 것은 저 무당이 아니다. 어떻게든 살길을 열어달라는 것이 이쪽의 목적이니, 입 닥치고 다시 물어야 한다. 남편과 나 그리고 딸아이의 미래가 달렸다.

"제가 자꾸 말씀을 못 알아들어 죄송한데, 그러니까 결론만 좀 말씀해주세요. 제가 무얼 어떻게 해야 하는지 말입니다. 제발 뭐라도 좀 알려주세요. 비방도 좋고 부적도 좋습니다. 굿이라도 해야 한다면 당장에 하겠습니다."

"남들이 땡땡 언 빙판길에서 오들오들 떨고 있을 때, 솜바지 입고 평안하고 따뜻하게 살았던 티를 이제야 내는구먼. 터지기 전이라면 몰라도 지금은 천만 냥짜리 굿을 열고 공을 들여도 소용없네. 누가 됐든 대가를 치르겠지. 긴말 필요 없네. 외면하지 말고 현상을 직시하셔."

'현상을 직시하라.' 그렇다. 그 누구도 먼저 입에 올리지 않았지만 아니, 입에 올릴 수 없었지만 사실은 모두가 알고 있다. 코앞이 낭떠러지라는 것. 두 손을 들고 뒤돌아서서 무릎을 꿇고 속죄하는 것만이 살길이라는 것. 다만 인정하기 싫어, 아니 인정하기 두려워 발버둥치고 있다는 것까지도. 나 또한 그 사실을 알고 있었다.

천천히 고개를 든 나는 늙은 무당의 눈을 먹먹하게 쳐다보았다. 유난히 검어 보이는 무당의 눈동자 속에서 세련된 중단발 C컬 파마 헤어스타일에 검은색 슈트 정장을 차려입은 한 중년여성이 마침내 입술을 앙다물고 시간을 잊은 듯이 고개를 주억거리고 있는 모습이 보인다.

보스의 뇌물비리는 보스가 차마 끊어내지 못한 자식 문제에서 기인했다. 보스는 시대를 아우르는 이념과 철학으로 무장하고 보다 나은 미래사회를 위해 헌신해온 드물게 청렴하고 드물게 올곧은 정치인이었다. 그러나 손을 댄 사업마다 실패에 실패를 거듭하고 지병까지 얻게 된 아들 문제만큼은 보스도 어쩌지 못했다. 마침 노다지 사업권에 참여하면서 들어올 눈먼 돈이 있었고, 보스는 흔들렸다. 망설임이 있었지만 결단을 내렸고, 그 결단이 이토록 큰 화마로 돌아와 모두를 집어삼킬 줄은 꿈에도 생각지 못했을 것이다.

보스 자신이 민변에서 활동했던 법조인이기도 했지만 시대를 주무르던 유명 법률인단의 자문까지 받아 진행된 건이었기 때문에 잘못될 일이야 없었다. 그래서 결단했을 것이다. 좀 꺼림칙하다고 우려하던 나에게도 남편은 법적으로도 완벽한 각본이기 때문에 쓸데없는 걱정을 사서 할 필요까지는 없다고 잘라 말했다. 어차피 비용 처리된 돈이었고 누가 받더라도 받을 돈이었다. 세테크까지 계산해서 가장 안정적으로 또 합법적으로 증여할 수 있는 장치였다. 그것이 보스의 아들에게 지급됐던 '성과급 명목 퇴직금'이었다.

그러나 남편의 말대로 '완벽한' 각본이었음에도 불구하고 거기에는 모두가 놓친 부분이 하나 있었다. 모든 일에는 감정이 있다는 것을. 더군다나 그 감정의 뿌리가 인류가 태생적으로 갖고 있는 본래적 감정에서 기인했다는 점. 바로 그 점을 간과했던 것이다. 그래서 보스의 뇌물비리의혹은 액수의 크기와 상관없이 전 국민의 공분을 샀다. 국민의 공분에 힘입어 고구마 줄기 딸려 나오듯 앞뒤로 줄줄이 엮여 드러나는 사건들의 실체는 어마어마했다. 거기에서 파생된 말의 가지들은 걷잡을 수 없이 뻗어 나갔고, 그 하나하나의 가지마다 악에 받친 정서적 악력이 작용했다. 전지전능한 신이라고 해도 영영 그 지옥에서 벗어날 수는 없을 것만 같았다. 설사 그곳이 사건의 지평선 너머라 해도.

"미안하다. 내가 내 의지로 할 수 있는 것은 이것뿐이더구나. 사랑한다."

검찰의 조사를 받고 귀가하던 남편은 인근 야산에서 넥타이로 목을 맨 시신으로 발견됐다. 나는 나에게 일어난 일련의 일들에서 헤어 나올 수가 없었다. 도무지 정신을 차릴 수가 없었다. 눈물조차 나오지 않았다. 무얼 어떻게, 대체 어디부터 해야 하는지 알 수 없었다. 그 누구도 가르쳐주지 않았다. 무언가를 스스로 판단하고 결정한다는 것은 익숙한 일이 아니었다. 전화를 받고도 한참 동안 나는 움직이지 못하고 앉은 채로였다. 문득 쳐다본 베란다에는 빨간색 플라스틱 의자가 있었다. 남편이 오랫동안 앉아 있던 의자는 여전히 그 자리에 그대로 덩그러니 놓여 있었다. 거기에 쭈그리고 앉아 유리문에 등을 기대고 하염없이 바라보던 하늘도 아직 높고 푸르른 그대로 거기에 있었다. 나는 빈 의자와 하늘을 바라보며 명령을 내려주길 기다리고 있는 사냥개처럼 우두커니 앉아 있었다. 시간이 멈춘 것처럼. 그렇게 나도 비틀거리고 있었다.

 장례식은 조용하고 차분하게 진행됐다. 손아래 시누이와 함께 한 무더기의 젊은이들이 들이닥치기 전까지는. 신혼부부로 보이는 젊은 가족이나 어린 학생들이 포함된 그들은 족히 50명은 넘어 보였다. 남편의 죽음에 조의를 표하며 동시에 존경심을 표하는 그들에게 들은 이야기는 나를 또 한 번 기함하게 만들었다. 그들 말로는 남편은 12년 가까이 가정폭력에 시달리거나 환경이 어려운 학생들에게 기숙시설을 제공하고 있었다는 것이다. 심지어 지금까지 남편이 제공한 기숙시설에서 배출한 학생 수가 100여 명이 넘었다.

 "오빠가 언니한테는 절대 말하지 말라고 신신당부해서 말할 수가 없었어요. 명의는 다른 사람으로 돼 있지만 실주인은 오빠입니다. 저는 오빠한테 월급을 받고 관리만 해왔어요. 학생들은 각 학교에서 추천받은, 정말 사정이 힘든 친구들이라서. 이대로 멈출 수도 없는 사정이에요. 미안해요, 언니. 이런 상황에서도 언니한테 짐을 주게 돼서요."

 시누이 말에 따르면 기숙시설은 아파트와 빌라를 포함해 총 5채였다. 심지어 5채 모두 현재 우리 가족이 살고 있는 낡은 빌라보다 시설이나 인프라가 잘 구축된 곳에 위치했고, 대부분이 신축이었다. 또 시누이가 전해준 외국은행 통장에는 돈인지, 그저 숫자인지 모를 만큼 긴 숫자가 잔고 칸에 박혀 있었다. "미친놈!" 소리가 절로 났다.

  영정사진 속 남편의 얼굴은 웃고 있었다. 계절별로 검정색 양복 2벌, 구두 뒤축과 밑창을 몇 번이나 갈아가며 신었던 검정색 낡은 구두가 자신이 가진 소유 전부였던 남편이 내게 남긴 처음이자 마지막 명령을 앞에 놓고 나는 망설였다. 이윽고 끝도 모를 심연 속으로 가라앉고 있던 자신을 붙들어 세운 나는 정신을 바짝 차리고 앉았던 자리에서 일어섰다. 여기저기 왁자해진 남편의 빈소는 조금씩 살기를 거두고 있었다. 비틀거림을 멈추고 그 빛 사이를 누비며 흔들리던 나는 문득 일회용 하얀 접시에 담긴 매끈하고 빛 고운 꿀떡 한 개를 집어 '꿀떡' 먹어본다. 꿀맛이 났다. 그중 제일 먹음직해 보이는 꿀떡 한 개를 더 집어 입에 넣었다. 이것은 마침내 '넘버3'를 탈출하고 보스로 우뚝 서게 된 남편의 몫! '꿀떡', 참 꿀맛이었다.

베네치아 떡볶이타운 탄생 시발점

"고독할 줄 모르는 사람은 평생을 외로움에 몸부림치고 살아도 정작 본인이 각성을 못 해. 그러니 불나방처럼 천지 사방으로 쏘다니며 천만 사람을 쫓아다녀 본들 허기를 채울 수가 있나. 지금 필요한 것은 '각성'일세. 탓하는 습관을 버리고 사람에 대한 집착도 내려놓으셔."

4년 전에 이혼한 남편의 재혼 소식 때문이 아니다. 다만 그가 새로 맞췄을 혼인 반지 주인공이 고등학교 시절 동아리 선배라는 사실을 받아들이기 힘들었을 뿐이다. 그런데 이 무당, 헛다리를 짚어도 유분수지. 마치 내가 남편을 여태 놓지 못하고 집착해서 이 난리를 치고 있다는 식이다. 용한 무당이라더니, 공갈 떡밥에 낚인 것처럼 기분이 좋지 않다.

"지금 뭔가 거꾸로 말씀하시는 거 같은데요. 저는 혼자일 수 있으니까 이혼하고 집을 나온 거 아닙니까. 그런 말씀은 오히려 애들 아빠가 들어야 할 말 같은데요. 외로움에 미쳐 제정신이 아닌 인간이 아니고서야, 어떻게 전 부인 학교 선배를 안방에 들인답니까? 애들한테는 또 제가 뭐가 되고요. 우리 애들을 사이에 두고 그 둘이 저를 놓고 찧고 까불 것을 생각하면, 자다가도 눈이 번쩍 떠집니다. 아무튼 제가 원하는 것은 이 결혼을 막아야 한다는 겁니다. 무슨 수를 써서라도 그 둘을 떼놓아야 합니다."

이왕지사 이렇게 된 거. 체면이고 염치고 뭐고 다 버리고 단도직입적으로 묻는 게 상수다, 싶어 노골적으로 속내를 꺼내 무당의 코앞으로 들이밀었다.

"자식이 있다고는 해도 남편과는 이미 법적으로나 심적으로나 남남이 아닌가. 자식이야 떨어져 있건 붙어 있건 엄마로서 존재하면 그뿐. 대체 뭐가 문제란 말인가. 뒤집어서 자네가 전남편 후배랑 결혼한다고 해도 그것이 눈에 쌍심지를 켜고 막을 일인가?"

"그건 아니지만. (머뭇거리다가) 그래도 그 선배는 안 됩니다. 그 선배 성질머리가 얼마나 괴팍한지 아십니까? 여태 시집도 못 간 이유가 다 있는 거라고요. 그런 여자가 어떻게 우리 애들 엄마가 된답니까? 애들 아빠가 뭐에 단단히 씐 겁니다. 그것만 벗겨내 주세요, 제발."

말을 하다 보니 애가 타서 목소리가 쩍쩍 갈라진다. 아이들 생각까지 나면서 감정이 북받쳐 올라와 목이 메어왔기 때문이다.

"어허, 자제분들에 대한 관심과 애정이 그렇게나 각별하신 분이 이혼은 어찌하셨고, 집은 또 어찌 나오셨나. (정색을 하며) 세상에 그런 논리는 없네. 이제 와서 뚫린 입이라고 자제분들 걱정한답시고 꼴값을 하고 있네만, 그 자체가 어불성설(語不成說)이야. 자네는 그쪽 집안일랑 신경 쓰지 마시고 자네 앞에 놓인 일이나 똑바로 보시고 해결하셔."

이 무당은 입속에 독침을 키우나. 툭툭 던지는 말마다 길고 뾰족한데다가 인정사정 보지 않고 가슴팍으로 푹푹 들어와 박히는 무당의 말이라는 것이 하나같이 독하고 참으로 매정하다. 그럼에도 딱히 반박할 말이 떠오르지 않았다. 아니, 솔직히 말하면 무당의 말이 독하기는 해도 틀린 말은 아니니까. 엄마라는 사람이 10살 7살 된 아들 둘을 두고 저 혼자 살겠다고 집을 뛰쳐나왔으니, 지탄받아 마땅하다. 가만한 일이기도 하다. 그러나 그럼에도 할 말이 아주 없는 것은 또 아니다. 남편과 이혼하지 않고 계속 같이 살았다면 나는 아마도 벌써 죽었을 것이다. 숨이 막혀서. 정말이다. 그것만큼은 확실하다.

남편이 돈을 벌지 못하거나 폭언이나 폭력을 행사하는 사람은 아니었다. 다만 남편과 나는 각자가 사는 세계가 너무나도 달랐다. 결혼생활 내내 도무지 조화로운 가정생활을 일궈낼 수가 없었다. 신혼 초기에는 죽을 각오로 대들고 싸웠지만, 살림살이만 깨지고 부서져 교체될 뿐이었다. 어느 누구도 달라지지 않았다. 아이들을 낳고는 그냥 포기하고 살았다. 어린아이들을 케어하며 지내다 보니 시간은 그럭저럭 흘러가 주었다. 그러나 아이들이 유치원에 들어가고 학교에 들어가면서부터 잊었던, 아니 감춰두었던 병이 또다시 도지기 시작했다. 남편의 꼬락서니를 참아낸다는 것이 날이 갈수록 힘들게 느껴졌다. 남편과 한 공간에서 숨을 쉬는, 아니 그와 숨을 나눠야 한다는 사실 하나만으로도 나는 숨이 턱턱 막혀왔다. 궁색하기 짝이 없는 변명이지만, 정말 그랬다. 달리 더 덧붙일 것도 없이 나의 심리상태가 '그냥 딱' 그랬다.

    임대사업자가 직업이었던 남편은 시부모에게 물려받은 건물을 관리하는 정도만 일했다. 임대수익만으로도 네 식구가 부족함 없이 먹고살 정도는 되었기 때문에 경제적인 부분에 대한 불만은 없었다. 문제는 남편이 지나치게 빈둥댄다는 점이었다. 특별한 일이 없으면 거의 대부분의 시간을 집에서 보냈다. 간혹 건물을 관리하기 위해 보일러나 전기, 설비 관련 일을 조금씩 배우기도 했고, 몇 번은 문제가 생긴 건물을 수리하겠다고 직접 도전하는 일도 없지는 않았지만, 남편은 그 모든 소일거리조차 곧 포기했다. 전문가를 부르면 1백만 원이면 끝날 문제가 남편이 직접 하면 1천만 원짜리 대공사가 되기 일쑤였기 때문이었다. 그러니 나부터라도 아무리 사소한 문제라도 전문가부터 찾게 됐고 남편이 하는 말은 귓등으로도 듣지 않았다.

거기에 더 보태서 남편은 주변머리도 없었다. 계절마다 철철이 남아나는 시간들, 이런저런 동호회 활동이라도 했다면 내가 이런 말도 안 한다. 차라리 사치를 하거나 헛짓거리일지언정 이런저런 돈을 쓰러 다니기라도 했다면 덜했다. 남편은 삼시 세끼 밥만 잘 차려주면 차려준 밥을 맛있게 먹고 종일 혼자 잘 놀았다. 그렇다고 아이들을 챙기는 것도 아닌데도 전혀 무료한 기색이라고는 없었다. 그러나 옆에 있는 나는 아니었다. 오늘이 어제와 같고 내일도 오늘과 같을 것이 틀림없는 사람 옆에 산다는 것은 지금 다시 생각해도 끔찍한 일이었다. 종일 뭘 하는지도 모르게 빈둥거리다가 문득 눈앞에 나타나 "오늘 저녁 반찬은 뭐야?"라고 묻는 남편을 나는 경멸했다. 심지어 대놓고 "식충이 같은 소리 좀 그만해!"라고 노골적으로 그 감정을 표현하기도 했다.

외출은 그래서 시작됐다. 큰 애가 초등학교에 입학하고 작은애가 유치원에 다니면서부터 남편 아침밥을 챙기면서 점심상을 옆에 같이 준비해두고는 무작정 밖으로 튀어나갔다. 튀어나가면 먼저 숨부터 크게 쉬었다. 시원했다. 약속이 있건 없건 밖으로 나돌기 시작한 계기라면 계기였다. 막상 나와 보니 부르는 곳이 없어서 그렇지,

갈 곳이야 사방천지(四方天地)에 널려 있었다. 학부형 모임부터 시작해 이런저런 동호회 하다못해 백화점판 각종 강의까지. 나는 남편의 미련함을 증명이라도 하듯이 시간별로 계획표까지 짜서 여기저기를 총총거리며 바쁘게 쏘다녔다.

밖에서 보는 강사며 동호회원들은 팔딱팔딱 뛰는 물고기처럼 저마다 활력이 넘쳤다. 유머러스했고 보기만 해도 기분이 좋아지는 남자들이 어디서건 발에 채였다. 저런 남자와 사는 여자는 얼마나 행복할까, 볼 때마다 한숨이 절로 터졌다. 남편이 종일 숨만 쉬면서 뒹굴거리고 있는 집은 점차 가슴에서 멀어져 갔다. 집으로 돌아가야 할 시각이 닥치면 나도 모르게 속에서 천불이 올라왔다. 그러니 집으로 돌아온 이후는 말해 무엇하랴. 집안은 날이 갈수록 어지럽고 어수선해져 가고 있었고 나 또한 감정을 주체하지 못하고 수시로 짜증을 내고 악을 썼다. 그래도 속이 풀리지 않으면 학교에서 또는 유치원에서 돌아온 아이들을 붙잡아 세우고 별것도 아닌 것으로 몰아세우고 혼을 내기 일쑤였다. 때로는 스스로도 내가 미쳐가나, 싶을 정도로 포악해져가고 있었다. 아이들은 더 이상 나와 눈을 마주치지 않았고 그럴수록 나는 악을 써대거나 회초리를 들었다. 증상은 날이 갈수록 심해졌다.

결국 무작정 집을 나왔다. 아니, 어느 날 갑자기 집으로 들어가는 것을 멈췄다. 이혼절차는 그렇게 시작됐다. 돈이고 뭐고 남편만 안 보고 살아도 숨이 쉬어질 것 같았다. 유일하게 아이들이 걸렸지만, 우선은 내가 살아야 했다. 아이들 양육권은 스스로 포기했다. 경제적으로도 정서적으로도 나보다는 애들 아빠가 아이들에게는 더 필요하다고 생각했기 때문이었다. 양육권을 포기하면서 이혼절차는 일사천리로 신속하게 진행됐다.

남편은 합의이혼에 동의했고, 나 자신 스스로가 유책사유자임을 인정했기에 위자료를 따로 요구하지 않았음에도 별도로 위자료까지 알뜰하게 챙겨주었다. 그럼에도 저런 강단은 어디 있었을까, 싶을 만큼 매섭고 확고하게 선을 긋는 남편의 모습에 기가 질릴 정도였다. 어쨌거나 나는 소원대로 남편과 이혼을 했고, 작은 원룸형 오피스텔을 얻어 혼자 살았다. 당연히 더 살뜰하게 쏘다녔고, 각종 모임에도 빠짐없이 참석했다. 밤이 늦어도 늦은 줄 모르고 마지막까지 남아서 웃고 떠들었다. 세상은 이렇게나 재미있고 즐거운 일이 많은데, 나는 그동안 뭐 하고 살았나, 싶을 정도로 나는 마시고 어울리는 데 취해 있었다.

"앞으로 봐도, 뒤로 봐도 꽉꽉 막힌 형국이야. 아무리 둘러봐도 내가 보기엔 자네 코가 석 자인데, 아직까지 주제 파악을 못 하고 남 타령만 하고 있으니. (쯧쯧거리며) 대체 이를 어쩌면 좋단 말인가."

나야말로 이 무당을 어쩌면 좋단 말인가. 그 돼먹지 못한 선배와

해서는 안 되는 결혼을 하려는 남편을 막아야 한다는데, 자꾸만 엄한 번지수 이야기만 하고 있으니. 지금이라도 그냥 일어서야 하나, 하는 찰나에 다시금 정색을 한 무당이 화장이 아니라 분장을 한 것만 같은 얼굴을 코앞에 바짝 디밀고 말한다.

"자네가 직접 가게를 꾸려. 더 늦으면 정말로 답이 없어. 지금 느끼는 감정은 상대가 낸 것이 아니야. 자네 안에서 일어난 거란 말일세. 잘 생각해보게. 아직도 남편 때문에 집을 나왔다고 생각하나. 그 문제부터 해결해야 하네. 그렇지 않으면 어느 별에 서더라도 웃을 일은 없을 걸세."

아아, 잠시 잊고 있었다. 내가 분양받은 상가를. 월 3백 50만 원은 족히 받을 거라던 그 상가는 입주 시점이 3년이나 지난 지금까지도 내내 공실인 채로 남아 있다. 달마다 내는 관리비며 세금만으로도 숨이 턱에 차오른 애물단지로 전락한 나의 베네치아.

이혼할 당시, 남편이 챙겨준 위자료로 '한국판 베네치아'라며 수변을 따라 조성된 스트리트형 상가를 피(P: 웃돈)를 주고 매입했다. 막상 직업을 가지기에는 배운 지식과 기술이 없었고 무얼 해보려고 해도 두려움부터 앞섰기 때문에 그나마 남편 옆에서 곁눈질로 배운 임대업으로 살면 되겠다, 생각했던 것이다. 당시만 해도 장밋빛 미래가 곧장 내게로 와서 훈훈하게 안길 것만 같았다. 그런데,

너무 쉽게 생각했던 거였다. 장밋빛 미래는 사라졌다. 아니, 장밋빛 미래는 처음부터 거기에 없었다.

눈 뜨고 코 베인다는 말이 실감 날 만큼, 세상은 어수룩한 것들을 용납하지 않았다. 그 상가는 일단 대중교통 접근성이 떨어지는 데다가, 수변 말고는 특별한 콘텐츠도 없었다. 그럼에도 수변을 끼고 다닥다닥 붙은 상가는 지나치게 많았다. 심지어 주차 공간마저 없었다. 한마디로 앞뒤가 하나도 맞지 않는 엉터리 '베네치아'였다. 꼼꼼하게 체크하지 못한 나의 불찰이 컸지만, 깨달았을 때는 너무도 늦은 시점이었다. '아차' 싶어 손해를 보고서라도 팔겠다고 내놓았지만, 사는 이가 있을 턱이 없었다. 최근에는 반값경매로 넘어가는 상가도 속출하고 있었다. 통장 잔고는 바닥이 나고 있었고, 담보 대출이라도 받아야 하는 지경에 이른 시점이었다. 그러던 차에 아이들로부터 남편과 선배가 결혼한다는 소식을 들은 것이다.

"제가 직접이요? 저는 할 줄 아는 게 없어서. 사실 엄두도 안 나고요."

"애들 키우면서 떡볶이는 해줬을 거 아닌가. 떡볶이 장사해봐. 튀김도 좀 튀기고. 불나방처럼 불 찾아 나왔으니 불 옆에서 하는 일 하면 승산이 있네. 일단 시작해. 잘 될 거야."

"아니, 제가 무슨 떡볶이 장사 같은 것을. 전 그런 거 못 해요."

"그런 거 못 해요? 어허, 이보세요. 지금 당신이 딛고 서계신 별을 내려다보세요. 아니, 그냥 제가 콕 집어 말씀드릴게, 잘 들으셔. 과거의 별은 이미 다른 사람의 별이 됐습니다. 당신은 그 사실을 절대로 바꿀 수 없습니다. 당신은 이제, 사는 일도 죽는 일도 당신의 별에서 스스로 해내야만 합니다. 자, 이제 좀 정신이 드시나요?"

베네치아에서 떡볶이를 팔다니. 수변 옆으로 늘어선 을씨년스러운 빈 상가들 중 하나인 나의 애물단지 상가 앞에 주저앉은 나는 마침 붉게 물들고 있는 서쪽 하늘을 올려다보았다. 여기가 내가 딛고 선 별이로구나. 마음을 집중해서 내가 딛고 선 별의 풍경 속으로 서서히 나를 밀어 넣어본다. 주르륵, 눈물이 얼굴을 타고 흘러내린다. 이대로 가만히 있으면 곧 아득한 블랙홀로 쏠려 들어가 곧 사라져 버릴 것만 같은 풍경 속에서 나는 한참을 더 울었다. 도대체 나는 그동안 어디서 무엇을 했던 것일까. 많은 사람들을 만났고 웃고 떠들었는데. 그들은 다 어느 별로 사라져 버린 걸까. 결국 빈 상가만이 줄지어 늘어선 이 삭막한 별만이 남았다. 아니다. 보다 똑 부러지게 말하자면 나는 마침내 이 황당한 별에 당도했다. 이 별에 입성하기 위해 남편과 아이들이 있는 집을 떠나 이제껏 방황을 해왔던 것이다. 오 마이 갓!

"진즉에 너를 찾아오고 싶었는데, 용기가 나지 않았어. 그런데, 후배가 아니라 아이들 엄마라고 생각하니까 용기가 나더라. 아이들은 걱정하지 마. 남편이 잘 케어해서 그런지 구김살도 없고 나에 대해서도 특별한 반감 같은 것은 없어 보여. 나 또한 아이들이 잘 자라도록 보살펴주는 역할을 할 뿐이지, 아이들 엄마가 될 생각은 없으니까. 아이들에게도 그렇게 이야기했으니까 걱정하지 마. 그러니까 아이들의 엄마는 너야. 그 사실은 변하지 않아. (잠시 침묵) 너도 알다시피 나는 이날 이때껏 직장에서 일만 하고 살았잖아. 업무적인 사항이 아닌, 감정이 섞인 관계에는 사실 익숙하지가 않아. 그래서 그냥 단도직입적으로 말할게. 넌 아이들 엄마니까 언제라도 아이들 만나고 싶을 때 만나. 나나 남편 눈치 보지 말라고. 그 말 하려고 왔어. 그런데 남편은 안 돼. 나는 오늘을 끝으로 너를 더 만날 일이 없었으면 해. 아이들과는 천륜이니 어쩌지 못하지만, 남편과 나 사이에 네가 끼는 것은 싫어. 그 약속받으려고 왔어. 약속해줄 거지."

주문이 밀려들고 있었다. 평소라면 한가한 시간대였는데, 하필이면 선배가 찾아왔을 때가 그랬다. 배달 주문이 연이어 2개가 들어왔고, 매장에도 여학생들 6~7명이 무리를 지어 들어와 주문을 하느라 왁자지껄하던 차였다. 그 와중에도 선배는 나의 상황 따위는 안중에도 없다는 듯이, 일체 고려하지 않는 자세로 매장 앞에 서서 저 할 말을 또박또박 이어 말했다.

선배는 그때도 이런 식이었다. 선배는 내가 가입했던 연극동아리

회장이었다. 고등학교에 입학해서 1인 1동아리 규칙에 따라 가입한 동아리에서 처음 선배를 만났다. 마침 창립기념일에 진행하는 동아리별 발표대회를 앞두고 있었고 내가 가입한 동아리에서는 셰익스피어의《맥베스》를 짧게 각색해 준비하고 있었다. 그런데 얼핏 보기에도 선배들의 연기력이 민망할 정도로 한심했다. 특히 맥베스를 왕위에 앉히고자 남편을 조종하는 아내 올리비아 역 비중이 상당했는데, 그 역을 맡고 있던 선배의 연기는 참혹 그 자체였다. 아무리 형편없었어도 가만히 있어야 될 것을. 나는 동아리 동기들에게 선배 험담을 했고, 선배가 그 험담을 전해들은 것이 문제의 시발점이 됐다. 선배는 공연을 이틀 앞두고 배역을 내게 넘겼다. '후배 말대로 중요한 배역이니, 잘할 수 있는 사람이 하는 것이 이치에 맞지'라는 논리였다. 한마디로 나를 버르장머리 없고 선배 무서운 줄 모르고 나대는 후배로 주홍글씨를 팍, 찍어서는 윗목에 던져놓은 셈이었다.

이를 갈고 밤을 새워서 연습한 덕에 다행히도 연극은 대 성황리에 끝났다. 전화위복이라고. 오히려 그 일로 연기력을 인정받은 나는 그 이후부터 졸업할 때까지 중요 배역은 도맡아 할 수 있었다. 다만 선배와의 관계는 개선될 기미가 없었다. 선배는 나와는 눈도 마주치려 하지 않았다. 선배는 졸업할 때까지도 나를 투명인간 취급했다. 선배는 이래저래 참 많이 불편한 사람이었다.

선배의 말이 끝난 것 같아 무슨 말이라도 하고 싶었지만, 무슨 말을 해야 하는지도 모르겠고, 무슨 말을 하고 싶은지도 모르겠어서 나는 선배 얼굴만 얼빠진 표정으로 쳐다보았다. 선배는 "약속해 줘."라고 재차 분명하게 말했다. 귀로 들은 것은 아니었지만 선배의 눈은 분명 그렇게 말하고 있었다. 그 순간, 선배의 눈 속에 정확하게 박혀 있는 '나'를 보았다. 아니, 확인했다. 투명하지 않은 존재로, 나는 선배가 돌보는 아이들의 엄마로 그녀의 눈 속에 똑똑하게 들어가 박혀 있었다.

'알았다'는 뜻으로 고개를 끄덕이자 선배는 입술을 물고 내게 몇 번 더 고개를 끄덕여 보이고는 돌아섰다. 그리고 천천히 베네치아 수변을 따라 떠나갔다. 문득 정신을 차리고 다시 보니 선배의 그림자조차 보이지 않는다. 그녀는 이미 그녀의 별에 도착한 것일까. 아득한 먼 옛날 언젠가는 나의 별이었던 별에 도착해 신발을 벗고 있을 선배를 생각하니, 가슴 한쪽이 매캐했다. 묘한 통증으로 한쪽 가슴에 손을 얹은 나는 마침내 "잘 살아요, 선배."라고 나지막하게 읊조렸다.

기운차게 매장 문을 열고 들어온 나는 부랴부랴 주방으로 들어서서 주문표를 뜯어 순서대로 줄을 쫙 세워놓고 떡볶이 냄비에 주문량만큼의 육수를 부었다. 그리고 내가 개발한 특제 고추장 소스를 육수에 풀어 떡볶이를 익히기 시작했다. 통통하게 부풀어서 맛있게 익은 떡볶이를 접시에 담아내는데, 주방 창문으로 들어온 네모난 햇빛이 떡볶이가 담긴 접시 위로 살포시 내리 앉는다. '햇빛도 아는 게지. 훗!' 시행착오를 거듭해가며 여러 달을 노력한 끝에 완성한 특제 고추장 소스로 완성한 베네치아판 떡볶이라는 것을.

 햇빛까지 기운을 보탠 먹음직스러운 떡볶이를 받아든 학생들의 감탄사를 선물처럼 받아든 나는 '기분이다' 싶어 서비스로 1.5리터 콜라를 떡하니 내준다. 축포를 쏘아 올리듯 일순간에 터진 학생들의 환호성이 매장을 뚫고 베네치아 수변으로 쏟아져 번져가기 시작한다. '딩동', '딩동' 주문이 왔다는 알람까지 연이어 터지면서 나의 별 베네치아가 바빠지고 있다. 주문표를 확인하고 서둘러 주방으로 들어가는데, 볼을 타고 흐르는 한 줄기 눈물이 감지된다. 반짝! 나의 별 베네치아에서 처음으로 맛본 희망 때문이었을 것이다. 세상은 참 별 '별(Star)' 맛이다.

천수바라춤을
추는 여인

"무너져봐야 알 수 있는 것들이 있어. 평범한 일상 그리고 생각보다 몇 명 안 되는 진정한 친구 같은 거 말일세. 나도 세상 잘난 척하면서 꼴값을 하고 살았네만, 돌이켜보니 그리움 한 조각 새겨놓은 것이 없더란 말일세. 보살님도 그저 바람 따라 흘러가셔. 놓아야 쥐어질 것이 아닌가."

나이 70줄에 결혼식까지 올리겠다는 말은 아니다. 다만 살림을 합치더라도 각서든 공증이든 뭐라도 약조를 받아야 결정을 할 수 있는 것이 아닌가. 그런데 '나의 원장님'은 말은 늘그막에 서로 의지하고 힘을 합쳐 자신의 마지막 숙제를 완성하자고 조르면서도 기본적인 절차에 대해서는 일언반구도 없는 상황이다. 답답한 마음에 큰마음 먹고 찾아온 무당집인데, 무당이 내놓은 공수마저 갑

갑하기 그지없다.

  한때는 타고난 미모와 지략으로 강남에서 라이브 카페 사업을 하며 내놓으라는 사람들과 교류했다. 40대 초반에 남편과 이혼하고 아들 하나를 키우며 살던 당시의 나는 한마디로 사교계의 여왕이었다. 부동산이 경기를 탈 때는 남다른 눈썰미로 돈이 될 만한 부동산을 사고팔면서 막대한 부를 쌓았다. 자동차 트렁크에 현찰을 다발로 싣고 다니며 돈을 물 쓰듯이 쓰고 살던 사람이 또한 나였다. 물론 그렇게나 화려했던 시절은 화살처럼 눈 깜짝할 사이 지나가 버렸다. 정신 차리고 눈 떠보니 내게 남아 있는 것이라고는 늘어진 몸과 그 몸을 뉠 수 있는 작은 아파트 한 채가 전부였다. 그럼에도 사람이 자존감이라는 것이 있는 법. 피부도 살림도 쪼그라들었지만, 원장이 가진 재산 따위가 탐나서 이러는 것은 '하늘에 맹세코' 절대로 아니다. 내가 원하는 것은 단지 남겨진 시간만큼은 소중하게 잘 다뤄서 더는 잃고 싶지 않다는 마음 하나이다. 그 이상도 그 이하도 없이 딱 그뿐이다. 그런데, 또 바람 따라 흘러가라니. 아니, 마음도 가슴도 살림도 텅텅 비었는데, 뭘 더 놓으란 말인가. 더 놓을 것이 조금이라도 남아 있으면 쪽팔리게 이런 말도 안 한다.

  "지난 세월 후회하면 뭐하겠느냐마는, 지금 제 처지가 좀 그렇습니다. 솔직히 말하면 더 밀려날 곳도 없어요. 그래서 원장님을 놓을 수도 없습니다. 원장님같이 훌륭한 분을 제가 어디 가서 다시 만날 수가 있겠습니까. 사실은 그래서 더 두려워요. 우리 원장님이 갖고 계신 재산 규모가 그냥 몇 십억 정도면 저도 이런저런 고민 안 합니다. 할 필요도 없었을 겁니다. 그런데 우리 원장님 재산 규모가 얼추 따져도 500억 원이 넘어요. 그러니 아무런 보호 장치 없이 덜컥 살림을 합쳤다가 무슨 봉변을 당할지 누가 알겠습니까. 한 마디로 쥐도 새도 모르게 칼 맞아 죽을 수도 있다는 말씀입니다."

남은 생을 함께 하고 싶어 안달이 난 '나의 원장님'에 대한 이야기를 잠깐 풀어보자면, 원장은 강남에서도 이름난 한의원을 운영하며 한의학계의 성장에도 크게 기여한 학자로도 명성이 자자한 '어른'이다. 80세를 바라보는 나이에도, 소식과 기공을 활용한 운동법으로 웬만한 60대보다 정정하다. 지금도 주 2회는 직접 환자를 진료하고 있으며, 진료가 없는 날에는 풍수지리전문가를 대동해 장만한 5만 평 가까운 부지가 있는 지방으로 내려가 한의전문치유센터를 건립하는 데 힘을 쏟고 있다. 그동안 옆에서 지켜보면서도 절로 존경심이 일만큼 한의학에 대한 집념과 열의가 대단한 어른이다. 아마도 그러한 부분 때문일 것이다. 원장과 내가 '통'할 수 있었다는 것은. '집념과 열의' 같은 기운 말이다. 유능한 선수가 실력 있는 선수를 알아보는 법이다.

원장의 진료실에서 원장을 보좌해 온 세월이 어언 7년이 되어간다. 2년 전부터는 원장의 권유로 센터건립을 위한 지방 출장도 함께 하면서 원장의 섭생까지 일일이 관리하고 있다. 특히 음식과 잠자리에 깐깐한 어른이다 보니 나 이외에는 누구의 보필도 마땅치 않아 했다. 상황이 그렇게 흘러가면서 나는 자연스럽게 당신이 해야만 하는 마지막 '천명'이라는 센터 건립계획부터 실행 전반에 이르기까지 실질적인 모든 부분을 아우르고 있는 유일한 사람이 돼 있었다. 최종 결정은 원장이 하지만, 결정을 내리기까지는 나의 의견이 절대적이었다. 속된 말로 나는 원장의 '실세'인 셈이다.

처음부터 이렇게 될 것이라고 생각하고 원장과의 인연을 이어온 것은 아니었다. 원장과 처음 만난 것은 10여 년 전에 동국대 불교문화연구원에서 진행된 '불교와 한의학 학술대회'에서였다. 당시 나는 한창 불교철학과 예술에 심취해 있었다. 그때 인연이 된 비구니스님에게 한창 '바라무'를 배우고 익히던 중에, 인연이 되려고 그랬는지 하루는 스님이 허리통증 치료를 위해 다니던 한의원 원장 강의가 있으니 같이 들으러 가보자, 해서 간 것이 계기가 됐다. 인연은 늘 그렇게 별것도 아닌 것으로 시작되기 마련이다. 비구니스님을 따라 몇 번을 더 한의원에 방문하면서 원장과 말문을 트게 되었고 어찌저찌 하다 보니 마음도 트게 됐다.

과거를 살아온 이력이 누구보다 뜨겁고 화려했던 나는 원장의 간단한 손짓이나 눈짓만으로도 원장의 속내를 읽어낼 수 있는 센스(또는 기술)가 세팅돼 있었고, 무엇보다 다양한 삶을 경험하며 최고를 누려보았던 사람만이 느낄 수 있는 '끝을 알 수 없는 깊은 공허감' 같은 감성 이해도 또한 뛰어났다. 나는 특별한 노력 없이도 단박에 원장의 마음을 사로잡을 수 있었다.

 늘그막 침범했던 외로움도 한몫했을 것이다. 원장도 나도 서로의 속내를 다 드러내지는 않았지만, 우리는 둘 다 외로움에 지쳐 있었다. 환갑이 안 된 나이에 일찍 아내와 사별한 이후 줄곧 혼자 살아온 원장이나 장성한 아들이 있기는 하지만, 지금은 불편하고 서먹한 존재로 남보다 못한 사이로 살고 있는 나의 처지가 그랬다. 원장과 나는 누가 먼저랄 것도 없이 서로에게 의지했다. 원장은 내게. 나는 원장에게. 그래서 연인이 됐다. 아무리 나이가 들었어도 연인은 연인이다.

 "보살님이나 나 저승사자가 문 앞에서 목을 빼고 기다리고 있는데, 그깟 계약서 한 장 받자고 그간 공들인 세계 하나를 허공으로 날릴 셈인가? 지구상에 태어난 사람이 아무리 많다고 해도 내 인연이 되는 사람은 한정돼 있는 법. 그 인연을 잘 닦아 끝내 아름답게 귀결시킨다는 것은 사리 한 말은 만들어야 가능한 일이 아닌가. 속된 말로 자네가 거두어 먹여야 하는 처지라면 또 모를까. 그 옆에 별채 하나 자그맣게 지으시고 공양주처럼 들어가 사셔. 그 마음부터 일어나야 그 댁 자손들도 보살님을 인정하고 받아들이고 존경할 걸세. 그것이 방책이야. 그 이상 그 이하도 없어."

공양주처럼 들어가 살아라, 라니. 명품쇼핑을 하기 위해 비행기를 타고 홍콩을 밥 먹듯이 다니고, 타고난 미모와 화려한 이력에 반해 돈다발을 들고 쫓아다니던 중견기업 사장들을 발밑에 기어 다니는 바퀴벌레보다 못하게 쳐다보았던 사람이 나였다. 검정색 실크 드레스에 10센티미터 뾰족구두를 신겨주면 지금이라도 무대에 올라 관중을 사로잡을 수 있는 무대 매너와 노래 실력을 가진 사람이 나였으며, 시니어 모델로 활동할 때는 품앗이 국제공연까지 초청받을 만큼 우아하고 도도한 워킹을 자랑하던 사람이 또한 나였단 말이다. 그랬던 내가 지금 아무리 나이가 들어 늙어지고, 탐욕스럽게 움켜쥐었던 그 모든 것들이 어디로 갔는지도 모르게 새어나가 빈주먹뿐일지라도 어떻게 아무런 조약도 없이 냉큼 들어가 공양주 노릇을 하란 말인가.

"보살님은 돈 때문이 아니라고 우기고 있지만, 사실은 돈 때문에 그분 옆에 있는 겁니다. 만약 그분에 대한 마음이 진심이었다면 저를 찾아올 일도 없었겠지요. 따뜻한 밥을 지어 먹이고 한기로 벽이 울만큼 추운 날이면 방 안이 따뜻한지 살펴보려는 마음이 아직 있는지 가슴에 손을 얹고 잘 귀 기울여보세요. 그 마음이 있다면 더 살피고 따질 것도 없습니다. 거기에 무얼 더 얹어 바라려고 하니, 생겨나지도 않은 재산 다툼 갈등 시나리오까지 짜가면서 스스로 지옥문을 열고 계신 게 아닙니까."

집으로 돌아와서 냉수를 따라 벌컥벌컥 마시고 안방으로 가서 이부자리부터 폈다. 집으로 돌아오는 택시에서부터 피로감이 몰려오면서 정신은 몽롱했고 몸이 한없이 가라앉아 일단은 몸부터 누이고 싶었기 때문이다. 아, 나도 많이 늙었구나. 한숨 자고 나면 낫겠지. 나름 기대를 하고 찾아갔는데, 뾰족한 방안도 없고 해결책도 없이 무안한 모양새만 됐으니 그럴 만도 했다. 일단은 자고 일어나 생각하자. 나는 옥돌 매트 온도를 최대치로 올리고 이불 속으로 들어가 잠을 청했다. 바닥의 온도가 서서히 올라가면서 노곤해지는 몸은 흡사 실타래에서 풀려나가기 시작하는 실오라기처럼 아득한 공간으로 끊임없이 빨려 들어가고 있었다. 이대로 계속 풀려나간다면 나는 형체를 잃고 아득한 그 공간 속으로 영영 사라질 것만 같았다.

"어허, 이를 어쩌나. 제대로 찾아온 것은 맞는데, 귀인이 잡고 있어 난처한 상황인데."

검정색 실크 블라우스 단추를 2~3개 풀어 멋스럽게 입은 40대 남자가 나를 내려다보면서 말하는 것을 옆에 서 있던 검정색 셔츠에 심플한 검정색 타이를 유니크한 매듭으로 맨 남자가 듣고 서 있었다. 2명 다 검정색 중절모를 썼는데, 마이클 잭슨보다 잘 어울렸다. 근데, 저 남자들이 왜 여기 있을까. 나는 이게 무슨 상황인가, 싶어 실눈을 뜨고 두 남자를 계속 올려다보았다.

"이건 우리가 해결할 수 있는 문제가 아니다. 어르신을 모셔 오세."

이런 말을 주고받고 있는 두 남자는 옷 태며 생김새만 스마트한 것이 아니라 심지어 음성까지도 성량이 풍부하고 감미로웠다. 나는 마른 침을 꼴깍 삼키고 다음 상황을 주시했다. 무섭거나 두려운 마음은 하나도 일지 않았다.

어르신을 모셔 온다고 말하자마자 부드러운 미소를 띤 백발의 어르신이 나타났고, 나는 순간적으로 일어나 앉아 인사를 했다. 어쩐지 인사를 해야 할 것만 같아서였다. 인사를 하고 보니 내가 앉은 공간은 안방이 아닌, 흙바닥이었다. 심지어 삼거리 정중앙이었다. 태양은 없었지만 흙바닥 색과 비슷한 하늘을 배경으로 펼쳐진 삼거리 주위로는 사람들의 형체가 길게 줄을 만들고 서 있었다. 언젠가 보았던 영화의 한 장면이 떠올랐다. 북·서·동이 만나는 삼거리 정중앙에 무얼 묻으면 지옥과 연결된다고 했는데. 그게 뭐였더라. 생각이 정지되면서 온몸이 떨려오기 시작했다. 떨고 있는 나를 지긋이 바라보던 어르신은 마침내 입을 떼더니 이렇게 말했다.

"그분이 기다리십니다. 할 일을 하고 오세요."

그리고는 앞장을 서서 걸었다. 나는 벌떡 일어나서 사람들을 헤치고 그 어르신을 따라 걸었다. 잘생긴 두 남자가 내 옆에 서서 에

스코트 해주었다. 길은 순식간에 아슬아슬한 오솔길로 변했다. 한 발만 잘못 디뎌도 끝도 안 보이는 깊은 낭떠러지 아래로 추락할 것만 같은 좁은 길이었다. 나는 떨어지지 않기 위해서 모든 신경을 길 위에 집중하면서 어르신을 뒤따라 그 좁은 길을 걸었다.

어디선가 휴대폰 진동음이 울렸다. 그 진동음은 점점 커지면서 내가 서있는 좁은 오솔길을 진동시켰다. 파도처럼 휘어지는 길 위에서 집중력이 흩어진 나는 순간적으로 발을 헛디디면서 천 길 낭떠러지 아래로 추락했다. 아아, 결국은 이렇게 죽는구나, 하는 찰나에 눈이 번쩍 떠졌다. 안방이었다. 온몸이 땀으로 흠뻑 젖어 있었다. 휴대폰 진동음은 여전히 울리고 있었다. 나는 정신을 차리지 못한 채로 머리맡에 있던 휴대폰을 찾아 들고 통화버튼을 눌렀다.

"안녕하세요. 진즉에 인사를 드렸어야 했는데, 많이 늦었습니다. 죄송합니다. 저는 원장님 큰아들입니다. 여사님 말씀은 아버지 말씀을 통해 여러 번 전해 들었습니다. 아버지 곁에서 귀한 마음 내주시고 시간을 보태주시는 고마운 분이라고요. 진심으로 감사합니다. 사실 아버지 성격이 워낙에 깐깐하시고 강하시다 보니, 자식 된 입장에서도 어려운 부분이 많습니다. 다행히 여사님께서 아버지 곁에 계셔주신다는 것만으로도 저희는 여사님께 큰 은혜를 입고 있다고 생각하고 있습니다. 아버지께서 여사님과 함께 마지막 해야 할 숙제를 매듭지어야 한다고 준비를 당부하셨습니다. 여사님 모실 공간과 기타 여사님께서 원하시는 대로 기타 제반 사항을 준비하라는 지시인데, 이를 위해 법무사를 보내드리려고 합니다. 언제가 좋겠습니까."

나는 풀어진 실타래를 다시 단단하게 되감아 나가듯이 정신을 챙기려고 노력하면서 전화기 너머에서 들려오는 목소리에 집중했다. 집중하면서 느낀 감정은 부끄러움이었다. 나는 나 자신의 덧없는 탐욕을 그들에게 들킨 것만 같아 진심으로 부끄러웠다.

"아무것도 필요 없습니다. 원장님의 큰 뜻에 부족하게나마 마음을 보태고 손을 얹을 수 있다는 것만으로도 제게는 다시없는 큰 기회이고 복덕입니다. 이렇게 전화해주시어 마음 편하게 해주신 것만으로도 더 없는 감사의 말씀 올리고 싶습니다. 법무사를 만날 필요까지는 없을 것 같습니다."

통화종료 버튼을 누르면서 혹시라도 후회를 하게 될까, 의심했지만 다행히 그런 일은 없었다. 오히려 나는 누가 짊어지라고 지시하지도 않았는데, 낑낑대고 내려놓지 않았던 짐들을 어느 시원한 나무그늘 아래 내려놓은 것처럼 후련하고 상쾌했다. 보리수 그늘에 앉은 석가모니의 마음이 이랬을까. 여전히 오버하는 것으로 봐서 꿈은 아니다. 훗.

그날 오후, 나는 내친김에 며느리에게 전화를 했다. 남보다 못한 사이로 지낸 지 20년이 넘어가니, 며느리는 물론이고 아들과 손자 얼굴을 본지도 까마득하다. 며느리와의 사이가 틀어진 것은 전적으로 나의 잘못이 컸다. 아들과 결혼하겠다고 인사를 하러 온 순간부터 나는 돈이 좀 있다고, 오만 유세를 떨었다. 결혼하고도 여러 해를 참아내던 며느리는 결국은 나에 대한 마음을 완전히 닫고 빗장을 걸었다. 본인이 살기 위해서는 어쩔 수 없었을 것이다. 전화를 하면서도 며느리가 내 전화를 받을까, 걱정했지만 며느리는 의외로 금방 전화를 받았다.

"미안하다고 말하고 싶어서……. 그래서 전화를 했다. 정말 미안하다, 아가. 내가 철이 없잖니. 아니, 그런 말은 다 핑계고 변명이다. 네가 받았을 마음의 상처를 생각하면 내가 왜 그랬는지, 내가 미친 년이었지, 싶다. 벌써부터 너한테 용서를 구하고 싶었는데……. 용기가 나지 않아서. (잠시 침묵) 이제라도 용서를 구하고 싶다. 용서 못 하겠지, 절대로. 그래, 나라도 용서 못 할 거다. 그래도 나는 미안하다고, 너한테 미안하다는 말은 꼭 해야 할 것 같다. 그래야 잘 떠나갈 수 있을 거 같아. 미안하다. 나는 끝까지 참 이기적이지."

목이 잠겨와 말을 더 잇지 못할 것 같아 끊으려는데, 며느리가 먼저 '흑'하고 울더니 이내 전화기 선이 터질 것처럼 대성통곡을 한다.

"흐어억, 어머니 이제 와서 저한테 이러시면 어떻게 해요. 흐억, 진짜 너무하시네요, 어머니. 끝까지 저를 나쁜 며느리 만들고 싶어 안달이 나신 거예요? 진짜 이제 와서 왜 이러시냐고요, 정말. (대성통곡)"

나는 며느리의 우는 소리를 조금 더 듣다가 조용히 통화종료 버튼을 눌렀다. 그리고 문자로

> 미안해. 그런 게 아니었어. 참회하고 싶어서 그런 거야. 우리 아들하고 잘 살아줘서 고맙고 귀한 손자도 잘 키워줘서 고마워. 나 남쪽으로 내려가. 잘 살아. 사랑해.

마지막 "사랑해."라는 말은 망설였지만, 며느리를 사랑하고 있다는 마음이 진심이라는 것을 스스로 확인하고 넣었다. '사랑해'라고 적으니 가슴 깊숙한 곳에서부터 사랑이란 감정이 기다렸다는 듯이 차고 올라오며 마구 용솟음치기 시작했다. 며느리를 다시 볼 수만 있다면 나는 그 사랑스런 아이 앞에 무릎을 꿇고 앉아 진심으로 사과할 것이다. 그리고 꼭 안아주고 싶다. 물론 며느리가 허락한다면 말이다. 며느리를 꼭 안아주고 있는 나를 떠올리니 백 년 묵은 체증이 쑥 내려간 것처럼 몸과 마음이 가벼워진다. 모처럼 콧노래가 나오면서 신바람이 터진다. 이왕에 터진 신바람을 놓치기 싫은 나는 작은방에서 먼지를 세워가고 있던 바라를 찾아 꺼내 들고 거실

을 휘저으며 천수바라춤을 춘다. 넘실넘실 자애로운 관음의 기운이 바닥부터 서서히 차오른다. 파도를 타듯 넘실대는 기운 위로 냉큼 올라탄 나는 마침 붉게 물들고 있는 하늘 속으로 나를 밀고 들어가 하나가 된다. 노을 진 하늘이 천수바라춤을 추는 여인의 실루엣으로 너울대며 피어오르기 시작한다. 아아, 오늘은 이토록이나 아름다운 날이었다.

수(水)중에서
피운 연꽃

"'천상천하 유아독존', 석가모니 탄생게를 전하려는 것이 아니라, 세상사 기본 원칙을 말하는 것이라네. 한세상이든 억만 세상이든 기본 원칙조차 '나 몰라라' 살아왔으니, 죄 받아 마땅한 것이 아닌가. 돌아가시게. 망자 붙들고 백날 울어봐야 소용없어. 홀로서지 못하는 자들은 살아 있는 자체가 민폐야. (고개를 저으며 한참을 '쯧쯧'거리다가) '소귀에 경 읽기'가 따로 없으니, 이를 어쩌누."

군대를 갔다 와서 대학을 졸업하고 취직 준비를 하던 25살 외아들이 잠을 자다가 그대로 죽었다. 사인은 심장마비라는데, 선천적으로 튼튼했던 아들이 하루아침에 한마디 말도 없이 저세상으로 갔다는 사실을 어떻게 받아들일 수가 있단 말인가. 젊은 나이에 남편을 잃고 유일하게 믿고 의지했던 아들이었다. 아들이 있어서 살아올 수 있었다. 살아 있다고 산목숨일 것인가. 아들의 죽음과 동시에 나는 이미 죽은 것이다. 그런데, 여기는 또 어디인가. 다리 위에서 뛰어내릴까, 달리는 자동차에 뛰어들까, 농약을 마실까, 미친 듯이 거리를 헤맸었는데.

"차르르륵, 차르르륵."

아득하게 들리던 방울 소리가 이명을 뚫고 귓속을 비집고 들어온다. 퍼뜩 정신을 세운 나는 놀라서 앞에 앉아 있는 허름한 옷차림의 늙은 무당을 바라본다. 아니, 정확하게는 무당이 펼친 부채에 나란듯이 앉아계신 삼불을 보고 있다.

"망자가 모셔왔구먼. 젊은 남자 둘이서 사자와 딜(Deal)을 쳤어. 앞에서 끌고 뒤에서 밀어가며 내 기주를 모셔왔네. ('울컥' 무엇이 올라오는가, 코를 찡그리며) 아이고, 떠나고 싶어도 떠나지 못한다 하네. 아이고, 망자의 처지가 참으로 가련하고 고달프다. (부채를 조용히 접어 상 위에 내려놓고 호통을 치며) 조상의 적덕이 아니라면 벌써 먼지처럼 사라졌을 것을. 사람이 모자라면 눈치라도 있어야 할 것이 아닌가. 이제는 망자의 길까지 가로막고 뭣 하는 겐가."

대학입시에 실패하고 재수학원에서 남편과 처음 만나 연애를 시작할 때만 해도 나의 삶이 이렇게 궁색하고 기구하게 흘러갈 줄은 상상조차 해보지 못했다. 남편은 말이 없고 차분한 사람이었다. 그러나 미래에 대한 희망으로 형형하게 반짝이던 남편의 눈동자는 형언할 수 없을 만큼 매혹적이었다. 나는 '꿈' 꾸는 자만이 가질 수 있는 남편의 눈빛, 아니 남편의 기운이 좋았다. 조용하지만 강력한 카리스마 같은. 그래서 기대고 싶었다. 그가 가는 밝고 희망찬 미래에 편승하고 싶었다. 세상이 무너져도 나의 삶만큼은 튼튼하게 보장해 줄 것만 같은. 일종의 보험 같은. 그런 사람이 바로 남편이었다.

어쩌면 부친이 운영하던 공장이 부도가 났기 때문인지도 모른다. 부친이 부도만 나지 않았더라도 나는 다른 삶을 살지 않았을까. 공장부도 사건은 한창 남편과의 연애가 무르익던 시기에 발생했다. 부친은 하루아침에 쫓기는 '도망자' 신세로 전락했고, 우리 가족 또한 집으로 찾아오는 채권자들을 피해 저마다 친척 집 등으로 뿔뿔이 흩어져야 했다. 살면서 단 하루도 '가난'을 경험해보지 않은 나로서는 그 기막힌 상황을 어떻게 헤쳐 나가야 할지 감조차 잡히지 않았다. 특히나 늦둥이 막내딸로 태어나 부모의 사랑을 독차지하고 자랐던 내가 무얼 할 수 있었겠는가. 그동안 알고 지내던 모든 관계를 재정립해야 하는 상황조차 감당하기 어려웠다. 나는 남편의 자취방으로 숨어들었다. 학업을 포함한 모든 것이 멈췄다. 그리고 나는 부모님 대신 남편에게 매달렸다.

당시 남편은 원하던 SKY 대학입시에 미끄러지고 스타 강사가 넘쳐나는 대치동 학원가 근처에 지하 자취방을 구해 지내고 있었다. 그의 자취방에 몸을 의탁하면서 남편과 나는 자연스럽게 어린 부부가 됐다. 배 속에 아기가 들어섰기 때문이었다. 나는 아기를 잉태했다는 것을 무기로 삼고, 전보다 당당하게 남편에게 부양의 책임을 강요했다. 소위 SKY대 출신 법조인을 꿈꾸던 남편은 공부를 뒷전으로 물리고 나와 아이의 생계를 책임지기 위해 과외 알바를 늘렸다. 재수생 신분이라 고액과외도 어려웠기 때문에, 일하는 시간을 늘릴 수밖에 없었다. 청운의 꿈을 이루기 위해 공부할 수 있는 시간을 따로 내기는 어려웠다. 늦게까지 일을 마치고 돌아온 남편은 스탠드불빛에 의지하며 수능 문제집을 풀다가 꺽꺽, 숨을 참아가며 울곤 했다. 나는 그 소리를 여러 번 들었지만 끝끝내 눈을 뜨지 않았다. 철이 없기도 했지만, 두려웠기 때문이었다. 세상은 한순간에도 모든 것을 앗아갈 수 있다는 것을, 부친의 부도와 부재를 통해 알았기 때문이기도 했다.

아기는 건강하게 태어났다. 아기의 출생신고를 위해 남편과 나는 빈 성당에 몰래 들어가 은반지를 나눠 끼고 혼인식을 올리고 아기 출생신고를 했다. 그때 태어난 아기가 아들이었다.

"제가 지지리도 복이 없는 여자입니다. 팔자가 기구해도 이렇게 기구할 수가 있을까요. 남편이 죽은 나이도 25살이었습니다. 아들과 같은 나이였죠. 사인도 똑같아요. 심장마비. 그날은 아들이 처음으로 어린이집에 등원한 날이었어요. 남편은 그날 밤, 놀이터 벤치에서 차디찬 시신으로 발견됐어요. 간혹 시간이 날 때면 아들과 놀아주던 놀이터였어요. 집으로 돌아오기 전에 거기에 잠깐 앉아 있었던 모양인데, 그대로 가버렸습니다. 작별 인사 한마디 없이. 처음부터 없었던 사람처럼. 그렇게요."

지금은 아무리 애를 써도 남편의 얼굴이 기억나지 않는다. 벌써 20년도 더 된 아득한 옛날이야기이다. 그럼에도 이렇게 말을 하다 보면 꼭 방금 전에 겪었던 일처럼 생생하다. 그냥 감정 같은 것이다. 당시 느꼈던 황망함 같은, 그런 종류의 감정. 형체도 없고 기억도 가물가물한데 느끼는 이 생생한 감정을 나는 어떻게 설명해야 할지 모르겠다.

"다행히 아들은 어린이집 적응을 잘했어요. 남편 장례식을 치르고 아들을 어린이집 종일반으로 돌리고 일을 시작했습니다. 아들이 어렸기 때문에 정규직은 꿈도 꾸지 못했어요. 시간을 줄이거나 늘려 써야 했기 때문입니다. 물론 처음에는 작은 회사 경리로 들어가 일을 시작했어요. 그런데, 상황에 따라 시간을 유연하게 써야 하는 저에게는 맞지 않는 직업이었습니다. 결국 파출 사무소에 등록을 하고, 식당일을 주로 했습니다. 나이가 어리다 보니 모진 일도 많이 당했습니다. 나중에는 식당 주방 일만 골라 다녔어요. 주방은 찬모나 실장 말만 잘 들으면 됐거든요. 그들 마음에만 들면 제 상황을 봐줘 가면서도 꾸준히 불러줬습니다. 삭신이 쑤시고 아파도 아들을 안고 집으로 돌아올 때면 행복했습니다. 제 아들이어서가 아니라 잘생긴 것은 둘째 치더라도 심성이 비단결이었어요. 철도 얼마나 빨리 들었는지, 6살 무렵부터는 집에 혼자 돌아와서 제가 올 때까지 투정 한마디 없이 기다려줬습니다. 남은 음식을 싸 와 데워 먹여도 군소리 한마디 없이 맛있게 먹어줬어요. (복받쳐서) 그렇게 착한 애를 왜. 흑, 나는 못 보냅니다. 이렇게는 죽어도 못 보냅니다.(서럽게 운다)"

몸 안 어디에 이토록 많은 물이 있었을까, 싶을 만큼 봇물 터지듯 다시 터진 눈물이 강이 되어 흐른다. 무당이 검버섯이 번진 쭈글쭈글한 손으로 티슈 박스를 건네줘 눈물을 닦고 코를 풀었다. 얼마나 울었을까. 범람한 강물 속에서 채 빠져나오기도 전에, 문득 익숙한 눈길이 느껴져 고개를 들었다. 무당의 얼굴과 아들의 얼굴이 오버랩되면서 꼭 엄마인 나를 쳐다보던 아들의 표정과 똑같은 표정을 짓고 있는 무당이 입을 뗀다.

"엄마, 이제 그만 울어도 돼. 나는 괜찮아. 정말 괜찮아. 그러니까 울치 마. 엄마가 자꾸 우니까 내 발이 젖잖아. 자꾸만 발이 젖어서 갈 수가 없어. 무슨 말인지 알지? 엄마가 울수록 내가 더 힘들어진다는 뜻이야. 그러니까 이제부터는 정말 울면 안 돼. 나 가야 하잖아. 여기 너무 춥고 무섭단 말이야. 그러니까 제발 나를 보내줘. 알았지, 엄마.

그렇게 해줄 거지? 할 수 있는 거 맞지? 응?"

아들이다. 아들이 쓰던 생전 말투 그대로다. 나는 '아이고, 내 새끼'를 외치며 엉거주춤 무당의 얼굴을 가슴팍에 묻었다. 가슴이 미어져 숨조차 쉬어지지 않는데도 나는 꺽꺽, 거리며 아들의 얼굴을 쓰다듬고 또 쓰다듬으며 오열했다.

"흐억, 아들 맞지? 우리 아들, 엄마가 미안해. 엄마가 정말 미안해, 아들. 엄마가 한 끼니라도 더 따뜻하게 먹였어야 했는데. 그깟 돈이 뭐라고, 뭘 그렇게 아끼겠다고 매일같이 남들이 먹다 남긴 음식만 싸다 먹였다니. 어쩜 좋으니. 너를 어떡하면 좋으니. 못난 엄마 만나 고생만 하고 보내 어떡하니. 모진 세월, 궁색한 시간만 새기고 가면 어떡하니. 꽃 피고 열매 맺고 남부럽지 않게 살다 가도 모자란 판에. 이렇게는 못 보낸다, 아들. 나는 못 보낸다. 엉엉."

아들을 안고 통곡을 하는데, 이번에는 남편의 목소리가 들렸다. 놀라서 아들을 보니, 아들 얼굴이 어느새 남편의 얼굴로 바뀌어 있다. 다 잊은 줄 알았는데, 너무나도 선명하게 보이는 남편이 앳된 얼굴 그대인 채로 나를 노려보고 있다.

"아직도 이러고 있니. 허상을 붙잡고 거기에 엎드려서 대체 뭘 하고 있니. 나도 아이도 당신이 만든 허상이야. 허상에 기대하고 의지할

수(水)중에서 피운 연꽃

수록 고통은 커져갈 뿐이야. 이제는 그만해. 사랑했다고 말하지도 말고. 당신은 단 한 번도 우리를 사랑한 적이 없어. 사랑했다면 지켰어야지. 단단하게 일어나서 지켰어야지. 이제라도 해봐. 우리를 지켜보란 말이야. 자, 두 다리에 힘을 주고 일어나. 그리고 걷는 거야. 누구도 그 일을 대신해줄 수는 없어. 왜냐면 그곳은 그 누구도 아닌, 바로 당신이 만든 세계이니까."

시추공으로 두개골을 가르는 것만 같은 충격이 가라앉기도 전에 아들이, 아니 남편이, 아니 무당이 말한다.

"당신이란 사람. 이제 보니 평생을 도망치기만 했구먼. 남편한테로 아들한테로. 그 업장의 무게를 어찌 견디려고 그랬나. 쯧쯧."

'쾅', 무지막지한 무게로 마지막 쐐기를 박듯이 정수리로 떨어진 무당의 말에 두개골이 '쩍' 갈라진다. 나는 '억' 소리도 내지 못하고 그대로 죽어버리고 만다. 아니, 나는 마침내 죽는다. 정말로 죽었다.

앞에는 회한만으로 가득 찬 시공간이 첩첩이 쌓여 있었다. 나는 그 시공간 속으로 서서히 밀려들어 가고 있었다. 필사적으로 몸을 돌려 손발을 버둥거려 보았지만 역부족이었다. "아니야, 아니라고. 그건 내가 아니야!"라고 미친 듯이 큰 소리로 소리쳤다. 우주 끝에서도 들릴 만큼 큰 소리였다. 그 순간 아주 가까이에서 "괜찮아, 괜찮아. 내가 지켜줄게." 라는 익숙한 목소리가 들렸다. 등을 다독거리는 따뜻한 손길도 느껴졌다.

눈을 뜨니 익숙한 공간이었다. 한 달 단위로 끊어놓은 그 옛날 독서실이다. 나는 두리번거리면서 방금까지 앞에 앉아서 차르르륵, 방울을 흔들던 늙은 무당을 찾았다. 그렇지만, 그는 온데간데없었다. 대신 남편이 걱정스러운 얼굴로 나를 쳐다보며 등을 도닥여주고 있었다. 남편은 우리가 처음 연애를 시작할 그때의 모습 그대로였다. 미래에 대한 희망과 삶에 대한 욕구가 잘 버무려지고 다져진 눈동자도 똑같이 있었다.

독서실 책상에는 문제집이 펼쳐져 있었고, 형광펜을 쥐고 있던 나의 손은 하얗고 맑은 20살 무렵 피부 그대로였다. 남편 말에 따르면 점심을 먹고 들어와 함께 문제를 풀고 있었는데, 한창 문제지를 풀던 내가 턱을 괸 채로 한 5분가량 조는 것 같았다고 했다.

어느 것이 꿈이고 어느 것이 현실인지. 나는 남편이 아닌, 남편에게 몸이 안 좋다고 하고 집으로 돌아왔다.

그날 밤, 우리 가족은 부친으로부터 공장부도 상황을 전해 들었다. 모두가 놀라고 두려워했다. 심지어 울었다. 나는 내게 일어나는 일련의 일들을 이해할 수 없었지만, 차분하게 상황을 정리했다. 그리고 부친에게는 도망치면 안 된다고, 모든 상황과 정면 대결해야 한다고 여러 번 강조해 말했다. 가족이니까, 함께 이겨내야 한다고 가족 모두를 독려하기도 했다. 어디서 그런 강단이 나왔는지는 모른다. 가족 중에서는 가장 나이가 어렸던 내가 하는 말에 우리 가족 모두는 고개를 끄덕이며 동조했다. 신기한 일이었다.

'달라졌다!'

똑같았지만 다르다. 분명히 달라졌다. 앞으로는 더 많이 달라질 것이다. 왜냐하면 나는 도망치지 않을 테니까. 도망치지 않으면 지켜낼 수 있다고 했나. 지켜낼 수 있어야 사랑도 할 수 있는 것이라고. 그래서 무당의 말은 정정해야 한다. '천상천하 유아독존'은 세상사 기본 원칙이 아니다. 그것은 사랑사 기본 원칙이다. 이것이 내가 피운 연꽃이다. 수(水)중에서.

눈빛살인
감옥 탈출기

"남들이 좋다는 기준에 취해서 자신의 행복을 잃고 산다는 것은 슬퍼. 그런데도 참 이상하지? 슬픈 그 방에 갇혀 살면서도 자각을 못 하거든. 심지어 그 방문을 열고 나올 수 있는 열쇠를 쥐여줘도 벗어나지를 못해. 대부분의 사람들이 그 방 문고리를 끝끝내 놓지를 못해. (울컥, 하며) 잘했네, 잘했어. 이제부터가 시작일세."

한때는 남들이 들어가기 어렵다는 공기업에 입사해 승승가도를 달렸다. 또 능력 있는 의사 남편을 만나 예쁜 딸을 키워가며 행복한 가정을 일구기도 했다. 누가 봐도 성공한 삶을 살고 있는 여성의 표본이 바로 나였다. 물론 지금은 아니다. 지금은 어떻게 사냐고? 5평 규모 방에서 문밖으로는 절대로 나오지 않는 삶을 살고 있다. 그렇게 살아온 지는 3년이 됐을 것이다. 그러나 정확히 3주 전, 나는 처음으로 방문을 열고 아니, 현관문을 열고 밖으로 나왔다. 그날은 햇볕이 작열했던 8월 한낮이었다.

"하루 3시간씩 식당에서 설거지를 해요. 일은 아주 단순해요. 설거지 기계에 사용한 그릇을 올려놓고 기계가 설거지를 끝내면 깨끗해진 그릇을 다시 원위치로 정리하는 일이거든요. 부모님은 그렇게까지 하면서 살아야 하느냐, 는 눈빛으로 저를 봅니다. 뭐랄까, 저란 존재를 창피해하는 것도 같고요. 그런데 이상하죠. 저는 그 일이 아주 많이 재밌거든요. 깨끗해진 따뜻한 그릇을 꺼내 정리할 때면 새로 태어난 그릇의 온기가 손을 통해 심장으로 전해져요. 뭉클하면서도 기분이 좋아요. 깨끗하게 씻겨져서 다시 태어난 것처럼. 누군가에게라도 묻고 싶었어요. 이런 상태가 제가 앓고 있는 병 때문인지, 아니면 이제야 제가 사물과 교감하며 온전히 기뻐하며 할 수 있는 일을 찾아낸 것인 지를요."

어려서부터 시키지 않아도 공부를 하던 아이. 그뿐 아니라 한번 시작하면 무조건 남보다 잘해야 안심하던 아이. 그것이 비록 타고난 재능을 중요시하는 예체능 분야라 해도 그들이 원한다면 죽도록 연습하고 또 연습해서 원하는 결과를 보여주려고 애쓰던 기특했던 아이. 그래서 부모님과 선생님을 비롯한 어른들 모두가 '타고난 수재'라며 엄지를 치켜세우며 칭찬하던 아이. 심지어 교우관계까지도 좋아서 시기 질투보다는 선망의 대상으로만 존재하던 아이. 그 아이가 누구냐 하면, 애석하게도 바로 나다. 위에 적은 아이는 모두가 나를 설명하는 말들이다. 그래서…….

그 아이는 아니 그들의 아이는 그 아이로서 존재하기 위해 늘 밤잠을 줄여가며 공부를 하고 훈련을 했다. 그들이 선망할수록 스스로를 벼랑 끝으로 몰아세우고 혹독하게 훈련하고 또 훈련했을 것이다. 매일 밤 분초 단위까지 계산하며 다음 날 계획을 세웠고, 재능과 관계영역을 포함해 무엇 하나라도 실수하지 않기 위해 애를 썼을 것이다. 잠을 자면서도 날 선 칼날 위를 걷는 사람처럼 절대로 긴장의 끈을 놓을 수는 없었을 것이다. 아아, 그 아이는 어쩌면 날 선 칼날 위를 걷는 것보다는 그 위에서 웃으며 버텨야 한다는 것이 지긋지긋했을 것이다. 진저리치도록. 그 아이는 정말인지 매우 많이…… 힘들었을 것이다.

그래서였을까. 그들이 선망해 마지않았던 그 아이 아니, 나의 삶이 신기루처럼 사라진 것은. 하얀 거짓말처럼 말이다. 어느 날 갑자기 시작된 이명과 공황장애는 나를 아니, 나의 삶을 송두리째 무너뜨렸다. 우울증과 기억력 장애가 왔고, 머리를 쓰는 일은 아무것도 할 수가 없었다. 간단한 산수조차도 할 수 없었다. 한마디로 하루아침에 바보천치가 된 것이다. 당연히 잘나가던 '신의 직장'을 그만두어야 했고, 순서처럼 의사로 잘나가고 있던 매우 '스마트'한 남편과도 이혼했다. 물론 시작부터 그렇게 된 것은 아니다.

처음에는 정신과 상담을 격주로 받으면서 꼬박꼬박 약을 먹어가며 호전되길 기다렸다. 그러나 몸과 정신은 나날이 피폐해져 갈 뿐이었고, 완전히 허물어지기까지 걸린 시간은 고작 6개월이었다. 믿어지지 않았지만, 사실이었다. 한 달에 한 번 정해진 시간에 관찰자를 동행해서만 볼 수 있었던 딸과의 관계도 소원해졌고, 나를 낳고 기른 부모조차도 흡사 그들이 받지 않아도 되는 무거운 짐이라도 할당받은 것처럼 거북한 눈빛으로 나를 바라보았다.

스스로 고립되는 것을 선택할 수밖에 없었다. 고립을 선택하지 않았다면 나는 그들이 쏘아대는 살기에 찬 눈빛 폭격을 맞고 벌써 죽어버렸을 것이다. 오로지 살기 위해서 나는 방으로 들어가 방문을 닫아걸었다. 그들의 기대를 저버리고 아니, 그들의 짐으로 전락한 나란 존재는 이미 그들의 삶에서도 불편함을 넘은, 매우 위험한 존재였기 때문이었다.

"삶은 파도타기와 같은 것이 아닌가. 그런데, 남들 보기에 유려하고 멋진 보드를 선택해서 파도타기를 하던 사람이 어느 순간, 깊은 피로감을 느끼고 보드 타기를 멈춘다면 문제가 생기는 것이 당연했을 터. 보드 타기에 유능했던 사람일수록 쉽지 않았을 테지. 이미 높아진 파도 위를 타고 있을 것이니, 죽을 각오가 아니라면 절대로 멈추지 못해. 그런데 자네는 참 희한하게 멈춰 섰네, 그려. 어쨌거나 멈춰서 기둥을 박은 셈이야. 그 기둥에 매달려 그래도 죽지 않고 그 높디높은 파도의 하중을 버텨냈으니 대단하다고 해야 할는지. 어쨌거나 그 고통의 무게를 어느 누가 알아줄꼬."

무당의 말에 나는 아무한테도 하지 못했던 말들을 다 꺼내고 싶어졌다. 빛 고운 빨간색 한복 저고리에 참빗으로 곱게 빗은 쪽찐 머리가 단아해 보이는 무당의 나이는 50대 초중반으로 보였지만, 눈빛은 예사롭지 않았다. 흡사 100세를 넘은 사람의 눈동자처럼 깊었다. 깊게 파 들어간 우물 같은 눈이었다. 나는 내 입에서 어떤 말이 나오든 가리지 않고 나오는 대로 바닥까지 박박 긁어서 다 던지고 싶었다. 그런 욕구를 일게 하는 눈이었다.

"아버지는 고위공무원을 정년퇴직하고 공사 사장으로 재직 중이세요. 어머니는 정보통신공학과 교수로 양자내성암호 하드웨어 쪽으로 학계에서도 알아주는 연구자세요. 부모님 두 분 다 외딸인 저에게 무얼 하라고 강요한 적은 없어요. 그렇지만 저는 늘 두 분의 자랑이 되고 싶었어요. 아주 어릴 때부터요. 기억도 나지 않는 어린아이였을 때부터 말입니다. 태어나서 단 한 번도 신나서 놀아본 기억이 없어요. 그건 아마도 '눈빛' 때문이었을 거예요. 제가 뭔가 그분들 마음에 안 들 때, 저를 바라보던 눈빛. 그러한 눈빛 말입니다. 나는 그 눈빛이 정말 많이 무서웠어요. 세상에서 제일 많이요. 마치 벌레 보듯이 바라보는 듯한. (잠시 침묵) 그 눈빛을 받지 않기 위해 하루하루 피가 마르게 살아왔어요. 결혼하고는 좀 달라질 줄 알았는데. (짧은 한숨) 살뜰하게 연애를 한 것은 아니지만, 그래도 결혼을 하고 남편과 가정의 틀을 이루고 나면 나름 숨통이 좀 트일 것 같았 거든요. 그런데, 아니었어요. 남편의 눈빛과 시부모의 눈빛 그리고 딸아이까지. 나는 부모의 눈빛뿐 아니라 그들의 눈빛까지 감내해야 했어요."

말들이 걷잡을 수 없이 쏟아져 내렸다. 무당은 내가 쏟아낸 말들을 하나씩 주의 깊게 바라보면서 하나씩 그녀의 눈 속으로 차곡하게 담아내고 있다. 그 마음이 느껴졌다. 아니, 정확히는 그녀의 눈빛이 그렇게 말하고 있었다.

"결국 보드를 멈춘 것은 자의(自意)였다는 말이구먼. 멈추고 돌아보지 않았다면 죽을 때까지 속고도 속은 줄을 모르는 법. 자네 또한 여러 생을 속아왔던 게지. 그래서 이 생만큼은 작심하고 뼈에 새기고 왔던 것이 아닐까. 뼈에 새긴 작심이 몸을 통해서라도 드러나게 말일세. 그래서 더 이상 속지 않고 단 한 번만이라도 멈출 수 있게 말일세. 어쨌거나 멈췄네. 죽지도 않았고. 우리 할머니께서 내 기주 참 기특하고 장하다, 하시네. 이제는 눈치 볼 것 없이 내 기주님 원하는 것을 집어타고 놀면 된다 하시네. 오리 모양 튜브를 타던, 오리발을 신고 물장구를 치던 재밌게 놀 수 있는 것을 골라잡고 제대로 한번 놀아보시게나."

아아, 오늘 처음 보는 무당이 태어나서 처음으로 받아보는 깊은 위로와 희망의 메시지를 전한다. 감동으로 가슴이 먹먹해진 나의 눈에서는 말릴 사이도 없이 눈물이 팡, 터져 솟구친다. 눈물은 곧 강이 되어 얼굴 위로 흐른다. 자기마음을 알아주는 사람 앞에서 어리광을 부리듯이 나는 오래된 우물처럼 깊은 눈을 가진 무당 앞에 앉아 부끄러운 줄도 모르고 한참을 더 울었다.

"흐흑, 설거지가 재미있다고, 설거지하면서 살겠다고 하면 모두가 저를 비웃고 무시할 것만 같아서. 흑흑, 한숨을 쉬며 한심하게 나를 바라보는 눈빛들은. 생각만 해도 심장이 졸아들었거든요. 몹쓸 병이라고 손가락질 할 것도 같았고. 스스로도 이게 맞는 건지 너무도 불안했어요. 흑흑."

"남들보다 좋은 배경을 갖고 태어난 것이 때로는 자신이 이생에서 해야 하는 목적을 완수하는데 장애가 되기도 하지. 내 기주는 그것을 극복하기 위해 온 걸세. 많이 가진 사람일수록 손가락을 펴지 못한다네. 강을 건넜으면 나룻배는 버려야지. 그것이 정법이라네. 그런데, 그런 사람이 있을까. 나룻배가 아까워서 강가만 왔다 갔다. 정작 올라야 하는 저 산은 그림자조차 밟지 못하고 가는 생이 태반 아니던가."

눈물 콧물이 엉겨 붙은 어린아이 같은 얼굴로 나는 고개를 크게 주억거렸다. 가슴에서 커져만 가던 무거운 바윗덩이가 스멀스멀 녹아 눈과 코로 모조리 흘러내린 것처럼 가슴속부터 화안하게 피어나고 있었다. 그 느낌을 잡아채 붙잡은 내가 다시 천진난만하게 묻는다.

"지금은 그냥 설거지를 하고 놀면 된다는 거죠. 설거지가 재미있으니까요. 싱크대를 붙잡고 서서 보모아주머니한테 한 번만 해보게 해달라고 조르던 아이가 떠올라요. 그 아이는 아마도 저였던 거 같아요. 이제야 해보고 싶었던 놀이를 해보는 거군요."

"(끄덕이며) 어느 성장에도 단계라는 것이 있듯이, 놀이에도 순서가 있는 법. 천천히 하나씩 해나가 보시게. 일단은 재미있는 것부터 해보는 거야. 어느 순간, 익숙해지고 편안해져서 흥미가 떨어지면 다른 놀이가 하고 싶을 걸세. 그때가 되면 또 자연스럽게 그 놀이에 빠져 들어 놀면 되는 걸세. 한 세상 그렇게 신명나게 놀다 가는 거라네."

무당의 집을 나와 깃털처럼 가벼워진 발걸음으로 집으로 돌아오던 나는 어느 사거리에서 문득, 멈춰 섰다. 그 순간 뜬금없이 '가출'이라는 단어가 스윽, 뇌리를 스쳐 갔다.

'마흔 살이 넘은 나이에 가출이라니. 출가라면 또 모를까.'

나는 혼자 헛웃음을 지으며 천천히 집 반대 방향으로 몸을 돌려 본다. 그리고 반대 방향으로 발을 내디디고 살짝살짝 걸어본다. 갈 만하다. 정면으로 부는 바람을 온몸으로 밀면서 서서히 그러나 꾸준하게 나아가는 것이다. 조금씩 속도를 올려보기도 한다. 한결 경쾌해진 발걸음이 날아갈 듯이 가볍다. 그때 마주 오고 있던 어린아이가 들고 있던 분홍색 풍선을 손에서 놓치고 "와앙." 울음을 터뜨린다. 나는 폴짝 뛰어 하늘로 날아오르려는 풍선을 잡아 아이에게 전해주었다. 아이가 눈물이 맺힌 말간 눈빛으로 나를 보고 웃는다. 태어나서 처음으로 본 밝고 환한 눈빛이었다.

이부자리가
없는 남자

"반평생 한 이불을 덮고 자는 부부라고 해도 서로의 마음을 묶고 살지는 않습니다. 생존과 생활에 대한 이해타산 때문이지요. 우리 할머니 말씀이 두려워하지 말고 내주랍니다. 곳간 열쇠도 손에 쥐여주고 금덩이도 얹어줘야 눌러 앉힐 수 있답니다. 마음을 묶지는 못해도 금덩이로 몸을 붙잡아 매놓을 수는 있답니다."

지천명을 바라보는 나이에 눈에 넣어도 아프지 않을 만큼 마음에 쏙 드는 여자를 만났다. 10개월 전이었다. 그 여자는 고아로 자라나 20대에는 이른 결혼생활을 했다고 했다. 그런데 초등학교 입학을 앞둔 아들을 불의의 교통사고로 잃은 이후 집을 나와 아무렇게나 살고 있다고 했다. 한마디로 술병을 끼고 담배를 입에 문 채로 길바닥에 서 있던 여자였다. 그러나 나는 그 여자를 처음 보는 순간 바로 알아보았다. '내 여자'라는 것을. 여자의 이름은 소희였다.

처음 만났을 때는 자신을 '김 양'이라고 소개했지만, 세 번째 만나던 날 소희라는 본명을 알려주었다. 그리고 네 번째 만나던 날, 나는 소희 손을 잡고 모친과 살고 있는 집으로 들어왔다. 소희도 내가 잡은 손을 뿌리치지 않았다. 손을 잡아끌지 않았다면 도리어 섭섭했을 것처럼. 아니, 어쩌면 소희는 많이 지쳐 있었는지도 모른다. 어쨌거나 소희를 데리고 집으로 들어온 날 아침, 모친은 별 말없이 말간 콩나물국을 끓이고 새 밥을 지어 아침상을 차려주었다. 그리고는 '해장하고 한숨 자라'며 쓰지 않던 빈 방을 치우고 깨끗하고 폭신한 이부자리를 마련해주었다. 콩나물국에 밥을 말아 한 그릇 다 먹은 소희는 모친이 정갈하게 깔아준 이부자리에 몸을 뉘더니 곧 잠이 들었다. 소희는 그렇게 내리 사흘을 잤다. 그렇게 밥을 먹고 잠을 자는 것을 시작으로 소희는 자연스럽게 우리 식구가 됐다.

5일째 되던 날 처음으로 입을 연 소희는 내게 아무 일이나 시켜달라고 말했다. 마침 모친이 운영하는 몇 개의 이브자리 매장 중 한 곳에서 판매직 알바를 구하던 참이라 모친에게 부탁해 그 자리를 소희에게 맡겼다. 일을 맡기고 며칠밖에 지나지 않았는데도 일을 배워가는 속도가 매우 빠르고, 같은 상품을 설명해도 소희의 말에는 흡인력이 있어 고객들의 만족도가 높다는 평이 나올 정도로 소희는 맡긴 일에 적응을 잘했다. 모친의 말에 따르면 그랬다. 의외였다. 소희는 모친의 폭풍 신뢰에 힘입어 일을 시작한 지 5개월도 안 돼 점장으로 초고속 승격했다.

사실 그때까지만 해도 아무런 문제가 없었다. 소희는 특별한 날이 아니면 술을 입에 대지 않았고, 담배도 가려 피웠다. 지방법원 앞에서 마음에 맞는 동기들 3명과 함께 운영하고 있는 법률사무소 대표변호사로 일하고 있던 나 또한 퇴근 시간만 기다릴 정도로 소희에게 폭 빠져 있었다. 소희의 따뜻한 가슴을 만지면서 잠이 들 때마다 나는 '살아 있다'는 생동감 넘치는 에너지와 말로 표현할 수 없는 행복감으로 가슴이 차올라 이대로 세상이 멈춰도 좋겠다, 는 생각이 들 정도였으니 더 말해 무엇 하랴.

문제가 생긴 것은. 아, 사실 나는 현재 내가 겪고 있는 이 상황을 '문제'라고 규정할 수 있는지조차도 확신할 수가 없다. 다만 분명한 것은 소희와 나와의 관계가 이지러지고 있다는 것은 확실했다. 가장 견디기 어려운 것은 소희가 나를 떠나고 싶어 한다는 점이었다. 어젯밤 아니, 정확히는 오늘 새벽에도 소희는 자신의 옷가지와 화장품 등 몇 개 되지도 않는 자신의 짐을 싸면서 나를 떠나겠다고 선언했다.

"오빠가 망가져 가는 모습을 보는 게 많이 힘들어. 내 팔자가 그런가 봐. 어딜 가도, 누구랑 살아도 나는 안 되는 거야. 나를 보내줘, 오빠. 난 그냥 바닥이 편한 사람인가 봐. 노력해도 안 되면 아닌 게 맞잖아. 내가 말도 안 되는 욕심을 부렸던 거야. 사람은 다 타고 난 자기 분수라는 것이 있는 법인데 말이야. 내가 주제도 모르고 오빠만 더 힘들게 한 거 같아. 미안해, 오빠."

소희에게 언성이 높아지기 시작한 것은 두어 달 전부터였다. 매장 문을 닫고 정리가 끝나면 곧장 집으로 귀가하던 소희가 그즈음부터 귀가가 늦어졌기 때문이었다. 말로는 인근 상가 사장이나 점주들과 어울리며 늦은 저녁을 먹거나 술을 한잔하며 정보를 얻기도 하고 매출증대를 위한 조언을 받기도 한다는데, 그 횟수가 날이 갈수록 빈번해지고 있었다. 뭐라고 말을 하면 "오빠, 나 정말 잘하고 싶어. 인정받고 싶다고. 그러니까 나를 좀 믿어주면 안 될까."라고 정색을 했다. 그러나 내가 보기에 소희의 낌새는 매우 의심스러웠다. 화장은 갈수록 짙어졌고 모친이 내주는 월급이 적지 않았음에도 어디에다 그 돈을 다 쓰는지 늘 돈 때문에 쩔쩔매고 있는 눈치였다. 옷차림 또한 하얗게 패인 가슴골이 다 보일 정도로 과감해지고 있었다.

"홀리고 싶은 남자라도 생겼니? 살다 보니 한 놈으로는 부족해? 왜? 그놈이 좋은 거라도 해준대?"

술에 취해 들어와 화장을 벗겨내는 소희의 얼굴을 바라보며 내가 하는 말들은 매번 이런 모양새였다. 룸클럽 도우미로 내게 처음 왔을 때 느꼈던 그 감정을 또 누군가에게 흘리고 다니는가 싶어, 나는 소희가 늦어지는 밤마다 피가 거꾸로 치솟았다. 빈정거리면서 모멸을 가득 얹은 말들을 소희 정수리에 쏟아붓고도 분이 풀리지 않으면 나는 소희를 앞에 꿇어 앉히고 "너 같은 계집을 데리고 온 내가 병신새끼지, 영양제로 돼지발정제를 섭취하는 거니, 너 같은 년은 고대광실에다 황금 관을 씌어 모셔도 썩은 내만 풀풀 풍길 게다, (등등 이하는 생략)" 인간이라면 차마 입에 담지 못할 욕설을 끝도 없이 내뱉었다. 스스로도 어디서 그런 욕설들이 줄줄이 튀어나오는지 의아할 지경이었다. 소희는 눈을 감은 채로 듣기만 했다. 가녀린 몸은 피곤과 졸음을 버티지 못하고 이쪽저쪽으로 흔들렸지만, 그런 것 따위는 개의치 않았다. 뭐라도 변명을 하거나 하다못해 빌기라도 했더라면 멈출 수 있었을까. 날로 자라나는 의심과 질투의 감정이 몰아치고 있는 폭풍 언덕에서 서서히 미쳐가고 있는 나의 모습은 추악하고 모질었다. 지옥보다 고통스러운 밤들이 이어졌다. 소희가 늦지 않게 돌아와도 나는 습관처럼 소희를 내 앞에 꿇어앉히고 소희가 그 자리에서 잠이 들 때까지 욕을 해댔다. 소희는 점차 감정을 잃은 인형처럼 변해갔고 그런 소희의 모습은 나를 더욱 분노하게 만들었다. 주먹을 꽉 쥔 손등에서는 여러 차례 피가 흘러내렸다. 차오르는 분노를 이기지 못하고 주먹으로 벽을 세차게 내리쳤기 때문이다. 누가 봐도 미친놈이었다. 일도 손에 잡히지 않았고, 그나마 몰입할 수 있는 일이라곤 휴대폰을 손에 쥐고 소희가 일하는 매장 CCTV 화면을 들여다보는 일뿐이었다.

결국 소희는 짐을 챙겼다. 예상하지 않았던 것은 아니지만 나는 적잖이 당황했다. 얼핏 선잠이 들었던 나는 퍼뜩, 잠을 깨서 소희가 싸고 있는 짐을 그 자리에서 다 쏟아 엎었다. 그리고 (그래서는 안 되었는데) 소희의 따귀를 때렸다. 소희는 쓰러졌다가 일어나 나를 빤히 쳐다보았다. 아무런 기대도, 아무런 희망도 없는 눈빛이었다. 다크서클이 얼굴 깊숙이 내려앉은 소희는 그 자리에 가만히 주저앉더니 자신의 무릎에 얼굴을 묻었다. 발작하듯이 방안을 왔다 갔다 하며 씩씩거리던 나는 한참이 지나도 자신의 무릎만을 껴안고 미동도 없는 소희를 발로 툭 건드려 보았다. 소희의 몸이 한쪽으로 그대로 쓰러졌다. 잠이 든 것이다. 잠든 소희의 얼굴은 수척하고 건조해보였다. 소희를 안아 침대에 눕히고 이불을 덮어주었다. 그리고 소희의 가슴팍 근처에 얼굴을 묻고 색색거리는 소희의 숨소리를 들었다. 낮지만 한숨처럼 '푸르르' 떨리고 있는 소희의 숨소리는 마치 꿈속에서도 "나를 보내줘."라고 절규하는 것처럼 느껴졌다. '아니, 나는 너를 보내주지 않을 거야. 너는 어디에도 못 가. 소희야!' 무슨 생각인지 벌떡 일어난 나는 방바닥에 흩어진 소희의 짐, 옷가지 몇 개와 화장품 몇 개가 전부인 짐을 다시 담아 차에 싣고 달렸다. 달리는 내내 "너는 어디에도 못 간다고. 알았어? 알았냐고."라고 미친 듯이 혼잣말을 했다. 동이 터오기 시작할 때쯤에서야 어딘지도 모를 낯선 동네 담벼락에 차를 세우고 잠이 들었다. 하얀 햇빛이 쏟아져 들어오는 운전석에서 잠을 깬 나의 눈에 처음 보인 것은 담벼락 저 앞쪽에서 흔들리고 있는 빨간색 깃발이었다. 차 문을 열고 나온 나는 마치 홀린 듯이 그 깃발 아래까지 걸어가서 그 아래 놓인 대문을 두드렸다.

"여기저기 눈웃음을 치면서 보는 남자들마다 홀리고 다닙니다. 저한테 그랬듯이. 그런 여자한테 금덩이가 백만 냥이 있다 한들 해 줄 수가 있겠습니까. 저라고 생각이 없었겠습니까. 모친을 설득해서 매장도 주고 믿음이 쌓이면 결혼식도 할 생각이었습니다. 그런데, 벌써부터 제 본성이 나오지 않습니까. 아니, 어쩌면 그 시정잡배 놈팡이들하고 벌써부터 입을 다 맞췄는지도 모르죠. 나를 미쳐 죽게 만들고 때를 봐서 한탕 해먹을 계획이라고요. 근본도 없는 그 시커먼 속내를 누가 안답니까."

소희와 함께 밥을 먹고 술을 마시면서 소희 가슴을 음흉한 눈길로 쳐다보았을 (알지도 못하는) 놈팡이들을 생각하니 또다시 감정이 소용돌이쳤다. 무당은 미간을 찡그린 채로 격해진 말들을 쏟아내고 있는 나의 모습을 바라보았다. 무안해진 나는 말을 멈추고 헛기침을 몇 번 했다. 그리고 긴 한숨을 내쉬고 다소나마 마음을 가라앉혔다. 그때쯤에서야 무당이 입을 연다.

"우리 할머니 눈에는 대주님 심보야말로 '도둑놈'이랍니다. 제 몸과 마음 그대로를 고스란히 내놓은 사람을 뼛속까지 쪽쪽 빨아 발라먹고도 제 욕심만 부린답니다. 가련하고 오갈 데 없는 그 영혼이 지금까지 버틴 것만 해도 용하답니다. 아이고, 우리 할머니 화가 많이 나셨네. 괘씸하다, 괘씸하다 이놈! 하십니다. 적절한 포지션도 확보해주지 않고, 숨 한 번 돌릴 시간조차 주지 않고 있으니, 그 가엾은 생명이 어찌 됐든 간에 살겠다고 아등바등하는데, 그 생명줄마저 바짝 말리는구나, 이놈! 하십니다."

기껏해야 30살도 안 돼 보이는 깡마른 무당의 얼굴은 핏기도 없이 허여멀건 했지만, 형형하게 쏟아져 나오는 눈빛은 매섭고도 날카로웠다. 그 눈빛에 기가 질려버린 나는 목구멍이 막혀 말도 나오지 않았다. 심지어 '아무것도 없는 길거리 여자를 데려와 사람답게 살 수 있도록 도와준, 흑기사나 다름없었던 사람은 도리어 나였다'고 반박하고 싶었지만, 그렇게 말하고 싶은 머리와는 다르게 가슴은 이미 무당의 공수가 '맞다'는 느낌까지 들 정도였다.

"대주님, 대주님은 잘나가는 부모도 있고 집도 있고 차도 있고 돈도 있잖습니까. 가진 게 많다는 말입니다. 안 좋은 점도 있지요. 그런 것들은 다 구속력을 가지고 있으니까요. 그래서 대주님은 자유인은 아니십니다. 잃을 것이 많을수록 자유의지는 약화되지요. 반대로 잃을 것이 없다는 것은 그만큼 자유롭다는 의미입니다. 무서울 것이 없거든요. 대주님이 손을 잡고 대주님의 세계로 끌어들인 사람은 바로 그런 사람입니다. 생각해보세요. 삶의 허상을 알고 그랬든 아니든 간에 그 사람은 자유인이었어요. 그런 사람이 자유를 버리고 대주님과의 삶을 선택했다는 것은 역으로 자신의 전 재산을 버린 것과 다르지 않습니다. 그런데, 대주님은 그 사람에게 무엇을 주셨나요. 의심과 집착 또는 속박 뿐은 아니었을까요. 중요한 문제이니 잘 생각해보세요. 첫 마음은 사라지고 그런 마음만 남겨진 상태라면 어서 빨리 그 사람을 보내주셔야 합니다. 만약 그럼에도 불구하고 죽어도 놓을 수가 없다면 가진 금덩이로라도 족쇄를 채우셔야죠. 아무것도 안 하면서 욕심만 부린다고 될 일입니까, 이게."

무당집을 어떻게 나왔는지도 모르게 나와서 부리나케 집을 향해 달렸다. 불안감으로 가슴이 터지기 일보 직전이었다. 불안은 곧장 현실이 됐다. 집안 어디에도 소희는 없었다. 일하는 매장에도 없었고 소희 휴대폰은 꺼져 있었다. 반은 미친놈이 돼서 사방팔방 소희를 찾아다니는 나를, 팔짱을 낀 채로 지켜만 보던 모친은 "미련한 놈, 내가 소희라도 진즉에 너를 떠나갔을 것"이라며 "'그동안 따뜻하게 대해줘 고맙다'는 말만 문자로 남겨놨더라."라고 전해줬다. 소희가 떠나갈까 두려워 소희의 몇 개 안 되는 짐마저 빼앗아 차에 싣고 내달렸던 한심하기 짝이 없었던 나 자신을 어떻게 설명해야 할까. 아아, 머저리도 이런 머저리가 또 있을까.

소희는 그렇게 떠나갔다. 화장품 한 개를 못 건지고 빈손으로 가버렸다. 존재에서 부재로. 소희는 말 그대로 나의 세계에서 한순간에 사라져 버렸다. 그녀가 말한 '바닥'으로 간 것일까. 신혼 1년을 채 못 버티고 스스로 생을 마감한 아내도 그랬다. 자신이 사라지는 것만이 사랑했던 나와 함께 살 수 있는 유일한 방법이라고. 그래도 설마 죽음을 선택하리라고는 꿈에도 생각하지 않았다. 잊었다고 생각했던 당시의 충격이 고스란히 되살아나면서 나는 사흘 밤낮을 끙끙 앓았다. 물 한 모금 넘기지 못한 채로 이미 오래전에 잊었다고 생각했던 아내의 죽음과 소희의 부재를 끌어안고 통곡했다. 그런 와중에도 시간은 흘러갔다.

"사랑을 지옥에서 배운 사람들이 있습니다. 사랑할수록 자신의 삶뿐 아니라 상대의 삶까지도 지옥으로 떨어뜨립니다. 사랑은 사랑일 뿐, 의무와 권리가 있는 자리가 아닙니다. 존중과 배려가 있다면 모를까, 그 또한 필요한 덕목이 아니지요. 당신은 사랑하지 마십시오. 당신이 사랑이라고 믿는 것은 사랑이 아니기 때문입니다."

때때로 가슴을 후벼 파던 무당의 가시 돋은 말들도 시간 앞에서는 속수무책이었다. 소희가 떠난 이후로도 계절은 변함없이 바뀌었고 세월 또한 속도를 늦추지 않고 흘러가고 있었다. 거짓말처럼 회복된 일상으로 들어와서 나는 또다시 바쁘게 살아가고 있었다. 마치 아무 일도 없었던 것처럼. 사랑이라는 감정이 어떤 것이었는지 기억도 나지 않을 때쯤. 아침밥을 먹고 있는 식탁 앞에 앉아 있던 모친이 식탁 위에 올린 두 손으로 깍지를 끼더니 주저함도 없이 이런 말을 한다.

"소희가 맡아 하던 매장에 큰 계약이 터졌다. ○○동 ○○호텔 알지? 왜, 최근 리메이크한다고 신문에도 나고 했잖니. 거기 181개 객실 침구 전체를 도맡아 납품하는 건이다. 관계자 말을 들으니 소희가 그 소식을 듣고 나름대로 로비를 한 것 같더구나. 결정권자가 약속을 지켰다고 하는 것을 보면 말이다."

마침 모친이 끓인 말간 콩나물국에 말은 밥알이 목구멍을 막 넘어가고 있던 차였다. 순간, 멈춰선 밥알이 목구멍 중간에서 꼿꼿하게 곤두섰다. 곤두선 밥알이 세운 날이 목을 겨누고 일순 세게 박혔다. 동시에 내 몸을 이루는 모든 세포들도 생명을 위한 독자적인 기능을 한순간에 상실했다는 듯이 아연실색, 정신이 아득하다. 제대로 체한 것이다. 마치 《죄와 벌》처럼 목구멍에 박힌 밥알은 이생을 끝내고 다음 생, 그다음 생에 가서도 절대로 빠지지 않을 것처럼 느껴졌다. 그 단단함을 부여잡고 나는 꺽꺽거리며 화장실로 달려가서 변기통에 매달렸다. 그리고 소리도 내지 못하는 울음을 울었다. 그것은 절대로 빠지지 않을 태세로 박힌 단단한 밥알 때문이 아니었다. 다만 너무나도 보고 싶어서. 부재한 그녀가 사무치게 보고 싶어서. 그녀의 따뜻한 가슴을 만지고 잠들던 이부자리 속으로 단 한 번만이라도 다시 돌아가고 싶어서였다. 그녀가 존재했던 이부자리, 그곳으로.

고장 난
방아쇠로
당기다

"삶의 질을 따지는 사람들이 있지. 자네처럼. 그런데 삶의 질이라는 것은, 생각처럼 만만하지가 않거든. 세상과 한판 맞짱 떠본 사람이거나, 단 한 번이라도 세상을 넘어뜨려 본 사람이라면 더더욱 미치고 팔딱 뛸 노릇이 아니겠나. 돈이나 지식, 건강. 뭐 이런 거로 될 것 같으면야 나와 같은 사람 부러 찾아와 이렇게 하소연할 일이 있겠나."

나의 감정 전부를 지배한 여신이 2주일 전에 나를 떠나갔다. 재회할 수 있느냐, 를 묻는 나의 질문에는 답이 없고, 이 무당 초장부터 코끼리 다리 긁는 소리만 한다. 이보세요? 나의 여신 말입니다. 그녀와 다시 잘해볼 수 있을까요. 내가 다시 그녀의 감정을 불러일으킬 수가 있을지, 말입니다. 제발 잘 될 수 있다고, 그녀가 다시 나에게 돌아올 수 있다고 말해주세요. 아니, 방법이라도 알려주세요. 어떤 짓이라도 하겠으니, 부디부디.

　아아, 그러니까 이야기를 시작하자면 이렇다. 신혼 첫날부터 시작된 아내와의 불화를 극복하지 못하고 결혼생활 4년 차에 합의이혼장에 도장을 찍었다. 벌써 3년 전 일이다. 결혼 전부터 해오던 뷰티(Beauty) 관련 사업으로 거의 중국에서 생활하기는 했지만, 아내와 생활해야 하는 한국으로 돌아오면 말 그대로 생지옥이 따로 없었다. 아내와 함께 밥을 먹을 일도 없었지만, 어쩌다 우연하게라도 아내가 식탁에 앉아 밥을 먹는 소리만 들어도 구역질이 올라올 정도로 나는 아내라는 사람이 끔찍했다. 뭐 특별한 이유라는 것도 없었다. 그냥 그런 감정이 올라왔다. 아내를 볼 때마다 말릴 새도 없이 훅훅, 올라왔다.

　늘 '이혼'을 염두에 두고는 있었지만 실질적으로 '이혼을 할 것'이라고 결정하기까지는 쉽지 않았다. 양가 부모님의 체면이나 기타 사회적인 처세 등 '이혼'에 대한 '득실'의 문제를 따져봐야 했기 때문이다. 그런데 막상 결정이 내려진 이후로는 어이없을 정도로 쉽고 빠르게 아내와 나는 남남이 될 수 있었다. 합리적이고 스피디한 시대에 태어났다는 점에, 또 매우 민주적이고 포용력까지 갖춘 법치국가에서 살고 있구나, 하는 자부심이 절로 들 정도였다.

때마침 중국 시장이 커지면서 회사 몸집이 커지고 있었고, 자체 브랜드 홍보도 중요했지만 한국 뷰티 산업 파급력을 높이기 위한 중국 전역에서의 강연요청도 쇄도하던 시기였기 때문에, 이혼으로 인한 이런저런 뒷말에서도 나는 제법 자유로울 수 있었다. 정말 이혼을 했나, 실감이 나지 않을 정도로 바쁜 시기이기도 했지만, 의무적으로라도 아내를 더 이상 보지 않아도 된다는 점만으로도 나는 크게 만족했다. 또 이혼했다고 해서 이혼 전과 이혼 후의 생활 패턴이 별반 다르지도 않았기 때문에 '진즉에 할 것을.'이라는 속의 말도 애써 감추거나 숨기지 않았다.

문제는 한국과 중국을 오가는 비행기 안에서 시작됐다. 바쁜 일정을 소화하기 위해 일등석과 일반석을 가리지 않고 일정에 맞춰 티켓예매를 하는데, 그날은 중국에서 한국으로 돌아오던 길이었다. 당시는 코앞으로 닥친 코엑스 뷰티 박람회 일정을 소화하기 위해 몸이 두 개라도 모자란 시기였다.

그날도 여느 때와 다름없이 비행기를 타자마자 곯아떨어졌다. 비행기가 착륙할 때쯤 옆자리 중년여성의 어깨에 기댄 채 잠에서 깬 나는 화들짝 놀라 실례에 대해 사과했다. 한쪽 입가에서 (침으로 예상되는) 물기가 주르르 흐르는 것 같아 재빨리 손으로 닦으며 당황해 어쩔 줄 모르는 나에게 그는 자애로운 웃음을 지어 보이며 오선지에 그려진 악보를 건네주었다. 즉석으로 작곡을 한 것 같았는데,

얼떨결에 그것을 손에 받아든 나는 멀뚱멀뚱 그 중년여성의 얼굴을 바라보았다.

 희끗하지만 길고 윤기 나는 머리카락을 단정하게 묶어 한쪽 어깨로 드리운 여성은 가로로 길고 자연스럽게 주름진 눈매로 살짝 웃으며 '받아도 괜찮다'는 몸짓을 했다. 그녀의 연한 갈색 눈동자는 맑고 따뜻한 기운을 가지고 있었다. 한눈에도 깊은 지식으로 다져진 인품의 무게가 느껴졌다.

 "번잡스러운 일상을 벗어나 하늘을 날며 누리는 달콤한 잠의 느낌을. (씽긋 웃으며) 덕분에 경험했어요. 그 느낌을 남기고 싶었어요. 아니, 전하고 싶었어요. 저는 백지보다는 오선지가, 글자보다는 음표가 편해서요. 당신 마음에 들었으면 좋겠네요. 이 곡에 맞는 언어가 있다면. 보내주세요. 위에 적은 것이 제 폰 번호입니다. 전화 한 번 주세요."

 오선지에 적힌 음표와 조용하고 차분하게 세포에 와 박히는 그녀의 말씨. 그날 그녀가 전해준 음표가 그려진 오선지를 받아 줄 때만 해도 몰랐다. 그녀로 인한 격정의 파노라마 속으로 블랙홀에 휩쓸려 들어가듯 하염없이 빠져들 줄은. 정말인지 상상조차 하지 못했다.

 "삶의 질을 결정하는 것은 바로 감정이라네. 대다수의 사람들이

질 좋은 삶을 원하지만, 대부분은 누리기가 쉽지 않아. 감정이란 놈 때문이지. 감정이란 놈이 왜 어렵냐 하면 순식간에 일어나거든. 감정이라는 방아쇠에 불이 붙기 전에 예측을 하고 제어시스템을 가동시켜야 하는데. 이놈은 절대로 잡히지가 않아. 어찌 보면 세상에서 제일 무서운 놈을 장착하고 다니는 셈인데, 사람들은 그걸 잘 몰라."

그녀가 즉석에서 창작한 곡 때문이었는지 아니, 그녀가 음표로 표현한 그녀만의 느낌을 받아 줬었기 때문인지 나는 박람회 준비며 빽빽하게 채워진 일정을 소화하는 와중에도 문득문득 그녀를 생각했다. 그리고 그녀가 적은 음표를 따라가며 흥얼거렸다. 초등학교를 다니던 6년 내내 모친의 강요에 못 이겨 매일처럼 꼬박꼬박 다녔던 피아노학원 덕을 처음으로 본 셈이다. 악기로 곡을 연주하지 않아도 나는 그녀가 그려 넣은 음표를 손으로 짚어가며 흥얼거릴 수는 있었기 때문이었다.

"번잡스러운 일상. 하늘을 날며 누리다. 달콤한 잠."

당시 그녀가 했던 말과 그녀가 그 말을 할 때 느껴졌던 기분 좋은 향기를 떠올리며 나는 생각나는 대로 언어를 대입해보곤 했다. 그럴 때마다 마치 알지 못하는 미지의 세계를 처음 열고 막 첫발을 내디딘 것처럼 쿵쿵, 심장이 뛰었다. 마음에 드는 소녀 앞에 선 사춘기 소년과도 같은. 그런 감정은 온통 나를 휘감고 놓지 않았다. 심지어

'그녀는 잠자고 있던 나의 예술적 영감을 일깨워주기 위해 나타난 무사이(그리스어/영어로는 뮤즈)는 아닐까.'라는 생각까지 들었다.

수 주일이 흐르고, 마침내 그녀가 적은 음표에 나의 언어를 조합한 작품이 완성됐다. 어려운 퍼즐을 다 맞췄을 때처럼 나는 기쁨에 겨워 환호성을 내질렀다. 그리고 악보 위에 적힌 그녀의 전화번호를 나의 휴대폰에 당당하게 입력하고 나서 내가 맞춘 퍼즐을 그녀에게로 보냈다. 정확히 3일이 지나고 나서 답장이 당도했다. 나의 무사이로부터.

"당신은 저에게 선물과도 같은 분이군요. 맞춤옷을 입은 것처럼 딱 떨어집니다. 지금 진행하고 있는 음반 작업 메인 곡으로 지정해도 될까요."

우리는 그날 이후, 하루도 쉬지 않고 만나서 삶과 사랑을 이야기했다. 세상을 바꾸는 궁극의 힘은 시와 음악에서 나온다는 그녀의 말에 나는 매우 깊이 동조했고, 하얀 햇살이 쏟아지는 침대에 나란히 누워 나른한 오전을 즐기며 와인을 마시기도 했다.

그러다가도 문득, 그녀는 자신의 배낭에서 오선지를 꺼내 들고 빠른 속도로 음표를 그려나가곤 했다. 나는 그녀가 적은 새로운 음표를 여러 차례 짚고 또 짚어가며 그녀와 내가 느꼈던 당시의 느낌을 되살리며 퍼즐을 맞췄다. 음표와 언어로 맞춰가는 퍼즐 놀이는 지치지 않는 즐거움을 주었다. 완성이 됐을 때, 또는 가수의 음반으로 나왔을 때는 더더욱 아름다웠다. 나는 전지전능한 신이 된 것처럼 우쭐했다. 사업적 성공 따위는 아무래도 좋았다. 삶은 그런 것이 아니었다. 무사이와 함께 쿵쿵거리는 심장의 박동 소리를 느껴가며 창조해내는 삶을 꿈꾸는 것만으로도 나의 하루는 너무나도 짧았다. 그리고 아름다웠다.

때마침 전 세계적으로 유행한 바이러스 사태가 터졌고, 하늘길이 막히면서 사업도 시들해지던 차였다. 일 욕심이 많았던 후배를 회사 CEO로 영입하고, 나는 무사이의 충실한 시종이 돼서 그녀가 던져준 즉흥곡에 언어를 조합하느라 나름 바쁘고 정신없는 일상을 보냈다.

"나는 그녀 없이는 단 하루도 살 수 없습니다. 그녀가 없이는 어떤 의미도 가치도 없는 나날이기 때문입니다. 나는 그녀에게 길들어졌어요. 나를 벌레 보듯 하는 그녀의 눈길도 참을 수 있어요. 그녀와 함께할 수 있는 삶의 궤도만 지켜낼 수 있다면 나는 뭐라도 다 참아 낼 수 있습니다."

무사이가 내게 이별을 통고한 것은 3주 전이었다. 그녀와 함께한 지 채 7개월도 되지 않은 시점이었다. 그녀는 나를 만나도 더 이상 어떠한 감정도 일어나지 않는다고 시큰둥하게 말했다. 감정이 일어나지 않는 관계는 죽은 관계라고도 서슴없이 딱 잘라 말했다.

"나는 창조자야. 그것은 나의 숙명이기도 해. 창조자는 단 하루도 죽어 있는 삶을 용납할 수가 없어. 그건 그냥 타고난 본성 같은 거야. 감정이 일어나지 않는 죽은 관계는 죽은 삶과 이어져 있어. 나는 끊임없이 살아 있기를 원해. 그래서 여기까지인 거야, 그만 징징대고 이제 더는 나를 찾지 마."

"어떻게 이럴 수가 있어. 나는 나의 삶 전부를 너한테 바쳤어. 감정 따위가 뭐라고. 누구나 시간이 지나면 익숙해지고 감정은 무뎌져 가는 법이야. 아니다. 무조건 내가 더 노력해볼게. 당신의 감정이 다시 일어날 수 있도록 노력할게. 아니다. 내가 뭐, 더 근사한 언어를 입혀볼게. 그럼 되잖아. 할 수 있어. 나 알잖아. 할 수 있다고."

나는 몸부림을 치면서 그녀 무릎에 매달려 보았지만 그녀의 의지는 확고했다. 더 이상 아무런 느낌도 일으키지 않는 나란 존재는 그녀에게는 이미 나무토막 인형이나 다름없었다. 오선지에 음표를 그리며 즉석에서 자신의 감정을 형상화해내던 그녀의 모습 또한 다시는 볼 수 없었다. 그 전부터도 뜸해지기는 했지만, 그 결과가 이렇게까지 참담하게 나올 줄은 몰랐다. 나는 패배감과 분노감 그리고 그리움으로 말라가며 혹시나, 하는 마음으로 그녀의 연락을 기다렸지만 그런 일은 일어나지 않았다.

아침은 빨리 돌아왔고 밤은 더디게 흘러갔다. 라디오에서는 간혹 그녀의 즉석 곡에 내가 입힌 언어들이 가수의 노랫소리로 흘러나왔다. 그 곡이 창조될 때 느꼈던 그녀와 나의 감성은 아직 거기에 그대로 아로새겨져 있었다. 아프고 아렸다. 그녀와 함께 창조해내던 시간들과 혼자 남은 현실 간 괴리를 나는 도무지 극복할 수가 없었다. 그래서 나는 빠르게 붕괴되는 중이었다.

"세상은 참 이기적이고 이상합니다. 이기적이고 이상한 사람들만 살기 때문이지요. 당신의 감정이 누군가를 내쳤을 때와 당신의 감정이 누군가에게 내쳐짐을 당했을 때 말입니다. 사실은 똑같은 폭력임에도 내쳤을 때는 당연하다고 생각하지요. 내쳐짐을 당했을 때는 부당하다고 생각하거든요. 그렇지 않은가요?"

내가 누구를 내쳤다, 고. 설마 아내를 말하는 것인가. 아내는 명문대에서 피아노를 전공하고 유학까지 다녀온, 엘리트 예술인이다. 그렇게 알고 결혼했다. 뚜껑을 열어보니 아니었다. 짝퉁이었다. 짝퉁 예술인. 그럼에도 아내는 지나치게 고상을 떨고 우아한 '척'을 했다. 아내가 쓰는 모든 물품들은 명품이거나 값비싼 것들 일색이었지만, 왜 그것이어야 하는지에 대해서는 개념이 없는 여자였다. 가치 기준은 오로지 남들이 좋다고 하거나 가격이 높게 책정돼 있으면 그로서 족했다. 그 물건에 배인 역사와 철학, 장인정신 따위는 관심조차 없었다. 피아노 연주자로서도, 물론 연주 실력은 뛰어났다. 그러나 아내는 피아노를 잘 치는 손가락 기술을 가진 연주자였을 뿐, 작가의 작품을 독자적으로 해석하는 능력은 부족했다. 아니, 전무했다. 한마디로 AI 같은 여자였다.

당초 결혼정보회사를 통해 만나는 것이 아니었다. 연애라면 모를까, 결혼만큼은 보다 객관화된 지표로 검증을 마친 여자를 선택하겠다는 욕심이 화를 자초한 격이었다. 어쨌거나 결혼정보회사를 통해 속성결혼식을 마치고 결혼생활을 시작한 지 채 6개월도 안 돼서 나는 아내라는 사람에게 진저리를 치고 있었다. 아내에 대한 감정은 날로 악의적으로 변해갔고, 아내의 얼굴을 보는 것만으로도 구역질이 올라왔다. 저런 골 빈 여자가 나의 아내라니, 마치 더러운 벌레가 얼굴을 기어 다니는 것처럼 징그럽고 역겨웠다. 떼어내고 싶었다. 그것이 이기적이고 이상한 일인가.

"아내는 나의 기준에는 한참 미달되는 여자였습니다. 나의 무사이와는 차원이 다릅니다. 아내와 나의 무사이를 동등선상에 놓고 말씀하시는 것은 실례입니다."

나는 정색을 하고 무당의 말에 반박했다.

"당신의 무사인지 기사인지한테도 당신은 한참 미달되는 남자입니다. 그러니 방향은 달라도 감정의 무게는 같지요. 당신이 다시 아내와 연결되기 싫듯이 당신의 무사인지 기사도 당신과 다시 연결되기란 죽기보다 싫단 말입니다. 그래서 결론입니다. 재회는 없습니다."

끝끝내 원하는 대답을 듣지 못한 채로 무당집을 나왔다. 나는 무당집 대문을 열고 나와 담벼락 아래에서 햇볕을 쬐고 있는 고양이 앞에 가서 쪼그리고 앉는다.

"나의 무사이는 '나'라는 세계를 정조준해서 방아쇠를 당겼어. 나는 그녀가 쏜 총알에 머리 정중앙을 맞고 장렬하게 전사한 셈이지. 그러거나 말거나 그녀는 아랑곳하지 않고 새로운 세계로 건너갔단다. 그녀는 그곳에서 또 다른 '나'를 향해 방아쇠를 당기고 새롭게 태어나 성장할 거야. 그리고 곧 또 다른 '나'의 시체를 밟고 마침내 새로운 세계로 날아오를 테지. 더 커진 날개를 활짝 펴고. 아주 훨훨 시원하게 말이야."

내 말을 듣는지 안 듣는지 '야옹'거리며 딴청을 피우던 고양이가 펄쩍 담벼락 위로 튀어 오른다. 나는 엄지와 검지 손가락을 펴서 권총 모양을 만들고 담벼락 위에 올라간 고양이를 조준하고 방아쇠를 당긴다.

"탕!"

고양이는 순식간에 담벼락 저편으로 훌쩍 날아 도망간다. 분명히 조준을 했는데도 말이다. 방아쇠가 고장 난 것이 분명하다.

다시
거인(巨人)!

"지레 겁먹고 시도조차 못 해보고 가는 인생이 태반입니다. 신념의 문제겠지요. 결국 이런저런 변명으로 자신을 묶어놓고 제자리 뛰기만 죽어라, 하는 게지요. 그런 사람들 특징이 또 뭔 줄 아십니까. 입에 달고 사는 말들이 있습니다. '이렇게 죽도록 열심히 살고 있는데, 도대체 왜 나아지는 게 없느냐'는 볼멘소리 말입니다. 남 탓이나 안 하면 그나마 다행인 거고요."

20대 청춘을 화류계에서 태워 보냈고, '이렇게 계속 살아도 되나.' 싶은 마음에 불현듯 찾아온 무당집인데, 이런 말을 한다. 32살 생일을 맞아 신수점이나 보겠다는 건데, 뜬구름을 잡아도 한참 먼 뜬구름이 아닌가. 평소 무속신앙을 믿는 타입도 아니었고, 그저 재미 삼아 '무슨 이야기를 하나, 들어나 보자.' 하는 정도의 마음으로

온 것은 맞지만, 이 무당은 좀 심한 거 아닌가. 심지어 자리에 앉은 지 한참이 지나도록 상위에 놓인 엽전들을 세워 올렸다 부쉈다 하면서 이런저런 말도 없이 가만히 있다가 뜬금없이 툭, 뱉어낸 첫 공수가 그랬다. 내 참, 장난치는 것도 아니고.

"저는 죽도록 열심히 산 사람은 아닌데요."

나는 히죽 웃으며, '뻭! 첫 공수부터 틀렸고. 앗싸, 짝퉁 무당님~.' 하는 표정을 지어 보였다. 당황하며 급히 자신이 뱉은 말을 수습하리라, 생각했던 40대 초반쯤으로 보이는 무당은 오히려 차갑게 내리 앉은 눈꺼풀을 하고 무심한 눈길로 나를 바라볼 뿐이었다. 어찌 보면 '이놈, 무엄하구나.' 하는 것처럼도 보였다.

"뭐, 솔직히 말해서 열심히 살지 않았기 때문에 '왜 나아지는 게 없이 이 꼬락서니인 것이냐.', 그런 볼멘소리를 한 적도, 할 필요도 없었다는 점을 말씀드린 것뿐입니다."

말이 나왔으니 말이지. 나는 정말로 열심히 살아온 청춘은 아니다. 아니 열심히 살고 싶은 마음조차도 없이 살았다. 물론 처음부터 그랬던 것은 아니었다. 중학교 다닐 때까지만 해도 내가 이렇게 대충 히죽거리며 살 것이라고 예상하지 못했다. 공부야 뭐, 그럭저럭 반에서 중간 정도 성적을 유지하는 정도긴 했지만, 타고난 인물

(영화배우 조인성보다 조금 더 잘 생긴 정도)도 인물이었지만 가만히 입 다물고 있어도 사람들의 이목을 잡아끄는 기운 같은 것이 있었다. "너는 '마력'이 있어. 특히 너의 눈이 그래. 나도 모르게 빨려 들어 가거든." 이런 말을 하며 나를 추앙하는 세력도 상당했다. 선생님들을 비롯한 모두가 '타고난 연예인'이라고 입을 모았다. 부인하지 않았다. 부인할 필요도 없었고. 스스로도 화려한 스포트라이트와 여기저기서 터지는 카메라 플래시를 받으며 유명 여배우 손을 잡고 레드카펫을 걸어가는 꿈을 꾸기도 했다. 아니, 거의 매일 꿨다. 그런 꿈 말이다. 때로는 갓을 쓴 사극 드라마 주인공이 돼서 멀리 수평선이 잡히는 해변에서 말을 타고 달렸다. 적당한 각도로 상체를 숙이고 하얀 도포 자락을 휘날리고 있는 나는 내가 봐도 반할 만큼 근사했다. 또 다른 꿈에서는 사람들의 눈을 피해 좋아했던 아이돌 여가수와의 밀회에 성공한 나는 다 쓰러져가는 시골 물레방앗간에서 키스를 하고 사랑을 나누기도 했다. 꿈이었지만 나는 꿈일 뿐이야, 라는 생각은 추호도 하지 않았다. 곧 일어날 현실이라고 믿어 의심치 않았다. 그러나 아니었다. 그것은 그냥 '꿈'일 따름이었다.

고등학교를 올라가던 해에 모친 가출사건이 벌어졌다. 당시 잘나가던 외국계 피라미드 사업에 빠져 있던 모친은 수십억 원대의 빚을 남기고 자취를 감춰버린 것이다. 10평 남짓한 사업장에서 스포츠용품점을 운영하던 부친은 이성을 잃고 곧장 생계 전선에서 전사했다. 그리고 모친 가출사건이 일어난 지 6개월이 채 안 된 어느 날 실종된 지 사흘 만에 자전거도로로 유명한 하천가에서 퉁퉁 붇은 시체로 떠올랐다. 당시 중학생이던, 나보다 2살이 더 어린 남동생과 나는 하루아침에 고아가 됐다. 친척 집이라도 몸을 의탁해야 했으나, 그러기에는 동생도 나도 머리가 제법 큰 상태였다. 또 머리 큰 짐승 두 마리를 포용할 수 있는 마음 넓고 유복한 일가친척도 없었다. 학교를 자퇴하고 가출을 선택했다. 그것만이 암울한 생존환경에서 살아남기 위한 유일한 출구전략이었다. 막다른 길에서 얻어걸린 지하 월세방으로 동생을 데리고 왔고, 그곳에서 우리는 한참을 살았다. 잠을 깨면 거리로 나갔고 동생은 학원으로 갔다. 다행히 동생은 공부를 할 의사가 남아 있었다. 학교 대신 학원을 다녔지만, 별다른 말썽을 피우지 않았고 기특하게도 형의 말을 잘 들어주었다. 동생이 원하는 대학교에 들어가는 것을 보고서야 나를 돌아볼 여유가 생겼다. 그 시간이 5년이었다.

5년이란 시간은 짧지 않았다. 유흥가를 떠돌며 흘러간 축축하고 끈적끈적한 시간들은 이미 나의 정신을 휘감았고 역한 냄새는 아무리 씻어도 사라지지 않았다. 동생을 공부시키고 어느 정도 자리가 잡히면 동생처럼 검정고시를 보고 최소한 고졸 학력이라도 이력서에 쓰고 배우 오디션을 볼 생각이었지만, '그런 생각을 하긴 했었나.' 싶을 만큼 나는 너무나도 멀리 떠밀려와 있었다. 유흥가 밤거리 삐끼로 시작해 룸 클럽 막내 웨이터 그리고 호스트 생활로 이어진 일련의 생존과정을 통해 나는 세상을 지배하는 것은 오로지

'돈'뿐이라는 것을 뼈저리게 깨달았고, 학교 졸업장에 대한 갈망이나 뜬구름 같은 '희망' 따위는 이미 흔적조차 남기지 않고 사라진 상태였다.

대학에 들어간 동생이 저 나름대로 알바를 하기도 하고 서서히 제 앞가림을 하면서부터는 하룻밤을 태우려는 한 마리 불나방처럼 살아갈 뿐이었다. 하루 잘 벌면 며칠 잘 썼고, 돈 떨어지면 다시 가게로 나가 서비스 정신을 발휘했다. 간혹 호구 누나라도 만나면 한 몇 달 단물 쪽쪽 빨아먹다가 시들해지면 시원하게 떠나줬다. 사는 일은 공허했고 모든 것은 부질없었다. 그런 세월이 또 그렇게 3~4년 흘러갔다.

"여기는 거인의 나라랍니다. 거인의 나라에 와서 난쟁이처럼 살면 누가 밑지는 장사인지 따져보시랍니다. 젊은 사람이 그렇게 신념이 없으면 안 된다고 혀를 끌끌 차십니다. 그 잘난 허우대가 아깝다고 하십니다."

거인? 거인의 나라? 나는 뜨악한 표정으로 무당을 바라보았다. 무당은 고개를 좌우로 몇 번 더 흔들더니 상 위에 세워 올린 모양새로 있던 엽전을 손으로 쓱 잡아 쥐더니 그것을 상위에 던진다. 던져진 엽전의 모양을 보더니 또 이런 말을 한다.

"여자가 울고 있어요. 이 여자는 당신을 그리워하고 매우 많이 안타까워하고 있어요. 아주 많이요. 귀인이 다가와 손을 잡는데, 왜 마다하는 겁니까. 믿지 못하면 아무것도 할 수가 없습니다. 내민 손조차 잡지 못하면 대체 어쩌자는 겁니까."

여자. 여자가 한 둘인가. 그런데, 무당이 말하는 순간 떠오른 여자는 한 명이었다. 그 여자. 그 여자는 모 교대 국악교육과 교수이다. 나이는 나보다 10살이 많은 노처녀. 이름은 수진. 제자 손에 이끌려 와 나와 파트너가 됐던 여자였다. 이 세계에 대해 아무것도 모르고 쩔쩔매는 모습이 귀여워서 애프터신청을 했는데, 의외로 쉽게 응해줘서 외부에서도 몇 번 만났다. 모두 에버랜드와 같은 놀이기구가 있는 곳에서 데이트를 했다. "어디서 볼까요?"라고 물으면 그런 곳에 가고 싶다고 했다. 자유 이용권을 끊어 각종 놀이기구를 함께 탔다. 그때마다 새벽에 일어나서 손수 장만했다는 도시락을 싸 와서 수줍게 웃으며 '맛이 어떠냐'고 묻던. 그래서 차단했다. 감정을 일으켰기 때문이었다. 비즈니스 관계에서 감정이 생기면 곤란하다. 위험신호를 감지한 나는 수진을 세 번째 만나고 돌아온 날, 그녀의 전번을 지우고 차단했다.

"여자가 한 명 떠오르긴 합니다만, 그 여자는 안 됩니다. 나 같은 사람 만나 물들면 안 되는 사람입니다. '진심' 같은 건데. (도리도리하며) 암튼 저와는 결이 다른 사람이기도 하고."

무당은 나의 말이 채 끝나기도 전에 엽전을 쓰윽 모아 쥐더니 다시 상위로 차르륵, 던진다. "결이 같아서. 너무나도 똑같아서 쌍둥이라고 해도 믿겠는데, 결이 다르다고요. 끌림에는 이유가 있습니다. 남녀라 해서 다르지가 않아요. 다만 한 명은 더 큰 거인으로, 다른 한 명은 그 큰 거인을 묻었을 뿐."

"자꾸 거인이니 뭐니, 동화 같은 이야기만 하지 마시고, 금년 신수나 좀 봐주세요. 어떻게 돈 좀 시원하게 쓰는 물주 누님이라도 하나 들어온답니까?"

무당은 엽전을 손에 쥐고 다른 한 손으로 차곡차곡 상위에 쌓아 올리며 내 말은 듣는 둥 마는 둥이다. 멋쩍은 기분에 나도 가만히 기다렸다. 1~2분 정도 지났을까. 침묵도 지겨워 자리를 털고 일어서려는데 손님을 앞에 앉혀놓고 딴짓만 하던 무당이 그때서야 가만히 있으라는 손짓을 한다.

"나는 신의 말을 전하는 무당이지만, 내가 모시는 신령님은 자애로움이라고는 없으신 분입니다. 말씀이 짧아도 너무 짧아서. (잠시 침묵) 알아서 해석하고 전달하는 일은 오롯이 저의 몫인데. 제가 아직 공부가 부족해서 신령님 말씀을 해석하고 전하기까지는 시간이 좀 걸립니다. 그러나 공수만큼은 틀린 적은 없으니 조금만 더 시간을 주세요."

시간을 달라고. 누군가에게 시간을 준다는 것은 있을 수 없는 일이다. 시간을 팔수는 있다. 돈을 받고. 화류계에서 아직까지 생존할 수 있었던 나만의 비법이기도 하다. 그런데 시간을 달라니. 저 무당이 지금 제정신인가. 뾰족한 턱에 광대는 지나치게 동그랗고 코는 또 지나치게 작은데다가 주저앉았다. 돈을 벌어 성형부터 해야 쓸 얼굴이다. 더는 참을 수가 없어 다시 일어서려고 엉덩이를 들썩이는데 다시 또 무당이 말한다.

"내년 봄 시험에 붙는다 하십니다. 그리고 그해 찬바람 불기 전에 이름이 난다고 하십니다. 거인의 나라에서는 거인으로 사셔야지요. 그 여자를 찾아가세요. 땅속 깊숙이 묻힌 채로 잠들어 있는 당신 안의 거인을 알아본 최초의 사람, 그 여자를 말입니다."

금년 신수를 봐달라고 했더니 내년을 이야기한다. 내일이 없는 나와 같은 인생이 신수를 보겠다고 점을 보러 온 것 자체가 잘못이다. 오늘조차 확신할 수 없는 나란 사람에게 내년이라니. 내년은 까마득하고 아득한 목성과도 같은 것이다. 아니, 그것이 실제로 거기에 존재하는지조차도 나는 믿을 수 없다.

무당의 말은 잊고 지냈다. 달라진 것도 없었고 돈이 필요하면 가게를 나갔고 돈이 생기면 동네 사우나에 가서 냉탕과 온탕 사이를 서성거리다가 식혜를 몇 번 사 먹고 돌아와 넷플릭스 드라마를 정주행하는 식이었다. 늘 똑같은 나날, 다를 것도 없는 일상이었다.

그런데 참 이상했다. 나는 자주 배우 오디션 정보를 검색하고 있었고, 거울을 보고 이런저런 표정을 지어 보이고 있었다. 그러다가 흠칫, '희망이란 덫에 걸린 것은 아닐까 두려워' 기겁을 하곤 했다.

"내년 봄 시험에 붙는다. 그해 찬바람 불기 전에 이름이 난다."

둥근 광대에 코가 작았던 무당이 한 말들은 대체 언제부터 나의 세포마다 속속들이 파고 들어와 집을 지은 것일까. 나는 이미 동네 헬스장에 가서 PT를 끊고 본격적인 '몸만들기' 프로젝트에 들어갔고 음식도 가려먹고 있었다. 아침에는 가까운 산 중턱에 조성된 둘레길을 뛰었고 밤에는 잠이 오든 안 오든 잠자리에 들었다. PT 강사는 수업 때마다 변화한 나의 몸 상태를 꼼꼼하게 체크해가며 필요한 운동과 식이요법을 제시했다. 특별히 거부할 이유도 없었기 때문에 나는 그가 제시한 대로 따랐다. 어쩌면 엄지를 치켜세우고 칭찬을 아끼지 않았던 PT 강사의 '어여쁨' 때문이었는지도 모른다. 어쨌거나 나는 피가 돌고 생기가 돌고 화색이 돌았다. 천천히 그러나 빠르게.

그해 겨울, 나는 진짜로 강남에 위치한 모 영화제작사에서 오디션을 보고 있었다. 유명한 중견기업의 후원으로 기획된 판타지 스릴러물이라는데, 신인 주연배우를 찾기 위한 공개오디션이었다. 심지어 조건도 파격적이었다. 공무원이 된 동생이 연차를 내고 함께 응원해준 덕에 나는 별로 떨지도 않고 실기시험을 보고 면접을 봤다.

"가능과 불가능을 결정짓는 힘은 신념이야. 나는 어려서부터 장구를 치고 소리를 하고 싶었어. 그게 정확하게 언제부터였는지는 나도 몰라. 그냥 장구 소리가 좋았고 소리가 좋았어. 가난해서 전문 국악학교를 다닐 형편은 아니었지만, 나는 장구를 치고 소리를 하고 있는 나를 놓지 않았어. 그것만이 진정한 나라고 굳세게 믿었거든. 사실은 나도 어떻게 여기까지 왔는지 모르겠어. 하지만 하나만큼은 분명하게 말할 수 있어. 신념 말이야. 존재는 신념 이상 이하도 아닌 거야. 너무 진부한 얘기지?"

은행나무 잎이 유난히 노랗게 물든 가을 한낮이었다. 하늘은 높았고 구름 한 점 없었다. 그런 날 오후, 수진과 나는 한참 놀이기구를 타다가 매점 앞 파라솔 아래 놓인 벤치에 앉아 아이스커피를 마시고 있었다. 수진은 마치 해야 할 말을 깜박 잊고 이제야 이야기한다는 표정으로 그렇게 말했었다. 나는 '훗' 웃으며 고개를 까닥까닥 끄덕이며 대답했다. "진짜 진부해. 퇴퇴퇴, 재미없어."라고.

"맞아. 진부한 얘기야. 근데 하나만 더 말해도 돼? 들으면 아마 깜짝 놀랄걸. 말해줄까?"

수진은 눈을 가늘게 뜨고 높고 파란 가을하늘을 올려다보며 약

올리듯이 말했다.

"놉! 싫어. 왜냐면 별로거든. 네가 하는 말이라는 게 다 그래. 한마디로 형편없어. (다 마신 아이스커피 잔을 쓰레기통 속으로 던지며) 일어나자. 더 타고 싶은 게 뭐라고 그랬지?"

나를 따라 일어서던 수진이 "네, 서방님."이라고 했나. 아니, "네, 여보님."이라고 했던가?

잊었던 말이다. 아니, 까마득한 옛날이야기라서 실제로 있었던 일인지도 확신할 수 없다.

수진은 기억도 안 나는 아주 어린 시절부터 고아원에서 자랐다고 했다. 물론 그런 환경에서 자라난 수진이 대학에서 학생들을 가르치는 교수가 됐다는 것은 분명 이례적이고 훌륭한, 그리고 귀한 성장을 잘 일궈낸 개인적 역사라는 점에는 이의가 없다. 그러나 그것은 타고난 운명이었거나 운로가 좋았다거나 뭔가 그럴 수밖에 없는 계기가 있었을 것이라고 추측할 수 있을 뿐. 그것이 '신념'의 힘이라고 신념 한다는 것 자체는 수긍할 수 없다. 적어도 내가 가진 지상의 상식범주 안에서는 그랬다. '신념' 따위는 사이비 종교집단에서나 쓰는 매우 비과학적인 언어일 따름인 것이다.

그런데, 아이러니하게도 매우 비과학적인 무당의 말이 현실이 됐다. 나는 무당의 말대로 이듬해 오디션에서 3천 6백 5명 대 1의 경쟁률을 뚫고 남자주인공으로 발탁됐다. 그리고 그해 추석 연휴에 개봉한, 내가 주연배우로 활약한 그 영화가 베니스영화제에서 상이란 상을 싹쓸이하면서 한순간에 세계적인 스타대열에 이름 석 자를 올린 것이다.

"내년 봄 시험에 붙는다. 그해 찬바람 불기 전에 이름이 난다."

무당의 말. 그 말은 무엇이었을까. 그것은 진정 신념이었을까. 무당에게로 투사된 나의 신념. 그것이 결단코 따져봐도 신념임이 틀림없었던 것이라면. 신념이 현실을 만들어낸 것이 맞다. 신념 이퀄(Equal) 현실. 신념 이퀄 '나'란 존재라는 셈법이 들어맞은 셈이다. 수진을 찾아간 것은 그것을 확인하고 싶어서였을 것이다. 아니, 어쩌면 무당의 말을 들어야 한다고 생각했었는지도 모른다. 어쨌거나 나는 수진을 찾아갔고, 수진과 나는 진짜로 연인이 됐다.

동생은 공무원 생활을 그만두고 나의 스케줄을 관리하고 이동시키고, 끼니를 챙겨 먹이느라 바빠졌다. 그 와중에도 동생은 나의 연인 수진과의 조우를 위해 스케줄을 비워놓기도 했다. 그런 날이면 소파에 드러누워 지칠 때까지 수진과 이런저런 화제로 수다를 떨었다. SNS를 통한 대화였지만 우리는 만족했다. 마음을 나누고 신념을 다질 수 있었기 때문이었다.

"수진아, 근데 그 무당 말이야. 그 무당이 말한 것은 무당의 신념이야? 아니면 나의 신념이야? 나는 아직도 잘 모르겠어."

"너의 신념이지. 무당의 입을 통해 들어온 너의 신념. 그 신념이 잠자고 있던 너의 거인을 깨웠던 거야. 그래서 말인데, 거인으로 사는 기분은 어때?"

수진과 나눠 낀 커플링을 낀 손가락을 바라보다가 오후 일정을 소화하기 위해 소파에서 일어나면서 대답했다.

"그냥 그렇지, 뭐. 거인의 나라에서 사는 거인들처럼. 익숙하고. 또 편안하고."

목소리는 시니컬했지만, 말하면서도 나는 정말 그런 감정이 느껴졌다. 심지어 매우 아늑했다. 커다란 통 창으로 들어오는 햇빛을 뚫고 일어선 나의 그림자가 거실 안쪽으로 드리워진다. 거인이 맞다. 나는 거인의 그림자를 밟으며 뚜벅뚜벅 걸었다. 앞으로 걸어갈수록 그림자는 더 크게 자라고 있었다.

사탕의
참맛을
아십니까?

"총체적 난국이로구먼. 안팎으로 업이 중중하니, 이를 어쩔꼬. 기운을 타고 집으로 들어온 원귀가 관세음보살 형상으로 몸집을 키우고 있으니 조만간 뭔 사달이 나도 크게 날 판국이야. 내 기주님아, 어디 가서 뭐를 들여놓은 게냐, 고 물으신다."

올해 들어 연달아 세 번의 교통사고가 일어난 남편(현직 화물차 기사)은 물론이고 아들(고등학교 2학년)은 한 달 전 친구와 장난을 치다가 계단에서 발을 헛디디 종아리뼈가 부러졌다. 뇌진탕이 일어나지 않은 것만도 하늘이 도왔다고들 할 정도로 가파른 계단이었다. 심지어 엊그제는 건강만큼은 자부하던 시모가 욕실에서 나오다가 미끄러져 팔목 뼈가 댕강 부러졌다. 연달아 터지는 집안 우환은 가뜩이나 우울하고 울적한 심사를 더 끌어내렸고, 경찰서로 병원으로 뛰어다니면서 이런저런 뒤치다꺼리를 하면서 나는 진저리를 쳤다. 이렇게까지 더 살아야 하나, 싶기도 하고 죽을 수만 있다면 이 꼴 저 꼴 안 보고 이대로 딱 죽어 없어지고만 싶었다. 애당초 세상사에 마음이 있었던 것도 아니었고 마음이 없었으니 미련 또한 남을 것이 없다고 생각했다. 깨끗하게 죽을 수만 있다면 그것도 나쁘지 않겠다 싶은 것이었다. 그런 생각들은 날이 갈수록 나의 의식을 점령해 가고 있었다. 무당집을 찾아 들어온 것은 그래서였을 것이다. 언제쯤 죽을 수 있냐고. 아마도 그것을 물어보려고 했을 것이다. 그것도 길 가다 우연히 눈에 띈 "동자에게 물어보살" 간판을 보고서 말이다.

"원귀라뇨. 저는 원한 살 일을 하고 살만큼 모질지가 못한 사람입니다. 들여놓은 물건도 없고요. 살림살이야 늘 거기서 거기이고 뭐가 붙어 올 만한 거라곤 들인 적도 없고, 들일 형편도 안 되는 살림입니다."

혹시라도 내가 아닌, 가족의 안위를 위협하며 천만 원 단위가 기본이라는 굿을 해야 된다고 할까 봐. 부러 살림살이 형편이 썩 좋지가 않은 사람이라는 것을 말끄트머리에 쓰윽 얹어 대답했다.

"잘 생각해보셔. 관세음보살님 형상이야. 어디 갔다 오면서 공짜로라도 받은 게 있을 게야. 분명히 있어."

확신에 가득한 무당의 말에 무당의 집을 찾아 들어온 당초의 목적은 온데간데없고 머리는 하얗게 아득해지면서 생각 또한 묘연해진다. 그때 문득, 지난겨울 우연찮게 들른 박물관박람회 행사장에서 체험에 참여하고 받아온 관세음보살 탁본이 떠올랐다.

"아, 탁본한 종이가 하나 있기는 한데요. 근데 그건 무슨 행사에서 무료로 탁본해준 종이인데, 그냥 얇은 한지에 불과한 것이라서 말이죠. 거기에 원귀가 붙어 있을 턱도 없고."

말이 채 끝나기도 전에 무당이 두 손을 짝, 소리 나게 마주쳐서 박수 소리를 내면서 말한다.

"그거네, 그거! 거기다가 대체 뭔 짓을 했는가."

"뭔 짓이라뇨? 그냥 오며 가며 절한 것이 다인데요. 현관 입구 신발장 맞은편에 통 거울이 있는데, 거기 한쪽 면에 길게 붙여놔서. 절도 아니고 그냥 허리 숙여 인사하고 쳐다보는 정도죠, 뭐. 그게 잘못됐을까요?"

무당의 동그랗게 뜬 두 눈에 지레 겁을 먹은 나는 상 앞으로 바짝 당겨 앉으며 무당을 바라보았다. 마른 침이 절로 꿀꺽, 삼켜졌다.

"눈 뜬 봉사라더니, 내 기주님을 두고 하는 말이었구먼. 그것에 뭐가 붙어온 줄도 모르고 거기다 대고 인사를 하고 오며 가며 에너지를 넣어줬단 말인가. 이런 미련한 사람 같으니."

"그게, 탁본체험인가 뭔가. 암튼 제가 직접 먹물을 바르고 탁본을 해 온 것인데, 거기에 뭐가 붙어 왔다는 말씀은. (머리를 갸웃거리며) 제 상식으로는 당최 이해가 안 가서."

무당은 쯧쯧, 혀를 차더니 이내 부채를 펴 얼굴을 가리고는 왈랑왈랑 몇 번 방울을 흔든다. 그리고는 부채를 탁 접어 방울과 함께 상위에 올려놓고는 죽일 듯이 내 얼굴을 노려본다.

"누런 개가 한 마리가 엎드려 있어. 키우던 개를 잡아 드셨나. 엎드린 개 등 뒤에 숨어 제 엄지손가락을 빨고 있는 사내아이는 또 누구인가. 내 기주님, 혹시 뱃속 아기 지운 적 있나?"

무심하게 툭, 뱉는 무당의 말에 숨이 턱, 막혀왔다. 등줄기에서는 소름이 오소소 돋았다. 색이 누런 개 한 마리와 아기. 누구도 모르는 이야기이다. 하늘도 땅도 모르는, 절대로 알 수 없는 이야기이다. 그 이야기를 어떻게. 아아, 이를 어째, 이를 어째. 몸체를 돌아다니던 혈액이 일순 파업에 돌입한 것처럼 멈춘 느낌이었다. 나는 정지된 시공간으로 밀려난 채로 망연자실 무당을 바라볼 뿐이었다.

누런 개 한 마리는 20살 되던 해부터 2년 정도 키웠던 강아지일 것이다. 이름은 '라라'. 라라는 고등학교를 졸업하고 작은 골재회사 현장에 취직하면서부터 집을 나와 혼자 자취할 때, 곁을 지켜줬던 강아지였다. 암울하기만 했던 당시의 나에게 유일한 친구이자 보호 역할까지 해주었던. 언제나 든든하고 고마웠던 존재였는데.

당시만 해도 골재 현장 경리업무라는 것이 만만한 일은 아니었다. 업무 자체가 어려웠던 것은 아니었다. 업무라고 해보았자 수많은 덤프트럭 기사들이 모래를 싣고 나가는 수량을 체크하고 그들이 건네준 전표를 업체별로 정리해 본사에 보고하기만 하면 되는, 비교적 간단한 일이었다. 다만 그곳의 척박한 근무환경이 만만치가 않았다. 야적장에 세워진 수많은 모래 언덕들 사이로 일렁이고 있는 희뿌연 모래바람이 그랬고, 작은 컨테이너 박스와 덤프트럭 사이를 수도 없이 오가면서 덤프트럭 기사들이 전표와 함께 내던지는 오물 같은 농담을 감내하는 일이 그랬다. 일과는 빠짐없이 지루하고 비루했다. 갓 고등학교를 졸업한 어린 여직원이었던 나에게는 정말로 그렇게 느껴졌다. 특히나 종일 모래바람 사이를 누비며 덤프트럭에 골재를 싣는 상근직 포크레인 기사의 시도 때도 없는 욕설은 압권이었다. 그는 점심 식사로 시킨 짜장면이 조금만 제시간에 도착하지 않아도 "하는 일도 없이 밥때 하나를 못 맞춰 주냐."며 쌍욕을 퍼부어댔다. 그러한 나날들을 버틸 수 있었던 것은 라라 덕분이었다. 라라가 있었기 때문에 아침이면 다시 일어날 수 있었다. 라라가 그 일을 해주었다. 망가지더라도 부서지지는 않도록. 늘 촉촉하고 까만 커다란 눈망울로 나를 바라봐주었고, 손과 발을 핥아주며 한없는 위로를 베풀었다. 그래서 나는 꿈이 없어도 살아낼 수 있었다. 라라가 있었기 때문에.

라라를 어떻게 만났더라. 맞다. 생각났다. 그날은 길가에 개나리가 노랗게 피었던 봄날이었다. 그래서였을 것이다. 평소였다면 일을 마치고 집으로 돌아가는 버스정류장으로 걸어갔을 것인데, 그날은 개나리가 늘어선 도롯가를 따라 마냥 걸었다. 그 도로가 어느 버스정류장에서 라라와 만났다. 마치 운명처럼. "5천 원에 가져가세요!"라고 적힌 박스 안에는 개나리처럼 노란색 털을 가진 강아지 한 마리가 앉아서 나를 빤히 올려다보고 있었다. 그 강아지가 바로 라라였다. 나는 주인도 없는 박스에 담긴 강아지를 안아 들고 비상금으로 가방 깊숙한 곳에 넣어두었던 만 원짜리 지폐 1장을 박스 안에 놓았다. 혹시라도 바람에 날아갈까 봐 작은 돌 하나를 주워 돈 위에 얹어놓은 나는 거의 뛰듯이 해서 집으로 돌아왔다. 가슴에 안긴 라라의 온기가 말할 수 없이 따뜻했다.

라라와 나는 같은 음식을 먹었고 한 이불 속에서 잤다. 예방접종이나 강아지 사료 같은 것도 몰랐고 그저 우리는 서로가 서로를 의지할 뿐이었다. 나는 라라에게. 라라는 나에게. 라라는 건강하게 자라주었고 내가 출근해서도 곰팡내가 가시지 않았던 그 작은 지하

방에서 끙, 소리 한 번 내지 않고 꼬박 나를 기다려주었다. 작은 월급이었지만 방세를 내고 라라와 함께 먹고 사는 데에는 부족함 없는 생활이었다. 그래서 나쁠 것도 없는 청춘이었다. 특별히 되고 싶은 것도 없었고 간절하게 만나고 싶은 사람도 없었기에. 그러나 그 일이. 아아, 맞다. 그날 말이다. 그날, 그 일이 터지니 않았더라면. 그날 그 일만 없었더라면. (나의 인생은 지금과 달라졌을까?)

그 일이 일어난 것은 8월 한낮이었다. 하늘은 지나치게 낮았고 땅은 미친 듯이 뜨거웠다. 압축된 공간은 아지랑이로 가득했다. 골재가 쌓인 모래언덕에서도 희뿌연 모래바람이 무겁게 내려앉아 일렁이고 있었다. 멀리 보이는 모래언덕 사이로 길게 늘어선 덤프트럭과 그 사이를 바쁘게 오가는 포크레인 움직임이 뜨거운 열기 탓인지 가물거리며 흡사 장난감들처럼 보였다. 벽걸이 에어컨 하나를 의지하고 있던 사무실도 더위를 피해 들어온 기사들이 늘어나면서 땀내 범벅이 돼 있을 즈음, 꼭 폭탄이 터지는 것만 같은 소리가 크게 들려왔다. "빡!" 그 소리는 잔뜩 압축한 공간을 찢으며 달려와 귀청까지 사정없이 찢어버릴 것만 같이 끔찍한 소리였다.

모두가 놀라 뛰어나갔고 소리가 난 모래언덕 사이를 바라보았다. 폭탄이 터지는 것만 같았던 소리는 한 젊은 여자의 머리통이 모래바람을 휘저으며 바삐 움직이던 포크레인 후진 바퀴에 깔려 들어가면서 난 소리였다. 젊은 여자는 그 자리에서 즉사했다. 그 여자는 하루에도 여러 번 모래언덕을 오르락내리락 뛰어다니던 여자였다. 그날그날 느낌에 따라 콧노래를 부르기도 하고 비가 오는 날이면 모래로 성을 쌓으며 '두껍아, 두껍아, 헌 집 줄게 새집 다오.' 놀이에만 열중했던, 그 동네에서는 이미 유명했던 정신이 반쯤 나간 여자. 진공 포장지 속에 갇힌 것만 같았던 숨 막히던 그 날, 그날도 그녀는 성을 쌓고 있었을까. 아니, 그녀의 헌 집을 미련 없이 팔아버리고 마침내 번듯한 새집을 받았던 것일까.

사건은 일어났지만 시간이 멈추지는 않았다. 덤프트럭들은 모래를 싣기 위해 줄기차게 들어왔고 야적장 입구는 물론이고 대로변까지 밀려든 덤프트럭으로 일은 헝클어지고 상황은 꼬여만 갔다. 병원 구급차에 경찰차까지. 무슨 정신으로 어떻게 일을 했는지조차 기억나지 않는다. 그날 마감을 하고도 입출이 맞지 않아 나는 자정이 지나서야 겨우 땀내가 채 가시지 않은 컨테이너 사무실 전등을 끌 수 있었다. 문단속을 하고 컨테이너를 나오는데, 바람이 불고 있었다. 태풍이 온다고 했었나.

그날 포크레인 바가지에서 아기를 뺐다. 사무실을 나와서 나는 왜 거기, 머리통을 터뜨려서 죽은 젊은 여자가 쏘다녔던 모래언덕 아래까지 걸어갔던 것일까. 거기에는 멈춰선 포크레인과 포크레인 바가지 위에 걸터앉아 소주병 나발을 불고 있는 기사가 그림자처럼 박혀 있었다. 놀라지도 않고 멈춰서 올려다보는 나에게 흡사 박제된 것만 같았던 그의 그림자는 소주병을 들어 보였다. 왜 그랬는지 모른다. 나는 그와 함께 포크레인 바가지 위에 걸터앉아 소주를 들이켰다. 그리고 그에게 안겨 포크레인 바가지 안에 들어가 관계를 가졌다. 빗방울이 커지고 비바람이 거세졌지만 멈추지 않았다. 아무렇지도 않게. 마치 당연하다는 듯이.

 그날 밤 이후, 나는 그를 본 적이 없다. 묻고 싶은 마음도 없었다. 늘 그랬듯이 나는 어정쩡한 자세로 줄기차게 회사를 다녔다. 덤프트럭 기사들은 여전히 오물 같은 농담을 흘리고 다녔고 새로 상주하게 된 포크레인 기사는 전 기사보다 욕설은 덜 했지만 스쳐 지나칠 적마다 나의 엉덩이를 만졌다. 때로는 우악스러운 손으로 엉덩이를 움켜쥐고 흔들기까지 했다.

 구역질을 했지만 배 속에 들어선 아기 때문이라고는 꿈에도 생각하지 않았다. 배 속에서 무언가가 자라고 있다는 것을 깨달은 것은 그 일이 있은 지 3개월이나 지나서였다. 날마다 두려움에 떨기만 하다가 5개월이 넘어서야 사태의 심각성을 깨달은 나는 날을 잡아 산부인과 병원을 찾아갔다. 검진을 마친 의사는 임신 6개월이라고 말했다. 아기 심장 박동 소리가 매우 우렁차다고도 했다. 나는 40대 중반쯤으로 보이는 남자 산부인과 의사가 말하는 것을 꼭 남의 얘기 듣듯이 듣고는 "저는 아기를 키울 수가 없어요. 아기를 지워주세요."라고 말했다. 의사는 할 말을 잊은 사람처럼 한참 동안 나의 초췌한 얼굴을 쳐다보다가 간호사에게 입원 수속을 밟도록 도와주라고 지시했다.

"아기가 너무 커서 아이를 낳는 것보다 더 고통스러울 수 있어요."

의사의 말대로 하루를 꼬박 고생해서 아기를 낳았다. 아니, 배 속에서 건강하게 자라고 있던 아기를 억지로 끌어내서 죽였다. 그 당시에는 이런 생각조차 하지 못했다. 그냥 당장 살아야만 했다. 정신이 들자마자 팔뚝에 꽂힌 바늘을 뽑아 침상 위에 내려놓은 나는 종종거리며 집으로 돌아왔다. 그리고 라라를 끌어안고 기절하듯이 잠을 잤다.

"그 아기가, 그 애가 사내아이였나요?"

등에 돋은 소름을 추스르며 나는 무당을 향해 더듬거리며 묻는다.

"손에 탯줄을 꽉 움켜쥐고 있어. 얼마나 살고 싶었으면. 엄마가 기억해주길 기다렸던 게야. 가엾기도 하지. 구천을 떠돌다 엄마 사랑받겠다고 관세음보살 종이에다 집을 지었어. 누런 개가 지켜주지 않았더라면 영체를 지키기 어려웠을 것인데, 그 개가 자기를 희생해 자네 태아령을 지켜냈어. 자네를 지켰듯이. 그 공덕으로 용궁공주로 태어나는 후생을 확정 짓고도 연약한 아기가 악귀의 먹잇

감이 되지 않도록 후생을 미뤄가면서까지 지켜냈던 게야."

내 한심한 모양새를 처연하게 바라보며 마치 국어책을 읽듯이 줄줄 말하는 무당의 목소리를 듣는데, 눈물이 하염없이 흘러내린다. 아아, 라라가. 내가 저에게 한 짓을 알고 있을 것이 분명한 라라가. 나는 대체 라라에게 무슨 짓을 했단 말인가. 도대체 왜? 대체 무엇을 위해서?

배 속의 아기를 지우고 6개월이 지날 무렵, 30대 떠꺼머리 덤프트럭 운전사가 구애를 했고 마다할 특별한 이유도 없었던 나는 곧바로 그 남자의 아기를 가졌다. 그래서 남편이 된 그 남자는 당연한 권리라는 듯이 나에게 동거를 요구했고, 동거를 준비하는 과정에서 라라의 거처가 문제가 됐다. 동물을 위한 센터 같은 것도 그 당시에는 몰랐다. 심지어 개털 알레르기가 있어 강아지와는 같이 살 수 없다는 남편의 의사를 무시할 만큼 나는 강단이 있는 여자도 아니었다. 마침 셋방 주인이 라라를 탐냈고, 나는 고민 한 번 진지하게 해보지 않고 라라를 셋방 주인에게 넘겼다. 라라는 발버둥을 치며 낑낑거렸지만, 나는 매정하게 돌아섰다. 한 달쯤 후에 수도세를 덜 낸 부분이 있다고 연락을 받고 갔을 때, 라라는 어디에도 보이지 않았다. 나는 셋방 주인이 셋방집 인근 오래된 기찻길 아래 하천가에서 기르고 있던 개를 차례로 잡아서 큰 가마솥에 넣고 끓이고 있던 모습을 여러 번 보았다는 것을 기억해냈다. 아니, 사실은 알았을 것이다. 셋방 주인에게 라라를 넘기는 그 순간에도 나는 그것을 알고 있었던 것이 분명하다. 나는 까발려진 나의 실체에 경악했다. 나는 꿈만 없는 사람이 아니었다. 나는 아무런 양심의 가책도 없이 유일한 친구이자 보호자를 죽음으로 내몰았고 저의 핏줄마저 서슴없이 떼어내 죽였다. 나는 포악하고 교활한 살생자였다.

"이게 지금 운다고 해결될 일인가. 관세음보살 종이에 집을 짓고 오며가며 절하고 비는 엄마의 에너지까지 받고 보니 욕심이 생긴 거야. 엄마를 독차지하겠다고. 형식으로라도 그 앞에 아기가 좋아할 만한 음식을 상다리 부러지게 차려내 주고 편지라도 정성스럽게 써서 읽어주시게. 아기 마음만 잘 달래지면 나머지는 아기를 지켜주던 누런 개가 알아서 인도할 걸세."

집으로 돌아온 나는 관세음보살 탁본지 앞에 주저앉아 종이가 반질반질해지도록 쓰다듬고 또 쓰다듬었다.

"미안하다. 미안하다."

계모의 말만 듣고 단 한 번도 내 말을 들어 준 적이 없던 부친. 그래서 골수에 파묻히게 한이 맺혔던 '부정'에의 갈구까지도 뚝뚝 떨어지는 눈물과 함께 나에게서 떨어져 나가 바닥으로 흩어지고 있었다. 내 안에서 단단하게 집을 짓고 유세를 부리던 미움과 분노는 그렇게 허물어지고 사라졌다. 부친은 적어도 자식인 나를 죽이지는 않았다. 계모의 세 치 혀를 더 믿고 내가 도둑질을 일삼는 형편없는 아이라고 매질을 했던 것은 다시 또 생각해도 아쉬운 대목임에는 틀림없다. 그럼에도 부친은 때마다 배고프지 않게 먹여주었고 비바람을 피할 수 있는 곳에서 여름에는 시원하게, 겨울에는 따뜻하게 재워줬다. 심지어 배우라고 학교에도 보내줬다. 나는 도대체 무엇을 미워하고 무엇을 불평하고 무엇을 분노하고 살아온 것일까. 나의 삶이 비루하고 지루했던 것은 그들의 문제가 아니었다. 이지러지고 위축될 대로 위축된 내 마음이, 그리고 나의 태도가 문제였던 것이다. 잘못된 것은 그들이 아니라 나였다. 내가 잘못이었다.

A4용지 3장에 걸쳐 빽빽하게 쓴 참회의 편지. 태아로 죽은 아기와 라라에게 전하는 회한과 참회의 마음을 적어 내린 종이는 성냥불이 붙자마자 놀랄 만큼 큰 불꽃을 일렁이며 빠르게 타들어 갔다. 물을 담은 대야 위로는 하얀 재로 변한 사랑과 원망의 마음들이 꽃잎처럼 흩날리며 떨어져 내렸다.

"미안하다, 아가. 이제야 너를 알아보았구나. 모자란 어미를 용서하고 부디 좋은 곳으로 가렴. 우리 다시 만나면 우리 아가 꼭 안아줄게. (흑흑) 잘 참고 기다려줬다고. 장하다고. 기특하다고, 꼭 안아주고 싶어. 기다려줄 거지."

복받치는 감정을 어쩌지 못해 꺽꺽거리면서 관세음보살 탁본을 마지막으로 태우고서야 무당이 일러준 의식 전부를 마칠 수 있었다. 바람도 불지 않는 가을 한낮인데도 어디선가 불어온 바람 한 자락이 가슴을 휘감는다.

　"가는구나. 라라. 라라 맞지? 미안해, 라라야. 그리고 고맙다. 용궁에 태어나 행복하게 잘 살아."

　그때, 어떤 낯익은 기운이 가슴에 와 폭 안긴다. 나도 모르게 두 팔을 벌려 그것을 덥석 안아본다. 쿵쿵거리는 심장박동. 그것이 나의 심장인지, 너의 심장인지 아니 우리의 심장인지는 모르겠다. 다만 따뜻했다. 나는 태어나서 처음으로 내가 살아 있음을. 아니, 내가 사랑받고 있음을. 아니, 내가 사랑하고 있다는 것을 어렴풋이 깨닫는다.

　훈훈해지고 있는 가슴의 온기를 느끼며 나는 문득 상 위에 올렸던 사탕 한 개를 손으로 집어 입속으로 쏘옥 넣어본다. 그리고 세상에 태어나서 처음으로 먹어본 사탕처럼, 나는 사탕의 맛과 향에 놀라 기함을 하고 소리친다.

　"엄마야, 세상에. 사탕이 이렇게 달콤했다고?"

개구리
알까기 게임
최종 승자는

"올해 넘기기가 힘들답니다. 우리 '벼락대신' 할머니 말씀이 미련 퉁이 내 기주야, 고생은 많았다만 승패는 가는 날 돼봐야 알 것이 다. 하십니다. 이 댁 대주님 성미가 더러워서 그렇지, 대단하신 분 은 맞는다고 하십니다. 마지막까지 정신 줄 놓지 않고 그 단단하게 박힌 아상 또한 끝끝내 깨뜨렸다고 하시네요. 참 장하다, 장해. 하 십니다."

8년째, '원수' 같은 남편 똥 기저귀를 갈아가며 해온 병 수발이 올 해로 끝난다는 말은 환호성을 질러도 시원치가 않다. 그런데 그 징 글맞은 인간은 장하고, 그 인간에게 평생을 짓눌리고 억압받으며 처절하게 살아왔던 나는 미련퉁이란다. 좋은 말끝에 기분이 살짝 거시기해진 내가 더는 참지 못하고 한소리 한다.

"말이 좀 뒤바뀐 거 아닙니까?"

많이 먹어봤자 40대 초중반 나이로 보이는 박수무당은 내 말이 채 끝나기도 전에 커다란 눈망울을 희번득, 돌려 뜨더니 뜨악한 표정이 돼서 내 얼굴을 쳐다본다. 순간적으로 기가 팍 눌린 나는 어깨를 움츠리고 입술을 모아 조곤조곤 다시 푸념하듯이 말을 잇는다.

"아니, 생각을 좀 해보더라도 말입니다. 저는 평생을 그 인간에게 무시당하고 발길질 당하면서 살아왔습니다. 그리고 쓰러진 그 인간 똥 기저귀를 갈아가며 참아온 세월이 또 8년입니다. 그런데 그 긴 세월 참고 인내했던 제가 아니고, 꼼짝없이 누워 똥오줌조차 가리지 못하면서도 끝끝내 아내인 저를 모멸하고 사람취급조차 안 했던 그 인간이 장하다니요. 상식적으로도 뭔가 말씀이 뒤바뀐 거 같아서 말이죠."

"(벼락같은 호통을 치며) 어허, 내 기주야, 미련한 것은 둘째 치고 무식하기까지 하구나. '남편 죽을 날이 대체 언제냐'고 물으러 들어온 본새도 미운털을 콕 박아 넣었는데, 내 기주 사는 세상도 제대로 '거꾸로'구나. 겨우 그 정도 수준에서 꺼내든 잣대로 옳다·그르다, 분간하고 분별하고 살아왔던 삶을 부끄러운 줄 알아라. 차마 가련하다 말하기도 입 아프고 짜증난다. (호통을 멈추고 금세 겁을 잔뜩 먹은 기어들어 가는 목소리로) 아이고, 내 기주님. 우리 할머니 성깔이 보통이 아니신데, '꼴 보기 싫으니 어서 나가라'고 하십니다."

무당은 말이 끝나기가 무섭게 서둘러 부채를 펴고 방울을 흔들면서 고개를 위아래로 연신 흔들면서 조아리듯이 빌기 시작한다.

"예예~ 아이고, 그러무닙쇼. 예예, 알겠습니다. 노여움일랑 접으시고 불쌍한 우리 기주님 굽어 살펴주옵소서~ 예예~."

단골 백화점 명품숍에서 보내온 VIP 전용 할인 쿠폰을 잘 쓰고 집으로 돌아가던 중에 우연히 길가 현수막 거치대에 걸린 무당집 현수막을 보고 찾아온 무당집이다. 그런데 앉은 지 몇 분 되지도 않아 이런 꼴을 당하고 보니, 스스로도 기가 차고 어이가 없다. "죽는 날도 맞춘다. 놀랄 노 자 벼락대신 강림"이라는 문구에 낚여 예까지 찾아온 내가 반 바퀴 돌은 년이지. 이 무슨 해괴한 꼴인가, 싶어 복채를 꺼내 상위에 던지듯 내려놓고 서둘러 무당집을 나왔다.

"살다 살다 별 미친, 거지발싸개 같은 무당을 다 보네."

차에서 대기하고 있던 기사가 심기가 불편해진 나의 표정을 보더니 바짝 얼어서 힐끗힐끗 눈치를 본다. 절절매는 그 꼬락서니를 보니 미뤄두었던 화가 더 치솟아 올라 화산폭발 일보 직전이다.

"뭘 그렇게 쳐다봐, 바보 같은 놈. (뒷자리에 타서 문을 쾅 닫으며) 어떻게 내가 만나는 것들은 하나같이 다 멍청하고 정신 나간 거지발싸개 같은 종족이냐고. 아유, 신경질 나. 뭐 하고 있어? 운전 안 해? 집으로 가야 될 거 아냐. 회장님 난리 치면 굼벵이 새끼로나 태어나야 딱 제격인 네가 굼뜬 탓이야. 알았어? 알았냐고."

혹 떼러 왔다가 혹 붙인 사람처럼 찝찝한 기분이 사그라들지 않았지만 '그래도 남편 죽을 날이 얼마 남지 않았다는 공수를 들은 것만 해도 복채 값은 한 거지.' 하는 마음으로 폭발 일보직전에 놓인 심기를 다스렸다. '남편이 머지않아 곧 죽을 것'이라는 화두로 생각의 방향을 틀자 생각은 자연스럽게 남편이 일군 회사와 주식, 세 아들과 시작될 이권분쟁까지. 머릿속은 무당집을 찾기 전으로 돌아가 다시금 복잡하게 엉켜 들어간다.

사실 남편과 결혼할 당시만 해도 내가 이런 (남편에게는 멸시받지만 엄연한 대기업 회장 안주인) 삶을 살게 되리라고는 예측하지 못했다. 명문 S대학교 법학과를 나온 수재였던 남편이었기 때문에 막연하게나마 먹고살 걱정은 없을 것, 정도였지 남편이 사업가로서 혁혁한 성공신화를 쓰리라고는 상상하지 못했기 때문이었다.

결혼을 하고 보니, 남편은 누구 밑에서, 또는 무슨 무슨 조직에서 기계적으로 살아갈 수 있는 사람이 아니었다. 타고난 성향이 그랬다. 당연히 자신의 간판을 내건 사업에 뜻을 두었고, 그것도 전공과는 전혀 무관한 사업 분야에 손을 대기 시작했다. 즉 전공을 살린 국민의 권익 보호가 아닌, 전공과 무관한 사적인 이익추구를 극대화할 수 있는 사업 쪽으로 갈피를 잡았고 갈피를 잡은 이후는 투철하고 집요한 의지력을 발휘해 가며 전장에 나간 장수처럼 사업을 확장시켜 나갔다. 그가 처음 일으킨 사업은 폐자재나 폐기물 재활용 사업이었다. 타고난 좋은 머리와 학연과 지연으로 그들만의 성공신화를 써내려가고 있는 법조계 인맥 활용 그리고 법과 행정을 아우르는 본인 전공까지 살려가면서 남편은 불과 몇 년 사이에 관련 업계를 평정했다. 사업을 시작한 지 10년이 채 안 돼서는 이미 조 단위 자본력을 가진 대기업으로 성장시켰다. 대단한 인물이라는 것에는 일단 아내인 나도 동의한다.

그러나 그것은 남편이 쓴 성공신화일 뿐. 나의 이야기는 아니다. 특히 남편은 아내인 나에게는 너무나도 모질었다. 남편은 아내인 나에 대해서는 그가 선천적으로 타고났다고 밖에 해석이 안 되는 경영실력, 그 0.001%도 발휘하지 않았다. 아니, 나에게는 그럴 필요성조차 느끼지 못하는 듯했다. 그는 나에 대해서만큼은 아주 작은 거슬림도 못 참았고, 또 그럴 때마다 윽박을 질러댔다. 아주 작은 말대꾸에도 나의 머리채를 휘어잡고 주먹을 코앞에 들이대는 것은 예삿일이었다. 심지어 따귀를 올려붙이고 발길질을 할 때도 있었다.

"멍청하면 멍청한 대로 입 다물고 조용히 기어. 어디라고 감히 눈을 치뜨고 대들어. 배운 게 없으면 태도라도 공손하란 말이야. 도대체 네가 할 줄 아는 게 뭐야? 전쟁터에서 돌아온 군주의 비위도 하나 못 맞추면 어쩌겠다는 거야. 아유, 뭐 말이라도 제대로 통해야 뭘 하나 가르치기라도 하지."

결혼생활 40년 내내 하루도 빠짐없이 들었던 말이다. 아이들이 없었다면 견디지 못했을 것이다. 지금 생각해보면 신혼 초부터, 아니 결혼식을 올리기 전부터도 나는 이미 남편에게 그런 존재였다. 그럼에도 나는 무슨 정신으로 남편의 유전자를 닮은 아이를 3명이나 낳았는지, 지금 생각해도 아리송할 따름이다.

나는 남편의 아내로서 살기보다는 남편이 필요할 때 가만히 누워서 남편의 욕구를 해결해주고 그의 자식을 낳아주는 대신, 좋은 주거환경과 기사가 딸린 차를 제공받는 비련의 여주인공과도 같은 삶을 살았던 것일까. 때로는 아이들을 돌보는 유모로, 때로는 잡다한 집안일을 처리하는 집사로. 남편과의 결혼생활 40년 기억을 아무리 뒤집어엎고 헤집어가며 찾아봐도 그의 아내로서 또는 그가 창조한 크고 높은 성의 안주인으로서 남편에게 대접을 받아본 적은 없다. 단 한 번도.

그럼에도 나는 뇌출혈로 쓰러진 남편의 병 수발을 자처하고 8년째 남편의 똥 기저귀를 갈아주고 있다. 쓰지 않는 근육이 말라가고 있고, 똥오줌조차 가리지 못하는 남편의 역겹고 냄새나는 똥 기저귀를 말이다. 그럼에도 남편은 아직까지도 나를 아내로서 인정하지는 않는 눈치이다. 하는 일만 따져 묻는다면 나는 그저 똥 기저귀만 전문으로 갈아주는, 여러 돌봄 아주머니들의 보조인 정도일 뿐.

그런데도 왜 도망가지 않았냐고? 왜냐고? 그걸 몰라서 묻나? 말을 하자면 길지만 최대한 짧게 말하자면 이렇다. 병원은 쓰러진 남편의 신체적 기능은 살려내지 못했지만 의식은 멀쩡하게 살려냈다. 이 말의 의미는 남편이 이룩한 성의 통치권에 변동사항이 발생하지 않았다는 뜻이다. 기업은 남편이 오래전부터 점찍어 두었던 인재영입을 통한 전문 CEO 체제로 바뀌었지만 중요한 결정사항은 여전히 남편의 몫이었다. 막바지 기대감을 안고 더해지는 주위 시선은 더욱 날카롭고 촘촘했다. 내가 그 촘촘한 시선을 뚫고 벗어날 수 있는 탈출구는 어디에도 없었다. 벗어나려고 애를 쓴 적도 없지만, 애를 썼더라도 나는 성곽에서 단 1밀리미터도 도망치지 못했을 것이다. 성곽이 높아질수록 늪의 깊이도 깊어졌다. 모두가 알다시피 영악한 나는 성안에서 늪의 깊이를 적당하게 유지하며 적응력을 높여가는 것을 선택했다. 어쩌면 지난 40여 년 나의 삶을 지배했던 것은 남편이 아니라 자고 일어나면 높아지는 성곽과 벗어나려고 애를 쓸수록 더욱 깊숙하게 빠지고야 마는 '늪'이었는지도 모른다.

쓰러진 이후, 움직임이 묶인 남편의 폭언은 날이 갈수록 더욱 심해지고 있었다. '어떻게 하면 말만으로도 사람을 말려 죽일 수 있을까.'라는 주제로 박사 논문을 써도 될 만큼 남편은 날마다 진화하고 있는 기상천외한 폭언을 쏟아내며 나를 벼랑 끝으로 내몰았다. 밤마다 갈고 또 갈아댔던 날 선 칼을 세워 쥐고 남편에게 다가가서 그의 아가리를 벌려 지옥 끝까지 찔러 넣는 심정으로 찌르고 또 찌르는 꿈을 꾸는 것이 일상일 만큼이나 나는 치를 떨었다. 아무리 꿈속이라지만 찌르고 또 찔러도 남편은 다시 살아나고 또다시 살아났다. 그리고는 "이 멍청한 년아, 찌르는 것도 제대로 못 하냐. 어디 더 찔러 봐라, 이 몸뚱이에 똥만 채워 넣은 똥자루 같은 년아. 그렇게 어설프게 찔러대면서 나를 죽이겠다고? 누가 죽어 나자빠지는지 내기라도 할까. 넌 그 지옥에서 영원히 못 벗어날 거다."라고 고래고래 악을 쓰면서 시뻘건 피가 철철 흐르는 입을 귀까지 찢어가며 조롱하듯 깔깔깔 웃어댔다. 남편은 꿈속에서도 '악마' 그 자체였다.

"가장 괄시하고 함부로 대했던 사람에게 자신의 치부를 내보여야 했던 남편의 심정을 생각해보신 적이 있습니까. 누가 더 괴로웠을까요. 그 괴로움까지 의식의 힘으로 이겨내고 태백산보다 두터웠던 아상까지 마침내 깨부쉈답니다. 기꺼이 깨부수고 죽을 날 받아 놨으니 장하다는 겁니다. 내 기주님, 우리 할머니가 드리는 마지막 당부랍니다. 부처님이 옆에 계시면 뭐합니까. 본인이 발딱 일어나 깨달아 익히고 마침내 그 부처마저 죽여야 성불이지요."

복채를 집어던지고 뒤돌아 나서는 나에게 벼락처럼 소리치던 무당의 말은 다시 생각해도 정당하지 않다. 가슴을 부여잡아가며 참고 또 참아가며 살아온 세월 전부를 부정하란 말인가. 되돌리기에는 너무 늦었다. 빠져나오기에는 빠져든 늪의 깊이 또한 만만치가 않다. 그래서 나는 부정할 수 없다. 아니, 부정하지 않을 것이다. 높은 탑 위에 갇혔던 라푼젤이 탈출에 성공해 갖은 고생 끝에 행복해졌다는 이야기는 동화 속 이야기일 뿐이다. 내가 어떻게 해서 매달려온 황금 동아줄(남편이란 사람)인데, 지금에 와서 그것을 팽개치고 이빨을 드러낸 늑대와 사악한 뱀들의 혓바닥들이 득실대는 성 밖 세상으로의 탈출을 시도한단 말인가. 그것이야말로 무모한 일이다. 아니, 미친 짓이다.

남편을 처음 만난 것은 지방대 국문학과를 졸업하고 우연찮게 참석한 친구 결혼식 뒤풀이장소에서였다. 그날 남편과 파트너가 됐는데, 몇 마디 던진 염탐성 질문을 통해 '이 남자다.'라는 확신이 들었다. 나는 그날 집으로 돌아가지 않았다. 마침 배란일이었고 삼신할머니가 도왔는지 임신에도 성공했다. 삼류 막장 드라마가 따로 있는 것이 아니다. 나는 '임신'을 무기 삼아 남편에게 집요하게 매달렸다. 결국 남편은 두 손을 들고 항복 의사를 전했다. 마침내 아이의 아빠로서 책임을 지겠다고 약속했던 것이다. 남편과 부부 인연을 맺게 된 사연이다.

"그때 너랑 엮이지만 않았어도 내 인생이 이렇게 팍팍하지는 않았을 거야. 그 하룻밤. 그 하룻밤 실수로 인해 내 인생에서 가장 중요한 한 가지를 잃었어. 네가 앞길이 창창한 젊은 놈 인생 하나 조져놨다고. 알아들어? 풋, 너 같은 속물이 알아들을 리가 없지. 훗. (이어지는 쓸쓸하고 헛헛한 웃음소리)"

신혼여행도 가지 않고 시내 호텔 방을 하루 예약해서 지낸 첫날밤에 술에 취한 남편이 한 말이다. 결혼식이 끝나고 뒤풀이를 따로 하진 않았지만 절친이라는 대학동기 몇 명과 늦게까지 술을 마시고 돌아온 남편은 그렇게 말하고는 마치 복수라도 하듯이 내 몸을 거칠게 다뤘다. 심지어 사정을 하면서는 "(사랑했던 여자의 이름으로 추정되는) 정인아, 미안해. 나는 끝났어. 정말 미안하다."라고 말했다. 그리고 풀썩, 옆으로 드러누워 어린아이처럼 훌쩍이다가 잠들었다. 남편이 오랫동안 사랑했던 여자가 있었다는 것은 알았지만, 그 정도까지 '찐 사랑'인 줄은 몰랐다. 나는 심호흡을 하면서 애써 무시했다. 그리고 남편의 정액을 닦아내고 배 속에서 발길질을 하기 시작한 아기를 느끼며 그 길고 긴 밤을 견뎌냈다.

그것이 시작이었다. '참아내는 삶' 말이다. 남편과의 결혼생활은 잘 참고 잘 버티면 되는 일이었다. 나는 그것을 숙명으로 받아들였다. 남편의 욕설과 폭력의 수위는 해를 거듭할수록 높아졌지만, 그때마다 나는 새벽을 밀고 나가서 하루 종일 빌딩 청소 일을 하느라 손가락 관절이 다 비틀어진 모친을 떠올렸다. 모친처럼 살고 싶지는 않았다. 남편 없이, 무슨 전사라도 된 것처럼 거친 세상 한복판으로 뛰어나가 갖은 풍상에 부딪혀가며 관절이 다 비틀어지도록 노동을 하면서 살아야 했던 모친의 삶은 생각만 해도 비위가 상했다. 절대로 답습하고 싶지 않은 삶이었다. 그렇다고 모멸감을 참아내는 것이 일상인 남편과의 삶이 더 낫다는 의미는 아니다. 다만 적어도 남들에게 무시를 받거나 손가락질을 당하지 않을 정도의 삶은 영위하고 싶었다. 여자로서의 행복만 포기한다면 딱히 어려울 것도 없는 일이다. 그럼에도 아침이면 어김없이 지옥문이 열렸고 잠이 들기 전까지 지치지도 않고 지옥 불이 끓어올랐다. 나는 날마다 성문을 닫아걸고, 혹여 바늘구멍 하나라도 생길까 보아 노심초사했다. '참아내는 삶'에 하나를 더 보탠다면 그것은 바로 '문단속'일 것이다.

그렇다. 모든 행위의 본질에서 '나(참나)'는 빠져 있었지만 나는 남편이 쌓은 성을 (그 속이 온통 지옥 불일지언정) 굳건하게 지키고 싶었다. 마음을 내지 않고 어떤 일을 한다는 것은 얼마나 비루한 일인가. 그럼에도 나는 지치지도 않고 날마다 숙제처럼 그 일을 해내고 또 해냈다. 남편의 비서로부터 한 달 일정표를 받을 때마다 진저리를 쳐대곤 했지만 소소한 외부행사 하나라도 놓치지 않기 위해 애를 썼다. 내 것이 아닌 것만 같은 불편하고 거북한 의상을 소화해내며 남편 옆에 서서 연예인처럼 훈련된 우아한 거짓 미소를 잘도 지어 보였다. 스스로가 생각해도 역겨운 모양새였지만, 누가 알랴. 그 또한 내가 선택한 삶인 것이다.

처음 남편이 뇌출혈로 쓰러졌다는 소식을 들었을 때, 나한테도 아직 '쿵쿵' 뛰는 심장이 있다는 것을 처음으로 깨달았다. 아마도 혼자만 몰래, 그리고 자주 생각했던 '남편의 죽음'이 실체화된 것이 아닌가, 하는 기대감 때문이었을 것이다. 나는 병원으로 달려가는 내내, 응급실 의사가 하얀 시트로 덮인 남편의 시신 앞에서 '남편이 사망했다'는 사망선고를 하고 있는 모습을 그렸다. 색과 질감이 입혀진 이미지가 완성될 때쯤, 나의 심장은 마치 곧 터져 버릴 것처럼 미친 듯이 '쾅쾅' 뛰었다. 정말이지 뛰고 또 뛰었다.

그러나 신은 끝내 나의 손을 들어주지 않았다. '변경'이나 '새로 고침'이란 버튼도 나의 삶에는 구비되지 않았다. 남편 병 수발은 그렇게 시작됐다. 돌봄 아주머니가 3교대로 돌아가며 상주해 있었지만 남편은 똥오줌 기저귀만큼은 내가 직접 갈게끔 했다. 어쩌다 오늘처럼 외출이라도 한 번 할라치면 아무리 냄새가 나고 엉덩이가 짓물러도 내가 돌아오기 전까지는 아무도 곁에 오지 못하게 했다. 내가 돌아와 치울 때까지 참고 기다렸다.

"내가 나라를 팔아먹었지. 내가 전생에 나라를 팔아먹었어. 한 번도 아니고 수천만 번 팔아먹었고말고."

물수건을 꼭 짜서 남편의 사타구니와 엉덩이를 닦아내면서 수만 번도 더 읊조린 말이다. 남편은 그때마다 "너같이 멍청한 년이 뭘 안다고 나라까지 팔아먹었겠냐."며 "잘해봤자 겨울잠 자는 개구리 뒷다리나 잡아서 삶아 먹었겠지."라고 비아냥거렸다. 똥 닦던 물수건을 그 인간 입속으로 집어넣고 냉큼 삼키라고 소리치고 싶었던 적이 어디 한두 번일까.

　기사에게 막말을 한 게 또 마음에 밟혀 지폐 몇 장을 쥐여주고는 북한산 자락 높은 담장으로 에워싸진 성으로 돌아왔다. 무당집까지 들르는 통에 예정보다 귀가가 늦어진 나는 종종걸음을 치며 남편 침실로 달려가 남편의 바지부터 내린다. 그리고 사타구니와 엉덩이에 범벅이 된 채로 굳어가고 있던 배설물을 치우기 시작했다. 그때 평소와 달리 힘없는 눈길로 12월 끝자락이 얼마 남지 않는 달력을 바라보던 남편이 뜬금없이 이런 말을 한다.

　"내가 가면 멍청한 네년은 누가 지켜줄까. 그렇다고 데리고 갈 수도 없고. 웬만한 것은 다 마무리해서 걱정할 것이 없는데, 유일하게 네년 하나가 걱정이다. 갈 때까지도 참 사람 환장하게 하는 년이다, 너는."

　무당에게서 들은 '남편의 죽음'이 그제야 생각나 퍼득, 정신이 든다. 나도 모르게 오소소 돋아 오르는 소름을 잡아 눌러가며 나는 여느 때처럼 능글능글하게 대꾸한다.

"마음에도 없는 소리 마시고요. 오래오래 사셔요. 저승 가시면 나 같은 멍청한 년이 없어 소리치고 욕할 사람도 없을 것인데. 그러니 그냥 여기서 나 저승 갈 때까지 기다렸다가 같이 갑시다. 당신이 아무리 죽으라고 나를 타박하고 애를 먹였어도 나는 어디도 못 가는 미련퉁이에다 당신 말씀대로 멍청한 년이잖소."

미친년. 말을 하면서도 이게 내가 하는 말인지. 저 밑바닥에 숨은 어느 정신 나간 년의 말인지 당최 알 수가 없다. 세상에서 가장 많이 들어왔던 호칭이 '멍청한 년'이라서 그런지도 모른다. 나는 정말로 멍청한 미친년이 된 걸까.

남편은 별말 없이 가만히 있다가 조용히 눈을 감는다. 나는 옆에 앉아 거뭇한 검버섯으로 덮인 남편의 핏기 없는 얼굴을 한참을 들여다보았다. 그리고 이내 잠깐씩 졸곤 할 때 기대던 기다란 소파에 노곤해진 몸을 가만히 눕혀본다. 쇼핑에 벼락대신 무당에 다른 날과는 다른 남편의 말까지. 모든 것을 이해하고 살 필요는 없다. 누구는 모르고 사는 것이 약이라고도 하지 않았나. 나는 남편처럼 조용히 눈을 감아본다. 그리고 깊이를 가늠할 수 없는 까마득한 늪 속으로 서서히 가라앉기 시작한다.

결혼식이다. 누구의 결혼식인지는 모르겠다. 나는 지천이 꽃들인 야외 결혼식장에서 이름 모를 꽃들을 꺾어 아름드리 부케를 만들고 있었다. 그때 어디선가 "신랑 입장!" 소리가 들려와 소리가 나는 쪽으로 고개를 돌려 바라본다. 턱시도를 근사하게 차려입은 젊은 남자가 막 식장으로 들어서고 있다. 자세하게 보니 젊은 날 남편의 모습이다. '엄마야, 내 결혼식인가.' 하는 찰나에 "신부 입장!" 소리가 다시 들려온다. 내가 발을 떼서 막 남편 앞으로 나아가려는데, 도무지 발이 움직여지지를 않는다. 꼼짝없이 서서 남편만 안타깝게 쳐다보고 서 있는데 하얀 웨딩드레스를 입은 여성이 눈부시게 웃으며 남편 옆에 선다. 그 여자다. 본 적은 없지만 남편이 사랑했다던. 그 여자 말이다. 나는 "안 돼!"라고 울부짖으며 애절한 눈빛으로 남편을 바라보았다. 남편은 비아냥거리는 눈빛으로 나를 한 번 힐끗 쳐다보고는 그 여자를 향해 몸을 돌리더니 그녀에게 손을 내민다. 그 여자도 손을 들어 남편이 내민 손을 잡으려고 한다. 찰나, 나는 죽을힘을 다해 달려 나가 남편의 손을 낚아챘다. 그리고 다른 한 손으로는 그 여자의 면사포를 잡아채 벗기고는 그 면사포를 내 머리 위에 올렸다. 내게 잡힌 손을 놓지 못하고 쩔쩔매던 남편은 아니나 다를까, 나를 향해 고래고래 욕을 퍼붓기 시작한다.

"이 멍청한 년! 여기가 어디라고 예까지 쫓아와서 깽판을 놓는 것이냐. 기어이 저승까지 따라온단 말인가. 평생을 가르쳐도 깨치지 못하고 기어이 저승까지 따라붙어 나를 말려 죽이겠다는 심사인가."

 남편 손을 덥석 잡아 쥔 손에 힘을 준 나는 비뚤어진 면사포를 바로 세우고 남편을 보고 생글생글 웃는다. 예상대로 나는 남편이 가는 높은 등급의 저승길에 따라붙는 데 성공했다. 이 모든 공덕은 벼락대신 박수무당의 덕이다. 그가 준 힌트를 감지할 수 있는 능력도 재능이고 실력인 것이다. 힛!

모란꽃과 할머니

"원수 같은 젖탱이. 차라리 나오지나 말지. 찔끔거리는 젖탱이 쥐어짜 가며 친정 부모는 물론이고 결혼해서는 남편에 자식, 시집 떨거지들까지. 에효~ (긴 한숨) 손에 물 마를 새 없이 평생을 쪽잠 자며 거둬 먹였으니. 인생사 아무리 덧없고 헛되다지만. 아이고, 살아온 세월 굽이굽이가 참으로 불쌍하고 가련하다."

최근 3개월 사이 음주운전 사고에 결혼을 약속한 여자 친구의 미심쩍은 행동 등 석연찮은 일들이 연이어 터지면서 멘탈 붕괴 일보 직전이다. 옆에서 상황을 지켜보던 선임이 '네가 그럴 놈이 아닌데, 운수가 더럽다'며 자신의 모친이 다니는 용한 무당집을 소개시켜 줘 속는 셈 치고 찾아온 판이다. 그런데 이 무당, 앉아 입을 떼기도 전에 '젖탱이'니 '가련'이니 뭐니, 당최 누구에게 하는 말인지. 그렇다고 외국말을 하는 것도 아닌데, 올해로 27살 먹은 직업군인인 나로서는 뭐 하나 알아들을 수 없는 말만 한다.

"저, 지금 저를 보고 하시는 말씀이신지 말입니다. 요 앞전 손님께서는 저 들어오면서 벌써 나가셨는데 말입니다."

 나는 앞뒤 좌우 사방을 두리번거리다가 뭐가 그리 안타까운지 서러운 표정으로 흐느끼고 있는 무당의 말 틈 사이로 쓰윽 발을 밀고 들어가 본다. 무당은 내가 앉기도 전부터 흔들어대고 있는 부채 방울 사이로 힐끗 나를 노려보더니 불신이 묻은 경직된 나의 말투에 대한 기분 상한 표정을 노골적으로 드러내며 눈을 부라린다. 그리고는 보란 듯이 더 요란하게 방울을 흔들어댄다. 방울만 흔드는 것이 아니라 (보통 사람 두 배는 됨직한) 커다란 상반신 전체를 마치 번개 맞은 사람처럼 자지러지다가 금방 또 위아래 앞뒤 양옆으로 정신없이 흔들어댄다.

 '뭐냐, 이 상황은. 그냥 일어나 냅다 튀어야 하나. 무당이 아니라 뭐가 하나 빠진 사람 같은데. 이래서 복채를 선불로 받은 건가. 아~ 놔, 사람 진짜 돌아버리겠네.'

 그사이 점점 더 격해져 가고 있는 무당의 (난리 블루스) 몸동작에 기가 질려오기 시작한 나는 이제는 심지어 두렵기까지 하다. 엄습

해오는 두려움에 손과 발이 발발 떨려오기 시작할 즈음, 부채를 소리 나게 탁 접고 방울 소리까지 멈춘 무당이 이번에는 뚝, 멈춰 앉은 모양새로 산처럼 말한다.

"평생에 걸쳐 쌓은 공덕으로 이룬 불보살 승천도 마다하고 손자부터 살려냈으니. 한라산에서 백두산까지 삼보일배 한다 해도 과하지 않아. 암 그렇고말고."

심장이 간질간질해진다. 가뜩이나 가슴 밑바닥으로 꾹꾹 밀어 넣고 삭히고 있는 화기가 스멀스멀 기어 올라오고 있다는 매우 불길한 징조이다. 앳돼 보이는 군바리라고 무시하는 건가. 앉자마자 보라는 점사는 안 보고 자꾸 할머니 타령만 하고 있으니 말이다. 어쩌면 미리 낸 복채 5만 원이 아까워 죽치고 앉아 있는 나 자신에 대한 분노일는지도. 선임의 말만 믿고 여기까지 우등고속버스를 타고 3시간을 달려와 다시 탈탈거리는 버스를 1시간이나 더 타고 당도해 앉은 나란 종자가 한심하게 느껴졌을 수도. 아무튼 나는 더는 망설이지 않고 조용히 일어서서 이곳을 탈출해야겠다고 마음먹는다. 운수가 나쁠 적에는 맞서지 않고 조용히 튀는 것이 상수다.

"합의는 어림없어. 법정 가야 해. 가도 '소서(절기 중 하나)' 지나야 벌금 확정될 거야. 벌금은 1천 2백만 원. 징계는 많아야 3개월 정직. 강등(降等)까지 안 나오니 걱정 말고. 자동차 내놨지? 자동차는 바로 작자 나타나니까 염려 말고."

 막 자리를 박차고 당차게 일어서던 나의 육신은 빠르게 쏘아 올린 무당의 기습적인 '공수' 화살을 맞고 그 자리에서 그대로 처참하게 무너져 내렸다. 용기 있었던 나의 행위는 마치 처음부터 그랬던 것처럼 비굴하고 비루한 모양새로 금세 태세를 전환했다.

 "아니, 그걸 어떻게. (박수를 치며) 와우! 사람들이 신점을 보는 이유가 있었지 말입니다. 사고가 나고 3개월째 피해자 어린노무 새끼들이 합의를 안 해주고 있어서 피가 말라가고 있지 말입니다. 와우, 대박입니다요."

 나는 넙죽 엎드려 절을 하다시피 하며 무당의 기습적이고 날카로운 점괘에 경외감을 표명했다. 실제로 등줄기로 오소소 소름이 돋아 오르는 것이 느껴졌다.

 "술 먹고 사고 냈으면 사과부터 해야지, 피해자가 어린 친구들이라고 대놓고 깽판부터 치고 변호사부터 선임해 법적 잣대만 들이대면 쓰나. 아무리 어려도 나이 스무 살이 넘었으면 성인인 것인데, 사고를 당하고도 사과는커녕 삿대질부터 당했으니 아무리 힘없는 신명이 지켜주는 자손일 지라도 '너 콩밥 좀 먹어봐라.' 하지 않겠나."

진심, 대박! 귀신이 따로 없다. 맞다. 술을 먹고 운전을 한 것은 잘못이지만, 20대 초반 남녀가 타고 있던 자동차와 사고가 났을 때 초기대응을 잘못한 점은 인정한다. 술에 취해 있었고, 군인이라는 신분 때문에 사실 두려운 마음이 더 크게 작용한 부분도 있었다. 그래서 더 세게 치고 나갔다. 무조건 상대가 운전을 잘못한 탓이라고 우기며 삿대질을 하고 멱살을 잡았던 것이다. 으이구, 지금 생각하면 바보가 따로 없다. 현재 변호사를 통해 합의를 하기 위해 애를 쓰고 있는데, 사고가 난 지 3개월이 지나도록 상대측은 합의 자체를 거부하고 있으니 하루하루 애가 타고 피가 마르는 것이 당연하다.

"지금에 와서는 사과고 뭐고 다 소용없어. 어차피 합의는 없어. 벌금 맞으면 벌금이나 잘 내서. 그나마 할머니 덕에 두 다리 멀쩡한 줄 알고."

잘 나가다가 또 남의 다리를 긁는다.

"근데 말입니다. 아까부터 말씀하시는 할머니는 대체 누구입니까? 생각나는 할머니는 오래전에 돌아가신 외할머니뿐인데요."

말이 끝나기도 전에 무당이 꽃처럼 환하게 웃으며 고개를 끄덕인다.

"우우웅, 할미 맞다. (외조모와 하나도 안 닮았는데, 외조모처럼 느껴진다. 그 느낌으로 그렇게 한참을 더 웃다가) 외할머니라 시네. 건강하게 잘 컸다고 좋아하시는구먼."

번뜩, 고등학교 입학하던 해에 돌아가신 외조모가 그때서야 정확하게 떠오른다. 작고 구부정한 몸으로 재래시장 한 귀퉁이에서 국수를 말아 팔던 할머니. 장례식장에서 '살아생전, 가까운 옆 동네조차 가본 적 없이 평생을 집과 시장만 오가며 일만 했다'고 곡을 하던 모친의 말도 떠올랐다.

언제부터 국수 장수를 했는지는 모르지만 내가 본 외조모는 언제나 그곳에서 국수를 말고 있었다. 심지어 돌아가시기 얼마 전까지도 국수를 말았다고 들었다. 이혼을 하고 학습지 교사를 하던 모친 손을 잡고 간 시장에서 할머니가 말아주는 국수를 참 많이도 먹었다. 할머니는 반갑다, 인사도 없이 묵묵히 국수를 말아 내 앞에 턱, 놓아주곤 했다. 그때마다 나는 눈을 있는 대로 흘기면서 짜증을 냈다. 국수의 양이 지나치게 많았기 때문이었다. 당시에는 세상에 할머니가 말아준 국수처럼 맛없는 음식이 없었다. 늘 절반 이상을 남기고 모친을 졸라 시장 밖 대로변에 있는 햄버거 전문점에서 햄버거를 사다 먹었다. 구부정하게 서서 늘 무언가를 하느라 손이 바빴던 할머니는 말없이 내가 남긴 국수를 후루룩 마시듯이 드셨다. 말 한마디 살갑게 건네 본 적 없었고 돌아가시기 전까지도 특별한 관심 한 번 가진 적이 없었던 할머니였다.

"와, 진짜 무섭게 왜 그러십니까. 설마 돌아가신 외할머니가 여기 같이 계시다는, 그런 말씀은 아니지 말입니다."

"쯧쯧 (혀를 차다가) 그나저나 할머니 걱정이 태산이시네. 그 여자는 아니라고. 가면 안 된다고 자꾸만 그러시는데. 자네 여자 있나?"

허걱! 진심 놀랍지 않은가. 사실 여기까지 찾아오게 된 제일 큰 이유는 동갑내기 여자 친구 성희 때문이었다. 성희는 나에게는 첫사랑이기도 했지만 결혼을 약속할 만큼 사랑하는 여자다. 요식업 쪽으로 사업을 하고 싶었던 내가 직업군인을 선택한 것도 성희가 원해서였다. 안정적으로 돈을 모아서 서른 살 되는 해에 결혼식을 올리자, 는 성희의 말에 따르면서 나는 충실하게 군 생활을 하면서 돈을 모으는 중이었고. 직장 때문에 함께 하지는 못하지만 성희는 성희대로 다른 지역에서 자취를 하면서 돈을 모으고 있었다. 그러다 보니 성희와는 한 달에 두어 번 정도 만나면서 나름 애틋하게 사랑을 이어가고 있던 중이었다.

그런데 최근 들어 성희가 이상했다. 연락도 뜸해졌지만, 만나기로 약속한 날에도 직장에 일이 생겼다면서 오지 말라고 하는 일이 많아졌다. 모두들 '네 여자 친구한테 딴 놈이 생긴 것'이라고 놀려댔지만 나는 그럴 리가 없다고 강경하게 부인했다. 성희는 그런 여자가 아니었다. 그럼에도 주위에서 하는 말들은 성희에 대한 믿음의 벽에 살금살금 실금을 내기 시작했고 지금은 거의 부서지기 일보 직전까지 왔다. 스스로도 분명히 느끼고 있었고, 그 느낌에 따른 성희의 말과 행동 양식 분석이 또 묘하게 들어맞았다.

계속 불발되는 성희와의 만남에 애가 탄 나는 '깜짝 이벤트'를 생각해내기에 이르렀고, 오늘만큼은 기필코 기습적으로라도 성희의 집을 찾아갈 계획을 세운 참이었다. 가장 친한 선임에게 계획에 대해 신명 나게 이야기를 했는데, 말을 들은 선임이 우연찮게 지금 내가 앉아 있는 무당집을 알려줬다. 선임은 가기 전에 먼저 들렀다 가는 게 좋을 것 같다며 거의 협박을 하듯이 강요했다. 심지어 직접 전화를 걸어 예약까지 해버렸다.

"안 된다, 안 돼. 가면 안 된다, 그냥 돌아가라, 아가. (흐느끼듯 말하던 무당이 자지러지게 몸을 떨다가 다시 산처럼 앉더니 단호하게) 거기 가면 안 돼."

"선임이 고집을 안 부렸으면 지금쯤이면 벌써 거기 가 있었을 시각이지 말입니다. 선임이 하도 선생님부터 뵙고 가라고 협박 아닌 협박을 해서 그렇지. 성희는 저와 결혼할 여자입니다. 어머니도 알고 있고, 결혼식만 올리지 않았을 뿐이지 이미 우리는 부부나 다름없는 사이지 말입니다."

외조모 말투였다가 금세 무당 말이었다가, 표정이며 몸짓까지 정신없이 바꿔가며 말하는 무당의 모습을 홀린 듯이 바라보다가 더 휩쓸리면 안 될 거 같은 마음에 내가 확고한 표정으로 매듭을 지었다. 내 말을 들은 무당은 금세 또 할머니 눈빛으로 가만히 나를 바라보다가 결심했다는 듯이, 가슴을 크게 부풀렸다 내렸다 하며 말한다.

"감정이 날뛰기 시작하면 두 다리에 힘을 빡 주고 주먹도 꼭 쥐고 심호흡을 10번만 해라. (상 위에 올려놓은 복채 5만 원을 내 앞으로 밀어주며) 그리고 이 돈은 도로 넣으시게. 자네 외조모 신령으로 본 점사라서 내가 한 일이 없어."

성희의 집으로 가는 고속버스에서 나는 내내 창밖만 우두커니 바라보았다. 풍경은 뒤로 휙휙 빠르게 지나갔고 그 앞으로는 새로운 풍경이 끝도 없이 펼쳐졌다. 자동차를 운전하고 다닐 때는 보지 못했던 하늘과 구름, 산과 나무들 그리고 길과 집들까지. 담길 듯 담기지 않는 풍경의 파노라마를 보며 나는 생각했다. 무당이 외조모 신령이 실려 본 점사가 모두 들어맞는다면 (사실은 나까지 포함된) 모두가 우려하던 일이 실제 현실로 곧 나의 눈앞에 드러날 것이라고. 그럼에도 다른 한편에서는 '그러나 성희가 어떻게. 나 아닌 다른 남자를.' 아아, (절레절레) 그러한 생각은 상상만으로도 몸서리가 쳐졌다. 끝도 없이 지나가고 다시 끝도 없이 펼쳐지는 풍경에 갇힌 나는 불길한 상상만으로도 이미 온몸이 장작불에 타는 것만 같은 고통을 느끼고 있었다. '아닐 거야. 성희가 그럴 리가 없어.'라는 되뇜은 마치 '맞아. 성희가 나를 배신한 것이 틀림없어.'라는 확답으로 느껴졌다.

고속버스 터미널에서 택시를 타고 성희가 사는 동네 입구에서 내렸다. 이제 골목을 따라 걸어 들어가면 곧 성희의 집에 당도할 것이다. 성희의 집이 가까워질수록 심장의 고동 소리는 점차 빨라지고 있었다. 나는 뛰다시피 걸어서 마침내 사랑하는 성희의 집 앞에 도착했다. 그 앞에 서서 잠깐 깜짝 이벤트로 준비한 호주머니 속 목걸이 케이스를 만지작거렸다. 그리고 성희의 집 비밀번호를 눌렀다.

〈모란〉

이병률

열흘 붉은 꽃이 지자
늘 오가던 길을 잃고
볕에 잘 내놓은 마음마저 식네

어디로 갔을까
마당에 하릴없이 백묵가루를 뿌리고는
선을 긋고 지우던 나무 그림자와

아침이면 창에 매달려 보채던 물방울들과

한번 문지방을 넘은 개떼들

봄 내내 돌아오질 않아 불을 밝혔더니

사흘 밤낮으로 불이 옮겨붙네

헛것을 태우고 절벽까지 다 태우고

열흘 우거진 마음을 태우네

어디로 갔을까 이 얇고 착한 소란들

독수리 떼처럼 발톱을 세우고

봄날 기승을 부리던 감정 위에

수상한 무늬가 내려와 앉더니

어느 날 소식 기둘리기를 작파하고 마음이 휘네

넘어져 사방 모서리가 해진 자리에

나무가 사라진 뒤 길이 와도

아무도 걸으려 하지 않는 자리에

아래와 똑같이 아프고 나아도 아픈 자리에

먹다 남긴 국이 상한 걸 들여다보는 노여움처럼

꽃잎은 주름 잡혀

한 장 한 장 세월의 밑바닥이 허공의 뒷덜미를 잡아 내리네

-시집《당신은 어딘가로 가려 한다》, 문학동네, 2005-

알몸으로 성희와 엉켜 있던 낯이 익은 남자와 역시 알몸으로 낯이 익은 남자와 엉켜 있던 성희를 바라보는데, 돌아가셨지만 오늘 처음으로 마음을 나눴던 외조모의 당부가 떠올랐다. 나는 심호흡을 10번 했다. 외조모 당부대로 발바닥을 바닥에 굳건하게 대고 두 주먹에 힘을 주고 최대한 가슴을 부풀리면서. 그리고 천천히 하려고 애를 쓰면서.

낯이 익은 그 남자는 웨딩플래너가 직업인 성희가 다니는 회사 사장이었다. 왜냐고 묻고 싶지도 않았고 왜인지 알고 싶지도 않았다. 나는 외조모가 일러준 대로 심호흡 횟수를 다 채우고 나서 천천히 뒤돌아섰다. 그리고 뚜벅뚜벅 걸어 나왔다.

골목길은 차분하고도 조용했다. 사거리 쪽으로 걸어 나오는데 골목길로 들어설 때는 미처 보지 못했던 붉고 탐스럽게 핀 꽃 한 송이가 담벼락 한 귀퉁이에 서서 나를 올려다보고 있다. 꽃도 살이 찌나, 싶을 만큼 포동포동하고 붉은색 윤기가 좔좔 흐르고 있었다. 태어나서 처음으로 꽃을 보기 위해 쭈그리고 앉은 나는 오늘에서야 처음으로 꽃과 눈을 맞춰본다. 그때, 빼빼 마르다 못해 해골처럼 볼이 홀쭉하게 들어간 볼품없는 얼굴에 주름까지 자글자글했던 할머니가 구부정하게 선 자세로, 심지어 살가죽만 간신히 남은 말라비틀어진 까만 손으로 조물조물 말아주던 그 맛없었던 국수가. (그 국수가 말입니다) 아아, 나는 그 국수가 너무나도 먹고 싶은 것이다.

죽지 않는
공무원

"혼 사냥에 나선 귀신들이 냄새를 맡고 줄줄이 따라붙었어. (쯧쯧, 혀를 차며) 처자 수호령 모습이 처참하기 짝이 없구나. 온통 너덜너덜. 도대체 무슨 생각으로 사신 겐가. 수호령 말씀이 막바지 힘을 다해 간신히 예까지 모셔왔다, 하시네. 저 귀신들에게 잡아먹히면 처자 영이 저들에게 묶여버리니, 제발 좀 도와달라고 눈물을 뚝뚝 흘리시네. 하이고, 이를 어쩌나."

숱 없는 짧은 백발에 파마가 풀려 부스스해진 머리모양새를 한 무당이 자리를 잡고 앉기도 전에 먼저 일어나 달려들 듯이 내게로 다가오더니 몸 주위 사방으로 돌며 손에 쥔 오색 천을 북북, 찢어댄다. 당황하기도 했지만, 무당의 말과 행동에서 느껴지는 진정성 때문에 순간적으로 소름이 쫙 끼친다. 나의 몸에 귀신들이 달라붙었다는 것이 아닌가.

"이 지경을 하고 어찌 살았누. (오색 천으로는 어찌 다 안 되는 모양인지, 이번에는 오방기를 들고 휘휘 휘두르면서도 내내 '아이고'를 연발한다) 이 독한 것들을 물리치느라 장군급 수호령이 지키는데도 사지가 다 잘려나갈 지경이다. 애매한 급수였으면 벌써 먹히고도 남았어."

내게 하는 말인지, 내게 붙었다는 귀신에게 하는 말인지, 누구에게 하는 말인지 분명하지는 않았지만 나는 머리털이 곤두설 만큼 긴장이 되고 겁이 났다. 마침내 무당이 숨을 크게 몰아쉬더니 자리에 앉았고, 나도 그 앞에 풀썩 쓰러지듯이 앉았다.

"약을 먹을까, 옥상에서 뛰어내릴까, 자동차에 달려들까, 번개탄을 피울까, 머릿속이 온통 그런 생각으로만 꽉꽉 들어차 있으니, 저런 독한 것들이 안 붙을 수가 있나. 일단 급한 대로 방책을 해 물리쳤네만, 그런 생각들을 멈추지 않으면 도로 아미타불이야. 알았어, 처자?"

홀쭉하게 파인 볼을 씰룩이며 독화살을 쏘듯이 말하는 무당의 눈빛이 매섭기가 짝이 없다. 환갑은 족히 넘어 보이는 할머니 무당인데, 어디서 저런 기운이 나오는지 신기할 만큼이나 목소리는 또랑또랑하고 눈빛은 형형하다.

무당의 말대로 행정직 지방공무원 2년 차인 나는 어떻게 하면 고통 없이 깔끔하게 죽을 수 있을까, 를 고민하는 것에 거의 대부분의 시간을 쓰고 있는 것은 맞다. '죽음'이란 단어는 이미 나에게는 친구처럼 익숙하고 다정했다. 죽음을 생각할 때면 뭐랄까, 알 수 없는 '설렘'과 같은 종류의 감정까지 느껴지곤 할 정도였으니 말이다. 사실상 결정만 남은 셈이고, 실질적으로는 이미 구상을 다 해둔 상황이기도 했다. 그런데, 여기는 왜 왔을까. 나도 모른다. 문득 집 앞 사거리 새로 지은 신축 오피스텔 입구에서 본 입간판을 떠올리고 찾아왔다. 의지의 영역이 아니었던 것은 확실하다. 어쩌면 무당의 말대로 '수호령'의 의지였을 수도.

"정말로 수호령이 있었다면. 왜 처음부터 막아주지 못했을까요. 제가 겪고 있는 고통을 막아줄 수도 있었잖아요. 아닌가요?"

물어보고 싶은 마음도 없었는데, 그냥 말이 나왔다. 이것 역시 내 의지가 아니다. 왜냐면 나는 그런 것 따위는 관심도 없을뿐더러 어때도 상관없기 때문이다.

"이런, 이런. 수호령은 어떤 상황에 개입하는 존재가 아니야. 고심하는 문제에 대해 힌트 정도는 줄 수 있지만, 상황 자체나 선택에 대한 개입은 할 수 없어. 어떠한 상황이든 그것은 처자가 겪어야 할 성장경험이지, 수호령의 몫은 아니니까. 다만 극단적인 선택을 막기 위해 영적인 차원에서 할 수 있는, 최선은 다한다고 봐야지. 그래서 수호령인 거야."

말이 되는 것 같기도 하고, 안 되는 것 같기도 한 말을 들으며 도대체 내가 지금 여기서 무엇을 하고 있나, 싶은 것이다. 그래도 내가 공직자인데. 이런 비상식적인 곳에 들어와 이렇게 비현실적인 이야기를 듣고 있는 것이 맞는지. 적어도 아직은 내가 대한민국 공무원인데 말이다.

내리 3번을 떨어지긴 했지만 다른 직업은 생각해 본 적이 없었기 때문에 나는 칠전팔기 정신으로 포기하지 않고 시험을 보았고, 마침내 공무원이 된 사람이다. 벌써 2년 전 이야기이다. 최종합격이 확정됐을 때만 해도 세상을 다 가진 것처럼 의기양양했었지. 주변에서도 모두 박수를 쳐주었고 한마디로 난리도 아니었다. "너의 삶은 이제부터는 매우 평온하고 안락할 거야. 파라다이스 입성을 축하해."라고 말하며 부러운 눈길을 숨기지 않고 바라봐주던 친구들도 있었다. 나 또한 그들의 말을 믿어 의심치 않았다.

그러나 세 번의 낙방 끝에 위풍당당하게 입성한 곳은 '파라다이스'가 아니라 '지옥'이었다. 유치원부터 시작해서 초·중·고등학교 12년과 대학교 4년 그리고 다시 3년을 더 공부해서 마침내 당도한 곳이 이런 '지옥'이었다니. (훗,) 말이 된다고 생각하나. 그런데 사실이 그랬다.

물론 처음부터 그랬던 것은 아니었다. 오랫동안 준비했기도 했지만 나름 공직사회에 대한 기대감 또한 높은 편이었기에 공직자로서 첫발을 내디딜 때만 해도 나름대로 당찬 포부가 있었다. 당연한 것 아닌가. 아, 어쩌면 그것이 지옥의 문을 열게 했을 수도. 왜냐하면 사수나 팀장이 시키는 주어진 업무 이외의 것에 대한 소신발언을 하면서부터 시작됐으니 말이다. 이 끔찍한 지옥이 말이다. 그러나 이해할 수 있는가. 팀 내 막내라는 이유로 그들이 부탁하는 커피나 복사 심부름, 심지어 식당에서도 팀원들 숟가락 젓가락을 일일이 놓아주고 그들 각자의 취향을 기억해서 냉·온수 물을 컵에 따라 준비해주는 따위의 허접한(?) 일들 말이다. 그러한 일들을 더 이상 하고 싶지 않다고 말한 것이 내가 팀원으로 인정받지 못할 만큼이나 망나니 행동인가. 내가 (그 이후 지금까지 계속) 팀 내에서 투명인간으로 존재해야 하는 이유로 합당한가 말이다.

결론부터 말하겠다. 결론은 '합당했다'이다. 맞다. 적어도 우리 팀에서는 매우 합당한 처사였던 것이다. 아아, 매우 합리적인 사고를 할 수 있는 이성이 있는 인간이, 심지어 성숙한 예의와 규범이 시스템으로 자리 잡고 있는 대한민국 공직사회가. 짐승의 무리와 다를 바 없다는 것을 내가 조금만 일찍 깨우쳤더라면. 나는 절대로 그 지옥의 문을 열고 들어가지 않았을 것이다. 그러나 그것을 인정하기까지 이미 나는 너무 멀리 떠밀려와 있었다. 그 거리는 내가 아무리 머리를 찧어가며 속죄를 하면서 그들 다리 아래를 백만 번 긴다 해도 돌이킬 수는 없는 거리였다.

하루하루 쌓여가는 패배감은 나란 존재 자체를 끝도 없는 지하 계단으로 잔인하리만큼 처절하게 내리꽂았고 나는 그들의 기대대로 지금 서서히 죽어가고 있는 중이다. 그들은 패기로 무장한 한 신입 행정직 공무원의 자존감을 어떻게 해야 가장 빠르면서도 효율적으로 무너뜨릴 수 있는지 잘 알고 있었다. 심지어 그 방법은 어이가 없을 정도로 간단했다. 그들 무리에서 제외시키는 것으로 끝이었다. 그들은 나를 제외하고 그들끼리만 이야기를 하며 웃었다. 그들끼리 밥을 먹으러 갔고, 그들끼리 업무를 나눴다. 어느 누구도 나에게 말을 붙이지 않았다. 업무에 대해 물어봐도 그들은 '네' 또는 '아니오' 단답식 말 외에는 대꾸하지 않았다.

그것까지는 그래도 참을 수 있었다. 나도 나름 근성이 있는 사람이니까 말이다. 그러니까 공무원이 된 것이 아닌가. 그럼에도 솔직히 내가 그들 비위를 맞추기 위해 20년 가까이 공부를 해온 것은 아니지 않은가. 그러나 그 또한 나만의 착각이었다. 그들은 서서히 팀 내 모든 업무에서 나를 배제하기 시작했다. 처음에는 일을 무더기로 던져주었다. 배고픈 하이에나에게 적선하듯이. 그러나 일만 던져주고 그 누구도 그 일을 어떻게 처리해야 하는지에 대해서는 가르쳐주지 않았다. 혼자 밤을 새워가며 일일이 찾아가며 완성한 보고서를 제출할 때마다 팀장은 휘휘 넘겨보면서 제대로 읽지도 않고 한숨부터 푹푹, 내쉬곤 했다.

"민폐네, 민폐! 참으로 매우. 그것도 많이. 심지어 여러모로. 이 정도면 거의 타고난 거 아닌가."

50대 초반 여자 팀장은 매우 낮은 음색으로 팀원들의 얼굴을 하나하나 천천히 돌아보며 마치 팀원들 가슴에 그의 말을 일일이 새겨 넣듯이 또박또박 끊어 말했다. 그리고는 곧장 (과장까지 모신) 긴급회의를 소집하고 팀원들이 모인 라운드 테이블에서 단어 하나하나까지 꼬투리를 잡으며 공개적으로 망신을 주는 식이었다. 마침내 다른 팀원에게 내가 했던 업무를 다시 맡기는 것으로 회의를 마무리 지은 팀장은 매우 우아한 목소리로 "우리 팀과 팀원이 아무리 미워도 이런 식으로 일을 이중삼중 만들어내시면 매우 곤란합니다. 도대체 언제까지 당신의 직무이행 능력이 없다는 것을 증명하는, 이런 소모적인 업무형태로 우리 팀원 전체가 희생돼야 하는 걸까요. 이제는 제발 그만해주시겠어요."라고 쐐기를 박았다.

처음에는 다소 측은한 눈길로 지켜보던 과장도 이러한 일이 무한 반복되면서 곧 팀장이 나를 보는 눈길과 다를 바가 없어졌다. 1년이 되기 전에 나는 초등학생이라도 할 수 있는 아주 기본적인 업무만 해내는 천덕꾸러기가 돼 있었다. 출근해서 하는 일이라고는 그런 일이 다였다. 시간은 느리게 갔고 나는 종일 그런, 해도 그만 안 해도 그만인 일들을 뒤적거리면서 책상을 지키고 있는 한심한 존재로 전락했던 것이다. 팀원 모두는 업무를 보며 바쁘다가도 어쩌다 우연찮게라도 멍하니 앉아 있는 나와 눈이라도 마주치면 '잘 보라고. 너 때문에 우리가 이렇게 바쁘잖아.'라는 표정으로 콧구멍을 있는 대로 벌렁거리면서 한숨을 쉬어대곤 했다. 나는 서서히 자신이 바퀴벌레만도 못하다는 자책감과 싸우는 것이 일과의 전부가 되었고, 그들과 같은 공간에서 이방인으로 있다는 것만으로도 턱턱, 숨이 막혀와 자주 잔기침을 해댔다. 그때마다 등줄기에서는 뜨거운 식은땀이 줄줄 흘러내렸다. 그렇다. 무당의 말대로 나는 죽어가는 중인 것이다.

"잠긴 문 열쇠만 찾고 있으니, 참으로 답답한 처자일세. 처자가 잠근 문을 열고 나오면 간단하게 끝날 것을. 잠긴 문만 바라보다가 정녕 속절없이 죽어 없어질 셈인가. 백날 천 날 바라봐봤자 그 문은 열리지 않을 걸세. 불난 집에 갇힌 채로 그대로 타죽을 작정인가."

공허한 눈빛으로 앉아, 나란 존재의 부조리함(죽겠다던 사람이 좀 아까 느꼈던 죽음의 공포는 무엇인가, 에 대한)에 치를 떨고 있는데, 무당이 '맛이나 볼래?' 하는 식으로 가시 박힌 언사를 나무라듯이 톡톡 던져댄다.

"문을 열고 나오라고요? 어떤 문이요? 잠긴 문이요? 아니, 잠근 문이요? 아니요, 어림없어요. 왜냐고요. 나도 안 잘리지만 나를 괴롭히는 그들도 안 잘리니까요. 어떻게 해도 문을 열 수 없다고요. 선택권은 처음부터 없었어요. 열쇠가 내 손에 있다 해도 나는 그 문을 열 수 없어요. 없고말고요. 아니, 열고 싶지도 않아요. 내가 왜요? 왜?"

마치 열쇠를 갖고도 멍청하게 넋 놓고 있다는 투로 말하는 무당의 말에 화가 치솟은 나는 뾰족하게 날 선 목소리로 투정하듯이 대꾸했다. 그러면서도 '저 무당이 뭘 알겠어. 공무원이 뭔 줄 알기나 하겠냐고.' 하는 생각이 드니, 이러고 있는 자신이 더 한심하게 느껴졌다. 말을 마치자마자 눈물이 후두둑, 쏟아져 내린다. 이것은 이유도 없는 눈물이다.

아니다. 공무원이 된 딸자식을 자랑스럽게 바라보며 엄지를 추켜세우며 일가친척에게 자랑을 하고 심지어 동네잔치까지 했던 부모님의 얼굴이 떠올라서 쏟아진 눈물이다. 아니다. '미쳤어? 네가 복에 겨워서 세상 무서운 줄 모르는구나. 감사하게 생각하고 우리 몫까지 없어 무조건 참고 견뎌.' 하면서 닦달을 할 것이 뻔한 친구들과 선후배들의 얼굴이 떠올랐기 때문이다. 아니다. 자신이 없어서이다. 청춘 전부를 공무원이 되기 위한 공시생 생활로 날려 먹었다. 공무원 아닌 나는 생각해 본 적도 없고 생각할 수도 없다. 그것만이 전부였던 사람에게 다른 선택지는 없다. 공무원이 아닌 나는 내가 아니다. 나의 지난한 청춘과 더불어 영혼까지 갈아 넣어가며 갈구했으며 그래서 마침내 당도한 이 지옥에서 나를 끝내는 것이 합당하다. 아니, 마땅하다. 그것만이 유일한 출구이다.

"아는 만큼 보인다더니. 처자처럼 앞뒤가 꽉꽉 막힌 사람을 앉혀 놓고 4차원 5차원 아니 11차원을 말한다 한들 '소귀에 경 읽기'일세. 불타는 지옥에 갇혀 그냥 코 박고 죽으시게. 애꿎은 수호령만 안타깝게 됐네."

무당집 티슈 한 박스는 족히 썼을 만큼 펑펑 울고 나온 거리는 가로수마다 터지고 있는 매미 울음소리로 가득 차 있었다. 긴 장마 끝에 모처럼 햇빛이 쨍하다. 눈부신 토요일 오후이다. 오늘이 가고 일요일인 내일이 가고 나면 어김없이 월요일이 올 테지. 나는 월요일 출근을 해서 팀장과 팀원들에게 원망스런 표정으로 눈도장을 찍을 것이다. 그리고는 곧장 청사로 쓰고 있는 본청 앞에 위치한 24층 오피스텔 건물 옥상으로 올라가 뛰어내릴 것이다. 아, 올라가기 전에 청사 사이트 게시판에 세심하고 꼼꼼하게 준비해둔 A4용지 5장 분량의 유서를 올리는 것은 절대로 잊지 말아야 할 덕목이다. 매미의 울음소리가 아까보다 강렬해지고 있다. 귀청을 찢어버릴 태세로 울부짖는 매미들 사이에 서서 나는 깃털보다 가볍게 떨어지고 있는 나의 육신을 바라본다.

이하 수호령이 전하는 뒷이야기는 다음과 같다.

"아악, 옥상 문을 누가 잠근 거야. 문이 잠겨 있다고. 이 문이 열려야만 모든 계획이 완성되는데, 엉엉. 제발 누구라도, 누구라도 제발 열어주세요. 사람 좀 살려달라고요. (대체 뭐래는 거야) 엉엉."

월요일 10시께, 에어컨이 가동되지 않는 중앙계단 꼭대기에 서서 땀을 비 오듯 흘리며 옥상 문고리를 잡고 씨름을 하던 여자 공무원은 곧 계단 아래에서부터 차오르는 공무원들의 하얀 얼굴들을 내려다봐야만 했지. 열지 못한, 잠긴 문 앞에서 망연자실(茫然自失)해서 흐느끼기만 하던 여자 공무원은 수치스러움에 몸을 떨었지만 결국은 입술을 깨물고 일어서서 계단을 내려갈 태세에 돌입했지. 그리고 그녀는 한 계단씩 조심스럽게 내려섰어. 그때마다 하얀 얼굴들은 흡사 모세의 바다가 갈라지듯이 열리기 시작하더군. 충분히 장엄한 장면이었다고나 할까. 아무튼 여자 공무원은 그사이를 뚫고 나름 품위를 잃지 않으려고 애를 쓰면서 천천히 내려왔어. 내내 자신의 수호령인 나를 향해 'ㅆ' 자가 들어간 쌍욕을 해대는 것도 잊지 않고 말이지. 마침내 자신의 부서에 도착한 여자 공무원은 아무 일도 일어나지 않은, 아직은 멀쩡한 자신의 책상에 단정하게 앉았어. 얼마나 지났을까. 그녀는 문득 생각난 듯이, 이런 말을 웅얼거리더군.

"어쩌면 잠긴 문 대신, 잠근 문을 열어버린 걸까. 기어이. 그것도 내가 직접."이라고. 큭, 그러나 쉿!

보름달을
가진
할머니

"지렁이 사체로 뒤덮인 땅이 매매 고사 지낸다고 팔리겠습니까. 우리 할머니 말씀이 '심보가 참으로 고약하구나.' 그러십니다. 그 사람이 어떤 인연으로 온 귀인인데, 그것도 모르고 다리를 물어뜯고 살을 발기고 있답니다. (짧은 한숨) 지금 시급한 것은 땅이 팔리고 말고가 아니라, 대노하신 가중(家中) 조상 신명님들의 심기를 푸는 일입니다."

내놓은 지 6개월이 지나도록 땅을 보러오는 사람이 없는데다가, 어쩌다 인연이 닿아도 계약서 쓰기 직전에 파투가 나버리는 판국이라 물어물어 용하다는 무당을 찾아 나선 판이다. 단골 무당집이 있어 (귀신도 모르게 꽁꽁 숨겨두었던) 쌈짓돈을 풀어 무당의 제안대로 터를 띄우는 고사에 이어 곧장 매매 고사까지 숨 가쁘게 지냈는데도 도통 팔려나갈 기미가 없었기 때문이다.

　살아서는 사니 못 사니 했어도, 남편이 조금만 더 오래 살았더라면 이렇게까지 가세가 기울지는 않았을 것이다. 남들은 삼 년 전 죽은 남편을 대신해 기초무기화학물질제조공장을 이어받은 아들이 운영을 잘못했기 때문이라고 손가락질을 하지만, 회사가 무너진 것이 전적으로 아들 탓만은 아니다. 물론 아들의 방만한 경영에 대해 전부를 두둔하려는 것은 아니다. 다만 일에는 원인과 결과가 있지 않은가. 그런 의미에서 아들의 사업 실패 가장 큰 원인은 내가 판단하건대 남편의 급작스러운 죽음이 가장 컸다. 이 말의 의미는 아들은 회사경영에 대해 제대로 인수인계를 받지 못했다는 뜻이다. 아들이 남편 회사 전무 직함을 갖고는 있었지만, 그것은 명함일 뿐 남편은 아들에게 무엇 하나 가르치지 않았고 가르칠 마음도 없어 보였다. 지나치게 자만했다. 자신의 건강과 수명을. 운동 잘 다녀와서 레드 와인까지 한 잔 마시고 잠이 든 양반이 그날 밤 곧장 저승길에 들 줄 어느 누가 예측할 수 있었을까.

　어쨌든 남편의 사업을 물려받은 아들은 쫄딱 망했다. 망한 것도 망한 것이지만 정리를 하려고 뒤집어 까놓고 보니 이것은 뭐, 공장을 정리하려고 해도 끌어다 쓴 빚이 산더미였다. 개인은 파산절차를 밟더라고 정리할 것은 정리해야 하니, 급전이 필요했다. 돈이 될 만한 것은 모조리 팔아 급한 대로 정리가 들어가야 하는데, 제일 큰

땅덩어리가 작자를 못 만나고 있으니 하루하루 애가 끓다 못해 타들어 가고 있는 것이다. 운수가 없으려니 부동산 경기까지 곤두박질치고 있는 데다가 며칠 전에는 공장 내 탱크 안에 보관 중이던 폐기 대상 화학물질이 폭발하는 사고까지 일어나 소방차가 출동하고. 상황은 엎친 데 덮친다는 격으로 치닫고 있었다.

"아니, 지렁이 사체라니 그게 다 무슨 해괴망측한 말씀입니까? 우리 땅은 깨끗하고 반듯한 땅입니다. 아들놈이 운수가 없어서 그렇지, 당장 급전이 필요해 내놓기는 했어도 정말 남 주기에는 아까운 땅입니다. 그 땅 사면서부터 우리 영감 사업도 불붙듯이 일어났거든요. 말 그대로 복덩이 땅입니다. 자식이었다면 효자 당첨이죠."

하얀색 모시 한복을 단아하게 차려입고 정수리 정중앙으로 가르마를 탄 쪽찐 머리가 반들반들한 무당은 아직까지는 믿을 수도 안 믿을 수도 없어 고개를 갸웃거리며 엉거주춤한 자세로 엉덩이를 붙이지 못한 채로 해명하고 있는 나에게는 눈길 한 번 주지 않는다. 그저 무당과 나 사이에 놓여 있는 물이 담긴 하얀 도자기 속만 물끄러미 바라볼 뿐이다. 얼마나 지났을까, 마침내 무당은 짧게 한숨을 내쉬더니 이렇게 말한다.

"내 기주님, 우리 할머니가 나이를 어디로 먹은 게냐고 역정을 내십니다. 무너지고 있는 가문을 세우기 위해 보내준 귀인 앞길까지

막아서서 대체 뭐하는 행패냐고. 앞으로 이 환난을, 이 업보를 어찌 할 거냐고 매우 많이 노여워하고 계셔요. 그런 심보로는 터 고사며 매매 고사 백만 번을 친다 해도 어림없다, 하십니다. 어허, 참. 우리 할머니가 이렇게까지 대로하신 것을 이제껏 본 적이 없습니다."

"귀인이라니. 귀인 누구를 말씀하시는 것인지. 아니, 제가 무슨 귀인의 앞길을 막아섰다는 겁니까. 저는 이날 이때껏 정도(正道)만을 걸어온 사람인데, 점괘가 뭐가 좀 잘못 나온 거 같은데요."

도무지 종잡을 수가 없는 무당의 말에 머릿속이 시끄러워진다. 아예 처음부터 안 맞았으면 "에라, 이 사기꾼아!" 하고 털고 일어나면 그뿐인 것인데, 터 고사와 매매 고사 지낸 것을 맞추는 것을 보면 또 그것도 아닌 것이다. 그러니 무당의 말에 따라 이리저리 그간의 행실과 주변 상황 그리고 최근 관계를 맺고 있는 사람들까지 필름처럼 팽그르르 재차 돌려본다.

낼 모래면 70대 줄에 들어서지만, 이 나이 또래에서는 흔치 않게 박사과정을 수료했고, 지역 내 다양한 오피니언 리더 모임에서도 여러 가지 역할을 해왔기 때문에 사람이나 사물을 다루는 데에는 나름 내공이 있다고 자부하고 있다. 특히 처세만큼은 어느 누구 못지않게 밝은 사람이 나란 사람이었다. 그 어떤 관계적 향방에서도 잘못될 일이 없다. 그럴 턱이 없는 것이다. 지금에야 머리 하얀 '백발 할머니'가 됐지만, 젊어서부터 꾸준히 해온 요가와 명상 덕으로 정신 건강 또한 자부하고 있는 것인데. 누구에게라도 민망하고 민폐 되는 행실을 했을 리가 만무하다. 그런데 그런 내가, 심지어 귀인의 앞길을 막고 행패를 부렸다? 내가?

"내 기주님. 애기들이 엄마처럼 따르는 사람이 있다는데, 그 사람을 잡아 물고 뜯어 살을 발기고 있답니다. 대체 누구입니까?"

'아이고, 여기서도 그 요망한 여자가 끼어서 일을 망치는구나.' 무당의 말을 듣는데, 순식간에 올라온 화기가 시끄럽던 머릿속을 일순간에 화르르, 태워버린다. 동시에 손발이 바들바들 떨린다. 그 요망한 여자만 생각하면 일어나는 증상이다. 그 여자는 올해로 12살 11살이 된 연년생 손자들 과외선생이다.

"서 선생, 그 주제넘은 여자를 말씀하시는 겁니까, 지금? 아니, 그 여자 얘기가 지금 여기서 왜 나옵니까? (너무 기가 차서 잠시 숨을 고르고 나서는) 그 여자가 저와 우리 금쪽같은 손자들에게 무슨 짓을 했는지 아시고 나서 하는 말씀이세요? 아니, 그건 또 그렇다 치고. 그 여자가 뭐라고요? 그 여자가 뭐, 귀인이라고요? 귀인이라고 하신 거 맞습니까?"

너무 화가 나서 목소리까지 바들바들 떨려왔다. 아무리 사태 파악을 못 해도 그렇지, 말이 되는 소리를 해야 어느 정도 받아들일 것이 아닌가. 4년 전부터 초등학생 손자 2명을 위한 학습지도로 인연이 된 과외교사 서 선생은 간악하고 교활하고 요망한 여자였다. 이 요망한 여자는 온갖 감언이설로 손자들의 마음을 사고 무슨 목적에서인지 아주 서서히 손자들과 나의 관계를 세뇌하듯이 이간질했다. 서 선생의 이간질이 시작되면서부터 (아들이 이혼하면서 며느리 대신 양육을 맡아온) 손자들은 나의 말을 듣지 않았다. 그리고 오로지 서 선생의 말만 따르는 식이었다. 지난 7년 가까이 온갖 정성을 다해 보살피고 공들였던 세월이 무색할 지경이었다. 혹시라도 오해할까 봐 미리 말하지만, 이건 '질투'나 '시샘' 같은 종류의 감정 문제가 아니다. 구질구질하게 이런 말까지 하면서 해명해야 하는 상황이 서럽기 짝이 없지만, 엊그제는 세상에나. 그 간악무도한 서 교사가 또 어떤 식으로 아이들을 꼬드겼는지. 그 어린 손자들이 (흑!) 내 눈을 (세상에) 똑바로 쳐다보면서 "할머니가 죽어버렸으면 좋겠어!"라고 말하는 것이 아닌가. 그것도 두 녀석이 서로 눈을 맞추고 마치 짠 것처럼 손을 잡고 나란히 선 채로 말이다. 서 선생이 시키지 않았으면 그런 기막히고 코 막히는 악담을 할미인 나에게 퍼부어댈 아이들이 아니다. 닿으면 부서질까 놓으면 날아갈까, 얼마나 애지중지 키웠던 손자들이냐. 딱히 보상을 바라고 키운 것은 아니지만, 그 기막힌 세월이 잘못 들인 요망한 교사 세 치 혓바닥에 녹아 흔적도 없이 사라지고 있었다. 심지어 아동학대를 했다며 나를 범죄자 취급까지 하고 있다. 그런데, 그 여자가 귀인이라고? (이 정신

나간 무당아!) 입에서 나온다고 다 말이 아니다.

"나는 절대로 용서 못 합니다. 주제에 또 어디서 변호사를 선임했는지 '아동학대' 혐의는 벗었더군요. 나도 똑같이 '역고소'를 했거든요. 그래 보라죠. 저도 만만한 사람은 아닙니다. 이미 현장 증거까지 다 잡고 시작한 싸움입니다. 아이들을 위로하는 척하면서 '할머니의 잘못된 양육방식 때문에 너희들이 잘못됐다'는 식으로 손자들을 세뇌한 녹취기록만도 수십여 개에 달합니다. 지가 뭐라고 그런 말을 할 수가 있어요? 막말로 지가 아이들 밥을 한번 해줘 봤습니까, 빨래를 한 번 해줬답니까. 어떻게 키운 손자들인데. (흑!)"

한창 감수성이 예민한 손자들을 선동한 모든 증거를 취합해서 '아동(정서적)학대' 고소를 진행한 것은 1년 전이다. 그렇게까지는 안 하려고 했는데, '이제 그만 와 달라'는 통고를 받은 서 선생은 아들에게 전화를 해서 '할머니의 나쁜 양육방식으로 인해 아이들의 정서가 매우 불안정하다. 치료가 필요하다'고 전했다. 그 일로 인해 나는 손자들에 이어 아들로부터도 잘못된 모든 문제에 대한 원인이 '나'였다는 것을 인정하라는 압력을 받기 시작했다. 서 선생 세 치 혀로 인해 내가 평생에 걸쳐 일군 성곽이 붕괴된 것은 물론이고 가족사에서 일어난 모든 비극의 원인이 나였다는 것을 시인하라는 식으로 몰고 가고 있었다. 그대로 가만히 있었더라면 '아들의 무능력과 이혼 그리고 사업 실패', '손자들의 대인기피증과 조현병 초기

증상' 문제까지. 집안에서 일어난 모든 비극에 대한 근본원인이 나의 잘못된 양육과 훈육방식, 지나친 결벽증 등에 따른 것이었다는 혐의를 뒤집어쓰고 (최악의 경우는) 정신병원이나 철장 속에 갇히는 식으로 '마녀사냥'을 당할 수도 있었다. 생각만 해도 섬뜩한 일이 아닌가. 서 선생과의 법정싸움은 그래서 시작됐다. 그런 고로 이 싸움은 나에게 있어 말 그대로 '죽느냐 사느냐' 생존 그 자체가 걸린 문제이기도 했다.

"아이고, 내 기주님 성정이 지나치게 강직하니, 자식이고 손자고 기주님 손바닥 안에서 놀아야만 직성이 풀리는 것이 문제입니다. 그래서 오늘날 이 사달이 난 겁니다. 잘 생각해보세요. 자제분도 손자님들도 내 기주님 프레임 안에서만 묶어놓고 판단하지는 않으셨는지. 사소한 의사결정권이라도 준 적이 있었는지를 말입니다."

저 무당의 입을 찢어버리고 저 무당이 입은 빛 고운 하얀 모시 한복도 갈기갈기 찢어버리고 싶을 만큼 화가 치솟는다. 내가 아니었다면 아들은 번듯하게 성장하지 못했을 것이다. 어려서부터 관계적 향방이나 낯선 환경에서의 '부적응' 문제를 겪어왔던 아들을 위해 학교 운영위원회 활동부터 시작해 아들이 나쁜 일을 겪지 않도록 백그라운드 역할을 든든히 해주었다. 그뿐인가, 사시사철 몸에 좋은 보약을 찾아 먹이고 건강에 좋은 것만 섭취할 수 있도록 음식도 철저하게 가려 먹였다. 의복은 말할 것도 없다. 또래 아이들의 부러움을 살 수 있도록 트렌드에 맞는 브랜드로만 갖춰 입혔다. 그랬기 때문에 그나마 지금의 아들이 있는 것이다. 나의 살뜰한 보살핌이 아니었다면 아들은 학교생활 내내 '왕따'나 '찐따' 신세는 면치 못했을 것이다. 결혼을 서두른 것도 그 때문이었다. 심약한 심성 탓에 늘 말없이 만화책 그림만 베끼고 있는 남자를 믿고 어떤 골 빈 여자가 시집을 오겠는가. 알게 모르게 이 지역에서는 유명하다는 마당발 중매 전문가를 통해 점찍은 며느리와 혼인을 시키기까지의 과정까지 얘기하면 모두 놀랄 것이다. 007작전을 능가하는 면밀한 시나리오와 철두철미한 수행력으로 아들의 결혼문제까지 해결했다. 내가 아니었다면 아들은 지금까지도 모태 솔로를 벗어나지 못했을 것이다. 물론 지금은 살짝 후회한다. 처음에는 몰랐는데 며느리가 조울증이 있었고, 날이 갈수록 심해지더니 결국 '공황장애'와 '이명' 등 정신장애가 심해졌기 때문이었다. 결국 일상생활이 불가능한 상황까지 이르러 이혼을 시키는 것으로 마무리를 지었지만, 어쨌거나 장가를 일찌감치 보낸 덕에 떡두꺼비 같은 손자를 둘씩이나 본 것 아닌가.

"다른 얘기할 필요 없고. 그래서 땅이 언제 나가는지나 말해주시오."

더 말을 이어나갔다가는 저 무당 본 새로 봐서 무슨 헛소리를 할지 몰라, 나는 무당의 말을 딱 자르고 정색을 하고 말했다. 표정을 굳히고 목소리를 이 정도 내리깔면 웬만한 무당이었으면 벌써 기에 눌려 '어버버' 당황했을 만도 한데, 이 무당은 내 말을 들었는지 안 들었는지 아니면 못 들은 척하는 것인지 미동도 없다. 그리고는 내내 (물에 띄워놓은) 내 사주를 적은 종이만 빤히 내려다볼 뿐이다. 그러니 무당의 기색을 '흠흠' 무안하게 살피다가 결국은 무당의 시선을 따라 나 또한 도자기 속에 담긴 물의 움직임을 들여다보는 신세가 되고 만다.

"내 기주님, 보이시죠? 종이가 뱅글뱅글 돌아가면서 바닥 쪽으로 말려 들어가고 있습니다. 이 댁 대주님 저승길도 마다하고 빌었건만. 에고, 에고. (갑자기 눈에 눈물이 그렁그렁해져서) 모두 물거품이 됐다고. 조상님들 모두가 돌아앉았다고. 가슴을 치며 원통해하십니다. (쯧쯧) 산 사람 한 사람이 이렇게나 무서운 겁니다."

마른하늘에 날벼락이 쳐도 유분수지. 이건 또 무슨 귀신 씻나락 까먹는 소리인가. 그럼에도 등골이 오싹해지고 머리칼이 곤두서는 것은 또 왜인지. 어디선가 서늘한 바람까지 불어와 양 볼을 훑고 지나가는 것도 같은 것이다.

"오늘 제가 여기에 찾아온 이유는 땅이 언제 나갈지를 여쭙기 위함입니다. 혹여 운수가 안 좋은 것이라면 방책을 좀 해주십사, 부탁을 드리기 위함인데 저 좋다는 소리만 들을 수도 없는 노릇이고. 저와는 인연이 안 되는 것 같으니 이만 물러가겠습니다."

온몸에 매달린 털이란 털은 다 곤두서는 것만 같은 느낌과 뒤이어 밀어닥친 두려움으로 나름 격식을 차려 서둘러 인사를 하고 자리를 털고 일어선다. 그런데 눈이 하얗게 뒤집혀진 무당이 벌떡 일어나더니 두 팔을 앞으로 뻗어 억세게 내 어깨를 잡아 누른다. 엄청난 압력을 느낌과 동시에 풀썩, 그 자리에 그대로 주저앉고야 만다.

"지금 뭐하시는 겁니까?"

당황하기도 했지만 기가 막히고 어이가 없어서 소리를 치는데, 무당은 언제 그랬냐는 듯이 다시 다소곳하게 앉아 무심한 눈빛으로 나를 쳐다본다. 나도 어이가 없어 무당의 얼굴을 쳐다보는데, 무당의 얼굴이 점점 남편의 얼굴 아니, 남편의 표정으로 변해간다.

"아들 하나 망쳤으면 그만해라. 어린 손자들까지 똑같이 만들래. 서 교사는 내가 조상님 전에 빌고 빌어 모신 인연이다. 충분히 성숙되어야 받을 수 있는 공덕업장을, 조상님들 숙의하여 천상에 고하고 간신히 댕겨 받은 인연이라고. 그토록 어렵게 받은 인연까지 끝끝내 자네 손으로 찢고 마침내 끊어 내버려야 속이 후련하겠는가. 후에 조상님 얼굴을 어찌 보려고 그러는 겐가. 그만하면 됐어. 이제 그만 손바닥을 펴. 평생을 걸쳐 그토록 쥐겠다고 애를 써서, 지금 자네가 쥐고 있는 것이 뭔가 말이야. 아무것도 없어. 그냥 펴. 그래야 살아. 모두가."

엄마야, 세상에. 나는 어느새 남편의 손에 내 손을 잡힌 채로 고개를 주억거리며 울먹이고 있다. 그러다가 또 그것이 남편의 손이 아니고 무당의 손이라는 것도 깨닫는다. 그리고 나서도 나는 무당의 손을 부여잡고 계속 울었다. 그냥 울음이 푹, 터져 나오더니 쉬지 않고 눈물이 쏟아졌다. 어려서부터 울지 않는 아이로 유명했던 내가. 무당의 손을 놓지 않은 채로 숨을 꺽꺽거리며 운다. 평생 울 울음을 다 울어보겠다는 것처럼. 다 울고 나서야 나는 무당의 손을 놓아주었다.

부동산에서 땅을 사겠다는 법인체가 있다는 말을 들은 것은 그로부터 일주일 뒤였다. 매매절차는 순차적으로 이뤄졌고, 아들이 공장을 정리하고 택배회사에 입사한 것은 세 달 후였다. 서 선생은 작은 임대아파트로 이사를 한 후에도 나의 부탁대로 아이들의 학습지도를 다시 맡아주었다. 수업료를 더 주지는 못하지만 학습지도보다는 아이들을 위한 정서지도에 더 신경을 써 주십사, 늙은이 주책 같은 염치없는 부탁에도 서 선생은 나의 손을 잡고 입술을 일자로 물고 눈으로 말해주었다. '알았다'고. '걱정 말라'고. 그리고 '고맙다'고. 손자들도 끼니때마다 "뭐가 먹고 싶니?"라고 물어보는 나에게 자주 웃어주었다. 가끔은 쑥스럽게 와서 안기기도 했다.

나는 차츰 요가와 명상센터에 다니면서 꼴값을 떨기보다는 아파트 입구 벤치에 앉아 아들을 기다리는 시간을 더 기다리고 있었다.

가끔은 택배 일을 끝마치고 밤늦게 귀가하는 아들을 주기 위해 아들이 좋아하는 '설레임' 아이스크림을 사서 손으로 살짝 녹여놓기도 했다. 살짝 녹인 그 아이스크림은 아들이 제일 좋아하는 간식이었다. 둥근 보름달이 두둥, 떠올라 있는 날도 있었다. 나는 그때마다 두 손바닥을 펴서 보름달을 손바닥 위에 받쳐놓곤 했다. 꽃잎처럼 펼쳐진 양 손바닥 위로 받쳐진 보름달은 그때마다 더 풍성하고 더 환하게 빛났다.

착한 여자
부수기

"어느 안전이라고 효녀 노릇이냐, 못된 것! 늙고 병들어 정신이 혼미해진 노인 하나 모신답시고 유세를 떠는 것이냐. 어림없다. 그 따위 얄팍한 속임수로 눈물 콧물 쥐어짜 보았자 여기서는 안 통한다. 간악한 것 같으니."

 항암 치료 중인 모친의 섬망 증세가 날이 갈수록 심해지면서 하루하루의 삶이 지옥으로 치달은 것은 3개월 전부터이다. 물론 그 이전이 천국이었다는 소리는 아니다. 내 인생 어느 한 단락도 천국이었던 적은 없었으니까. 다만 이번만큼은 해도 해도 너무한다. 모친이 나에게 쏟아 붓는 욕설과 패악은 날마다 진화에 진화를 거듭하고 있어 간신히 부여잡고 있는 너덜너덜해진 멘탈마저 하루에도 열두 번 속절없이 허물어지고 있는 실정이다. 이성으로는 '제정신으로 하는 언행이 아니다.'라는 것을 매우 분명하고 또렷하게 인지하고 있음에도 나도 모르게 창자 저 끝에서부터 끓어오르는 천불을 다스릴 길이 없는 것이다.

 각설하고 하소연할 곳이 필요했다. 어디라도 속내를 털어놓고 그 누구에게라도 위로받고 싶었다. 그래서 찾아왔다. 일부러 차를 몰고 두어 시간은 족히 달려야 도착하는 (태어나서 단 한 번도 밟아 본 적 없는) 낯선 도시로. 나에 대해 또는 나를 아는 지인에 대해서도 일절 알 리 없는 무당에게로. 어쩌면 나는 은밀하게 묻고 싶은 것이 있었는지도 모른다. 이 지옥과도 같은 삶을 도대체 언제까지 이어가야 하는지. 아니, 그냥 까놓고 말하자. 모친의 명줄이 얼마나 더 남았는지를 묻고 싶었을 것이다. 그런데 이 무당, 그 마음을 알아채기라도 한 걸까. 자리에 앉아 가녀리게 뜬 무당의 눈과 마주치자마자 뚝뚝, 눈물부터 쏟아내고 있는 나의 감정은 아랑곳하지 않고 아주 대놓고 '간악한 년'이라고 대못을 박는다. 쿵쿵, 말릴 사이도 없이 가슴팍에 와서 박히는 대못!

 그런데 또 참 이상도 하다. 아프기는커녕 시원하니 말이다. 말은 저리해도 무당의 말투에서 묻어나는 친근한 '껴안음' 같은 것일까. 아니다. 그것은 그냥 타고난 팔자가 (모친의 표현에 의하면) 더러운 탓일 것이다. 세상은 어느 한순간이라도 내 편에 서 준 적이 없었으니까. 오늘처럼 (누구의, 그 어떠한 형태의) 위로와 격려라도 절실한 순간

일수록 더욱더 냉혹하게 내게서 등을 돌렸으니까. 아주 어리던 날부터 지금까지. 한 번의 이변도 없이 쭉 그래왔으니까 말이다. 맞다. 이것이야말로 익숙한 일이지. 너무나도 익숙해서 당연한 일인 것을. 이상할 것도 없는 상황이다.

"제가 효녀라고 말한 적도 없고 효녀라고 생각한 적도 없습니다. 다만 가족이라고는 남동생과 이모네 가족이 전부인데, 모두가 항암 치료를 멈추고 요양병원으로 모셔야 한다는 것을, 제가 뜯어말리긴 했어요. 어떻게든 해보겠다고. 살려보겠다고요. 저희 집으로 모시고 온 건 그래서였는데. (흑, 터지는 울음을 참아내며) 그런데도 엄마는 눈만 뜨면 '내가 당장 죽더라도 네년 배때기부터 찢어발기고 죽겠다'고 하루 종일 저를 향해 욕설을 퍼부어댑니다. 마음 같아서는 엄마 손에 부엌칼이라도 쥐여주고 '그래, 찢어 죽여. 당장 죽이라고.' 하면서 그 앞에 드러누워 뱃가죽을 내주고 싶어요. (숨을 몰아쉬며) 이제는 정말 지쳤습니다. 종일 그런 극단적인 욕구와 싸우는 것도. 아니, 실제로 그런 일이 일어날 것만 같은 두려움까지도. 이제는 엄마가 아니라 저 자신이 더 무서워요. 흑!"

말을 하다 보니 방금 전 들은 무당의 독설에 순식간에 말라붙었던 눈물샘이 또다시 훅, 터지고야 만다. 무당은 이제는 아주 통곡을 하다시피 꺽꺽대며 울고 있는 나에게 티슈 박스를 쓱, 밀어주고는 다소 누그러진 목소리로 말한다.

"그러게, 능력도 안 되는 것이 도맡기는 왜 도맡아서 여러모로 성가시고 골치 아프게 하냔 말이다. 능력도 안 돼. 실력도 안 돼. 돈도 안 돼. 당최 뭐 하나 되는 게 없는데도 세상을 다 구원할 것처럼 착한 척은 혼자 다 하고 지랄을 떨었느냔 말이다. 그러다가 또 곤두박질치거나 낭떠러지라도 만나면 (당연하게 일어나는 일이지 않겠나?) 곧바로 '피해자 코스프레' 자세로 돌변할 거지 않나. 자네 같은 족속들이 허구한 날 하는 염병할 짓거리가 딱 그 수준인 게야. 말 나온 김에 내가 한마디만 쐐기를 박아줄까나. 이 좋은 세상을 비극의 도가니로 만드는 주범이 누군지 아나? 바로 자네처럼 양심은 없고 착하기만 한 사람들이란 말이야. 사바세계 중생들이야 속일 수 있겠지. 그러나 신을 속일 수는 없어. 암, 없고말고. 그러니까 개수작 부리지 말고 솔직해져 보서. 그따위 가증스런 가면은 집어치우란 말일세."

엄마야, 이 무당 말본새 좀 보라지. 아무리 신을 모시고 신의 말을 전달하는 사람이라고 해도 그렇지, 생사람을 피 한 방울 나지 않게 포를 떠서 망망대해 뗏목 위에 실어 말려버릴 태세이다. (병마와 싸우느라) 제정신이 아닌 모친의 욕지거리와 패악으로 인해 밑바닥까지 드러난 마지막 자존심까지도 박박 긁어 아구아구 씹어 먹고 있지 않은가. 그럼에도 불구하고 화가 나기는커녕 마음이 누그러지고 편안해지는 것은 또 뭔 상황인가. "아이고, 그간 세월을 어찌 견뎠을까나, 참으로 고생 많았네." 이런 식의 입에 발린 위로보다

정겹고 다정하기만 하다. 아니, 심지어 따뜻하기까지 하다. 누구(모친) 말대로 나는 더러운 팔자를 타고 난 것이 분명하다. 그렇지 않고서야 그간의 인생사며, 이러한 말도 안 되는 상황과 감정을 다 납득시키거나 설명할 방법이 없다. 그렇지 않은가.

  모친이 처음 혈액암 판정을 받은 것은 3년 전이었다. 당시는 오랫동안 알고 지내며 오빠 동생 사이로만 있었던 남편과 살림을 차려, 모친 집으로부터 막 분가를 했던 시기이기도 했다. 결혼식 없이 혼인신고만 하고 남편이 살던 자취방으로 거주지를 옮긴 것이 전부인 혼인이었지만 태어나서 처음으로 모친이 아닌 다른 누군가와 함께 산다는 것 자체가 주는 일신상의 변화는 그 자체만으로도 신선했다. 설레기도 하고 두렵기도 하고 말이다. 그러나 그러한 감정을 채 성숙시키기도 전에 모친의 암 발병 소식이 전해졌다. 신혼의 달콤함이 무르익기도 전에 나는 다시 모친에게 매달릴 수밖에 없었다. 일하는 시간을 제외하고는 모든 시간을 자진해서 모친의 병수발에 갖다 바쳤다. 다행히 새로 나왔다는 치료제가 잘 맞았는지 모친의 항암 치료는 성공적이었다. 항암 치료를 받는 그 피 말리는 기간에도 가족(남동생과 이모)은 간병에 필요한 실질적인 시간을 할애하는 데에는 이웃 점포주들보다도 인색하게 굴었다. 말로만 이런저런 걱정을 하거나 이런저런 (검증되지 않은) 정보를 가져와 근심을 나누는 식이었다. 더 힘들었던 것은 주말에나 한 번씩 얼굴을 디밀고는 이런저런 모친이 좋아하는 생물을 박스 채로 사서 주방식탁에 떡하니 올려놓고는 그것을 나 혼자 일일이 손질해서 차려 내놓은 밥상을 받아먹고서야 서두르면서 그들 집으로 돌아갔다. 그런 날이면 모친은 밥상머리에 앉아 내내 즐거워하며 행복해했지만 나는 초죽음이 돼서 집으로 돌아와야 했다. 손님처럼 왔다가 손님처럼 가버리는 그들도 가족이랍시고 모친 앞에서 또 모친 입속의 혀처럼 말은 또 어찌나 잘하는지. 나중에는 핏줄이고 뭐고, 그들 얼굴만 봐도 토가 나올 지경이었다.

　모친의 항암 치료가 끝나고도 나는 자동차로 1시간 가까이 걸리는 모친의 집을 하루도 거르지 않고 출퇴근하다시피 했다. 손수 식사를 챙겼고 집안일을 돌봤다. 남편은 '그렇게까지 하다가는 당신이 쓰러질 판'이라며 일주일에 한두 번 들여다보는 것으로 줄이라고 조언했지만 하루라도 가지 않으면 도무지 내가 불안해서 견딜 수가 없었다. 그럼에도 모친은 괴팍하고 모질었다. 어렸을 때부터 유독 나에게만 매를 들었고 욕을 하면서 일을 시켰다. 팥쥐 엄마가 콩쥐 부리는 수준은 저리 가라, 할 만큼이나 매정했다. 병마에 지친 몸을 돌봐줄 사람이라고는 오직 나뿐이라는 것을, 그간의 행실을 따져보더라도 벌써 알았을 텐데도 모친이 나를 대하는 성정에는 아무런 변화도 일어나지 않았다. 내가 차려주는 저녁 식사가 부실하다고 밥그릇을 뒤집어엎기 일쑤였고 바닥을 닦기 위해 쪼그리고 앉아 방걸레질을 하고 있으면 "네년이 그렇게 네 발로 발발 기어 다니는 꼬락서니만 봐도 화가 치밀어 올라 미치겠다."면서 냅다 발길질을 해대곤 했다. 어려서부터 욕설 섞인 매를 맞는 것이 일상이었던 나에게는 그런 것들이 익숙한 상황이었지만, 남편은 그런 모습을 볼 때마다 몹시 거북해하며 헛기침을 했다. 서둘러 눈을 찡긋, 하며 눈치를 주면 남편은 조용히 현관문을 열고 나가 담배를 피우고 한참 있다가 어두워진 얼굴에 민망한 표정을 얹고 들어와 TV 화면만 뚫어져라 들여다보았다. 아무리 말해도 남편은 이해하지 못했다. 나는 모친이 내게 욕을 하거나 손찌검을 하는 상황을 더 안전하다고 느낀다고. 오히려 따뜻한 눈빛으로 쳐다보면 나는 더 무섭다고. 정말인지 나는 모친의 독기가 빠진 따뜻한 눈동자가 더 어색하고 낯설었다. 아주 가끔이라도 모친이 그런 눈빛으로 나를 쳐다볼 때면 나는 뒤도 돌아보지 않고 냅다 도망쳤다. 그것은 뭐랄까, '살기' 같은 것이었다. 그냥 그런 느낌이었다. 왜인지는 모른다. 아직까지도.

"조상문이 열렸는데, 자네가 무슨 수로 그걸 막겠다고. 사람이라면 제 타고난 분(分) 알아야지. 자기 코가 석 자데, 제 앞길이나 닦아 나가면 그뿐인 것을. 무어 잘났다고 모친 몫까지 닦겠다고 염병인가, 염병은. 자네가 고집 피우지 않았으면 늦게라도 저 혼자 저세상 갈 준비하며 백에 삼십이라도 닦아나갔을 것을. (절레절레 고개를 흔들며) 그 잘난 자네 마음 한 자락 더 편하겠다고 그럼 쓰나. (쯧쯧) 정작 자신이 뭔 짓을 했는지도 모르니, 소귀에 경을 읽고 말지. 참으로 딱하고 한심한 사람일세."

무당의 말인즉, 내가 모친 집을 들락거리며 모친의 화를 끓게 해 치료가 잘 됐던 암이 다시 전이됐고, 다시 시작된 항암 치료 부작용으로 섬망 증세가 심해진 모친을 요양병원으로 모시자는 가족의 권유를 무시하고 또다시 내가 고집해서 집으로 모셔온 것 자체가 모친이 닦고 가야 할 마지막 기회(또는 시간)를 망쳐버렸다는 것이다.

눈물을 뚝, 멈춘 나는 기가 막혀 무당의 얼굴을 빤히 쳐다본다. 무당은 부채를 펴고 방울을 몇 번 흔들다가 뭐라 뭐라 말하고, 다시 방울을 흔드는 행위를 반복하고 있다. 허리춤까지 내려오는 긴 머리를 목 뒤로 단정하게 묶고 화장기 없는 얼굴에 석류색 립스틱만을 깨끗하게 바른 입술 라인. 그럼에도 무당의 얼굴에서는 말로는 설명할 수 없는 힘센 기운 같은 것이 뿜어져 나오고 있었다. 기가 눌린 나는 저절로 떨어지는 고개에 힘을 주어가며 무당의 다음 말을 기다렸다. 얼마나 지났을까.

"산다는 것은 매 순간 새롭게 피어나는 것이네. 그런데 세상이 던져놓은 '착하다'라는 떡밥에 걸려들어 본인 스스로가 피지 못하고 사는 것까지야 신명에서도 뭐라 할 수가 있나. 그러나 다른 이들까지도 자신이 걸려든 그물망으로 가두려 해서는 곤란해. 그것은 범죄라네. 형량 또한 매우 큰데, 그걸 모른단 말이야. 그것부터 알아야 하는데, 어떻게 좀 알아듣겠나."

물론이다. 알아들을 정도의 머리는 돌아간다. 바보는 아니니까. 그러니까 내가 세상이 던져놓은 떡밥에 낚여 자신의 삶을 제대로 살지 못하고 있다는 것인데, 심지어 그것이 당연하다고 믿으며 나뿐만이 아니라 내 주위의 사람들의 삶까지도 내가 믿고 있는 그물망을 펼쳐 들고 휘젓고 있다는 말이 아닌가. 그러나 모르는 것이 있다. 왜 그래야 했는지. 왜 그렇게 할 수밖에 없었는지를.

"엄마 말씀으로는 아버지가 남동생을 낳고 산후조리가 채 끝나기도 전에 급성 폐결핵으로 돌아가셨다고 했어요. 아주 어렸을 때부터 혼자 발을 동동 구르며 사는 엄마가 불쌍했습니다. 그래서 고등학교 진학도 마다하고 시장에서 엄마를 도와 건어물을 팔았습니다. 밥 짓고 빨래하는 일 같은 거야 이미 초등학교 들어가기 전부터 제 차지였고요. 무얼 새롭게 피어나고 말고 할 것도 없이, 하루하루 먹고사는 일만으로도 숨이 턱에 찼던 세월이었습니다. 지금요? 지금도 똑같아요. 아니, 더 지독하다고 해야 맞겠죠. 사람이 살면서 피어난다는 것이 대체 뭡니까. 뭐라도 하나 해결이 돼야지만 필 수 있는 거 아닙니까? 최소한 기본적인 의식주만이라도 해결이 돼야지 피어도 필 수 있는 거 아니냐고요?"

모친을 도와 평생을 건어물시장과 집을 오가며 일만 하고 살았다. 3년 전에야 시장에서 오랫동안 얼굴을 익혀왔고 그래서 믿음직했던 남성과 살림을 차려 (정식으로 결혼식을 올리지는 못했다) 살고 있다. 하나 있는 두 살 연하 남동생은 어린 시절부터 그렇게 나를 희생한 대가로 대학까지 졸업시킬 수 있었다. 공부를 하고 안하고 문제를 말하는 것은 아니다. 다만 내가 모친에게 서운한 점은 장녀로 태어나 모든 것을 희생하고 살아온 나보다 명절이나 돼야 용돈 몇 푼 들고 찾아와서 생색내기 바쁜 남동생만 추켜세우고 자랑스럽게 생각한다는 점이다. 모친에게 있어 나란 존재는 찬밥도 과하다. 땡땡 언 얼음 밥도 나보다는 나은 취급을 받았을 것이다.

사실 남동생을 결혼시킬 당시만 해도 제법 살림살이가 괜찮았다. 관광지를 끼고 있는 대형 재래시장이었고, 그때만 해도 그럭저럭 관광특수를 누렸기 때문에 동생은 결혼식뿐 아니라 신혼여행도 화려한 초특급으로 치룰 수 있었다. (그것도 그놈 복이다) 그러나 그 이듬해부터 전 세계적으로 대유행한 바이러스 영향으로 관광지 특수가 사라진데다가 온라인 플랫폼 마케팅이 활성화되면서 시장은 파리만 날리기 시작했다. 이대로 가만히 있다가는 모두가 굶어 죽을 판국이었다. 나는 여러 날 모친을 설득한 끝에 초대형 온라인 플랫폼 입점을 진행할 수 있었다. 입점까지도 어려웠지만 입점한 이후에도 공부할 것이 많았다. 담당 MD의 도움을 받아가며 주경야독하며 서서히 광고비를 늘리기 시작했다. 불안해하는 모친을 달래가며 어마어마한 경쟁자들 틈바구니 속에서 살아남기 위해 고군분투했다. 남편도 살아남겠다고 애를 쓰는 나를 이해하려고 노력하며 조용히 응원해주었다. 광고비를 늘릴수록 매출이 늘어난다는 것을 체득한 나는 담당 MD의 제안대로 꾸준히 광고비를 늘려나갔다. 이대로만 매출 규모가 늘어난다면 큰돈을 버는 것은 시간문제라고 자신했다. 미심쩍은 눈으로 쳐다만 보던 모친도 늘어나는 택배 물량을 보며 차츰 나를 믿어주기 시작했다. 그즈음에 소화가 안 돼 병원을 찾은 모친이 혈액암 확진을 받았다.

"자네 사주가 10원을 벌면 1만 원이 나가야 하는데, 돈을 벌었다고? 그나마 모친 재운으로 이날 이때껏 살았을 것인데, 모친 재운이며 수명마저도 다한 마당에 자네가 무슨 수로 돈을 벌어. 빚이나 늘리지 않았으면 다행이지."

악, 소리가 절로 난다. 맞다. 온라인 플랫폼은 나 같은 소상공인이 뛰어들어 돈을 벌 수 있는 곳이 아니었다. 광고를 돌리면서 매출은 크게 늘어났지만 빚의 크기도 같이 늘어나고 있었다. 처음에는 몰랐다. 그런데 한 달이 지나고 두 달이 지나고 세 달이 지나면서 그 원인이 드러났다. 많이 팔수록 적자가 나는 구조였다. 원가 상승에도 불구하고 상품의 판매가는 낮춰야 하고 무리한 수수료 요구에 늘어나는 광고비 그리고 택배비에 포장 알바 비용까지 제하고 나면 오히려 매달 수백만 원이 마이너스였다. 심지어 간신히 끌어올려 놓은 주력상품까지도 큰손들의 담합으로 인해 가격뿐 아니라 물량까지 막히면서 그동안 쌓아놓은 후기며 평가까지도 흔적 없이 날려 보내야 했다. 그때라도 포기했어야 했는데. 사람이라는 게, 그렇게 되지가 않았다. 그동안 어떻게 해서 여기까지 왔는데, 이런 생각은 쉽게 접지도 못하게 만들었다. 오히려 광고비를 더 올려보자는 쪽으로 가닥을 잡았고 당연히 재원 문제가 생겼다. 급한 대로 모친 암보험에서 나온 보험금에 손을 댔다. 그 돈이 1억 원이었다.

한 방만 제대로 터지면. 그렇게만 되면 곧바로 갚을 생각이었다. 그러나 그 돈이 유통플랫폼 거대한 블랙홀로 빨려 들어가는 데까지는 그리 긴 시간이 필요하지도 않았다. 불과 서너 달 만에 모친의 보험금마저 흔적도 없이 사라졌다. 대출에 사채까지. 빚은 순식간에 기하급수적으로 불어났다. 나쁜 아니라 남편 신용으로 받을 수 있는 신용대출까지 꽉 채워 털린 다음에야 나는 포기할 수 있었다. 개인회생 절차를 밟기 시작했고, 거기에 필요한 변호사비용 5백여만 원은 그간의 사정을 누구보다 잘 알고 있는 시장연합회장이 빌려줬다. 그것이 바로 엊그제 일이다.

"살아보려고 그런 겁니다. 잘 살아보겠다고 한 거라고요. 저 혼자 잘 먹고 잘 살려고 시작한 일도 아니었고, 다른 방법이 없었단 말입니다. 평생을 해온 일인데, 세상이 바뀌었으니 바뀐 대로라도 살아보겠다고 한 건데. 이렇게 악랄하게 쪽 빨아 먹힐 줄은 몰랐던 겁니다."

"그건 내 알 바 아니고. 돈 문제는 머리끄댕이를 잡고 싸우든, 엎드려 빌든, 바리케이드를 치고 막아내든 가족끼리 알아서들 해결

하셔. 다만, 모친만은 이제 그만 놓아드리시게. 그것이 서로가 잘 사는 길이야."

 집으로 돌아오면서 내내 무당이 던진 마지막 말이 머릿속을 뱅글뱅글 돌았다. 내가 잡고 있었구나. 엄마는 제발 좀 가서 너 알아서 피어나라고 그렇게 평생을 욕을 하고 매를 들었던 거로구나. 그렇게 욕을 먹고 매를 맞으면서도 엄마 빈 젖통에 매달려 징징거리고 있었던 것은 바로 나였구나. 자동차 유리창으로 후두둑, 빗방울이 떨어진다. 태풍이 온다고 했었나. 바람이 더 거세지기 전에는 도착할 수 있을까. 나는 액셀을 더 세게 밟아 본다.

 비바람이 치는 해안도로로 접어든 낡은 1톤 트럭 한 대가 서서히 속력을 높이고 있다. 제법 속력이 붙은 트럭은 곧 비바람 속으로 사라져 더는 보이지 않는다. 그 뒤로도 줄지어 달리고 있는 여러 대의 차량들 또한 거세지는 비바람을 뚫고 달리느라 춤을 추듯 비틀거리고 있었다.

설거지 당한 남자의 최후

"내가 탄 자동차가 이미 터널 속으로 진입했는데 나아가는 수밖에. 달리 방법이라도 있습니까? 멈출 수도, 차를 돌려나올 수도 없습니다. 일단은 그대로 밀고 나가야지요. 밝은 빛 동그라미가 보일 겁니다. 결정은 동그라미 밖으로 나와서 해도 늦지 않습니다. 일단은 터널을 나와야 선명하게 보이지 않겠습니까?"

나는 요즘 말로 설거지를 당한 남자이다. 아내라는 사람에게서 설거지를 당했다는 사실을 깨달은 순간부터 밥알이 목구멍을 통과하는 것이 얼마나 위대한 일인지, 밤에 잠을 잘 수 있다는 것이 얼마나 엄청난 일인지를 몸소 깨닫고 있다. 뭐 이렇게 돌려 말할 것도 없다. 그냥 까놓고 말하자. 한마디로 내 인생은 망했다. 내가 준비한 물 잔에 똥 덩이를 비타민인 줄 알고 덥석 넣어버렸으니, 말 그대로 똥물이 됐다. 냄새가 구린 것은 둘째 치고 다시는 그 물을 마실 수도 없다. 반들반들 닦아온 모든 엘리트 코스와 성과가 구린내가 진동하는 똥통으로 변질됐단 말이다. 한 남자의 인생이 한순간에 골로 갔다는 사실을 겸허하게 받아들여야 했다. 아니, 사실은 이미 받아들였다. 그래서 확인하러 왔을 것이다. 그 누구에게라도 '너는 끝났어.'라고 확인받고 싶은 것이다. 지금 내 앞에 앉아 무심한 눈빛으로 돌돌 만 염주 알을 굴리고 있는 당신이 확인해 달라. 무당 같지 않은 느낌으로, 심지어 연예인 뺨치게 곱고 아리따운 얼굴을 가진 당신이 하면 된다. 똑 부러지게 야무진 입술을 터뜨려 서 말해보라. 냄새나는 더러운 똥물을 앞에 두고 더 이상 망설이지 말라고. 그럴 필요 없다고. 그냥 깨끗하게 인생 종 치고 사라지라고. 그런데 무슨 터널? 심지어 밝은 빛 동그라미? 이 무슨 개 풀 뜯어 먹는 소리란 말이냐?

"터널이라고요? 말씀 잘하셨네요. 맞습니다. 시꺼먼 터널 속이죠. 끝도 알 수 없는 지하로 뻗어 있는. 그런데 애석하게도 빛이 터지는 동그라미는 없습니다. 아, 그 비슷한 모양새는 하나 찾을 수 있겠네요. 쥐도 새도 모르게 아내를 죽여 버릴 수만 있다면 말이죠. (고개를 가로저으며) 아니, 아니. 그것 역시 아무런 의미가 없는 일입니다. 풀어진 똥 덩이 건져내 봤자 어차피 맑은 물은 글렀어요. 손만 더럽히고 마는 짝이죠."

말을 하면서도 답답증이 확 밀려와 숨이 차오른다. 나는 왜 아내를 만나 어이없이 결혼을 했단 말인가. 처음 아내를 만난 것은 4년 전이었다. 당시 나는 37살 노총각이었지만, 결혼이 급박하다는 생각은 1(일)도 없었다. 초고속 대기업 과장 승진을 했던 시기였고, 나름 '성공'이라는 환상에 도취돼 어깨에 힘을 주던 때였다. 또한 서울 요지에 30평형대 아파트를 가지고 있었고 중형세단도 몰고 있었다. 시골에 계신 부모님의 검소한 생활방식을 배운 탓이기도 하지만, 회사에서 얻는 재테크 정보 덕도 보았기 때문이다. 아무튼 그 시절의 나는 빛나고 있었다.

그냥은 아니다. 대한민국이 원하는 인재상에 부합하기 위해 어린 시절부터 열심히 공부했고 인격 수양 또한 게을리 하지 않았다. 그에 따른 당연한 수순이기는 했지만 최고의 인재들이 모이는 S대 경영학과를 수석으로 졸업했다는 것은 자랑도 아닐 것이다. 사업보다는 대기업 임원을 목표로 잡았고 대기업 또한 수석으로 입사했다. 타고난 성정이 그런 것인지, 기업에서도 꼭 필요한 인재가 되기 위한 주경야독을 생활화했다. 그들이 원하는 자질과 재능을 쌓는 것 외에 다른 것은 별로 생각해본 적이 (잠시 생각) 없다. 아니, 관심 자체가 없었다. 이 시대 우리 사회가 원하는 최고의 인재로 존재하는 것만으로도 나는 충분히 빛날 수 있다고 자신했다. 그것은 신념 같은 것이었다. 따라서 나 자신에 대해 나아가 인간에 대해 더 나아가 인생에 대해서는 생각하지 않았다. 그런 것은 삶에 필요한 덕목이 아니었다. 오히려 그러한 성찰 따위는 거추장스러운 것이었다. 결혼에 대해서도 마찬가지 생각이었다. 결혼 또한 나를 빛나게 할 수 있는 하나의 사회적 장치일 뿐, 거기에 사랑이나 감성을 더한다는 것은 영 거북하고 낯설었다. 그래서 급하지 않았다. 신분을 조금 더 높여놓은 다음 진행하는 것이 오히려 더 유리하지 않을까, 싶은 마음도 작용했을 것이다. 자의든 타의든 주변 지인 등의 소개로 결혼목적 맞선 자리에 여러 번 나가보기도 했고 그중 몇 명은 수 주에서 몇 개월 정도 깊게 사귄 여성도 있기는 했다. 그러나 일과 승진에 마음을 빼앗긴 (미친) 남자를 끝까지 인내해주는 여성은 없었다. 서로 미적미적 간만 보다가 결국은 마침표를 찍고 마는 식으로 관계는 종료됐다.

그런데 아내는 달랐다. 어쩌다 후배 소개로 만나게 된 아내는 처음 만날 날부터 "오빠라고 불러도 되죠? 나, 첫눈에 이렇게 반한 사람은 오빠가 처음! (훗.) 나 아무래도 오빠 만나려고 태어났나 봐요." 이런 식의 말을 서슴없이 날렸다. 작고 갸름한 얼굴에 늘씬하면서도 육감적인 몸매가 매력적이었던 7살 연하 여성의 귀여운 공세는 의외였다. 거기에 대응할 수 있는 방어벽은 미처 준비하지 않았다. 아니, 있었다 해도 스스로 작동하기를 멈췄을 것이다. 뜨거운 여름날 손에 쥔 아이스크림처럼 나는 아내의 몸과 말과 애교 앞에서 속절없이 녹아 흘러내렸다. 아내의 말처럼 나 또한 아내를 만나기 위해 좋은 혼사 자리도 마다하고 기다려 온 것이 아니었을까, 하는 생각까지 들 정도로. 아니, 확신할 정도로 말이다.

　아내와의 만남을 이어갔고, 딱히 결혼을 생각한 것은 아닌데도 어어, 하다가 정신을 차려보니 어느덧 나는 턱시도를 입고 결혼식장에 서 있었다. 아내와 만난 지 6개월 만이었다. 아내는 이미 임신 3개월이었고, 시골에 계신 모친은 소원을 풀었다며 동네잔치를 열었다. 공기업 계약직으로 근무하고 있던 아내는 결혼과 동시에 임신으로 인한 피로감을 호소하며 전업주부로 전향했다. 결혼절차 또한 간단히 축소했다. '요즘 추세'라며 예단과 예물 등을 모두 생략하고 내가 살고 있는 집으로 들어와 동거하는 것으로 결혼절차의 모든 성가심을 해결했다. 내가 지금 그것을 두고 뭐라고 하는 것은 아니다. 문제는 그다음에 나타났다. 아내의 태도가 결혼 전과 180도 바뀌었기 때문이었다.

　아내가 변한 것은 정확하게는 혼인신고를 마치고 나서부터였다. 당시에는 몰랐는데, 지금에 와서 돌이켜보니 그렇다. 아내에게는 계획이 있었던 것이다. 혼인신고를 마친 이후 지금까지 아내와 합방을 한 적이 없다. 처음에는 몰랐다. 임신 중이었던 아내가 각방을 제안했을 때만 해도 나는 아무것도 몰랐다. 아내는 임신 중에는 배 속의 아기를 이유로 들었고, 아기를 출산한 이후에는 (아기를 제대로 돌보는 것 같지도 않지만) 육아를 이유로, 돌이 지나서는 산후우울증이라는 정신적인 이유를 들이대며 부부관계를 거부했다. 그래, 좋다. 그것까지도 나는 이해할 수 있다. 그러나 그것은 빙산의 일각이다. 아내는 청소며 빨래와도 같은 기본적인 집안일도 하지 않았다.

처음에는 퇴근한 내가 대충 청소기를 돌리거나 아내가 시켜 먹고 흉측하게 널브러진 배달음식이 담겨졌던 일회용기 등을 치웠지만, 그것도 한계가 있었다. 몇 번은 아내에게 말하고 가르치려고도 해보았지만, 아내는 그럴 때마다 "그렇게 잘하면 당신이 하면 되잖아요."라고 말하고는 토라지듯 돌아서서 안방 문을 쾅, 닫고 들어가 나오지 않았다. 아침밥을 챙겨주는 일도 없었고, 와이셔츠와 양복을 세탁소에 맡기는 간단한 일조차도 하지 않았다. 아기가 아이방에서 밤새 울어도 방문을 열고 나오는 법이 없었고, 열이 펄펄 끓어도 일하다 말고 내가 달려와 까무러치기 직전인 아기를 들쳐 안고 응급실로 뛰어야 했다. 모친이 시골에서 보내온 밑반찬과 농산물은 한 번도 꺼내지지 않은 채로 냉장고에서 썩어나는 일이 다반사였고 아내는 성가시게 그런 것들을 보낸다며 노골적으로 모친에 대한 욕설을 퍼부어대기도 했다. 식탁 위에는 아내가 정신과에서 처방받은 '산후우울증' 약봉지가 먼지와 함께 탑을 쌓아가고 있었지만, 아내가 그 약을 자신의 입속으로 털어 넣는 광경은 단 한 번도 보지 못했다. 그때까지도 나는 내가 아내로부터 설거지를 당하는 중이었다는 것을 깨닫지 못했다. 그것을 깨닫게 된 것은 우연히 일어난 자동차 사고 '덕분'이었다. '덕분'이라는 말이 기막히지만 달리 다른 표현이 생각나지 않는다. 아무튼 나는 출장길에 일어난 자동차 추돌사고로 인해 내가 아내에게 설거지를 당했다는 것을 알게 됐다.

 그날은 오전 회의를 마치고 긴급하게 잡힌 출장일정을 소화하기 위해 인천국제공항으로 급하게 차를 몰고 가던 중이었다. 그런데 터널 안으로 막 진입하면서 차선을 변경하는 앞차를 세게 박는 사고를 내고 말았다. 에어백이 터졌지만 도리어 그 충격으로 인해 나는 그 자리에서 정신을 잃었다. 그리고 얼마나 지났을까. 병원 응급실에서 정신을 차렸을 때는 손가락 하나 움직일 수가 없었다. 흡사 가위에 눌린 것처럼 아무리 몸을 움직이려고 애를 써도 움직일 수가 없었다. '내가 죽은 걸까.'라는 생각이 드는 순간, 나는 내 몸에서 분리돼 천장으로 붕 떠오르고 있었다. 놀라운 경험이었다. 나는 둥실, 떠올라 천장에 등허리를 붙이고 반듯하게 누워있는 나의 육체를 내려다봤다. 의사와 간호사 그리고 환자들의 모습과 그들의 목소리까지 선명하게 보이고 들렸다. 두려움보다는 신기한 마음으로 응급실 여기 저리를 둘러보던 나는 문득, 소식을 듣고 아내가 어디 와 있을 텐데, 까지 생각이 미쳤다. 그 생각이 드는 순간, 나는 이미 벽을 통과해서 병원 복도를 따라 로비 천장에 있었다. 둘러볼 것도 없이 로비 한쪽 귀퉁이 의자에 앉아 누군가와 통화를 하고 있는 아내의 모습이 보였다. 순간, 반가운 마음이 든 나는 손을 흔들며 아내에게 다가갔다. 가까이 갈수록 아내의 목소리도 선명하게 들렸다. 그런데 통화내용이 매우 많이 이상했다.

"거의 다 왔어. 불만이 턱까지 차올랐을 거라고. 사고까지 났으니 짜증의 수위를 조금 더 높여볼게. 아니, 안 돼. 내가 먼저 '이혼' 얘기를 꺼내면 안 되지. 선수가 왜 이래? 조금만 참으래도. (저쪽에서 무슨 얘기를 하는지, 꺄르륵, 웃으며) 아이, 나도 미칠 거 같다고. (흥흥, 거리며) 아악, 그만, 그만해 자기야! 팬티 다 젖는단 말이야. 나 지금 팬티 라이너도 안 했다고. (키득거리다 문득 주위를 살펴보니 얼른 다리를 꼬면서 수화기에 손을 대고 은밀한 목소리로) 사고가 날려면 아예 크게 나던가. 사고만 났다뿐이지 몸은 멀쩡하더라고. 사망보험금만 받아도 우리 빚은 얼추 해결될 텐데. (잠시 한숨) 지금 누워 있는 건 그냥 쇼크 같아. 얼굴도 멀쩡하고 다친 데도 하나 없어 보여. 의사도 지금은 안정 중이니까 곧 깨어날 거라고 하더라고. 아이 짜증 나, 정말. (서운해하며) 왜 벌써 끊어야 해? 나 친정 간다고 하고 오늘 자기한테 갈까? 응? 아아, 맞다, 맞아. 현모양처로서 최선을 다했다는 것을 이럴 때라도 드러내야 하는 거지. (짜증스럽게) 알았어, 알았다고. 걱정 마, 조심할게. (한숨을 쉬며) 이따 전화하면 받을 거지? 그래 끊어."

아내 바로 옆에서 앉아 아내의 통화내용을 들으면서도 나는 '이건 꿈일 거야.'라고 스스로를 위로하고 있었다. 또 한편으로는 아내와 통화한 사람이 누군지, 아내에게 정말로 빚이 있다는 것을 밝혀내면 꿈인지 사실인지 알 수도 있겠다, 는 생각도 들었다. 그 생각을 함과 동시에 서둘러 알아봐야겠다는 생각을 하던 찰나 번쩍, 눈이 떠졌다. 방금 전까지 아내 옆에서 아내의 전화통화를 듣고 있던 나는 응급실 침대에 누운 채로 좀 전에 내 등허리를 붙이고 떠 있었던 천장을 보고 있었다. 손가락을 움직여 보니 자연스럽게 움직여졌다. 조심해서 몸을 일으켜 세워보니 몸도 일으켜졌다. 나는 침대에서 일어나 앉아 내게로 다가오고 있는 아내의 모습을 물끄러미 바라보았다.

"두 가지 방법이 있습니다. 상대가 원하는 대로 해주는 것이 그 첫 번째이고요. 두 번째는 내가 원하는 대로 하는 것이지요. 그러나 지금은 터널을 나오는 것이 우선순위입니다. 터널 속에서는 차선 변경도 유턴도 멈춤도 허용하지 않습니다. 일단은 밀고 나오세요."

나오라. 터널 밖으로 나오라. 그러나 어떻게. 퇴원 후에 나는 아내가 나와 결혼하기 전부터 가지고 있던 수억 원대의 빚을 확인했다. 또 아내와 통화한 사람은 아내를 나에게 소개시켜주었던 후배의 사촌 형이라는 것도 밝혀냈다. 그러나 거기서 끝이 아니었다. 아내에 대한 조사를 이어갈수록 더 기함할 사실들이 꼬리에 꼬리를 물고 밝혀졌다. 결혼식장에 왔었던 아내의 직장 동료며 친구들까지도 아내에 대해 좋게 말하는 사람이 없었다. 남성편력은 둘째 치고 인성이며 뭐며 아내를 좋게 기억하는 사람은 단 한 명도 없었다. 후배는 사촌 형 여자 친구인 줄 몰랐다고 발뺌했지만, 아내가 나에 대해 물어보았을 때 나에 대해 알고 있던 모든 정보(성격, 취향, 가족관계, 지위, 재산 정도 등)를 빠짐없이 전해주었던 것은 사실이라고 이실 직고했다.

"터널 밖으로 나오면 뭐가 달라질까요. 이혼만이 정답인데, 아내의 계획은 이혼이 아니거든요. 내가 이혼을 요구하게끔 유도하고 그간의 정신과 진료 등을 내밀고 혼인의 법적인 책임을 강요할 겁니다. 서서히 피를 말리며 내가 모든 것을 포기하고 이혼만을 해 달라, 고 울고불고하길 기다리겠지요. 결국 나는 모든 것을 잃을 겁니다."

허리까지 내려오는 긴 머리를 중국무협영화에 나오는 여성 호위 무사처럼 꾸민 무당이 내 말을 끝까지 다 듣고 나더니 조용히 일어선다. 그리고는 한쪽 벽에 모신 신전으로 가서 두 손을 모아 기도를 올린다. 상담 중이라서 다소 당황스런 상황이기는 했지만, 나는 이왕 여기까지 온 거 끝장을 보자, 는 태세로 기다려 본다. 무당의 기도가 끝나기를. 그리고 마침내 나에게 '종(終)'을 명령하기를.

"대주님 말씀대로 물 잔을 엎어버리고 새로운 물 잔을 취하는 것이 가장 현명한 방법입니다. 그런데, 우리 할머니 말씀이 '떡 줄 사람은 생각지도 않는데, 김칫국부터 마시는구나.' 하십니다. 이 말의 의미는 대주님을 위해 준비된 새로운 물 잔은 없다는 말씀이지요."

기도를 마치고 다시 자리에 앉은 무당이 조용히 입을 열더니 이렇게 말한다. 내 참, 누구라도 할 수 있는 말을 참 오래도 뜸 들여서 한다.

"그래서 대체 결론이 뭡니까? 이대로는 단 하루도 견디기가 어려운데 멈춰도 안 된다, 차선변경도 안 된다, 돌려 나오는 것도 안 된다, 죽어 새 몸 받는 것도 안 된다, 다 안 된다는 말 아닙니까."

이 무당, 사람 마음을 이렇게 꿰뚫지 못해서야 어디 입에 풀칠이나 하고 살련가. 그냥 적당히 나눠주고 정리한 다음 재수굿이나 한번 시원하게 하면 금방 새롭고 좋은 인연 만나 더블로 복귀할 수 있다고 구슬리거나 그게 아니면 삼신할미가 마침 좋은 부모 자리 놓고 괜찮은 영 하나 찾는 참인데, 굿 한 판 벌리면 내가 잘 연결해줄 터이니 다음 생을 위해 돈 아끼지 말라고 으름장을 놓기라도 해야 할 것이 아닌가. 우라질. 재수가 없으려니까 찾아온 무당마저 이현령비현령(耳懸鈴鼻懸鈴) 따위의 말만 읊고 있는 것이 아닌가.

"대주님, 아까도 말씀드렸다시피 둘 중 하나를 선택하시되 터널은 일단 나오세요. 생각과 성찰의 차원을 조금만 더 높여주세요. 반드시 빛 동그라미가 보일 겁니다. 그 동그라미를 따라 터널을 통과하세요. 터널을 나오시면 명료해집니다. 이번 생을 걸고 완수해야 하는 미션이랍니다."

말을 마친 무당은 여태 한 번도 안 펴던 부채를 그제야 한쪽 손으로 조심스럽게 펴서 살랑살랑 부치다가 굳었던 얼굴 표정을 꽃처럼 피워 올리며 나를 쳐다본다. 무당이 쓴 '미션'이라는 표현이 기가 막혀 입을 헤 벌리고 얼빠져 있던 차였다. 무당은 그런 내 표정을 재미있다는 듯이 한참을 바라보다가 "아자 아자, 파이팅!"이라고 앙증맞게 말한다. 심지어 한쪽 눈까지 찡긋, 한다. 내 참, 이 무당도 참 가지가지 한다. 나는 '(아내 한 번으로도 징그럽다!) 또다시 속을 것 같으냐', 하는 표정을 부러 짓고는 불만에 찬 긴 한숨을 '공수에 대한 평가' 대신 앉았던 자리에 내려놓고 자리에서 일어섰다.

무당집이 있는 빌라 단지 주차장에 내려와 보니 비가 오려는지 까맣게 버티고 선 하늘만이 무심하게 나를 맞이한다.

"생각과 성찰의 차원을 조금만 더 높여주세요. 반드시 빛 동그라미가 보일 겁니다. 그 동그라미를 따라 터널을 통과하세요. 그것이 이번 생에 받은 당신의 미션입니다."

나는 무당의 말투를 흉내 내면서 무당이 했던 말을 따라해 보았다. 까맣게 버티고 서 있던 하늘도 기가 막힌 지 큭, 웃는 것만 같다. 나도 따라 픽, 웃어버리고 마는데 번쩍, 마른번개가 친다. 플래시처럼 터진 빛줄기 하나가 하늘을 찢었다가 순간적으로 다시 붙여놓는다. 섬광처럼. 아니, 계시처럼. 나는 그 찰나의 순간에 터널을 통과하고 선명하고 명료하게 살아가는 나의 모습을 보았다. 병원 응급실에서 체험한 '유체이탈' 2탄처럼 '미래의 자신'을 본 것만 같은. 꼭 그런 느낌이었다.

나는 머리에 찍어버리듯 들어온 메시지를 잊어버릴세라, 부랴부랴 자동차에 올라타 재빠르게 시동을 켜고 액셀을 밟았다. 자동차가 까맣게 버티고 선 하늘을 밀면서 서서히 앞으로 나아간다. 운전대를 손에 쥔 나는 액셀을 밟은 발에 조금 더 힘을 줘 본다. 속도가 오르면서 나는 이내 안도의 한숨을 내쉰다. 그리고 "무당의 말대로 다른 결정은 모두 뒤로 미루자. 지금은 사고가 났던 터널을 통과하는 것에만 집중해 보는 거야."라고 혼잣말을 한다. 만에 하나, 무당의 말이 옳을 수도 있지 않은가. 무당의 말대로 때로는 '(원하지는 않았지만 들어서게 된, 또는 사고가 난) 터널 하나 제대로 잘 통과해 보는 것' 자체가 인생 전부를 걸고 한 번 해볼 만한 미션이 될 수도 있는 것이다. 왜 아니라고 했던가.

자동차는 어느덧 일전에 사고가 났던 터널로 부드럽게 진입했다. 사고가 났던 지점도 비틀거림 없이 경쾌한 속도로 통과했다. 사고 지점을 통과하는 동안 나는 운전대를 잡고 있는 강단이 느껴지는 나의 손과 액셀을 밟고 있는 묵직하고 진중한 나의 발에 의식을 집중해 보았다. 새끼손가락 끝에서부터 아니, 엄지발가락 끝에서부터 미션 성공에의 어떤 기특한 자신감 같은 종류의 감정이 찌릿찌릿 일어서는 것이 느껴졌다. 그러한 감정들은 흡사 전기처럼 나의 심장을 관통해 정수리까지 뻗어 나가고 있었다.

　11km에 달하는 터널을 통과해 나가며 나는 제멋대로 엉겨 붙었던 생각들을 마저 정리했다. 결론을 말하자면 아내는 죽을 때까지 나와 이혼할 수 없을 것이다. 마른번개가 칠 때, 그때 말이다. 찰나였지만 얼핏 보았던 미래의 나는 아내에게 설거지하는 법을 가르쳐주고 있었다. 그것도 매우 많이 자상하게 그리고 미치도록 느리게.

　"설거지는 이렇게 하는 거야, 여보. 자, 제대로 할 때까지 우리 처음부터 다시 한번 시작해볼까?"

아델라인에게 바치는 세레나데

"네가 데리고 살 사람도 아닌데, 무엇하게 네 잣대를 들이대서 기다, 아니다 소란을 떤단 말인가. 본인 본분이나 잘 지키고 사셔. 이럴 시간 있으면 네 남편 하나라도 더 챙겨주고 시부모 봉양에 마음 한 자락 더 보태란 말이다. 복덕이 다른 데서 오는 게 아니거늘. (고개를 좌우로 저으며) 소갈딱지 하고는. (쯧쯧!)"

올해 28살 된 막내 도련님 결혼식을 앞두고 밝혀진 경악을 금치 못할 손아래 동서가 될 사람의 나이는 온 집안을 발칵 뒤집어놓고도 남았다. 그것이 벌써 한 달 전 일이다. 결혼식 날짜는 하루하루 다가오는데, 그 누구도 이 문제를 터뜨리지 못하고 애만 태우고 있다. 남편은 '결혼할 여자를 선택하는 것은 당사자의 몫'이라는 말로 나의 하소연을 차단했고, 말수가 적고 느긋한 성품인 시부는 아침부터 밤까지 기원에서 시간을 보내다가 늦은 밤 돌아와 당신의 방으로 들어가시는 것으로, 지역사회에서는 제법 알려진 서예가로서 전국단위 서예협회 회장직도 역임한 바 있는 시모는 무슨 마음에서인지 아예 짐을 싸 들고 당신이 어린 시절 지냈다는 사찰로 들어가 버렸다.

그렇다고 공무원인 남편과 사내 커플로 지내다가 지난해 결혼식을 하고 시가로 들어온 풋내기 새댁일 따름인 내가 총대를 메고 나설 수도 없는 노릇이다. 그러니 이도 저도 못하고 혼자 애만 태우고 있는 상황이다. 종일 좋지도 않은 머리를 이리저리 굴리고 돌리고 비틀어도 뾰족한 해결방안은 나오지 않았다. 어려서부터 모친 손을 잡고 들락거리던 당집 이모를 찾아온 것은 그래서였다. "이모, 이모!" 하며 따르기도 했지만, 이모 또한 딸과 같이 대해주었기 때문에, 모친이 지병으로 돌아가신 이후로는 그나마 속내를 털어놓을 수 있는 유일한 어른이었기 때문이다.

"아니, 이모. 나이가 어느 정도여야지 이해를 하든지 저해를 하든지 할 게 아니냐고요. 72살이래요. 이모, 이게 상식적으로 말이 된다고 생각하세요? 시어머니보다 7살이나 더 많다고요. (말을 하려니 숨이 칵, 막히는지 한참 심호흡을 하고 나서야) 민망하고 낯 뜨거워서 차마 어디 말도 못 하고. 어머니 입장도 이해는 되죠. 이 꼴 저 꼴 보고 싶겠어요? 근데, 이모 정말로 더 기막힌 게 뭔지 알아요?"

그렇다. 더 기가 막힌 점은 따로 있다. 72살 손아래 동서가 될 사람이 올해로 30살인 나보다 더 탄탄하고 탄력 있는 몸매를 가졌다는 점이다. 심지어 얼굴은 김혜수, 고현정이 울고 갈 정도이니 말 다했다. 길고 까만 머리카락은 반들반들 윤기가 흘렀고 웃을 때마다 드러나는 하얀 이는 깨끗하고 가지런했다. 그러니 그녀가 본인 스스로 나이를 밝히기 전, 따로 식사자리를 여러 번 함께 하면서도 '아, 참 예쁘고 청초한 아가씨다!'라고만 생각했지, 나이가 그렇게나 많을 줄은 어느 누가 상상조차 할 수 있었겠는가. 한마디로 영화 속 '아델라인(늙지 않는 여자 주인공 이름)'의 현신이 나타났다고 할 만한 것이다. 그러나 그것은 영화이지, 현실이 아니지 않은가. 어떻게 현실에서 이런 기가 막히고 코가 막히는 일이 있을 수가 있단 말인가.

"이모, 우리 가족 모두는 완전히 얼이 빠진 상태라고요. 귀신이 아닌 이상, 어떻게 20대 초중반으로 보이는 젊음을 칠순이 넘은 나이에도 그대로 유지할 수가 있냐고요. 날마다 꼬리 아홉 달린 여우 피라도 갈아 먹었으면 모를까, 아무튼 이건 뭔가가 불길해요. 악의 구렁텅이에 빠져드는 느낌이라고요. 그러니까 이모. 뭐라도 좀 해주세요. 그 뭐냐, 비방 같은 거 있잖아요, 왜?"

어떻게든 좀 도와달라고 애걸복걸, 종종거리며 이모 뒤를 따라다니는데도 이모는 그런 나는 거들떠도 보지 않고 거실과 주방을 오고 가면서 커피를 내리네, 먼지가 쌓였네, 자신할 일만 하고 있다.

더 이상 물러날 곳이 없어서였을까. 오기가 발동한 나도 이모가 그러거나 말거나 다시 총알을 재정비해서 다다다, 쏘아대기 시작한다. 어쨌거나 이모는 내게 남은 마지막 보루이다. 이모한테 비방을 받아서라도 나이는 어리지만 존경해 마지않는 우리의 '천재' 도련님에게서 그 마귀보다 무서운 늙은 여자를 떼어놓아야 한다. 어쩌면 이번 일을 해결할 수 있는 것은 나뿐인지도 모른다. 나만이 해낼 수 있는 사명과도 같은. 나는 더욱 힘을 내야 한다고 스스로를 채찍질한다. 반드시 그 비방을 받아가야만 한다. 부러 모른 척하고 딴 짓에만 열중인, 이모. 바로 당신에게서.

"이모, 도련님이 대한민국 공연예술계의 떠오르는 샛별이라는 것은 전에도 얘기했죠? 어떻게 한 배 속에서 태어났는데도 우리 신랑이랑은 완전 180도 다를 수가 있을까. 내가 보기에 우리 신랑은 아버님 쪽이고 도련님은 어머니 피를 받은 게 확실해. 아니, 지금 그게 중요한 건 아니고, 이모. 그 여자는 도련님이 모스크바 연극대학교에서 연극연출학과 박사과정 밟을 때 만난 사이라는데, 서로 한눈에 반해서 만난 당일부터 곧장 불같은 사랑이 시작됐다나. 아니, 이모. 아무리 사랑이 국경과 나이를 초월한다고 해도 이건 아니지 않아? 솔직히 도련님이야 그렇다고 쳐. 그런데 그 마귀 같은 늙은 여자는 뭐냐고. 생각이란 게 조금이라도 있는 여자 같았으면 그렇게까지 했겠느냐고. 아무리 첫눈에 반했다고는 해도 그러면 안 되는 거 아냐? 심지어 결혼이라니. 내 참, 어떻게 감히 결혼까지 욕심을 낼 수가 있어? 그건 욕심도 아니고 자기만 생각하는 이기심 아니냐고. 사람의 탈을 쓰고 태어나서 어떻게 그렇게까지 이기적일 수가 있냔 말이야. (마침내 한 쪽 발을 쾅쾅, 구르며) 아유, 답답해. 이모, 제발! 뭐라도 쫌! 어떤 말이라도 좋으니까 말 좀 해봐, 쫌!"

커피를 내리다가 물티슈로 장식장이며 식탁 구석 모서리를 닦아내느라 부산한 이모 뒤를 따라다니며 종알거리던 나는 마침내 '나를 좀 봐 달라'고 생떼를 쓰고야 만다. 그럼에도 이모는 눈 하나 깜짝 안 하다가 문득 눈에 띄었는지 장식장에서 한눈에 보기에도 매우 비싸 보이는 커피잔 2개를 꺼내더니 마른 수건으로 정성껏 닦기 시작한다. 결국 식탁 의자에 털썩 앉은 나는 심통에 부푼 턱을 괴고 이모를 바라보며 기다린다. 제풀에 지친 것이다. 그런 나를 힐끗 쳐다본 이모가 식탁 위에 방금 내린 커피를 담은 고급 커피잔을 내려놓고 내 앞으로 쓰윽, 밀어준다.

"아티틀란 지역에 있는 과테말라 산타모니카 농장에서 재배한 커피라는데 신맛도 없고 아주 구수하고 좋아. 요즘 요거 내려 먹는 재미에 푹 빠졌다니까. 어서 드셔보셔."

애가 타 죽겠다는데, 불난 집에 부채질을 하는 것도 아니고. 나는 부러 커피는 본체만체하고, 식탁에 몸을 바짝 갖다 붙이고 다시 애원한다.

"이모, 나 좀 살려줘요, 제발. 시어머니보다 나이가 많은 손아래 동서를 어떻게 보고 사냐고. 나 정말 소름 끼친다니까. 무슨 괴물 보는 것 같다고. 진짜야, 이모. 이모도 그 여자 얼굴 보면 기겁할걸. 정말 20대 연예인 뺨친다니까. 솔직히 그게 정상일 리는 없잖아, 이모, 안 그래?"

커피 향을 음미하며 몇 모금 마시던 이모는 커피잔을 내려놓고 생각에 잠긴 표정이다. 그러다가 고개를 들고 천장을 바라본다. 아이고, 내 팔자야. 모두 말 못 하는 병에 걸린 것인가. 남편에 시부모. 그리고 이모까지도. 이러다가는 내 복장부터 터져나갈 판이다.

"요즘 의술이 좋으니까 젊음을 유지하는 것은 어느 정도 가능한 일 아닌가? 또 가정의 틀을 이뤘다고 해서 옛날처럼 다 같이 부대끼며 살아야 하는 시대도 아닌데, 네가 그렇게 입에 거품을 물고 반대할 일이니, 이게. 난 네가 더 이해가 안 간다. 둘이 사랑해서 둘이 결혼해서 같이 잘 살겠다는데, 왜 네가 성화냐고. 심지어 부모도 가만히 있는데 말이야."

아아, 어디부터 어떻게 말해야 이모를 설득할 수가 있을까. 그녀가 자신의 나이를 밝히기 위해 찾아온 그날 밤의 충격을 어떻게 설명할 수가 있을까. 그날은 토요일 밤이었다. 저녁 식사를 마친 가족이 모처럼 다 함께 둘러앉아 9시 뉴스를 시청하고 있을 때였다. 설거지를 마친 나는 시모의 제자가 택배로 보내준 알이 굵은 복숭아 껍질을 벗기고 있었다. 그때 전화를 받은 도련님이 황급하게 현관문을 열고 밖으로 나가는가 싶었는데, 곧바로 현관문 앞에 그녀가 나타나 서 있었다. 나는 "엄마야, 이게 누구야?" 하고 황급히 일어나 반갑게 인사를 하고 그녀의 손을 잡아끌었다. 그녀 뒤에 서서 멋쩍은 표정을 짓고 있던 도련님도 머뭇거리다가 그녀를 따라 나란히 들어왔고, 시부와 시모 그리고 남편에게까지 인사를 마친 그녀는 다소곳하게 무릎을 꿇고 앉더니 뜸도 들이지 않고 대뜸 입을 열더니 이렇게 말하는 것이었다.

"많이 고민하고 망설였지만, 제가 직접 말씀을 드려야 할 것 같아 늦은 시각이지만 무례함을 무릅쓰고 달려왔습니다. 제 나이는 올해로 72살입니다. 현재까지 미혼인 것은 맞지만, 나이는 72세가 맞습니다. 제가 늦은 나이에 영혼을 다해 사랑하게 된 이 댁 아드님보다 정확하게 40살이 더 많다는 의미이기도 합니다. 그럼에도 제가 아드님과 '결혼'을 결정하게 된 까닭은 후에 소상히 알게 되실 겁니다. 저희 누구보다 행복하게 살겠습니다. 부디 허락해주실 것을 간청 드립니다."

그녀는 말을 다 마쳤지만, 우리들 중 누구도 말을 하지 못한 채로 있었다. 모두 넋이 나간 표정으로 그녀의 모습만 쳐다보았고, 그녀는 그 자세로 3분 정도 더 대답을 기다리다가 차분하게 일어서서 인사를 하고 도련님의 손에 이끌려서 돌아갔다. 무슨 정신으로 현관을 열고 엘리베이터 앞까지 가서 배웅을 했는지 기억도 나지 않지만, 배웅을 하고 돌아오니 거실에는 내가 껍질을 벗겨놓은 복숭아만이 알몸을 드러낸 채로 멀뚱하니 남겨져 나를 쳐다보고 있었다.

"분명히 무슨 비결이 있다는 말인데. (고개를 갸웃하며 곰곰이 생각하는 표정으로 있다가) 뭔가 분명히 있어. 네 말이 사실이라면 우리가 알고 있는 일반적인 동안 수술 정도가 아니란 말이지. 얘, 그딴 쓸데없는 소리는 그만하고. 그 비결이나 좀 알아봐라. 아님, 나한테 한번 데리고 오던가."

고개를 들고 천장을 보면서 내내 뭔가를 골똘하게 생각하던 이모가 마침내 입을 떼서 한 말이라는 수준이 이렇다. 내가 미친년이지. 화가 머리꼭지까지 올라온 나는 이모에게 소리를 꽥 지르고 만다.

"이모! 진짜 이모까지 왜 이래? 나 머리에 꽃 꽂는 거 보고 싶은 거야, 진짜? 비결은 무슨 비결! 완전히 머리끝부터 발끝까지 성형으로 도배를 한 거지. 뭐 대단한 불로초라도 있을까 봐?"

"아니야, 얘. 나도 두어 달에 한 번꼴로 병원 가서 보톡스 주사도 맞고 레이저 시술도 하고 별짓 다 하거든. 그래도 세포 자체를 젊게 할 수 있는 기술은 없는 거 같더라고. 여기 좀 봐봐! (안경을 벗고 자신의 눈가를 손으로 짚으며) 여기도 6개월 전인가, 상안검·하안검 수술한 거거든. 근데, 이게 말이지. 늘어진 살과 근육을 째서 올려붙일 수는 있지만 젊은 시절 피부조직을 되살릴 수는 없더란 말이지. 그런데, 네가 말하는 그 여자는 피부며 머리카락, 심지어 치아까지 젊음 그 자체라는 거 아니니? 아니, 그나저나 그 여자 뭐 하는 사람이라고 했지?"

아이고, 내가 날을 잘못 잡았나. 어쨌거나 이모에게 비방이든 방책이든 하나 받아가려면 일단은 이모의 비위를 살살 맞추는 것도 필요하다 싶은 나는 울뚝불뚝 올라오는 불덩이를 내리누르고 일단은 일보 후퇴한다. 그리고 내가 알고 있는 그녀에 대한 정보를 이모에게 고하기 시작했다.

"도련님 말로는 생화학을 전공하고 글로벌 제약회사 연구원으로 재직했다던가. 뭐 중년에는 화장품 회사를 설립하기도 했는데, 재미를 보진 못한 거 같아. 결혼도 안 하고 일과 사업에 파묻혀 살다 보니 결혼 적령기를 놓친 모양이더라고. 그러다가 우연히 춤의 세계에 빠져들었다나, 뭐라나. 사실인지 아닌지는 모르겠지만 라틴아메리카 댄스로 세계대회 수상경력도 있다던데. (고개를 가로로 마구 휘저으며) 아유, 몰라 몰라. 아무튼 평범한 사람은 아니야. 도련님 말로는 자기들 둘은 이미 오랜 전생에서부터 계속 이어져 온 인연이라던데. 둘 다 그걸 첫눈에 영적으로 알아봤다나, 뭐라나. 암튼 도

런님도 좀 헤까닥 하는 말을 종종 하긴 하거든. 어쨌거나 그 둘은 만날 인연이어서 만났다는 의미겠지, 뭐. 하긴, 또 그렇기도 해. 그 여자도 그 나이에 산전수전 다 겪었을 텐데, 느닷없이 무엇을 하겠다고 공연예술 쪽으로 방향을 틀고 유학까지 가서 공부를 했겠냐고. 암튼 둘 다 입만 열면 '청산유수(靑山流水)'라서 정신없이 듣다 보면 나까지도 이상해진다니까."

"생화학 전공에 제약회사 연구원으로 있었다고?"

아바타처럼 쫑긋 세운 귀가 느껴질 정도로 호기심이 발동한 이모가 상체를 식탁 위에 바짝 붙이고는 좀 아까 내가 그랬듯이 더 적극적으로 물어본다.

"응. 그게 왜? 이모 무슨 생각을 하는 거야, 진짜. 설마 그 여자가 거기서 무슨 불로초라도 개발했을까 봐? 그랬으면 세상이 지금까지 가만히 있었겠어? 심지어 글로벌 제약회사였다던데?"

말을 하다 보니 순간적으로 번쩍, 어떤 생각이 떠오른다. 그 생각이 드는 순간, 등골에 소름이 오소소 돋는다. 나는 이모의 얼굴을 쳐다보았다.

"불로초 맞네!"

그 순간, 이모와 나는 동시에 소리쳤다.

이모의 엄명을 받고 곧장 집으로 돌아온 나는 남편에게 시모가 계신 사찰에 다녀오겠다는 톡을 넣고 떨리는 손으로 시모의 전화번호를 눌렀다.

이모와 나의 예상대로 시모는 어려서부터 지냈다는 사찰에 들어간 것이 아니었다. 우려 섞인 목소리로 비밀 유지 약속을 받아낸 시모가 알려준 주소를 찾아갔다. 역시나 예상은 빗나가지 않았다. 시모는 그 여자의 훌륭한 저택에서 전신관리 중이었다. 불과 한 달밖에 안 되었는데도 시모의 변모는 놀라웠다. 40대 초중반이라고 해도 믿을 지경이었다. 다소 민망한 표정으로 나를 반긴 시모는 "너도 시작하련? 그래, 잘 생각했다. 우리 막내며느리 말로는 젊을 때부터 시작해야 그 시절의 세포 그대로를 재생할 수 있다더라."라며 곧 손아래 동서가 될 그 여자를 쳐다보며 눈을 찡긋, 했다.

이미 시모로부터 '막내며느리'라는 호칭으로 불리고 있는 그 여자는 시모의 윙크를 신호로 나에게 마음을 열고 미소 지었다. 그리고 우아한 걸음걸이로 당분간 내가 거주할 방을 안내했다. 그녀의 안내에 따라 방으로 들어간 나는 한눈에 보기에도 고급가구로 장식된 방을 이용하는 방법에 대해 간단한 설명을 들었다. 차분하면서도 격조 있는 어휘력을 구사하며 설명을 마친 그녀는 이내 나를 향해 돌아서서 강렬하면서도 아름다운 눈빛을 빛내며 이렇게 말했다.

"제가 개발한 약제는 정해진 시간에 먹고 바르는 비교적 간단한 방법이지만, 혹여 있을 수 있는 부작용에도 대비해야 합니다. 다소 불편하시겠지만 약을 복용하시는 동안은 제가 언제든지 조치를 취할 수 있는 이곳에 계시는 것이 안전합니다. (잠시 망설이다가) 형님, 아시겠지만 늙지 않는다는 것은. 그것이 인간의 의지든, 과학의 능력이든 자연의 원칙에는 위배되는, 매우 위험한 행위입니다. 저 또한 저의 발명품이 수백억 조 가치가 있다는 것을 알고 있지만, 아직 이 세상에 내놓지 않은 이유이기도 합니다. 이 말의 의미는 아시겠죠? (오른손 검지손가락을 세워 보드랍고 도톰한 붉은 입술 위에 대며 다소 단호한 목소리로) 우리 가족만이 아는 '비밀'입니다. 약속해주실 수 있나요, 형님?"

나는 교장 선생님에게 표창장을 받는 초등학교 1학년 어린아이처럼 숙연해진 마음으로 태도를 공손하고 다소곳하게 정비하고 굳세게 약속했다. 그녀의 빛나는 눈을 빨려 들어갈 듯이 바라보며 마치 선서하듯이.

"나는 우리 가족만이 아는 비밀을 죽어서도 절대 발설하지 않을 것을 엄숙하게 약속합니다!"

내가 묵을 방문 앞에서 이 모든 과정을 지켜보던 시모는 마침내 환하게 웃으며 들어와 나와 동서를 가만히 껴안아주었다. 그 순간, 힌트를 준 이모한테는 미안하지만 이번만큼은 나도 이기적인 인간이 되기로 마음먹는다. 그리고 우리들만의 비밀이 생긴 '가족'의 얼굴을 '동지애'를 느끼며 다시금 진하게 쳐다보았다. 처음 느껴보는 어떤 감정, 이제 막 시작된 그것이 찌릿찌릿, 심장을 간지럽힌다. 기침이 나올 것만 같은 찰나, 어디선가 개 짖는 소리가 들려온다. 아마도 곧 어둠이 내리려나 보다.

오해할 결심

"산 사람이 죽은 사람 하나를 이기지 못하니, 타고난 본인 '업보'라 해도 과한 부분은 있구먼. 힘센 무당 서넛이 붙어도 쉽지 않겠네, 그려. 저리 단단히 얽힌 심줄을 어찌하면 끊어낼꼬."

최근 이상행동이 반복되고 있는 동거인 형우를 보자마자 터진 무당의 공수다. 형우는 두어 달 전부터 시작된 이상증세로 일상생활 전부가 마비된 상황이다. 이불을 뒤집어쓴 채로 밤낮없이 알 수 없는 말을 중얼거렸고 심할 때는 눈이 뒤집혀져서 괴성을 질러대곤 했다. 그러한 행동을 말리기라도 하면 방바닥을 데굴데굴 굴러다니며 깔깔 웃다가 다시 금방 서러운 표정을 짓고는 펑펑 울기 일쑤였다. 뇌신경과학자로서 전성기를 누리고 있던 형우가 하루아침에 사회적인 모든 활동은 물론이고 먹고 자는, 최소한의 기본적인 생명 유지활동마저 불가능해진 것이다. 국내외 저명한 의료진이 시행한 각종 검사에서도 형우가 겪고 있는 이상증세의 원인은 밝혀내지 못했다. 이대로라면 곧 정신병원 독방으로 직행해 비참한 죽음을 맞이할 것이 명백했다. 지난 5년 가까이 형우의 동거인이자 유일한 보호자이기도 했던 나로서도 이제는 마지막 결단을 내려야 할 시점이었다. 날로 악화돼가고 있는 형우의 상태를 이대로 더 방치하다가는 형우뿐 아니라 지구생물학자로서 살아온 나의 삶도 붕괴될 위기에 처할 것이 자명했기 때문이다. 솔직한 나의 감정을 말하자면 나는 지금 '공포감'에 휩싸여 있다. 형우가 아니, 나란 존재가 '두려움' 자체가 된 것이다. 한 사람의 생애가 무너진다는 것을, 또 그것을 가장 가까이에서 일상을 공유했던 존재로서 어떻게 손쓸 사이도 없이 지켜볼 수밖에 없었다는 것은 분명 참혹한 경험이었다. 과학자로서의 모든 지식과 지혜와 경륜을 동원해도 형우가 겪고 있는 이상증상에 대한 실마리조차 찾을 수 없었다. 가장 큰 두려움은 존재의 붕괴 과정이 어처구니가 없을 정도로 '찰나'였다는 점이다. 과학자로서 다져진 나의 이성은 아무것도 아니었다. 폭풍 속에 밝힌 촛불 한 자루보다 한심할 따름이었다.

당집을 찾은 것은 그래서였다. 흡사 첩보영화에서나 봄직한 작전을 수행하는 스파이처럼 나는 병원 침상에 묶여 있던 형우에게 수면유도 음료를 마시게 하고 잠이 든 형우를 들쳐 업고 큰 신을 모신다는 무당을 수소문해서 달려왔다. 천지 사방 어디를 둘러보아도 형우의 온전한 의식을 되찾기 위해 매달릴 곳은 없었다. 아니, 찾을 수가 없었다. 아직은 잠에서 깨어나지 못한 형우의 가슴에 손을 얹은 채로 뭐라뭐라 중얼거리고 있는 저 무당만이 내게 남은 마지막 희망인 셈이다. 또한 내가 형우에게 해줄 수 있는 마지막 마음 보탬이기도 했다.

몸에 있는 수분이란 수분은 모조리 빠져나가버린 것처럼 앙상해진 형우가 서서히 잠에서 깨어나는 중이었다. 형우의 팔과 다리를 잡고 있던 당집 실장과 제자들이 서로 눈짓을 주고받으며 긴장한 모습이 역력했지만, 형우는 의외로 차분한 표정으로 눈을 떴다. 그리고 눈동자를 천천히 돌려가며 당집 천장에 매달린 알록달록한 천이며 벽에 붙여진 탱화 등을 살펴본다. 예상과 다른 형우의 다소곳한 태도에 턱밑까지 올린 긴장이 풀려진 나는 그제야 긴 한숨을 내쉴 수 있었다. 그리고 기진맥진한 몸을 풀고 앉아 무당의 다음 말을 기다렸다. 무당은 형우 옆에 와서 앉더니 손짓으로 제자들을 물리고 자신이 직접 형우를 일으켜 세워 앉혔다.

"둘이면서 하나인데, 하나가 바다 밑으로 가라앉았으니 의식이 갈렸어. (나를 돌아보며) 하나는 저승으로, 하나는 이승으로 잡아끌고 있으니 이쪽도 저쪽도 온전하지 못할 수밖에. 이 댁 가중 선대 조상 업력을 타고 내려온 일이니, 삼신 탓을 할 수도 없고. 둘로 나뉜 몸이라도 의식을 공유하고 있었으니 예고된 사단일세. (쯧쯧, 혀를 차며) 바닷속에 가라앉은 넋부터 건져야 한다고 하시네. 그것부터 찾아보시라네."

형우는 무당의 말을 듣는지 마는지 초점 없는 눈으로 앉아 있을 뿐이다. 헤, 하고 벌린 입으로 투명한 지렁이처럼 보이는 침이 매달려 길어지고 있는 중이다. 보다 못한 내가 나설 수밖에 도리가 없다.

"혹시 형우 쌍둥이 동생을 말씀하시는 겁니까. 형우 동생이라면 섬에서 교사생활을 하고 있는 것으로 아는데요. 지금 말씀은 형우 동생이 죽기라도 했다는 말씀입니까?"

형우가 쌍둥이라는 것과 형우 동생이 육지에서 4시간은 족히 배를 타고 들어가야 하는 작은 섬에서 평교사로 활동하고 있다는 것은 익히 들어 알고 있었다. 형우가 일부러 이야기한 적은 없지만 우연히 동생과의 전화통화를 엿들었을 때 동생에 대해 물어본 적이 있었기 때문이다. '보육원 출신 부잣집 양아들이었다면서 동생이 있었어?'라고 물었을 때 형우는 'ㅇㅇ섬에서 교사생활을 하고 있는 일란성 쌍둥이 동생이 있다'고 대답했다. 형우와 동거인으로 살기 시작한 지 7~8개월이 지날 무렵이었다. 동생이 있었다는, 그것도 일란성 쌍둥이 동생이 있다는 사실을 그때서야 알았다는 점이 내심 섭섭했지만 형우 입장에서는 그럴 수도 있겠다, 싶어 대수롭지 않게 넘긴 문제였다.

"쌍둥이였다면 우리 할머니 말씀이 맞아 들어가는구먼. 서두르시게. 동생 넋부터 건져내고 길 갈라주는 것이 급선무야. (형우의 양쪽 어깨를 잡아 누르며) 이 사람아, 고집을 부릴수록 동생이 힘들어져. (형우의 얼굴을 매섭게 노려보며) 이제껏 자네에게 양보하고 희생한 인생, 이제야 제 갈 길 찾아가겠다는데, 그걸 막아서면 쓰나. 시간이 없다 하시네. 천 년에 한 번 당도하는 황금 돛단배를 타야 쓰네. 내 도와줌세. 그러니 어서 자네 동생이 있는 곳을 말하시게나."

무당의 말은 날카로우면서도 무거웠다. 형우의 어깨를 잡은 무당의 양 손에도 힘이 실리고 있었다. 나는 무당의 앞으로 다가가서 진정하라는 눈짓을 하고는 내가 궁금한 점을 먼저 질문했다.

"형우가 동생을 보내주지 않고 막아서고 있다니. 형우 옆에는 줄곧 제가 있었습니다. 같이 생활한 것만 4년째입니다. 그런데 동생을 잡고 있다니. 그게 당최 무슨 말씀인지."

"그거야 낸들 알 수가 있나. 분명한 것은 높은 차원에서 선택받은 동생분이 제때 그 배를 타고 가야지만 귀한 공부를 할 수가 있다고 하시네. 그런데 그것을 아는지 모르는지 이 사람이 그것을 잡아매고 막아서고 있어. (형우의 어깨를 다시 잡아 누르며) 이보게, 자네! 형이라는 사람이 어찌 그리 이기적이란 말인가."

무당은 진정하라는 나의 눈짓이며 질문에는 아랑곳도 하지 않고 형우의 눈만을 뚫어져라 쏘아보며 좀 아까보다 더 세게 어깨를 잡아 눌렀다. 보다 못한 내가 형우의 손을 잡고 사정하듯이 말했다.

"정 박사! 지금 이 무당 선생님 말씀이 사실인가? 정 박사, 말을 해보게. 동생의 의식을 잡고 있단 말일세. 그렇다면 동생의 육신은 대체 어디 있단 말인가. 엉?"

형우는 초점 없는 눈으로 그저 흔들리고 있을 뿐, 대답하지 않았다. 대답하기 싫은 것 같기도 했고 대답하는 방법을 아예 잊어버린 것도 같았다. 이 사람이 정녕 내가 알고 있던 형우가 맞는가. 전기적 네트워크이자 화학적 기계장치인 뇌와 주관적 경험이라는 내면의 우주가 뇌와 신체를 통해 펼치고 있는 생물학·물리학적 과정 사이의 통찰을 멋들어진 이론으로 정립해나가던 천재 뇌신경과학자 정형우 박사, 당신이 맞느냔 말이다.

정 박사 아니, 형우를 처음 만난 것은 7년 전이었다. '의식과 자아를 바라보는 생물학과 뇌신경과학'이라는 주제로 열린 생물학회 주최 학술대회에서였다. 당시 학술 교류·협력 활동을 통한 '통섭'에 무게를 둔 학회장 아이디어로 호텔 룸메이트를 타 분야 학자들로 무작위로 배정했는데, 그때 만난 룸메이트가 형우였다. 2박 3일간의 학술대회 일정을 소화하는 동안 나는 형우의 광대하면서도 새로운 지평을 열어주는 신선한 지식적 사유와 문학과 종교와 철학을 아우르는 매끄럽고도 아름다운 화술(언어감각)에 압도당했다. 땅콩 알 하나같은, 사소한 사물을 안주 삼아 시작한 대화도 매번 아침 해가 떠오를 때까지 흥미진진한 토론으로 이어졌다.

린 마굴리스의 '공생진화론'이라는 충격적인 가설을 접하면서 지구생물학과 생물 진화사의 공생관계를 연구하고 있던 나는 데이터와 사이보그 그리고 인공지능 시대에서 인간의 의식 활용과 그러한 과정을 수행하는 뇌 속 생물학적 메커니즘을 연구하고 있는 형우와의 대화는 '짜릿함' 그 자체였다. 그 짜릿한 교감방식은 순식간에 나를 그에게로 중독시켜 버렸다.

학술대회는 끝났지만 나는 시간이 날 때마다 형우 주위를 맴돌며 그의 시간을 탐했다. 그러다 보니 자연스럽게 우리는 동거인이 됐다. 만날 때마다 이어지는 밤샘 논쟁 덕분이었을 것이다. 마침 보육원 출신 형우도 비혼을 선언하고 홀로 살고 있었고, 나 또한 20대 후반 미국 유학 당시 철도화재사고로 한꺼번에 잃은 가족을 가슴에 묻고 과학을 가족 삼아 혼자 살아오던 터였다. 그러다 보니 형우도 나도 동거를 위한 별도의 절차는 필요하지 않았다. 우리는 그렇게, 각자의 연구 분야에 집중하면서도 학계의 새로운 논문이나 반짝이는 발상 등을 나눴다. 둘 다 학문적 욕심이 많았고 논쟁을 즐기는 타입이었기 때문에 우리는 격한 논쟁을 벌이면서도 대체로 해

피하게 생활했다.

"저편의 의식을 잡아당기는 악력이 커질수록 이편의 기억이 사라지는 겝니다. 결국 오래지 않아, 둘 다 자멸의 길로 들어서겠지요. 형은 형대로, 살아도 산 것이 아닌 삶이오. 동생 또한 천 년에 한 번 주어진 기회를 놓치고 허공 중천에 매달려 고통을 겪게 되겠죠."

무당이 통발에 담긴 미꾸라지를 플라스틱 대야에 툭 떨궈 담듯이 무심하게 던지는 말에서 나는 그동안의 모든 상황이 일목요연하게 정리되는 것만 같은 느낌을 받았다. 동시에 '형우와 형우 동생에게 닥친 절체절명(絶體絶命)의 시간'이라는 시급성과 '내가 가만히 있으면 안 된다'는 사명감으로 가슴이 화르르 불타올랐다. 그렇다. 그런 것이다. 무당의 말은 과학적으로도 사실이 맞다. 기억이 사라져 간다는 것은 과거가 사라지고 있다는 의미이고 과거가 사라진다는 것은 자의식적 경험능력 상실을 의미한다. 이러한 존재에게는 억만 년도 그저 찰나일 뿐이다. 의식적 경험이 없다면 세상도, 자기도, 내부도, 외부도 없기 때문이다.

마음이 급해진 나는 자동차로 돌아와서 형우가 말했던 ○○섬 초등학교 전화번호를 찾아 전화를 걸었다. 몇 번의 기다림만으로 어렵지 않게 연결된 그곳 교장 선생과의 통화를 통해 형우 동생으로 추정되는 정형식 교사의 사고 내용과 사고로 인해 현재 식물인간

상태로 병원에 입원해 있다는 사실까지 확인할 수 있었다. 팔다리부터 소름이 오소소 돋아 올랐다.

교장의 말에 따르면 정형식 교사는 매우 유능하고 학생들에게도 헌신적인 교사였다. 교사로서 지식을 가르치고 언행의 모범을 보이기 위해 매사 솔선수범하는 것은 기본이고 전교생(18명)이 도심 지역 교육인프라 못지않은 혜택을 누릴 수 있도록 인공지능을 활용한 개인맞춤형 AI 학습관리시스템 선제적 도입과 코딩교육을 위한 최신 노트북 지원을 위해서도 몸을 사리지 않고 밤낮없이 노력했던 교사였다고 열변을 토했다. 내가 원하는 대답은 그가 정 교사의 공적을 다 기린 후에야 간신히 들을 수가 있었다. 교장은 지나치게 크고 엄숙한 목소리로 3개월 전께 홀로 밤낚시를 하던 정 교사가 갯바위에서 추락했다는 것과 어디선가 연락을 받고 당도한 해경에 의해 간신히 목숨은 구했으나 아직까지 깨어나지 못한 상태로 현재 ○○대학병원 중환자실에 입원 중이라는 것이다.

3개월 전이면 형우에게서 이상증세가 시작된 시기가 맞다. 그렇다면 무당의 공수대로 형우와 쌍둥이 동생 형식은 어떠한 특정한 주파수로 서로의 의식을 공유했으며 그 과정에서 서로의 의식은 점점 더 단단하게 묶여 들어갔을 것으로 예측된다. 각기 다른 주관적 경험과 현상성을 공유했던 것과 마찬가지로 그 둘의 의식은 한 사람의 신체·물리적 경험 정지 상황에서도 '최소 신경 메커니즘'만이라도 돌아갈 수 있는 상황이라면 방출된 전자기적 신호(뇌파)에 의한 영향력을 계속 주고받을 수 있게 된다. 그렇다면 주관적 현상 세계에서의 감각 경험을 잃은 동생 정형식 교사의 의식은 형 정형우 박사의 생존으로 인해 아직 명료하게 살아 있다는 가설이 성립되고 정형우 박사의 의식 또한 동생 정형식 교사가 이승의 저편 어딘가(아마도 암흑세계?)로 진입해 아무것도 아닌 존재로서의 경험 또한 공유하고 있다는 것이 아닌가.

"어허, 박사학위가 몇 개면 뭐하나. (쯧쯧) 우물 안 개구리가 그 안에서 백날 천 날을 고민하고 뛰어본 들 거대한 우물 밖 세계를 무슨 수로 이해할 수가 있겠는가. 넋은 이미 바다 밑으로 가라앉았는데, (형우를 나무라듯이 바라보며) 대체 무얼 얻겠다고 산소 호흡기를 덕지덕지 붙여놓고 천 년에 한 번 있을까 말까 한 티켓까지 날려 먹느냔 말일세."

혀를 끌끌 차며 안타까워하는 무당에게 '돈이 얼마나 들어도 좋으니 더 늦기 전에 사람부터 살려 달라' 빌어 바로 날을 잡고 정형식 교사가 추락한 갯바위에서 '넋건지기굿'을 벌였다. 굿이 한창일 때쯤, 예상대로 병원에서는 정 교사의 뇌파가 멈췄다는 연락을 받았다. 연락을 받고 얼마 지나지 않아 무당으로부터도 넋건지기굿을 별 탈 없이 잘 끝냈다는 전화를 받았다. 무당은 격앙된 목소리로 신명이 높은 여러 명의 무당들과 힘을 합쳐 여러 번의 시도 끝에 어렵게 해냈다면서 "다행스러운 일은 망자가 티켓을 잃어버리지 않아 은하수를 가르고 다가온 거대한 황금 돛단배에 늦지 않게 탑승할 수 있었다."는 말을 덧붙였다.

이듬해 봄 어느 한낮에 나는 형우의 병실로 들어가 잠이 든 형우의 얼굴을 내려다보았다. 국제공항으로 가는 길에 들른 참이었다. 형우의 얼굴 표정은 생각보다는 편안해 보였다. 나는 형우의 손도 잡지 않고 그대로 선 채로 나지막이 말했다.

"이것이 내가 보는 마지막 '너'의 얼굴이 될 것 같다. 이제 다시는 '너'가 '나'에게 영향을 미치거나 감정을 일으키는 일은 없을 거야. 이 세상에 있는 모든 'YOU'는 'IT'으로 흘러갈 뿐이라지. 너에게 있어 나도 널려 있는 정보 더미 중 하나로 남을 테지."

"5살 때였나. 동생이 서울 부잣집으로 입양을 갔거든. 일란성 쌍둥이였는데도 동생만 데리고 가더라고. 그럴 만도 했지, 뭐. 나는 무엇 하나 잘하는 게 없었으니까. 동생처럼 배우지도 않은 한글을 줄줄 읽어 내리지도 못했고 어려운 산수 문제를 척척 풀어내지도 못했으니까. 어린 마음에도 동생한테 시샘이 나서 미치겠더라고. 동생이 죽으면 내가 대신 갈 수도 있지 않을까, 모 이런 기막힌 생각도 했었던 거 같아. 큭, 웃기지? 결론은 뭐냐면 동생이 파양돼왔더라고. 근데 더 웃긴 건 뭔지 알아. 그게 그렇게도 고소하고 쌤통이더란 말이지. 근데 더 많이 웃긴 거 하나 더 말해줄까? 동생 대신 내가 그 집으로 입양이 됐다는 거야. 어때? 웃기지? 내 참, 기가 막혀서. 그 어린 동생이 밥도 안 먹고 날마다 울고불고 악을 쓰면서 했다는 말이 가관이지, 뭐야. '우리 엉아가 천재이고 나는 바보라고.' 했다는 거야. 근데 진짜로 기막힌 일은 그다음에 일어났어. 정말로 내가 천재가 됐거든. 이걸 어떻게 설명할 거야? 동생 못지않게 동화책도 줄줄 읽고 산수 문제도 척척 풀고 말이야. 과학으로 설명할 수 있겠어? 생물학적으로는 어때? 풀어낼 수 있냐고. 한번 말해봐. 응?"

나를 실은 비행기가 하늘로 가볍게 날아오르고 있을 때 문득, 어느 한 날 술에 취한 형우가 내 방문을 두드리고 들어와 주정을 하듯이 혼잣말을 하고 있던 모습이 떠올랐다. 질끈, 눈을 감은 나는 마지막 남은 형우에 대한 기억을 마저 린스해서 내버린다. 얼마나 멀어졌을까. 푸른 하늘 어디쯤에 아직은 나란 존재가 아득하게 존재할 테지, 라는 각성이 들 때쯤에서야 나는 결심하고야 만다. 이해할 수 없는 것들은 그대로 놔두자고. 이해할 수가 없어 오해할 것이 분명하다 해도 다시는 애쓰는 일 따위는 하지 말자고.

비행기는 창공을 뚫고 앞으로만 잘 나아가고 있다. 근원을 알 수 없는 무수한 바람들도 세기를 달리하며 구름들을 몰고 가는 중이다. 그때 먼 은하가 고향이라는 가늘고 연한 바람 한 줄기가 모양을 달리하며 조잘거리는 구름들 사이로 끼어들더니 냉큼 소식 하나를 전하고 떠난다. 거대한 황금 돛단배가 이제 막 은하수를 건넜다고.

앞머리를
자른 여자

"외롭다고 하소연만 할 줄 알았지 사람을 품어 안을 수 있는 심성이 없는데, 사랑을 바라시다니요. 심지어 남자와의 사랑이라뇨. (고개를 가로저으며) 타고난 직성을 나무랄 수도 없는 노릇이고. (혀를 차며) 지금처럼 혼자 먹고 혼자 자고 하셔도 한 세상 잘만 갑니다. 무엇하게 허구한 날 남자 타령이랍니까."

말 한마디로 천 냥 빚도 갚는다는데, 해도 해도 너무한다. 외로움이 뼛속까지 사무쳐 하루하루가 시려 죽을 판인데, 이 염병할 무당 서슬을 시퍼렇게 갈아 올린 날 선 혓바닥으로 염장부터 질러대는가. 오늘 아주 날을 잡겠다는 태세이다. 그도 그럴 것이 평소와는 다른, 다소 날이 선 말투인 데다가 초반부터 '너의 하소연은 더 이상 들어줄 가치조차 없다. 입 내밀지 말고 주어진 숙명대로나 순응하고 살아가라'는 함의를 입힌 공수를 초장부터 발라놓은 셈이 아닌가. 운수가 더러운 탓인지, 올해는 다른 해와 달리 유난히 외로움을 타는데다가 연애 욕구까지 미친 듯이 올라오는 통에 인물이나 스펙, 브랜드, 재산 규모 등등 하나도 안 따지고 나를 좋아해주는 남자라면 누구라도 좋다고 애지중지하는데도 도무지 발전이 없는 것이다. 그러던 차에 어찌저찌 인연이 된 이 무당집에 자주 방문하면서 줄곧 하소연을 하기는 했다. 그래도 그렇지, 내가 공짜 점사를 봐달라는 것도 아니고 엄연한 (단골) 고객이 아닌가. 뭐, 그간 올 때마다 조금 징징거리기는 했지만 그렇다고 저렇게나 인정머리가 없단 말인가.

뭐, 무당 말이 생판 틀린 말은 아니다. 올해로 42살 먹은 노처녀에 콧대만 높아진 이기심 덩어리 인간이 나라는 사람이라는 데에는 이의가 없다. 나 자신의 상태나 상황을 모를 만큼 어리석거나 막돼 먹은 종자는 아니니까. 다만 지금의 내 상태는 내가 생각해도 정상은 아니다. 고독감이 사무쳐서 이렇게 혼자 외롭게 살아가는 것이 더 이상 무슨 의미가 있을까, 하는 마음이 불쑥불쑥 올라와 나쁜 생각으로까지 몰아붙일 때가 있기 때문이었다. 그래서 더욱 연애에, 아니 궁극적으로는 결혼에 집착하게 됐는지도 모른다. 그런데 저 무당의 공수대로라면 죽든 살든 알 바 아니고 사는 동안은 혼자 살아라, 하는 말이 아닌가. 심지어 그 이유를 타고난 나의 '직성'으로 몰아붙였다. 나는 이 부분을 절대로 수긍할 수가 없다. 거기에 대한 솔직한 감정을 떠올리자면 일종의 '억울함' 같은 종류일 것이다. 사업 실패로 집을 나간 부친과 평생을 알코올 의존증세로 고통받던 모친 슬하에서 어렵게 고등학교를 졸업한 이래, 나는 단 한 번도 마음 편하게 쉬어본 적 없이 살아왔다. 지난한 세월 징글징글한 세월이었다. '죽을 때 죽더라도 나도 한 번 남부럽지 않게 살아보고 죽겠다'는 오기 하나로 이 악물고 여기까지 달려왔다. 그 세월을 인간의 언어로 어떻게 다 설명할 수 있을까. 아니, 설명할 필요도 없다. 그 세월 자체가 나란 존재 자체이니 말이다. 나란 사람을 만든 것은 바로 그 세월이었다, 이 말씀이다. 그런데 '직성'이라니. 억울하다고 할 만하지 않은가. 그렇다. 나는 진심 억울하다. 아무리 신의 말을 전하는 무당일지라도 그대여, 부디 세월이 만든 나를 두고 타고난 직성이었다고 몰아붙이지 말라. 그러면 안 되는 거다. 말 나온 김에 한마디만 더 하자! 그래, 좋다. 일단 '직성'이든 '세월'이든 그 탓으로 콧대만 높아진 이기심 덩어리 42살 노처녀가 됐다고 치자. 그런데, 그게 남자를 만나 연애를 하고 결혼을 하고 싶다, 는 말을 못 꺼낼 정도란 말인가. 그간 몇 번의 짧은 연애사를 미주알고주알 보고하며 상담을 해왔지만, 그 과정에서 내가 뭐 얼마나 남자를 밝혔다고 한 치의 망설임도 없이 '타령'이라는 격 떨어지는 표현까지 쓰면서 하대하듯이 대하냔 말이다. 졸지에 남자에 환장한 미친X이라는 주홍글씨를 이마에 새기고 체감상 지하 100층쯤 되는 깊이로 뚝 떨어진 기분이다. 그럼에도 나는 (20대 중반부터 시작한, 입술을 일자로 깨물고 치밀어 오르는 화기를 다스릴 때마다 유용하게 활용하고 있는)

나만의 '369 호흡법'을 실행하고 나서 곧 나긋나긋하면서도 똑 떨어지는 경쾌한 솔톤 어조로 이렇게 반문해본다.

"지금 하신 그 말씀을 저한테 배우자 운이 없다는 의미로 받아들여도 될까요. 그러니까 '너는 지금처럼 평생 혼자 외롭게 살 팔자이니 언감생심 남자는 꿈도 꾸지 말라' 뭐, 이런 말씀이 맞겠죠?"

"본인이 더 잘 아시고 계시겠지만 지금과 같은 불안과 자격지심이 배인, 심지어 진정성이라고는 1(일)도 찾아볼 수 없는 심사 꼬인 (빈정거리는) 빈정성 말투를 고치지 않는다면 해석하신 의미 그대로 맞는다고 보는 것도 틀리지는 않겠습니다."

얼굴선은 물론이고 눈빛 한 점 흔들림 없이 입만 열었다 닫았다 하면서 나오는 말이 참으로 맥 빠지고 진 빠진다. 확 꼬집어주고 싶을 만큼 얄밉기까지 하다. 무당이 됐기에 망정이지, '당신이야말로 언감생심 남자는 둘째 치고 먼지 한 톨 안 붙게 생겨 먹었다'고 톡 쏴주고 싶은 것을 침을 한 번 꿀꺽 삼키는 것으로 대신하고 만다. 어쨌거나 지금으로서는 내가 '을(乙)'이다. 오늘만큼은 반드시 남자를 소유해 결혼까지 이어질 수 있는 비방을 받아서 돌아가겠다고 여러 차례 다짐을 하고 찾아온 참이었다. 사실 또 이런 유치하고 낯부끄러운 속내까지 내보일 수 있는 사람 또한 이 무당이 유일하지 않은가. 복채라는 명분으로 돈을 내고 만나야 하는 상황이 다소 서럽기는 하지만 그것이 뭐 어때서. 아무튼 이 무당, 일명 '전갈부인'으로 불리는 이 무당에게는 범상치 않은 기운이 있었고 나는 그것을 강력하게 믿고 신봉하고 있다. 그것은 아니, 그녀의 기운은 내가 몸담고 있는 갤러리에서 전시됐던 수많은 작가들의 명작보다 고귀하고 아름다웠다. 그것은 오랜 기간 명작을 다뤄본 사람의 촉이기도 하다. 그녀와의 상담을 통해 '아름다움은 엄격하다'는 사실을 깨달았을 만큼이나 그녀의 아름다움은 강력했다. 그렇다. 그녀는 진심 엄격했다.

 전갈부인을 처음 알게 된 것은 호기심 반 기대 반으로 찾은 인터넷 점사(신점·타로·사주)상담 앱(App)을 통해서였다. 전갈부인과의 신점상담은 처음부터 기존에 내가 가진 무당이라는 통념을 완전히 깨버렸다. 그 전에 한 번 더 나를 소개하자면, 나는 한국 사회에서 나름 인지도가 최고라 할 수 있는 갤러리에서 실장 직함을 달고 있다. "그래서 네가 하는 일이 대체 뭔데?"라고 묻는 사람들을 위해 콕 집어 한마디로 설명하자면 우리나라 정경계를 주름잡고 있는, 나름 내놓으라 하는 집안사람들을 상대하는 일이라고 보면 된다. 그러한 직업적 특성 때문인지는 모르겠으나 현장 업무장악력이 강화될수록 나는 인간들의 언사와 태도에 유독 민감하게 반응하는 촉이 함께 발달했다. 아주 미세한 표정이나 숨소리의 차이만으로도 그들의 욕구와 욕망을 구별해내고 거기에 따른 맞춤 서비스를 제공해야 하는 일이 실질적인 나의 일이었기 때문이었을 것이다.

그것은 일종의 '진화' 같은 것이었다. 그 과정에서 자연스럽게 몸에 배인 습성은 사람들과의 일상적인 만남과 관계 형성 그리고 유지 상황에서 대개는 불편하게 작동했다. 일상적인 사교모임이나 친목 도모 모임, 또는 맞선을 보는 자리에서도 고도로 훈련되고 숙련된 감각의 촉수들은 잠들지 않고 발동했다. 편안하게 잘 해보겠다고 나름대로 노력을 하고 신경을 쓰면 쓸수록 생각지도 않았던 오류가 발생했던 것이다. '삑' 하는 소리도 없이 발생하는 오류를 수습하다 보면 이내 또 다른 오류가 터지기 일쑤였고, 그런 과정을 몇 번 거치다 보면 결국 '당신을 만나면 이상하게 마음이 불편하다'는 평을 남기고 두 손 탁탁 털어낸 사람들은 미련 없이 내 곁에서 떠나갔다. 마치 처음부터 없었던 사람처럼.

전갈부인은 관계적 향방에서 내가 겪었던 그러한 현상들을 첫 상담부터 적확하게 짚어냈다. 그 당시 나는 7살 연하남과 2개월도 채 우지 못하고 이별을 했던 시기였다. 전갈부인은 당시의 상황을 마치 옆에서 직접 지켜봤던 사람처럼 명확한 어휘로 청량하면서도 소름 돋게 표현했다. 한마디로 놀랄 노 자(字)였다. 그렇게 시작됐던 그녀와의 상담은 매일같이 징그럽게 접하고 있는 상류층의 어휘와는 또 다른 신세계였다. 우주와 과학, 생명과 인간 그리고 보이지 않는 신비한 영적세계까지를 아우르는 지식과 통찰의 힘이 절묘하게 맞아떨어지는 그녀의 말들은 매번 나를 긴장시켰다. 그리고 통쾌하게 제압했다. 누군가에게 제압당한다는 것은 멋진 일이었다. 대면 상담을 예약하고 그녀의 집으로 방문했던 것은 그래서 였다. 그녀가 너무나도 궁금했기 때문이었다.

특별한 상담거리가 없었어도 자주 그녀를 찾아갔다. 신체에너지가 고갈돼 입에서 단내가 날 때도, 마음이 헛헛하거나 허전할 때도 무작정 달려갔다. 전갈부인에게로 말이다. 그러한 만남도 근 1년이 다 되어 간다. 그럼에도 그녀와 나 사이의 거리는 처음과 다르지 않았다. 상담사와 내담자, 그 이상 그 이하도 아니었다. 전갈부인은 자로 잰 듯 명확한 거리를 매듭지어놓고 상담사로서의 예의를 깍듯하게 지켰다. 때로는 나도 모르게 마음이 풀어져서 은근슬쩍 거리를 좁혀보려고도 했으나 전갈부인은 그때마다 짧지만 강력한 눈빛으로 싸하게 쳐다보는 것만으로 그러한 나의 시도를 가볍게 제지했다. 아름답지만 도저히 가까이 갈 수는 없는 세계. 그래서 더 아름다웠는지도 모른다. 특히나 전갈부인이 사용하는 고급지고 세련된 언사는 매우 많이 훌륭했다. 구색이 잘 갖춰지고 엄격한 지휘자가 있는 오케스트라 연주만큼이나.

그와 같은 훌륭하고 유려한 표현력의 뿌리는 그녀를 방문했던 첫날 곧바로 알 수 있었다. 신을 모시면서 인간에게 신의 말을 전하는 일 외에도 그녀는 마치 게임 속에서 에너지와 아이템들을 끊임없이 먹어치우는 팩맨처럼 활자화된 지식 흡수에 중독돼 있었다. 전갈부인이 앉아 있는 양옆으로 삐죽삐죽 쌓아올려진 서적들은 한

눈에 보기에도 예사롭지 않았다. 대부분 과학이나 예술 분야 전문 서적이었고 역사나 철학 서적도 간간이 보였다. 방문할 때마다 쌓여진 위치가 달랐고 나와 같은 평범한 사람들은 한 페이지를 넘겨 읽기 힘들 것 같은 책들도 부지기수(不知其數)였다. 언젠가 한 번은 '이 많은 책들을 실제로 다 읽는 것이냐'고 장난삼아 물어본 적이 있었다. 그녀는 '그건 알아 뭐하게?' 하는 표정으로 쳐다만 봤을 뿐, 내 질문에는 이렇다 저렇다 답변하지 않았다. 둘둘 틀어 올린 똥머리에 화장도 하지 않은 맨 얼굴 그리고 헐렁한 검정색 티셔츠에 청바지를 입은 모습일 뿐인데도 그녀 앞에서는 이상하게 기가 눌렸다. 정작 머리끝부터 발끝까지 명품을 휘감고 있는 것은 나였는데도 말이다. 심지어 그녀는 나이도 나보다는 한참 더 어려 보였다. 어쨌거나 나는 전갈부인 앞에만 앉으면 빳빳하게 세웠던 꼬랑지를 내려 엉덩이 사이로 들이밀고 고분고분 그녀의 말을 듣게 되는 것이다. 이것은 그녀에 대한 나의 '신뢰'인가, '신념'인가. 참으로 아리송한 일이 아닐 수 없다.

"불안과 자격지심이 배여 있는 말투에 진정성 없이 빈정거렸다고요. 제가요? 그런 말씀은 처음 들어봅니다. 외람된 말씀이지만 제가 의전(儀典)이 일상인 사람인데 말입니다. 잘 아시다시피 말입니다."

고등학교를 졸업하고 중소기업 경리로 취직해 주경야독하며 야

간대학과 대학원을 졸업했고, 각고의 노력 끝에 문예사 박사를 취득한 내가 갤러리 밑바닥에서부터 오늘에 이르기까지. 아아, 그간의 사정을 더 말해 무엇하랴. 입만 아플 따름이다. '모멸감을 참아내는' 덕목이 없었더라면 오늘날의 나는 없었을 것이다. 타고난 것은 아니었겠지만, 그 덕목의 힘을 빌어서 실장까지 승진을 하고 나서야 턱밑에서 자라나던 '열등감'이라는 혹을 간신히 떼어낼 수가 있었다. 그 또한 오래전도 아니고 불과 몇 년 전 일이다. 그런데도 아직 불안과 자격지심이 배여 있는 말투라고? 내가?

"말에는 언령(言靈)이 깃들여 있습니다. 억누르고 숨긴다고 드러나지 않는 것이 아닙니다. 저에게 화가 많이 나셨지요? 화가 났다면 화를 내셔야지요. 화가 났는데도 화를 내지 않는다는 것은 올바른 태도가 아닙니다. 왜냐하면 그러한 태도는 '변화하지 않겠다.'라는 의지를 담고 있는 것이거든요. 변화가 두렵다는 감정도 당연히 섞여 있다고 봐야겠죠. 이러한 상태는 걸핏하면 분통을 터뜨리는 성정과는 그 결이 다른 문제입니다. 분노를 느끼셨다면 승부를 내는 것이 옳지 않겠습니까. 화를 낸다는 것은 또한 지지 않겠다는 강한 자신감의 표현이기도 하니까요."

헐, 또 한 번 두드려 맞았다. 늘 이런 식이다. 붉은 속을 훤히 다 들켜버린 사람처럼 얼굴이 붉어진 나는 떵해진 이마를 손으로 짚으며 일단은 한 발 후퇴한다. 어디 한 군데라도 반박하고 들어설 구명이 보이지 않으니 어쩔 수 없는 선택인 셈이다. 탄탄한 논리구조에 타격감이 느껴지는 말투까지 당해낼 재간이 없다. 나는 앉은 채로 두 손을 공손하게 모으고 곧장 항복을 선언한다.

"저의 상황을 정확하게 짚어내셨고 저도 인식하지 못했던 '화를 내지 않게 된' 저 자신을 옳게 지적해주셨습니다. 그럼에도 불구하고 저의 욕망은 '결혼하고 싶다' 입니다. 지금처럼 계속 혼자 살아야만 하는 팔자라면 단호하게 거부하겠습니다. 선생님 말씀대로 화를 내면 되는 걸까요?"

전갈부인은 그제야 빙그레, 웃더니 책상 서랍에서 부적을 쓸 수 있는 재료를 주섬주섬 상 위로 올려놓고 경면주사를 갈면서 아까와는 다른 부드러운 어투로 말을 꺼낸다.

"머리가 좋으신 분이고 촉이 빠르신 분이시라 의사 전달 또한 오해 없이 '통(通)'해서 기쁩니다. 그런 의미에서 제가 '인연부적(因緣符籍)'을 하나 써드릴 테니 100일 동안 몸에 지니고 다니세요. 다른 팁을 하나 더 드리자면 앞머리를 자르시고 이마를 가리시면 인연의 향방이 더 빠르게 진척될 겁니다."

"아, 감사합니다. 그런데 부적은 이해가 되는데, 앞머리를 자르라는 말씀은 선 듯 받아들이기가 어려운 말씀인데요. 이유를 좀 여쭤어도 될까요?"

전갈부인은 미간을 좁히며 집중해서 쓴 부적을 신전에 올리고 기도까지 마친 다음에야 부적을 접어 전해주며 말한다.

"결혼하기로 마음먹었다면 자아가 고집하는 것들과의 정을 과감하게 끊어내야 합니다. 이마는 천기를 받아들이는 곳으로, 그 길을 막아 일시적으로나마 지기를 강화시키고 음기를 충만하게 채운다는 의미입니다. 음기가 채워지면 음양밸런스를 맞추기 위한 에너지 교류가 보다 활발해집니다. 즉, 자연스럽게 양기가 기웃거리는 상황이 연출되겠지요. (활짝 웃으며) 뭐, 그러한 방법도 있다는 것이니, 참고만 하시면 됩니다."

평생을 이마를 드러낸 단정한 올림머리를 하고 살아왔는데, 앞머리를 자르고 이마를 가리라고? 아무리 상상하려고 해도 싹둑 자른 앞머리로 이마를 가린 나의 모습은 도무지 그려지지가 않았다. 한편으로는 '이참에 헤어스타일을 한번 제대로 바꿔봐?' 하는 호기심 비슷한 감정도 올라왔다. 그럼에도 그 자리에서 곧장 결정을 내릴 수는 없었다. 나는 한참을 더 망설였다. '망설임'이라니. 이런 감정 또한 참으로 오랜만이었다.

전갈부인이 써준 부적을 휴대폰 케이스 안에 장착하고 집으로 돌아온 나는 화장대 앞에 앉아 서너 시간은 족히 거울을 바라보았을 것이다. 허리께까지 오는 생머리를 고집하며 누가 봐도 시원하고 깨끗해 보이는 올림머리를 고집해온 내가 볼이 빨간 사춘기 중학생처럼 일자로 자른 앞머리를 하고 있는 모양새는 또다시 생각해도 우스꽝스럽기 짝이 없었다.

"우리나라 말 중에 '짓다'라는 말이 있습니다. 글짓기, 집짓기, 밥짓기 같은 말 들어보셨죠? '짓기'라는 말 속에는 정성이 들어 있습니다. 우리들은 그것을 기를 넣는 행위라고도 설명합니다. 짝짓기도 들어보셨지요? 사람들은 '인연을 짓다'라고들 표현하지요. 같은 맥락에서 생각해볼 수 있는 말로 삶 짓기도 있겠네요. 비루하지는 않지만 부질없는 삶 짓기에 열심인 사람도 있을 것이고 비루하지만 가치 있는 삶 짓기에 열의를 보이는 사람도 있을 겁니다. 무엇이 옳다 그르다는 없습니다. 다만 한 가지는 분명하게 말씀드릴 수 있습니다. '에너지(질량)총량보존법칙' 정도는 들어보셨지요. 우리들 세계에서는 말을 조금 바꿔서 '운 총량보존법칙'이라고도 씁니다. (살짝 웃으며) 각설하고 딱 한 마디만 더 덧붙이겠습니다. 온전한 상대가 내게 와 둥지를 틀기를 바라신다면 '온전한' 둥지의 크기만큼은 나를 비워내야 합니다. 그것이 선행되지 않으면 짝짓기는 불가합니다."

부적을 받고 일어서면서도 '이 부적을 지니고 다니면 결혼할 수 있는 남자가 생기는 것이 확실하냐'는 표정으로 바라보는 나를 배웅하며 전한 전갈부인의 말이다. 결국은 전갈부인의 이 말이 나를 결정지었다. 앞머리를 자르기로 '결정짓기' (훗!)

주말 내내 새로운 헤어스타일을 소화하기 위해 백화점과 아울렛을 쏘다녔다. 쇼핑백을 가득 든 여자가 백화점 커다란 쇼윈도에 서서 그 속에 비친 자신의 모습을 홀린 듯이 바라보고 있는 것이 보였다. 앞으로 다가가 자세하게 보니 앞머리를 자르고 자른 앞머리로 이마를 가린, 제법 앳되어 보이는 여자가 그 속에서 해맑게 웃고 있다.

흐르는
강물처럼

"단도직입적으로 말해 이제는 그만 손 털고 떠나야 할 때입니다. 사실은 지금도 많이 늦었답니다. 더 미뤄봐야 본인만 손해이니, 어서 털고 일어나 박차고 나오시랍니다. 오매불망(寤寐不忘) 내 기주님만을 기다리고 계신 귀인이 계시건만, 어찌하여 엄한 것에 홀려 귀중한 시간을 낭비한단 말입니까."

3개월 전에 입사한 신입직원 때문에 골머리가 아파죽겠는데, 이 무당 뭔 '멍멍이' 소리를 하고 있는 것인가. 가뜩이나 부글부글 끓어올라 풍선처럼 부풀어 오른 심보가 말릴 사이도 없이 빵, 터지고야 만다. 신입을 몰아낼 비방을 구하고자 온 사람한테 20여 년 일 귀놓은 금쪽같은 내 자리를 넘겨주고 정작 당사자는 사직서를 내란다. 이것은 말이냐, 방구냐. 아니, 이것은 폭격이다. 무당이 던진

가차 없는 폭격으로 인해 당집 공간은 순식간에 나의 살과 피로 붉
게 물들고 이내 처절하게 쏟아져 내리고 있다. 전사 직전에 놓인 나
의 눈에서는 참고 또 참았던 눈물이 소리도 없이 팡, 솟구친다. 그
리고 주르륵, 비처럼 흘러내린다.

"협회 창립 당시부터 지금까지 25년입니다. 강산이 변해도 두 번
이 변한 세월입니다. 그 인고의 세월을 버티어서 굳건하게 지켜온
자리입니다. 그동안 제가 모신 협회장만도 8분이고요. 상근직이
저 한 명이었다고 근태를 소홀히 한 적도 없고, 300명이 넘는 회원
들 DM 발송은 물론이고 협회사무실을 사랑방처럼 이용하고 계시
는 원로 회원들을 위해 오실 때마다 얼마나 살뜰하게 챙겨드렸는
지 모릅니다. 혼자 출근하고 혼자 퇴근하는 막막함을 버티며 군소
리 한마디 없이 지켜온 사람이 바로 저란 말입니다. 청춘 세월 25
년 전부를 갈아 넣어 지켜낸 협회라고요. 그런데 지금, 아무것도 모
르는 시건방지기 짝이 없는 신입한테 그 자리를 넘기라고요? 그리
고 너는 이제 그만 손 털고 집에나 가라고요. 아이고, 저는 못합니
다. 죽어도 못합니다. (흑흑!)"

"어허, (쯧쯧거리며) 참으로 미련하고 답답하다고 하십니다. 우리
할머니 말씀이 시대가 변하고 세상이 바뀌었답니다. 내 기주 손에
든 연장이 닳고 낡아 새로 짜진 판에서는 어림도 없답니다. 그 연장
가지고서는 그 자리가 어떤 자리이건, 고집부려서 될 일이 아니라

고 합니다."

 부채와 방울을 접고 티슈 통을 건네주는 무당의 말은 위로인가 주먹질인가. 갈피를 잡을 수 없어 눈물을 멈추고 공중으로 흩뿌려진 살과 피를 수습해 챙기고 무당의 말에 의식을 집중해본다. 그리고 티슈를 서너 장 뽑아 코를 팽, 풀고는 목이 메여 갈라진 목소리를 다듬어가며 간신히 대꾸한다.

 "그게 대체 무슨 말씀입니까? 협회 일은 제가 아니면 돌아가지를 않아요. 아니, 돌아갈 수가 없습니다. 물론 하루가 다르게 공문이며 뭐며 여러 가지 전산 관련 업무 툴(Tool)이 바뀌어 정신이 없기는 합니다만 익혀가는 중이고요. 또, 그 뭐냐. 신임협회장이 취임하면서 공식·비공식 행사가 많이 늘어난 것도 사실입니다. 그러나 이런 일은 늘 있어왔고, 시간이 다소 걸린 부분은 있지만 저는 잘 적응해왔습니다. 지금이라고 다르지 않습니다. 나이가 들었다고 그러시는 겁니까, 지금?"

 말을 할수록 기분이 더 나빠지고 화가 치밀어 올라 목소리에 힘이 빡빡, 들어가고 있다. 무당하고 싸우자고 온 것도 아닌데, '내가 왜 이러지?' 싶으면서도 현재 내가 겪고 있는 직장 내 상황을 제대로 알려줘야 제대로 된 공수를 뽑아낼런가, 싶어 힘 뺄 생각도 없이 계속 설명을 이어나간다.

어쨌거나 신임협회장이 취임하면서부터 일이 배로 많아진 것은 엄연한 사실이다. 그래서 신입직원이 필요하다고 제안한 것도 내가 맞다. 지금에 와서 생각해보자면 그때 그렇게 말한 나의 입을 비틀어 꽁꽁 묶어버리고 싶은 마음이 굴뚝이지만, 이미 쏟아져버린 물이다. 그러나 당시를 다시 생각해 본다고 해도 신입직원이 필요했던 상황임에는 변함없이 분명한 사실이었다. 올해 초 취임한 신임협회장은 유명무실해진 협회의 위상을 드높이겠다는 의욕을 실천화하기 위한 추진력이 대단한 인물이었다. 하루가 멀다 하고 새로운 일들이 시작됐고 실질적으로 진행됐다. 기존과 달리 지역 사회 내 공기업을 비롯한 각종 단체에서 공식·비공식적 후원을 받기 위한 정관개정부터 손을 대기 시작한 협회장은 이를 위해서는 협회 인지도를 높이는 것부터 선행돼야 한다며 각종 행사까지 숨 돌릴 새 없이 밀어붙였기 때문이다. 날마다 쌓여가는 업무에 치여 혼자서는 일주일 내내 야근을 해도 끝나지 않을 상황이 이어지고 있었다. 나는 책상 위로 쌓여가는 업무와 행사준비 등으로 거의 정신이 나갈 지경이었다. 심지어 일주일에 두어 번 들어와 업무 진척 상황을 파악하는 신임협회장은 "일 처리가 빠르지 않다. 일의 우선순위 파악을 못 한다."는 식의 언사를 사람 면전에서 노골적으로 해댔다. 내 입장에서는 당연히 '혼자서 할 수 있는 업무량이 아니다'고 억울함에 가득 찬 볼멘소리를 할 수밖에 없었다. 그것은 변명도 아니었고 핑계는 더더욱 아니었다. 실제로 그랬으니까. 그래서인지 저래서인지 협회장은 신입이라는 말이 끝나기가 무섭게 일말의 망설임도 없이 문제의 신입을 떡하니 모셔(?)왔다. 구인공고도 내지 않았는데, 명문 S대 출신 수재라는 27세 여성이 내 앞에 뚝딱 떨어진 것이다. 협회장 말에 따르면 신입은 대기업에 수석으로 입사한 경력이 있지만, 서열이 엄중한 조직체제에 반발을 느끼고 입사 3개월 만에 때려치웠다는 것이다. 마침 잘 알고 지내던 공직자 지인으로부터 소개를 받아 인연이 됐다는데, 아무튼 협회장은 그 잘나고 대단한(?) 신입을 소개하며 '하나도 빠짐없이 잘 가르쳐줘서 어떠한 상황에서도 업무 공백이 생기지 않게끔 하라'고 지시했다.

"어차피 이기지 못하는 게임입니다. 더 긴 이야기 할 것도 없다, 하십니다. 이왕지사 물러나야만 하는 자리. 뒷모습이라도 아름답게 잘 정리하시는 것이 '상수'라고 하십니다. 갖고 오신 질문에 대한 공수가 나왔으니 이제 그만 돌아가세요. 여기서 더 눈물 콧물 뿌리며 '감성 팔이' 해보았자 더 나올 것이 없습니다."

아이고, 내가 미친다. 이 무당이 사람을 제대로 잡아 팬다. 내가 아무리 미련곰탱이처럼 보인다고는 해도 신점이 용하다는 이유로 버스를 두 번이나 갈아타고 찾아온 마당에, 심지어 기본 복채에 플러스알파를 더 얹어 공손하게 올려놓은 판에 이런 말 같지도 않은 공수를 받아들고 갈 성싶은가. 무슨 수를 써서라도 신입이 제풀에 제가 지쳐 그만두게 할 수 있는 비방을 받아야 한다. 뭐, 떠도는 비방법이야 당장 유튜브만 켜도 널려 있기는 하다. '사사건건 상사를 무시하는 신입 떼어내기', '말 안 듣는 건방진 신입 다루기' 같은 식의 비방들 말이다. 그러나 그런 것들은 다 신빙성이 없는 데다가, 괜스레 잘못 사용했다가는 역공을 당할 수도 있다는 불안감에 내가 직접 내 발로 찾아와 내 돈 들여 비방을 받기로 결심했고, 지금은 그 결심을 실행하는 중이다. 그러니 무슨 수를 써서라도 하늘처럼 바다처럼 내 앞에 앉아계신 용하신 무당이 직접 내려준 특급 비방을 받아내야 한다. 그래서 비방대로 성심을 다해 실천함으로써 그 시건방지고 싹수가 샛노란 신입을 깔끔하면서도 신속하게 제거해야만 하는 것이다.

말이 나왔으니 망정이지, 신입은 입사 첫날부터 태도와 복장이 매우 불량했다. 짧은 반바지에 커다란 반짝이 여우 한 마리가 그려진 티셔츠 차림으로 나타난 신입은 심지어 인사조차 눈으로만 까닥, 하는 식이었다. 고개도 숙이지 않는 인사 방식은 태어나서 그날 처음 보았다. 어쨌거나 신입은 사람을 쳐다보는 눈빛부터가 불량한 사람이었다. 그럼에도 나는 어떻게든 잘 지내보겠다는 의지를 불사르며 말 한마디라도 따뜻하게 하려고 노력했고 청소 등 잡다한 일 또한 엄한 말이라도 돌까, 무서워 일절 시키지 않았다. 나이로만 따지자면 거의 딸 벌인 신입인데, 사람을 대하는 눈빛이나 태도가 불량하다고 해서 나의 심장 밑바닥에서 뛰놀다 튀어나오려고 하는 유치한 감정까지 드러낼 필요는 없다고 판단했기 때문이다. 또 사실이 그렇기도 했다. 젊은 사람들 또한 세상을 바라보는 그들만의 잣대가 분명히 있을 것인데, 그것을 직장 선배라는 이유로 잘 잘못을 따지거나 몰아붙일 사안은 또 아니지 않은가. 어쨌거나 이러저러한 나의 배려와 인내심의 발로(發露)에도 불구하고 신입은 하루가 멀다 하고 사람의 복장을 뒤집어놓았다. 처음에는 그것도 참 신통방통한 재주로구나, 생각했으나 빈번하게 당하다 보니 스멀거리며 올라와 턱밑까지 차오르는 분통을 여간해서는 당해낼 재간이 없었다. 내가 이렇게 예민한 사람이었던가, 싶을 만큼 나는 신입의 일거수일투족에 반응하면서 분노하고 있었다. 특히나 신입의 이중성은 내 수준에서는 거의 엽기적이었다. 협회장이나 협회 사람들이 있을 때는 누구보다 살갑게 나의 말을 잘 듣는 신입의 모습을 보이다가도 둘만 있을 때면 (거의 대부분은 둘만 있다고 보면 됨) 내가 말하는 업무지시에 전혀 협조하지 않았고 오히려 대놓고 나를 무시하는 태도를 보였다.

간단하게라도 몇 가지 예를 들자면 내가 "이러이러한 일을 이러이러한 방식으로 하시면 됩니다."라고 업무지시를 하면 눈을 동그랗게 뜨고 두 손바닥을 딱 올리는 제스처를 취하고는 "실장님이 말씀하시는 거 하나도 못 알아듣겠어요. 제대로 알려주시던가, 아니면 실장님이 잘하시니까 그냥 실장님이 하시면 되겠네요." 하는 식이었다. 또 어떻게든 마감 시간 안에 맞춰 일을 끝내보려고 나는 죽어라고 버둥거리고 있는데, 신입은 업무시간 내내 한 가지 일 가지고 미적거리다가 퇴근 시간이 되면 약속이 있다며 폴짝 일어나 가방을 들고 횡하니 가버렸다. 그 모든 울화통과 답답함을 인내해가며 그래도 뭐 하나라도 업무를 가르쳐주려고 하면 기본 서너 번 설명은 기본이고, 또 그렇게까지 거듭 알려주며 용을 써도 신입은 보란 듯이 하루 종일 그일 하나를 잡고 있으면서도 일이 많다고 징징댔다. 명문 S대 출신이 맞나, 싶을 정도로 기가 막혔지만, 내 입장에서는 그것조차도 표현할 수가 없었다. 예전에는 묻거나 따질 필요 없이 눈치껏 적응 못 하면 바로 도태됐지만 지금은 그런 시대도 아니었기 때문이었다.

가장 힘든 부분은 협회가 직급이나 위계에 대한 명시적 권한을 주지 않았다는 점이었다. 지시 권한 문제로 트러블 생겼을 때 내 편을 들어줄 수 있는 사람 또한 없었다. 이렇다 보니 내 입장에서는 신입이 들어와서 일이 줄어드는 것이 아니라, 도리어 일이 늘어나고 있는 실정이었다. 안 하고 살던 감정소모전까지 치르면서 나는 아침이 올 때마다 울고 싶었다. 그리고 집으로 돌아갈 때쯤에는 거의 '번아웃(Burnout)' 직전 상태였다. 이 모든 상황과 감정들을 어떻게 다 설명할 수 있을까. 당장만 해도 앞에 앉아 있는 무당조차 설득하지 못하지 않는가. 아아, 참으로 무심하다. 저 인정머리 없는 무당이 모신다는 할머니는 왜 이런 나를 옹호하고 가련하게 여기지 않는가. 도리어 불쌍하기 짝이 없는 나에게 고집을 부리고 있다고 나무라고 있느냔 말이다. 25년 청춘을 녹여가면서 지켜온 자리이다. 그런데 왜, 내가 두 손 들고 떠나가야 한다고 종용하는가. 도대체 왜, 내가 왜.

"그러지 마시고 제발 저 좀 살려주세요. 이러다가 제가 제 명에 못 살 겁니다. 부디 저를 가련하게 여기시고 비방 하나만 꼭 좀 알려주십시오. 부적도 좋고요. 신입이 저 알아서 나갈 수 있게만 해주세요. 제발 부탁합니다. 네?"

 나는 자존심이고 뭐고 상관 않고 무당 앞에 머리를 조아리고 빌기 시작한다. 두 손까지 모으고 싹싹 비는 시늉까지 낸다. 약자 코스프레로 동정표를 얻어서라도 신입을 떨쳐낼 비방을 받아야 한다. 그래서 다시 모든 것을 돌려놓아야 한다. 신입 따위 필요 없었던 나만의 왕국. 그렇다! 나만의 왕국을 반드시 되찾아야만 한다.

"어허, 이거 참! 내 기주님, 그런 것은 없습니다. 여기는 그런 비방 따위를 취급하는 곳도 아니고요. 한군데 오래 고인 물은 썩기 마련입니다. 물고랑이 터졌는데, 안 나가고 배기는 물이 있습디까? 고인 물을 흘려보내고 새 물을 채우는 시기랍니다. 그러니 미련 두지 마시고 거기서 나오세요. 그저 흐르시면 됩니다. 그것이 가장 사람답게 사는 길입니다."

 사람답게 사는 길이라고? 협회를 나와서 내가 무얼 하면서 사람답게 살 수 있을까. 시집도 안 간 50살 먹은 노처녀가 직장마저 잃고 나면 무엇이 남아서. 일찍 혼자가 된 모친과 둘이 앉아 '미스터트롯'에 나오는 영웅과 영탁 노래에 빠져 사는 것도 한계가 있다. 나라고 왜 그런 마음이 없었겠는가. 25년 지켜온 협회임에도 누구 하나 존재 가치를 인정해주지 않고 이제는 협회장마저 노골적으로 '퇴물(退物)' 취급을 하는 마당인데 말이다. 아아, 숨이 다시 막혀온다.

"그래도 사람답게 살겠다고 지켜온 직장입니다. 그런데 직장에서 쫓겨나듯이 나와서 제가 무얼 해서 사람답게 살 수 있을까요. 그렇다고 경력이 인정되는 직장도 아닌데 말입니다. 남의 말이라고 너무 대책 없이 말씀하시는 것이 아닙니까?"

이런 말을 하려고 온 것이 아닌데, 내가 왜 이렇게까지 심정이 격해져서 말하는지도 모르겠다. 그럼에도 이 질문이야말로 본질적인 질문이 아닐까, 이런 생각도 드는 것이다. 그 생각이 맞았는지 나의 말을 집어 든 무당은 부채를 펼치고 방울을 들어 왈랑왈랑 몇 번 흔들더니 부채를 접고 나서 이렇게 말한다.

"너무 많은 추측을 할 때면 도리어 진실에 가까이 갈 수가 없답니다. 삶도 마찬가지입니다. 추측하지 마시고 있는 그대로를 보세요. 그래야만 삶이 제대로 보입니다. 더 미루지 마시고 가두지 마시고 있는 그대로 보시고 흐르세요. 그래야 냇물로 강물로 바다로 흘러들면서 깨끗한 산천과 허공을 누리면서 사람답게 살 수가 있는 겁니다."

무당집을 나와 버스정류장으로 발을 옮기면서 나는 여러 번 비틀거렸다. 먼데서 온 바람이 엊그제 잘라 매우 짧아진 단발머리칼을 마구 헝클어뜨린다. '그동안 살아온 나의 삶은 도대체 무엇이었을까.'라는 밑도 끝도 없는 질문이 일어났지만 질문에 대한 대답은 찾을 수 없었다. 아무런 말도 할 수가 없었다. 나는 버스정류장에 놓인 기다란 나무의자 한편을 차지하고 앉아 여러 대의 버스를 그냥 보내면서 저녁노을이 지고 있는 하늘을 오랫동안 바라보았다.

마침내 퇴사를 결정한 내가 며칠 지나지 않아 사퇴서를 내자마자 협회장은 기다렸다는 듯이 사표 수리를 해주었다. 신입 또한 기다렸다는 듯이 내 자리를 꿰차고 앉아 빛의 속도로 쌓여 있던 업무들을 처리하기 시작했다. 인수인계를 위해 더 보고 자시고 할 것도 없었다. 길게는 25년 가까이 살뜰하게 보살폈던 협회 사무실 화분 속 식물들과 소리도 없는 작별 인사를 나눈 나는 커다란 가방을 안고 총총 집으로 돌아왔다.

퇴사를 했는데도 예상과는 다르게 나는 아무렇지도 않았다. 오히려 왜 스스로 목줄을 차고서 그토록 작은 사무실에다 말뚝을 박은 채로 무려 25년이나 묶여 살았는지, 스스로가 생각해도 한심하기가 짝이 없었다. 그런 생각들이 기폭제가 됐을까. 나는 오래지 않아 모친이 오래전부터 하고 싶어 하던 빈대떡집을 오픈하기에 이르렀다. 협회 원로들은 머리 좋고 업무 능력이 뛰어난 신입이 부담스럽다며 기다렸다는 듯이 내가 개업한 빈대떡집을 사랑방 삼아 들락거리기 시작했고 우울증약을 달고 살던 모친은 깨끗한 기름을 부어 감칠맛 나게 반죽한 전을 바싹하게 구워가며 연신 웃음꽃을 피워냈다. 가끔은 '미스터트롯'에 나오는 영웅이나 영탁 얼굴을 보며 남몰래 혼자 설레곤 했던 시간이 아쉽기도 했지만 얼마 지나지 않아 나는 그보다 더한 쇼킹한 설렘을 경험할 수 있었다. 사랑이 찾아온 것이다. 세상에나, 그것도 진짜 남자와 하는 사랑 말이다. 하루라도 내 얼굴을 안 보면 '하루'를 마감할 수가 없다며 참새가 방앗간 들르듯 했던 설비업체를 운영하던 (내 눈에는 충분히 멋진) 돌싱-남에게 나도 사랑의 감정을 품게 됐기 때문이다. 그와의 사랑을 통해 나는 사람의 감정이 얼마나 뜨거워질 수 있는지에 대해 '경외감'을 갖을 정도로 강력하게 깨달을 수 있었다. 그럼에도 나는 그러한 감정 또한 어떻게 흘러가든, 섣불리 추측하지 않았다. 다만 그대로 바라볼 뿐이었다. 무당의 말처럼.

가끔은 생각한다. 지금의 나는 어디쯤 흘러가는 중일까, 라고. 산비탈을 내려와 작은 냇물로, 그리고 언젠가는 너른 평야를 가로지르는 강물로도 흘러갈 테지. 아마도 그 누구보다 유려하게 흐르고 있을 것이다. 적어도 지금은 나는.

파도가
부서질 때
창가에서

"생사(生死)는 파도와 같습니다. 일어나면 사라지고 사라지면 또다시 일어나 달려드는 파도 말입니다. 소중한 가족이나 평생을 일궈놓은 큰 재물이 있다고 해도 생사의 법칙을 거스를 수는 없습니다. 보살님, 안타깝지만 머물 시간이 얼마 남지 않았답니다."

 어려서부터 아픈 손가락이었던 막내딸이 어디서 무슨 소리를 들었는지 하루가 멀다 하고 찾아와 돈을 내놓으라고 성화이다. 말기 암 투병을 하느라 정신과 육체 어느 것 하나 온전한 것이 없는 어미를 붙잡고 울고 불며 생떼를 써대는데, 당최 당해낼 재간이 없다. 그래서 찾아온 참이다. 당대 최고 무당이라고, 백 년에 한 번 나올까 말까 하다는 용한 무당이라고 유명세를 떨치고 있는 당신을. 그런데 아줌마(요양 도우미)를 물리고 가까스로 앉은 모양새를 정비하기도 전에 이 무당 대뜸 한다는 소리가 내게 당도한 '죽음'부터 꼬집는다. 요망한 무당 같으니. 누가 죽을 날 받아놓은 걸 몰라서 이 먼 곳까지 친구(동창이자 현재는 운전기사)와 아줌마 부축까지 받아가며 찾아왔을까.

그렇다. 나는 오늘 죽어도 이상하지 않을 만큼 온몸이 암세포에 점령당한 상태이다. 3년 전 발병한 위암 확진으로 위절개술까지 받아가며 투병해왔지만 애쓰고 고통스럽게 고생했던 그 숱한 노력에 대한 한 톨 보람도 없이 나의 배 속은 증식을 멈추지 않고 있는 질기고도 질긴 암세포에게 거의 다 먹혀버린 상황이다. 이미 한 달 전부터는 살기 위한 모든 노력을 멈추고 '관세음보살' 염불 수행에만 매달리고 있는 참이니 더 말해 무엇 하랴. 그럼에도 '너는 곧 죽을 목숨이다. 무엇하게 부질없는 욕망을 끌어올려 또다시 마지막 남은 시간들을 들쑤셔 놓느냐'는 식의 무당의 말은 마지막 남은 자존심마저 가차 없이 으깨고 짓이겨버린다. 서운하고 섭섭한 것을 떠나 참담했다. 그럼에도 간신히 부여잡고 있는 의식을 바닥에 짚은 손바닥에 의지해서 죽을힘을 다해 '관세음보살'을 찾아본다. 바늘처럼 돋아 오른 심기를 누르고 입을 떼서 천천히 묻는다.

"영감이 사업으로 일군 재산은 돌아가시기 서너 해 전에 당신 스스로 거의 다 까먹고 제 명의로 남겨놓은 6층짜리 건물이 하나 남아 있는데. (말을 멈추고 고개를 숙이고 한참을 숨을 몰아쉬더니) 최근 그

건물을 정리하고부터 막내딸이 돈에 눈이 뒤집힌 애처럼 굴어서요. 그 건물은 살날이 얼마 남지 않았기 때문에 정리를 해놓은 것입니다. 혹시 모를 사태를 대비해 현찰화해 놓느라고요. 근데 그걸 안 막내딸이 밤이고 낮이고 찾아와 그 돈을 내놓으라고 성화를 부립니다. 나는 딸이 2명이 있습니다. 걔 위에 언니가 한 명 더 있어요. 그 애는 시집가서 아들딸 낳고 잘 살고 있습니다. 속 썩인 적이 없는 애죠. (숨이 딸려서인지 말을 멈추고 몇 번 가쁜 숨을 몰아쉬고는) 그 돈이 한 푼이라도 언니한테 가면 자기는 당장 죽어버리겠답니다. 서너 살 애도 아니고 나이가 40살이 넘은 애가 방바닥을 데굴데굴 구르면서 입에 거품을 물고 난리를 치니. 제가 지금……."

간신히 뱉어내는 말에도 감정이 실리는지 울컥, 가슴에서 뜨거운 것이 올라와 목이 멘다. 말을 채 매듭짓지 못한 채로 아득해져 가는 무당의 얼굴을 바라볼 뿐이다. 가녀린 몸매에 동그랗고 선한 눈매를 가진 무당은 힘이 실리지 않은 입술 사이로 흐르고 있는 나의 말들을 물끄러미 바라보는 중이었다. 단지 그러할 뿐인데도 나는 그녀의 몸매와 눈매에서 나오고 있는 예사롭지 않은 기운을 감지한다. 평소 당집을 자주 찾는 편은 아니지만, 용하다고 이름이 난 무당은 아무리 먼 거리라도 기를 쓰고 찾아다니며 '길을 묻던' 시절이 있었다. 아니, '삶을 묻던'. 아니다. '아기를 묻던' 시절들이 있었다. 그래서 그 정도 '감'은 아직까지도 남아 있었던 모양이다. 다시금 '관세음보살'을 읊으며 뜨겁게 올라온 돌덩이 같은 것을 어렵게 삼키고 나서 다시 말을 이어나가 본다.

"막내딸은 어려서부터 몸이 허약했어요. 설상가상 집 앞에서 놀다가 오토바이 사고를 당해 얼굴 한쪽이 이지러졌습니다. 학창시절 내내 놀림도 많이 당하고, 순탄치 않았죠. 결혼을 못 하고 사는 것도 그러한 연유(緣由)가 작용했을 겁니다. 어려서부터 영특하고 뭐든 잘해야 직성이 풀리는 큰애와는 다른 아이였거든요."

말을 한다는 것은 기가 많이 필요한 일이다. 아니, 기가 많이 소모되는 일이다. 병마와 싸워본 사람들은 내가 하는 말의 의미를 이해할 것이다. 겨우 요 정도 말을 하는데도 수천 킬로미터를 전력 질주한 사람처럼 숨이 차오른다. 송글송글 맺힌 땀방울이 이마 옆으로 주르륵 흘러내리는 것만 같다. 손에 쥐고 있던 손수건으로 더듬거리듯 이마를 닦아내도 손수건에는 물기 한 점이 묻어나지는 않는다. 그러한 나의 모습을 내내 무안을 느낄 만큼이나 흐트러짐 없는 태도로 바라보고만 있던 무당이 마침내 입을 연다.

"보살님 정도면 이생에서 나름 다음 생을 위한 공덕을 준비하신 분입니다. 그러함에도 아직까지는 자신이라고 믿는 것이 만들어낸 집착이나 허상에서 벗어나지 못했다고 투정을 부리시려고 예까지 찾아오신 겝니까. 아직까지는 늦지 않았답니다. 지금이라도 그 허상에서 벗어나 '존엄한 죽음'을 선택하세요. 이승에서 보살님 딸로 태어났다고 해서 저승에서도 보살님 딸은 아니지 않습니까."

'존엄한 죽음'이라니. 3년 전 위암 판정을 받은 이래, 나에게 죽음은 가장 친숙한 단어였다. 그날 이후 단 하루도 죽음을 잊어본 적이 없다. 그러함에도 죽음이 존엄하다는 생각은 단 한 번도 해본 적 없다. 죽음은 두려우면서도 허망한 것이었다. 적어도 내게는 그랬다. 아니, 누구라도 그렇지 않을까. 흐릿해져 가는 의식처럼 느리게 흘러가는 생각의 흐름을 다 따라가기도 전에 무당의 말이 이어진다.

"곧장 호스피스 병원으로 들어가세요. 지금은 딸을 생각할 때가 아닙니다. 아무리 귀하고 금쪽같은 새끼라도 지금은 놓아야 합니다. 딸의 모습으로 나타난 시험대 위에 서서 더 이상 농락당할 시간이 없다는 말씀입니다. 핏줄이라는 이름으로 얽혀 들어간 단단한 집착의 끈을. (단호하게) 이제는 놓으세요. 염불 수행 999일 정진했다 해도 단 하루 흐트러지는 순간, 말 그대로 '도로아미타불'이 되는 법입니다."

말라비틀어진 살갗이 먼지처럼 부서지며 진흙바닥으로 스며들어 가는 것처럼 진이 빠진다. 그래, 이대로 죽는다 해도 나쁠 것도 없는 삶이지 않나. 이런 생각을 마저 이어나가기도 전에 무당의 얼굴이 아득하게 멀어져 간다. 손쓸 사이도 없이 나는 당집 바닥으로 스며들고 있다. 나는 구역질을 참으며 온 힘을 다해 "아줌마, 집!"

이라고 소리쳤다. 한쪽으로 무너지듯 쓰러지고 있는 나의 몸을 느낌과 동시에 나의 의식은 당집 방바닥을 뚫고 지하로 떨어져 내렸다. 그것은 거대하고 새까만 구덩이처럼도 느껴졌다. 나는 계속해서 하염없이, 그 깊고 까만 곳으로 떨어지는 중이었고 그 위로 보이는 점점 좁아지는 하얀 빛 동그라미 안에서는 방금 전까지 내 앞에 앉아 있던 무당이 '깔깔'거리며 나를 내려다보고 서 있었다.

 지방 소도시 재래시장 입구에서 방앗간을 운영하는 형을 돕던 남편은 막내딸이 태어날 무렵, 고춧가루 사업에 뛰어들었다. 어쩌다 그렇게 된 것 같은데, 남편의 사업은 꼭 누가 밀어주는 것처럼 나날이 번창해나갔다. 남편은 전국 각지는 물론이고 중국이나 동남아까지 왕래하며 사업수완을 발휘했고, 덕분에 나는 소도시라고는 해도 어디를 가도 '사모님' 소리를 들으며 나름 떵떵거리며 살 수 있었다. 무엇 하나 부족함 없는 생활이었다. 그럼에도 딱 하나! 막내딸만큼은 어쩌지 못했다. 막내딸은 태어나기 전부터도 아프고 시린 자식이었다. 남편은 막내딸이 태어나면서 사업이며 가정사가 술술 풀려나간다며 '우리 복덩이'라며 애지중지했지만, 그럼에도 막상 아이를 대할 때는 딴청을 부리곤 했다. 막내딸은 그런 애였다. 아빠가 아닌, 누구에게도 그런 느낌을 주었다. 애잔해도 막상 다가서려고 하면 부담을 느끼게 하는. 가족뿐 아니라 친구에게도 똑같았다. 그러나 무언가에 라도 저의 마음이 꽂히면 밤낮을 가리지 않고 몰입했다. 좋아하는 책이 생기면 밥을 먹을 때도 잠을 잘 때도 그 책을 손에서 놓지 않고 보고 또 보고 나중에는 책 한 권을 토씨 하나 안 틀리고 줄줄 외어 읽을 만큼 집중력과 기억력이 뛰어났다. 처음에는 아스퍼거증후군이 아닌가, 걱정했지만 검사결과는 '이상 없음'이었다. 그것은 그냥 막내딸이 타고난 성격이자 재능이었다.

 큰 애는 남들이 하는 대로 대학을 들어가서 동아리 활동을 하면서 만난 남자와 결혼을 해서 남부럽지 않게 살고 있다. 그러나 막내딸은 중학교 중퇴 학력이 전부였고 변변한 직업도 없이 조그만 오피스텔에서 결혼도 안 한 노처녀로 혼자 살고 있었다. 그럼에도 나는 막내딸에게 생활비며 일체를 주지 않고 있다. 유일하게 해준 것이라고는 10여 년 전 막내딸이 독립을 선언했을 때, 8천만 원을 주고 사준 작은 오피스텔 한 채가 전부였다.

 "건물 판 돈 다 나한테 줘도 언니한테 해준 거에 비하면 어림없잖아. 이제 남은 건 그게 전부라며. 그거마저 언니랑 나누면 나는 뭐야? 나는 왜 안 돼? 팔고 나서도 바로 형부한테 신형 세단 사줬지. 내가 모를 줄 알아? 기사 아저씨 전세금도 엄마가 해준 거잖아. 곶감 빼먹듯이 이 사람 저 사람 다들 해 먹고 남은 거. 그거나마 또다시 언니랑 나누라고? 이제는 정말 못 참겠어. 내가 하루하루 어떻게 살고 있는지 알잖아. 식당 설거지 알바하면서 하루하루 근근이 먹고산다는 거. 누구보다 엄마가 가장 잘 알잖아. 말해봐, 엄마. 나는 이 집 딸이 아니야. 나는 주워온 자식이냐고. 왜 나는 아무것도 주지 않느냐고. 도대체 왜? 엉엉~."

막내딸은 어젯밤에도 저녁나절에만 파트타임으로 하고 있다는 갈빗집 설거지 알바를 마치고 왔는지, 역한 냄새가 그대로 배어든 옷을 갈아입지도 않고 들이닥쳐서는 돌아누운 내 등짝을 보고 앉아 (내가 느끼기에는 영원과도 맞먹는) 두어 시간을 보채다가 돌아갔다. 약을 먹고 혼미해져 가는 의식을 염주를 의지해 붙들어 맨 채로 돌아누워 '관세음보살'을 찾았지만, 얇은 면도날로 심장을 도려내는 것만 같은 쓰라림으로 막내딸이 돌아가고 난 다음에도 울다가 까무러치고 또 깨어나 울다가 까무러치면서 버텼다.

어떻게 말해야 할까. 어디서부터. 아니, 말할 수 없다. 아니, 말하지 않을 것이다. 그것은 나 자신과 했던 굳건한 약속이니까. 아니, 사실은 남편과 했던 약속이었다. 아니, 아니다. 남편의 상간녀였던 큰애 친모와 했던 약속이다. 아니다. 모두 다 아니다. 그것은 막내딸을 낳기 위해 비바람을 뚫고 기도했던 삼신과의 약속이었다. 서울 인왕산 서낭바위와 계룡산 미륵바위 그리고 지리산 칠선계곡 삼신에게 목숨을 걸고 했던 약속이다. 나와는 피 한 방울 섞이지 않은 자식이지만 큰 애를 누구보다 훌륭하게, 어떠한 부족함도 없이 잘 키워내겠으니 부족한 자식이라도 일점혈육을 점지해달라고 빌고 또 빌면서 했던 '약속'이었다.

그래서 점지받은 아이가 막내딸이었다. 당시 함께 빌어주었던 무당은 '당신 팔자에 없는 자식을 기도 정성 발원의 힘으로 점지받은 것이니 있어도 없는 듯이 예뻐도 미운 듯이 키우라'고 신신당부를 했다. 그래야 아이 명줄을 이어갈 수 있을 거라고. 설마 그럴 리가, 라고 생각했는데 무당의 말대로 조금이라도 마음을 쓰고 정을 주면 아이에게 사달이 났다. 멀쩡하다가도 열이 펄펄 끓어 숨이 넘어가기 일쑤였고, 심지어 오토바이 사고로 그 하얗고 고운 얼굴이 반 이상 찢겨져 나가고 이지러졌다. 지옥이었다. 남편을 되찾았고 원하던 아이도 둘씩이나 생겼다고 승리감에 도취해 축배를 들었던 시간은 하루로 끝났다. 그 하루가 지나자마자 나는 깨달았다. 내가 내 손으로 지옥의 문을 열었다는 것을.

그러나 다시 똑같은 상황이 온다고 해도 나의 상황이 달라지지는 않았을 것이다. 나는 또다시 상간녀와 그녀가 낳은 아기에게 마음을 뺏긴 남편을 되찾기 위해 전국팔도 용하다는 삼신기도터를 다니며 기도 정성을 들였을 것이다. 결혼하고 6년이 넘도록 아이가 생기지 않은 것이 남편이 외도를 하게 된 이유였기 때문이다. 다른 이유가 있을 턱이 없다. 3년 가까운 연애 기간에도 남편과 나는 단 한 번의 언쟁조차 없었을 만큼 모든 면에서 잘 맞는 연인이었잖은가. 아기만 생긴다면 모든 문제가 해결될 것이라고 믿어 의심치 않았다. 그래서 염원했다. 꿈속에서도 염원하고 또 염원했을 것이다. 나의 아니, 우리의 아이를 달라고. 바람대로 나의 예상은 맞아떨어졌다. 막내딸을 임신하자마자 나에게로 돌아온 남편은 내 앞에 무릎을 꿇고 앉아 말했다. 잘못했다고. 앞으로 잘하겠다고. 그렇게 해서 나는 큰애의 엄마가 되었다. 큰애의 친모에게는 앞으로는 절대로 우리 앞에 나타나지 말라고. 나타나지만 않는다면 나는 큰애의 좋은 엄마가 될 거라고. 그러니 당신은 모든 것을 잊고 좋은 사람 만나서 잘 살라고. 인자하게 말할 수 있었다. 그리고 나는 평생 그 약속의 굴레에서 살았다. 고통스럽게. 그것도 매우 많이 고통스럽게 말이다.

그 마음을 아는 것인지 큰애는 누구보다도 건강하고 똑똑하게 잘 자라주었다. 도리어 문제는 막내딸이었다. 태어나는 그 순간부터 막내딸은 아프지 않으면 크고 작은 사고를 일으켰다. 막내딸 주위로는 매번 눈살을 찌푸리게 하는 일들이 끊임없이 벌어졌다. 내가 빌어 내배 아파 낳은 딸자식이 언제나 그리고 어디에서나 큰애와 비교를 당하는 나날들이 이어졌다. 그 시간들은 하나같이 내게는 말로 다 할 수 없는 지옥 그 자체였다. 말할 수 없는 슬픔이었고 어디에도 하소연할 수 없는 고통이었다.

"언니가 대학 때 쓴 등록금이며 용돈만 해도 그게 다 어디야. 학교 다니기 힘들다고 당시 유행하던 세단도 뽑아줬지, 아마. 결혼할 때는 또 얼마나 성대하게 해줬냐고. 형부 사업자금 필요하다고 하면서 해간 건 또 얼마냐고. 내가 모를 줄 알아? 언니랑 형부 보면 진짜 토 나와. 어쩌다 한 번 명절 때나 요란하게 얼굴 내밀면서도 우리 집 재산 절반 이상은 벌써 다 해 먹었잖아. 그런데도 엄마는 왜 때마다 철마다 언니한테는 찍, 소리 하나 못 하면서 무조건 다 내주기만 하냐고. 왜? 이번에도 형부 차가 어쩌고저쩌고하더니만 그새 외제 차로 바뀌었더라. 그걸 왜 엄마가 해줘? 그거 다 내 돈이잖아. 그거 다 내 돈인데 왜 엄마가 엄마 마음대로 다 써버리냐고."

정신을 차려보니 병원 병실이었다. 긴 잠을, 아니 긴 꿈을 꾼 것처럼 몽롱했다. 수액을 조정하던 아줌마가 깨어난 나를 보고 근심스러운 표정으로 불편한 게 있느냐, 고 눈으로 묻는다. 나는 고개를 젓고 시간이 멈춘 것처럼 가만히 누워 있었다. 그리고 아줌마를 불러 유언장을 작성할 테니 법무사에게 연락을 하라고 지시하고 다시 까무룩 잠이 든다. 모처럼 편안하고 깨끗한 잠이었다.

운이 좋았는지 관세음보살 염불 수행을 하며 삶의 마지막 짐을 풀어놓을 수 있는 불교계 호스피스 병원에 입소할 수 있었다. 유언장을 확인한 두 딸들은 저마다의 서운함과 섭섭함을 표현하고 돌아서서 각자의 길로 떠나갔다. 유언장에는 모든 것을 정리하고 남은 50억 정도의 현찰을 나와 같은 사람들이 죽음이라는 관문을 잘 넘어갈 수 있도록, 혹여 그 턱이 너무 높아 힘들지 않게끔 도와줄 수 있는 '호스피스 마을'을 건설하고 있는 종교계에 기부한다는 내용을 담았다.

오랜만에 창가에 앉은 나는 파랗게 밀려왔다가 이내 까맣게 사라져 마치 까만 점보다 작게 보이는 두 딸들의 모습을 바라보고 있다. 그때 어디선가 불어온 바람이 얼굴을 쓰다듬는다. 시원하게 느껴진다. 이것 참, 시원하다 못해 간지러울 지경이다. 나도 모르게 훅, 웃음이 나왔다. 입술도 움직이지 않는, 아주 미약하고 희미한 웃음이었지만 그 어느 때보다도 진한, 그리고 나다운 웃음이었다.

거래의 종말

"인간사 모든 관계는 거래잖소. 부부관계라 해서 아닐 거 같은가. 천만에. 비열하리만큼 냉혹한 거래가 바로 부부관계야. 거래의 속성을 잘 아는 사람들은 사랑이나 이념 따위로 관계 자체를 뭉개면서 손해날 짓을 안 해. 암, 절대로 안 하고말고. 내가 왜 '따위'라는 표현까지 썼냐 하면, 제일 문제가 되는 사람들이 그런 '타령'을 해대는 작자들이거든. 관계의 본질을 모르니 사랑으로 일어난 자신의 거룩한 감성까지 타락시켜버리는 게지."

자신의 이야기가 아니면 모두가 이런 식이다. 오래된 늙은 무당이라고 해서 다를 것이 없다. 아니 무당이 아니라 금강산에서 천 년을 수도한 도사라고 해도 피를 토해도 모자란 나의 절절한 심정 단 한 가닥도 헤아려낼 수 없을 것이다. 안다. 그럼에도 나는 필요했다. 나를 쏟아낼 아니, 썩어질 대로 썩어 문드러진 내장에 시퍼렇게 피어오른 곰팡이를 토해내고 싶었다. 숨을 쉴 때마다 그 냄새가 올라왔다. 최근 들어 더 심해진 그것은 확실히 지독한 곰팡내였다. 이렇게 잠식당하다가는 결국은 시퍼런 한 송이 곰팡이 꽃으로 생을 마감할 테지. 그러나 그러면 안 된다. 그럴 수는 없는 것이다. 왜냐하면 이제야 본 게임장에 들어왔기 때문이다. 그러니 나는 어서 건강을 회복하고 오랫동안 갈고 또 갈았던 바짝 날이 선 긴 칼로 그들의 모가지를 벨 것이다. 깨끗하고 시원하게. 그런데, 문제가 생겼다. 속에서 올리는 곰팡내로 물 한 모금 목구멍을 넘기기 힘든 상황이 된 것이다. 날고 기는 병원에서도 병명을 잡아내지 못하니 치료 방법 또한 없었다. 그래서 찾아왔다. 휘파람으로 수천 명의 동자를 부린다는 당신을. 그런데, 비녀를 꽂은 숱 없는 백발에 비단 한복을 차려입기는 했지만, 앉아 있을 힘조차 없어 보료 위에 거의 눕다시피 한 자세로 나를 맞이하고 있는 무당은 생각보다 많이 노쇠한 노인네였다. '오늘 내일' 할 것만 같은 늙은 무당을 찾아 고속버스를 타고 이 낯선 지방 소도시까지 찾아오다니. 미친년이 따로 없다. 그런데도 나는 그 앞에 앉아 쫑알대는 손녀라도 된 듯이 입을 내밀고 말을 꺼내놓고 있다. 말을 하면서도 내내 참으로 묘한 느낌이었다.

"차멀미를 하는 것처럼 속이 메스꺼워서 당최 음식을 삼킬 수가 없어서요. 간신히 목구멍으로 넘겨보지만 곧장 다시 올리는 식입니다. 벌써 보름 가까이 됐는데도 차도가 없으니. 이러다 하루아침에 망자가 되는 것이 아닌가, 걱정도 되고요. 제가 지금 이럴 때가 아닌데 말입니다. 당최 어찌해야 할지를 몰라서요."

숱이 없는 은빛 머리칼이지만 곱게 빗어 꽂은 짧은 은비녀가 돋보이고 있는 늙은 무당의 얼굴은 깨끗했다. 보료 위에서 거의 옆으로 눕다시피 한 자세로만 늘상 있었는지 무당이 베고 있는 목침은 반질반질했다. 그럼에도 그녀의 눈빛은 맑고도 형형했다. 공수를 기다리며 숨을 죽이고 숨을 두어 번 더 쉬었을까. 무당은 그런 나를 잠깐 보는가 싶더니 입술을 동그랗게 모으고 '휘익' 휘파람을 불었다. 휘파람을 불자마자 곧 누군가의 말을 듣는 듯이 귀를 쫑긋하는 듯했는데, 그와 동시에 무당의 입에서는 이런 말들이 풀어졌다.

"옛날로 치면 대갓집 참한 규수로구먼. 하필이면 시집을 간 곳이 한양 사는 양반집 망나니 큰아들이니. 세상이 아무리 많이 변했다고는 해도 타고난 성정은 어쩌지 못하는 법. 독수공방 지난한 세월 참아내며 나름 제 역할은 착실했네, 그려. (쯧쯧 혀를 차고는) 이렇게 살아도 저렇게 살아도 서운함의 크기는 줄지 않아. 그래도 자네 삶이라는 것이 유독 절절하게 외롭고도 서럽네, 그려."

억, 놀람은 둘째 치고 소름이 오소소 돋는다. 휘파람으로 천여 명의 동자를 부린다는 소문이 사실이 맞구나. 무당의 점사에 말 그대로 입이 딱 벌어진 나는 두 손을 모으고 황급하게 고개를 숙여 예를 다시 갖췄다. 무당의 말은 모두 다 사실이었다. 지방이지만 교육자 집안에서 태어난 나는 나름 유복한 환경에서 좋은 교육을 받고 자란 요조숙녀였다. 유전자의 힘은 강하다고, 교육대를 나와 임용고시에 합격한 나는 초등학교 교사를 하다가 집안 어른들이 소개해 만난 남편과 결혼했다. 만난 지 4개월 만에 황급히 부부의 연을 맺었던 것은 양가의 재촉 때문이었다. 솔직히 말하자면 내 입장에서도 남편이 갖춘 조건이 어느 정도 긍정적으로 작용했다. 그것은 남편도 마찬가지였을 것이다. 의사표현이나 문서를 통한 타협은 아니었지만 우리는 둘 다 직감으로 알았고 암묵적으로 거기에 합의했다고 보면 된다.

남편은 당시 시부가 운영하던 해외 학술지 번역을 비롯해 과학 분야 저술서 번역 및 출판으로 유명세를 달리던 출판사에서 경영권을 승계받던 시기였기 때문에 짧은 연애시절이었지만 남편과 데이트다운 데이트를 한 기억은 없다. 결혼식을 하고 혼인신고를 하고 준비한 신혼집에서 함께 살기까지 데이트가 필수항목은 아니었으니까. 어쨌거나 남편과 나는 부부가 되었고 둘 다 서로에게 익숙하지는 않았지만 부부생활에 적응하기 위해 각자 애를 쓰기는 썼다. 사랑 없이도 부부관계는 가능했고, 나는 아내로서 맡은 소임을 다하기 위해 바쁜 와중에도 요리수업까지 들어가며 남편의 밥상을 차려주곤 했다. 첫째 아이 임신 소식을 듣고부터는 고생해서 적응했던 교사직도 내려놓고 육아에만 전념했다. 그렇게 아내로서 엄마로서 적응해 살다 보니 댄디한 스타일에 시니컬한 말투를 가진 남편에 대한 마음도 살금살금 자라났다. 특별한 문제는 없었고 일상은 지극히 평범하고 평온했다. 결혼하고부터 곧장 이어진 남편의 잦은 외박과 출장으로 인한 속앓이야 있었지만 타고난 천성이 그랬던 것인지 그 부분만을 별도로 떼어내서 문제 삼고 싶은 마음은 들지 않았다. 나는 내게 주어진 소임(아내, 엄마, 며느리 등)을 다하는 것만으로도 하루가 바쁘고 짧았다.

그 사이에도 3명의 아이들이 태어났다. 모두 사내아이였다. 부부관계가 잦은 편도 아니었는데, 일 년에 한두 번 어쩌다 성사된 부부관계에서도 기가 막히게 아이가 잉태되곤 했다. 참 별일이었다. 두 살 터울로 연달아 3명의 사내아이가 태어났고 그러한 연유로 인해 나는 삼형제 육아만으로도 진심 숨이 턱에 찼다. 세 아이들은 무럭무럭 자라주었고 나는 세 아이의 엄마에서 세 아이의 학부모 그리고 세 아이의 진로지도사 또는 심리상담사로 끊임없이 진화했다. 위생사와 영양사는 건너뛰자. 아무튼 나는 세 아이의 학교며 학원을 찾아다니거나 학부모 모임 등을 통한 정보 수집만으로도 하루하루가 빡빡하고 빠듯했다. 다행히 남편의 사업체는 해외지사까지 두면서 출판뿐 아니라 강연과 전시 분야에서도 꾸준하게 성장세를 이어 나가고 있었다. 다행한 일이었다. 덕분에 나는 내부적으로 자산을 안정화시키고 운영하는 일만 체계적으로 하면 되었다. 그것 또한 덤과 같은 나의 소임이었기 때문에 군소리 없이 해냈다. 그렇게 흘러간 세월이 25년이다. 아니, 더 솔직하게 말하자면 본게임을 준비하기 위해 더 길고 예리한 칼을 만들면서 벼르던 시간들이었을 것이다.

게임이 본격화된 것은 불과 한 달 전이다. 그날은 막내아들이 소원하던 대학 입학 합격 소식을 받은 날이었다. 재수를 하긴 했지만 마침내 아들이 원했던 결과를 받아 쥔 우리 가족 모두는 환호성을 지르며 승리감에 도취돼 있었다. 그때 휴대폰으로 모르는 번호로 문자 한 통이 들어왔다. 무심코 열어본 문자메시지에는 낯 뜨거운 이미지파일이 한 장 들어 있었다. 그것은 남자와 여자가 성행위를 하고 있는 나체사진이었다. 그런데 남자의 얼굴이 한눈에 보기에도 상당히 익숙했다. 그것도 아주 많이. 나는 화면을 키워서 몇 번이나 남자의 얼굴을 확인했다. 나른하고 편안하면서도 환희에 젖어 있는 표정으로 여성의 탄탄한 엉덩이를 양손으로 움켜잡고 있는 남자는 분명 남편이었다. 너무 놀라 악, 소리조차 나오지 않는데, 같은 번호에서 보낸 문자가 들어와 띠링, 꽂혔다.

나는 당신이 남편이라고 생각하고 있는 ○○○ 씨와 25년간 함께 살아온 사람입니다. 그 긴 세월 동안 우리는 부부보다 더 부부처럼 살아왔으며, 지금 이 순간까지도 서로를 진심으로 아끼고 사랑하고 있습니다. 그럼에도 당신과 남편의 아이들을 생각해서 오늘날까지 참았습니다. 피를 말리면서 참고 또 참아왔습니다. 이제는 부디 ○○○ 씨를 놓아주세요. 피를 토하는 심정으로 부탁합니다.

사진을 볼 때까지는 기가 막혀 소리도 지르지 못한 채로 손발만 달달 떨고 있었으나, 남편의 오래된 내연녀의 문자를 읽으면서 나의 심장은 빠르게 식어갔다. 곧 평소와 다름없는 본연의 태도를 찾은 나는 내연녀에게서 온 사진과 문자를 캡처해 저장해놓고 평소와 다름없는 시간을 보냈다. 그리고 막내아들 합격 소식을 듣고 모처럼 집으로 퇴근한 남편이 편안하게 쉴 수 있도록 따뜻한 마차를 준비했고 아이들과 나는 종류별로 깎아 담은 과일을 즐기며 담소를 나눴다. 그 와중에도 내연녀는 줄기차게 사진을 보내왔다. 남편과 함께 한지 몇 주년 기념 여행이며 각종 이벤트성 데이트 사진까지. 내연녀는 30~40분 간격으로 밤을 새워가며 줄기차게 보내왔다. 나는 보내온 이미지 파일을 열어 유심히 보고 난 다음 일일이 캡처를 해서 저장했지만 답장을 하지는 않았다.

다음 날 아침, 남편 출근준비를 돕고 아이들 일정까지 확인한 다음에 나는 정해진 기존 일정 모두를 취소하고 이혼 전문 변호사를 찾아 나섰다. 그동안 모아온 증거자료만으로도 차고 넘쳐났지만, 남편의 내연녀가 때맞춰 친절하게 보강해준 자료를 토대로 (최종 목적인) 남편과의 이혼소송에 돌입하기 위해서였다. 집을 나서기 전에 화장대 앞에 앉아 거울 속의 나를 오랫동안 바라보았다. 전장에 나가기 직전 마지막 자신의 모습을 담아두려는 전사의 모습처럼 나의 표정은 비장했다.

예상했던 대로 내연녀의 셈법은 뻔했다. 허울만 남은 남편만 믿고 있다가 이제야 제정신을 차린 것이다. 남편은 외도는 하고 있었지만 본처이자 아이들의 엄마인 나를 신뢰했다. 신뢰도 100%라고 해도 과하지 않을 것이다. 10여 년 전부터 모든 자산을 나의 명의로 해두기 위한 준비를 해왔고, 최근 요구했던 막바지 요구에도 남편은 한 점 의심 없이 승낙했다. 물론 세금 문제를 비롯한 손익계산 문제이기도 했지만 대한민국 최고의 역학자로부터 '모든 재산을 아내 명의로 해놔야 지킬 수도 있고 키울 수도 있다'는 사주풀이를 직접 듣게 했던 것이 의외로 정확하게 먹혀들었다. 남편의 사업체 주식 지분까지 전부다 내게로 돌려놨다. 장장 10여 년에 걸친 대장정(長程)이었고 성과라면 성과였다. 변호사는 내연녀가 아내인 나를 자극해 이혼소송을 하게 만들어야만 나의 명의로 돌린 재산을 남편과 나눌 수 있고, 이후 재산을 나눈 남편을 차지하겠다는 속셈인 것이라고 깔끔하게 정리해서 말했다. 나 또한 예상했던 바이다.

변호사의 권유대로 나는 일단 '상간녀 위자료 청구소송'부터 진행했다. 남편에게는 (남편의 외도사실을 지난 25년 내내 알고 있었음에도) 내연녀의 문자를 계기로 이렇게밖에 할 수 없다는 입장을 하소연하며 눈물을 내비쳤다. 남편은 난감한 표정을 지으면서 자신이 알아서 정리해보겠다는 의사를 표명했다. 나는 뒤돌아서며 코웃음을 쳤다.

모든 것은 나의 예상대로 진행됐고 혹여 아닐지라도 수많은 가상 시나리오를 짜고 대응책을 고민해왔기 때문에 무엇 하나 걱정할 이유는 없었다. 아무리 날고 기는 적장이 날린 화살이라고 해도 나를 쓰러뜨릴 수는 없을 것이다. 와신상담(臥薪嘗膽)이라고. 촘촘하게 짠 갑옷을 준비한 세월이 얼마인데. 두려움 따위 있을 턱이 없다.

"실은 나도 잘 모르겠어. (잠시 눈을 감고 침묵하다가) 나도 곧 이승의 몸이 사라지고 의식만 남게 될 테지. 그때가 되면 말일세. 신은 과연 누구 손을 들어줄까. 사람은 누구나 다 타고난 사명이 있는 법인데. 자네처럼 자신의 소임에 충실하고 싸움에 지지 않는 장수의 손을 들어줄지, 아니면 남의 것을 자기 것이라고 믿으며 그 달콤함에 빠져 즐거워하다가 마침내 빈손으로 쫓겨난 가련한 여인네의 손을 들어줄지. 그걸 누가 알겠는가."

'휘익, 휘~이익' 맑고 청아한 휘파람 소리와 함께 이어진 무당의 말에 결혼생활 내내 낑낑대면서도 절대로 놓지 않았던, 아니 놓을 수 없었던 자존심이 스르르 무너진다. '모른다'는 무당의 말이 너무나도 기가 막히고 서러워져서 나는 허물어진 자존심을 그대로 내버려 두고 울기로 한다. 얼마나 울었을까. 어깨를 들썩이며 한참을 울었다. 먹지를 못해 바짝 마른 몸 어디에 이토록이나 많은 물이 있었던가, 싶을 만큼 눈물 줄기는 멈추지 않고 흘러내렸다. 그것은 장수로서가 아닌, 한 여자로서 흘린 눈물이었다.

"울긴 또 왜 우누. 옛 속담에 '안방에 가면 시어머니 말이 옳고, 부엌에 가면 며느리 말이 옳다'는 말도 있잖소. 나도 저승 문이 열린 사람이라 자네 편에서만 옳다 그르다 말을 못 하겠다는 것인데, 그 말이 그렇게나 서러울 건 또 뭔가. (입술을 삐죽거리며 몇 번 큭큭, 웃다가 자신의 입을 때리는 시늉을 하며) 이구이구, 그동안 지은 구업이 산처럼 높으니 이를 다 어찌 소멸할꼬. 내 코가 석 자란 말일세. 그래도 내가 이 말만은 (힘을 주며) 꼭 해주고 싶으이. 이제라도 한 번은 여자로서도 살아봐야 할 게 아닌가."

무당집을 나와 옷깃을 여미고 걷다가 허름한 간판에 '팥죽'이라고 적혀있는 집에 들어갔다. 꼬질꼬질한 앞치마를 두르고 거의 천장에 매달려 있는 오래된 TV 화면에 눈을 고정하고 있던 늙은 여주인이 엽차 잔에 보리차를 따라 내주며 "팥죽 드시게?" 한다. 그 집에서 커다란 양은대접에 내준 팥죽 한 그릇을 천천히 다 먹었다. 좀 전까지도 물 한 모금 마시기가 어려웠던 사람이 맞나, 싶을 정도로 목구멍 속으로 꿀꺽꿀꺽 잘도 넘어갔다. 팥죽 한 그릇을 다 먹고 나니, 저 밑바닥 어디서부터 끝도 없이 피워 올리고 있던 곰팡내도 자취를 감췄다. 무당이 비틀거리며 일어나 머리를 흔들어가며 내려준 부적 때문일까. 다 먹고 나서도 늙은 여주인을 따라 천장에 붙은 TV 화면을 쳐다보며 기다렸지만 먹고 나서 게우는 참사도 일어나지 않았다. 신기한 일이었다.

다소 기운을 차린 나는 변호사에게 전화를 해서 진행해오던 내연녀에 대한 소송을 멈추고 남편과의 이혼소송으로 바로 돌입하겠다는 의사를 전했다. 변호사는 '내연녀가 원하는 것이 그것인데, 그럴 수는 없다'며 펄쩍 뛰면서 반대했지만 나는 '진행해줄 것'을 당부하고 통화종료 버튼을 눌렀다.

"이제라도 한 번은 여자로서도 살아봐야 하지 않겠나."

여자, '여자'라니. 여자로서 살아본다는 것은 무엇일까. 하긴, 태어나서 지금까지 여자로서 살아봤던 날이 단 하루라도 있었던가. 여자로서 누군가를 사랑해본 적도, 여자로서 누군가에게 사랑을 받아본 적도 내가 살아온 생(生)의 기억에는 없다. 복채를 신전에 직접 올리고 돌아서던 나를 내내 물끄러미 지켜보기만 하던 무당이 던진 마지막 말 때문인지도 모른다. 나는 빈 죽 그릇을 앞에 놓고 앉아 한참을 더 망설인다. 속없는 말이라는 것을 알면서도 "너무 늦은 것은 아닐까요?"라고 되물었던가.

"자네 타고난 수명이 111살이거든. 그런데 백마 탄 왕자가 환갑이 넘어서야 왔으니 이걸 두고 울어야 하나, 웃어야 하나. 어쨌거나 자네 산수는 좀 할 줄 알잖나? 산 날이야 뭐 그렇다고 치고. 늦게나마 돌아온 왕자하고 알콩달콩 살아갈 날들이 더 많이 남은 셈이니. 허허, 따지고 보면 늦었다고 볼 수만도 없네, 그려. 허허."

보리차와 팥죽을 좀 먹었다고 그새 기력을 좀 찾은 탓인지 제법 느긋해진 나의 의식 끄트머리 틈새를 비집고 파고드는 무당의 말은 판도라의 상자처럼 위험하다. 그럼에도 나는 맹렬하게 파고드는 늙은 무당의 말 꾸러미를 내치지 못하고 가슴에 담아 채운다. 그리고 나서야 팥죽집을 나섰다. 택시에서 내려 터미널에 도착할 때쯤에는 가볍게 날리던 눈발이 함박눈이 돼서 펑펑 쏟아지고 있었다. 차표를 끊고 터미널 대합실에 앉아 있는데, 전화벨이 울린다. 남편이었다.

"당신, 거기 어디야? 괜찮은 거지, 응?"

거의 울다시피 터지는 남편의 목소리에 순간, 목이 멘다.

"여보, 근데 여기 눈이 와요. 함박눈이 펑펑 와요."

"······."

대답은 없었지만 나는 남편이 울고 있다는 것을 알 수 있었다. 숨을 죽이고 허물어지려는 어깨를 들썩이며 울고 있는 남편의 침묵을 붙잡은 채로 나는 대합실 창밖으로 보이는 하늘을 올려다보았다. 그때 하늘 가득히 축포처럼 하얗게 터지고 있는 함박눈 사이로 반짝 가로등 불빛이 켜지고 있었다.

유리구두와
오페라의 유령

"인간의 경험은 내부에서 일어납니다. 외부의 자극에 따른 것이라도 경험의 근원은 자신 안에 있습니다. 두려움이나 고통, 비참함이라는 마음 상태는 자신을 관리하는 능력이 부족해서, 또는 자기 사용설명서를 충분히 숙지하지 못한 미숙함에서 오는 것입니다."

나란 존재가 이 세상에 살아 있어야 할 이유가 있을까. 있다면 딱 3가지만 말해달라고 찾아온 당집이었다. 이 무당마저 내가 인정할 수 있는 합당한 이유를 말해주지 않는다면 '더 살아야 할 이유 없음 또는 모르겠음'으로 종결짓고 나도 언니처럼 생을 마감할 생각이었다. 앞서갔던 당집 두 군데에서는 이성으로든 감성으로든 어떻게든 인정하고 싶거나 타당하다고 결론 내릴 수 있는 이유를 대지 못했다. 그런데, 마지막이라고 찾아온 이 무당 역시나. 매우 안타깝고 아쉬운 대목이지만 이쯤에서 '그렇다'라는 결론을 내려야 할 듯싶다. 초장부터 들으나 안 들으나 매한가지인 개똥철학을 읊어대고 있으니 말이다. 나는 시중에 무수히 깔린 자기개발서나 자기사용설명에 대한 영상까지, 아무 데서나 들을 수 있는 저따위 말을 듣고자 여기까지 찾아온 것이 아니다.

'젠장, 차라리 먼저 갔던 당집에서처럼 조상이나 제사 문제를 짚으며 비방을 말해주거나 무조건 잘되게 해준다면서 부적이나 굿을 종용하는 편이 낫잖은가. 개구리 뒷다리 긁어 대는 것만치도 안 되는 이 무당의 역겨운 소리는 최악이다. 그래. 이것도 운명이지. 어쨌거나 답은 정해졌으니 된 거야.'

무당의 말이 채 끝나기도 전에 이런 생각까지 동시에 정리한 나는 흰 봉투에 미리 준비해두었던 복채를 가방에서 꺼내 상위에 올려놓고 그냥 엉거주춤 일어섰다.

"진실이 아니랍니다. 알고 있는 것과 진실은 같지 않답니다. (목을 잡고 고통스러운 표정으로 기침을 몇 번 하고 나서) 당신 옆에 여자가 있어요. 언니라네요. 당신의 언니."

헉, 엉거주춤 일어난 것도 아니고 그렇다고 앉은 것도 아닌 자세 그대로 굳은 나는 무당을 쳐다본다. 무당이 '뭘? 왜?' 하는 표정으로 턱을 까닥하는 것을 보면서 나는 다시 무너지듯이 자리에 털썩 주저앉는다. 세상에, 이런 기막힌 일이.

3개월 전에 죽은 언니를 콕 짚어 낸 것만도 기겁할 일인데, 그 언니가 내 옆에 있다니. 대번에 온몸에 있는 털이란 털이 뾰족하게 곤두선다. 부채 방울도 없이 길게 늘어진 염주만 목에 걸고 있는 이 무당은 뭔가. 이 무당이야말로 요즘 말로 '찐'이 맞는가.

"선생님, 제 옆에 정말로, 여자가 있나요? 그 여자는 지금, 어떤 모습으로 있나요?"

나는 무당의 얼굴과 나의 양옆을 힐끗거리며 거의 울듯이 물어보자 목에 건 염주를 천천히 돌리며 나를 보는지 허공을 보는지 알 수 없는 곳을 응시하고 있던 무당이 다시 입을 떼더니 말한다.

"노래를 부르고 있습니다. 어디서 많이 들어본 가락인데 제목은 모르겠네요. (흥얼거리듯이) 꿈에서 그가 내게 노래를 해주었죠. 매 꿈마다 그가 찾아와요. 날 부르는 그 목소리는 내 이름을 말하죠. 그리고 내가 또 꿈을 꾸고 있나요? 이제 난 알았죠. 오페라의 유령은 그곳에 있어요. 나의 마음속에."

오 마이 갓! 진심 '개소름'이다. 언니가 확실하다. 오페라의 유령에서 크리스틴으로 열연하면서 이름을 알리기 시작한 언니가 맞다. 무당이 흥얼거린 노래는 당시 언니와 유령이 부른 유령과의 듀엣곡 가사 중 일부분이다. 오, 맙소사. 예상은 했지만, 언니는 역시 아직 내 옆에 있었구나. 무엇을 더 훔쳐가려고. 아니, 아직도 내게서 베껴가고 싶은 것이 남아 있는가.

"당신의 언니는 찬란하게 빛을 발하는 별이 되고 싶었군요. 그러나 끝내 별이 되지는 못했네요. 당신을 사랑하지만 미워하고, 미워하지만 추앙하는. 참으로 가엾은 영혼. 쯧쯧"

이건 또 무슨 멍멍이 소리인가. 나는 죽은 언니 이야기를 듣기 위해 당집을 찾아온 것이 아니다. 단지 나의 삶을 더 이어나갈 까닭이 있는지, '언니의 죽음'을 떠나 아무런 의미도 찾을 수 없는, 지루하기만 한 이 세상에서 내가 딱히 더 살아야 할 이유가 있는지를 묻기 위해 찾아왔을 뿐이다. 그것은 일종의 장치 같은 것일 것이다. 마지막 결단을 내리기 전에 신의 말을 전한다는 무당의 공수를 통해 내가 내린 선택에 대한 정당성을 확보하기 위한 장치 같은 거 말이다. 그럼에도 굳이 언니에 대한 말을 시작하자면. 뭐 못 할 것도 없다.

언니는 3개월 전에 자신의 오피스텔에서 사망한 상태로 발견됐다. 사인은 약물중독. 공영방송 뉴스에서도 언니의 사망 소식을 전할 만큼 언니는 뮤지컬계의 신데렐라로서 살아왔다. 언니의 이름은 환희 정. 나는 그냥 환희라고 부른다. 환희는 어려서부터 나를 잘 따라 했다. 자매라면 대부분 동생이 언니를 따라 하기 마련인데, 환희는 언니인데도 동생인 나를 흉내 내며 놀았다. 내가 노래를 하면 내 노래를 흉내 내며 따라 불렀고, 내가 춤을 추면 춤을 흉내 냈다. 모친도 우리 집은 거꾸로 언니가 동생 뒤를 졸졸 따라다니며 흉내를 내냐며 언니를 나무라곤 했다. 7~8살이 될 때쯤부터는 어쩌다 마음이 내킬 때만 예능을 즐기던 나에 비해 언니는 거의 종일 예능에 빠져 있었다. 주로 내가 불렀던 노래나 춤동작을 기억하고 반복해서 연습하는 식이었다. 친척들이 모이는 명절이나 조상 기일에도 언니는 그동안 연습했던 노래를 부르거나 춤을 춰서 자주 박수 세례를 받곤 했다. 박수를 받으며 어깨를 으쓱하고 있는 언니를 볼 때마다 나는 콧방귀를 뀌었다. 내가 보기에는 환희는 원숭이와 다르지 않은 따라쟁이 또는 흉내쟁이였을 뿐이었다. 기교는 있었지만 울림이 없었기 때문이다. 그것까지 볼 수 있는 사람들은 생각 외로 많지 않았다. 아니, 거의 대부분 눈치 채지 못했다. 그래서 그냥 솔직하게 까놓고 말하자면 노래를 잘하는 사람은 나였다. 춤을 잘 추는 사람 또한 바로 나였다.

나는 타고난 것처럼 그냥 아무 생각 없이 어쩌다 듣게 된 노래라도 그 가락과 운율이 마음을 타고 흐르면 마치 영혼에 꽂혀 찍히는 것처럼 나만의 것으로 그것을 발현시키는 능력이 있었다. 노래뿐 아니라 춤도 마찬가지였다. 내가 느끼는 빛과 파동의 결대로 움직였을 뿐인데도 내가 표현한 아주 작은 어깨 짓 하나만으로도 사람들의 심장은 쿵, 내려앉았다. 나는 그것까지도 느낄 수 있었다. 그것은 분명 타고난 재능이었다. 심지어 그 재능을 스스로도 알아챌 수 있을 만큼 나는 영악하고 지혜로운 아이였다. 언니가 탐했던 것은 스스로 타고나서 저 홀로 빛나고 있는 나의 재능이었다. 그럼에도 나의 성정이 어땠냐 하면, 누가 시킨다고 또는 용돈을 주며 유혹한다고 해서 그것을 드러내지 않았다. 그러한 성정이 장점인지 단점인지 모르겠지만 마음이 내키지 않으면 나는 아무것도 하지 않았다. 아니, 할 수 없었다. 그것이 일상사든 공부든 교제든 뭐든 마음이 먼저 일어나야 뭐라도 좀 하는 식이었다. 모친은 그래서 우리가 자라는 내내 나의 그런 성정을 꼬집으며 짜증을 내곤 했다. 일례로 유독 모성애가 강했던 모친은 생선살을 손으로 일일이 발라서 두 딸아이 밥숟가락에 얹어주는 것을 좋아했지만, 나는 내가 원치 않는 밥반찬을 나의 밥숟가락에 올리는 모친의 행위가 너무나도 싫었다. 나는 그럴 때마다 밥숟가락을 집어던지고 울어대기 일쑤였다. 어린 마음에도 그것은 '사랑' 또는 '배려'라는 포장을 입힌 폭력이나 다름없었기 때문이었다. 모친뿐 아니라 선생님과 친구들에게도 나는 까칠하고 다루기 힘든 아이였을 것이다. 그럼에도 나는 무엇에도 개의치 않았다. 나는 그냥 나 편한 대로 살고 싶었고 그렇게 살았다. 한마디로 나는 누구보다 반짝이는 별로 태어났지만 부러 빛을 드러내 보이거나 자랑하고 싶은 마음은 타고나지 않았다. '별'로 태어났다고 꼭 '별'로 살아야 할 이유는 없잖은가. 그것이 죄는 아니지 않은가.

 어쨌거나 환희는 그런 성향을 가진 나와는 근본적으로 타고난 결이 다른 아이였다. 친척들이 모인 자리에서 노래를 시키면 나는 고개를 젓다가 그래도 자꾸만 종용하면 와앙 울어버리는 아이였지만 환희는 달랐다. 환희는 누구라도 시켜줬으면 하는 눈으로 사람들을 둘러보는 아이였다. 내가 하는 것을 보고 따라 하며 갈고닦은 실력을 보여주고 싶어 안달을 하는 눈빛을 나는 누구보다 빨리 알아챘다. 그래서 나는 울면서도 검지손가락으로 언니를 가리키며 "언니가 잘해. 언니 시켜."라고 말하곤 했다.

 그래서였을까. 아무리 환희보다 뛰어난 노래와 춤 실력을 보유하고 있다고 해도 드러내지 않는 한 세상은 침묵했다. 아니, 모른 척했다. 나로서도 환희로서도 다행한 일이었다. 환희는 잘 팔리던 레퍼토리가 떨어질 때쯤이면 나에게 새로운 곡을 내밀며 노래를 부르거나 요즘 트렌드라며 틀어놓은 음악에 맞춰 춤을 추면서 조언을 구하곤 했다. 우리는 그렇게 성장해나갔다. 같은 방을 썼기 때문에 나는 환희가 노래를 부르거나 춤을 춰서 어른들에게 받은 용돈을 수업료 명목으로 받아가며 잠깐씩 손을 봐주곤 했다. '이런 부분은 이렇게. 저런 부분은 저렇게.' 정도였지만 환희는 매번 내가 하는 동작과 포인트를 모조리 눈과 귀에 새기겠다는 듯이 활활 타오르는 투지를 보였다. 그리고 하는 일이라고는 시도 때도 없이 지치지도 않고 반복하고 또 반복해 연습하는 것이었다. 그리고는 잊을 만할 때쯤, "좀 봐줘 봐."라면서 그동안 연습했던 노래와 춤을 보여 줬다. 내 눈에는 어떠한 '울림'도 느껴지지 않는 기계적인 소리와 몸짓에 불과했지만 내가 지적했던 부분만큼은 정확하게 고쳐져 있었다. 어쨌거나 더 말하기도 귀찮은 나는 매번 "응, 좋은데." 하고 마는 식이었다. 그런 시큰둥한 긍정의 표현에도 환희는 "정말? 이 모든 것은 다 네 덕분이야."라고 말하며 진심으로 기뻐했다. 거기까지는 좋았다. 아무 문제도 없었다. 그런데, 왜.

너와 나의 삶이 꼬인 것은 언제부터였을까. 환희는 예상대로 자신이 원하는 대학교 연극영화학과에 입학했다. 그것도 수석으로 입학했다. 기함할 노릇이었다. 적어도 내가 느끼기에는 그랬다. 대학교에 들어가서도 환희는 반드시 동생인 나에게 조언을 구하고 실기시험을 치렀고, 그래서였는지 대학생활 내내 수석 자리를 놓치지 않았다. 대학을 졸업하고 곧장 유명 뮤지컬 배우들과 함께 무대에 서기 시작할 정도로 환희는 배우의 길로도 쉽게 진입했다. 그리고 그 길에 놓인 화려한 빛의 계단 또한 가뿐하게 오르기 시작했다. 환희는 마치 신데렐라의 유리구두처럼 아름답게 빛나고 있는 그 계단을 미세한 실금조차 내지 않고 자분자분 지르밟고 올라갔다. 환희를 알고 있는 모든 이에게는 참으로 경이롭고 아름다운 일이었다.

"난 당신이 쓴 가면이에요. 그들이 듣는 건 바로 나야. 그대와 나의 영혼과 나와 너의 목소리가 하나 되어. 오페라의 유령은 그곳에 있어 이곳에. 너와 나의 마음속에."

염주를 돌리던 무당은 어느새 익숙한 노래를 부르고 있었다. 소리의 볼륨은 점점 더 커지고 높아지고 있었다. 얼굴 살이 다 처진 것처럼 길게 늘어진 무당의 이지러진 입술 사이로 환희의 노랫소리가 흘러나오고 있었다. 분명 환희의 소리였다. 내가 지적해주었던 발음과 숨을 이용한 강약 포인트까지 똑같았다. 일순 빙의라도 된 것일까. 놀라 심장을 잡아 챙기고 쳐다본 무당은 그런 나를 샐쭉, 쳐다보는듯하더니 이내 배시시 웃어버린다. 그리고는 다시 말을 이어나간다.

"왜 신은 항상 너만을 사랑했을까. 왜? 왜 너한테만 그토록 많은 재능을 줬냐 이 말이야. 도대체 너의 어떤 점이 신의 마음을 홀린 걸까. 정작 본인은 원치도 않는데 말이지. 빌고 또 빌면서 절절하게 원하고 또 원했던 나는 끝끝내 거들떠보지도 않고 말이다. (갑자기 깍깍, 웃어대다가) 노력하고 된다고? 연습하면 된다고? 1만 시간 법칙이니, 연습벌레를 이기지 못한다느니, 하는 말들? (고개를 휘휘 저으며) 그건 다 새빨간 거짓말이지. 뜬구름처럼 허망하기 그지없는 거! 짓! 말! 그거 아니, 너. 나 말이야. 그걸 깨달았을 때는 너무 늦었더라고. 다시 처음으로 돌아갈 수도, 그렇다고 앞으로 나아갈 수도 없는 곳에 서있었어. 딱 그 지점에서 말이야. (아악, 비명을 지르며) 나 너무 무서워. 두려워서 미칠 것만 같아. 어떡하지? 나 어떡하면 좋아, 응?"

'환희는 죽어서도 나를, 참으로 힘들게 하는구나.'

환희가 무당의 입을 통해 뱉어내는 말들은 하나같이 내 모가지를 틀어잡고 두들겨 패는 말이다. 자신의 죽음이 나로 인한 것이라는 말에 불과하다. 바보가 아닌 이상 그 정도 파악할 능력은 있다.

"네가 원한대로, 너는 최고의 뮤지컬 배우로 성공한 삶을 살았잖아. 밝게 쏟아지는 조명을 받고 반짝이는 삶을 산 것은 너였어. 관객들의 탄성과 박수를 받은 것도 너였고, 수많은 사람들의 관심과 사랑을 받은 것도 너였잖아. 그 정도면 혼자 해나가도 됐잖아. 내가 아니라도 되잖아. 나는 정말인지 너무 지쳤어. 너의 그림자 역할 같은 거 정말인지 지긋지긋했다고. 알아? 아느냐고?"

나도 모르게 환희에게 빙의된 무당에게 대꾸를 하고 있다. 소리의 높낮이도 없이, 마치 한숨처럼 뱉어지는 말들이었다. 언제였더라. 조연급에서 주연으로 처음 발탁된 환희가 스포트라이트를 받으며 연기하던 시간이 떠오른다. 마지못해 찾아간 공연장 어두운 객석에 앉아 공연이 끝날 때까지 꾸벅꾸벅 졸고 있던 나의 모습도 함께 보인다. 그날의 우리처럼 환희는 빛나고 깨어 있는 삶을, 나는 적당한 어둠 속에 스민 채로 나른하게 졸아도 누가 뭐라고 하지 않는 삶을 선택했을 뿐이다. 그것이 전부일 따름이다. 그런데 왜? 그것이 뭐가 어쨌다고. 환희 너는 어찌하여 죽어서도 나의 곁에 남아서 속을 끓이는가. 도대체 왜!

"내가 추락하고 있다는 것을 너는 알고 있었지. 너는 손을 내밀어주지 않았어. 한 번만이라도 스스로 빛나보라면서. 아아, 내 연기에 대한 혹평이 쏟아지고. 그것을 만회하고 싶어 죽어라, 발버둥 쳐대던 것을. 적어도 너는 알고 있었잖아. (갑자기 울먹거리며) 아니야. 내가 잘못했어. 이번에 새로 받은 대본이 있어. 여기 말이야. 이 부분을 한 번 봐줘 봐. 나는, 나는 말이지 이런 식으로 한 번 해보려고 해. 아니야. 나는 안 돼. 그냥 가르쳐줘. 네가 하라는 대로 할게. 네가 하라는 대로 나는 다 할 수 있어. 다 할 수 있다고!"

미친. 멈춰야 한다. 나는 벌떡 일어서서 무당의 멱살을 잡고 흔들었다. 무당은 두 눈이 얼굴의 절반을 차지할 만큼 커다랗게 뜨더니 온몸을 파르르, 떨기 시작한다. 놀란 내가 엉겁결에 무당의 목에 건 염주로 무당의 얼굴을 치며 "정신 차려!"라고 소리쳤다. 몇 초나 흘렀을까. 이내 숨을 후욱, 내뱉으며 기침을 하기 시작한 무당의 눈에 초점이 돌아온다. 그것을 확인하고서야 그대로 무당 옆에 풀썩 주저앉았다. 이게 다 뭔 일인가, 하얗게 질린 머릿속을 정리하려는데 무당이 나지막하게 울고 있는 소리가 들려온다.

"가련하고 가련하다. 스포트라이트 속에서도 정작 본인은 깜깜한 세상만 더듬고 있었구나. 불쌍하고 불쌍하다. 시샘과 질투로 가려진 눈과 귀가 정작 타고난 저의 재능은 발견하지 못하고 제 것이 아닌 것만 탐했구나. 타고난 별빛이 저마다 다른 것을. (잠시 더 흐느끼다가) 약에 취해 제가 죽은 지조차 모르고 있으니 이 사달을 어이할꼬."

흐트러진 옷매무새를 매만지며 염주를 제 위치에 정렬하며 웅얼대는 무당의 눈에서는 누구의 눈물인지 모를 눈물이 주르륵 흘러내린다.

누가 불쌍하다는 것인가. 설마 환희가? 콧방귀가 절로 나온다. 물론 나도 잘했다고 볼 수만은 없다. 부모 덕분에 적당한 대학교 적당한 과를 선택해 들어가 적당하게 졸업할 수 있었다. 졸업하고는 나름 적당한 남편감이라고 생각했던 남자와 결혼해서 적당히 잘 살아왔다. 열의도 열정도 없는 삶. 그런 삶. 최근 몇 년은 미약했던 삶의 의지마저 상실한 상태이다. 시부와 이혼하고 알코올 중독 증세로 병원 입·퇴원을 반복하고 있는 시모를 보살펴야 했고 세무사 자격증을 갖추고도 택배 일로 밥벌이를 하고 있는, 덜떨어진 남편을 도와 짬짬이 안 하던 밥벌이도 해야 했다. 이제는 그마저도 진심으로 귀찮고 지겹다. 아니, 지루하다. 10년 넘게 해왔던 시험관 배아 이식 임신시도를 포기하면서부터는 더욱 그렇다. 사랑도 열정도 아니, 아기도 없는 삶. 그리고 그나마 나를 필요로 했던 환희, 너마저도 이제는 없다. 나의 삶이라는 것이. 꼭 하고 싶은 일도, 꼭 해야만 하는 일도 없는 것이다. 그런 삶을 굳이 애써가며 더 살아야 할 이유가 있을까. 앞을 봐도 뒤를 봐도 암울하기만 하다. 이제는 나도 그만, 암울함에서 벗어나고 싶다. 나는 진심으로 벗어나고 싶었다.

"언니 망령이 건네주는 대본을 들여다보면서 그와 함께 노래하고 춤추는 것도 나쁘지는 않겠습니다. 살아서도 죽어서도 그것이 당신의 숙명이라면."

아아, 저 무당의 입을 비틀어 잡고 꿰매리라. 그럼에도 나는 예를 갖춰 작별 인사를 하고 무당집을 나왔다. 살아야 할 이유는 받지 못했지만, '절대로 죽어서는 안 된다'는 명쾌한 답변을 해주었기 때문이었다. 퇴근 시간과 맞물렸는지 전철 안은 만원이었다. 나는 사람들 사이에 서서 휴대폰을 열고 얼마 전에 제의가 들어왔던 번역 일을 다시 시작하겠다고 답변을 넣었다. 돈을 더 많이 벌어야 한다. 나를 추앙해 마지않았던 나의 언니 환희 너를 위하여. 유리구두를 고쳐 신고 그전처럼 자분자분 올라갈 수 있는 하늘 길 정도는 열어주고 싶으니까. 그리고 그다음은. (잠시 침묵) 그다음은 그다음에 생각할 일이다.

초판 1쇄 발행 2023. 12. 27.

지은이 오미호
펴낸이 김병호
펴낸곳 주식회사 바른북스

편집진행 박하연
디자인 양헌경

등록 2019년 4월 3일 제2019-000040호
주소 서울시 성동구 연무장5길 9-16, 301호 (성수동2가, 블루스톤타워)
대표전화 070-7857-9719 | **경영지원** 02-3409-9719 | **팩스** 070-7610-9820

•바른북스는 여러분의 다양한 아이디어와 원고 투고를 설레는 마음으로 기다리고 있습니다.
이메일 barunbooks21@naver.com | **원고투고** barunbooks21@naver.com
홈페이지 www.barunbooks.com | **공식 블로그** blog.naver.com/barunbooks7
공식 포스트 post.naver.com/barunbooks7 | **페이스북** facebook.com/barunbooks7

ⓒ 오미호, 2023
ISBN 979-11-93647-46-2 03810

•파본이나 잘못된 책은 구입하신 곳에서 교환해드립니다.
•이 책은 저작권법에 따라 보호를 받는 저작물이므로 무단전재 및 복제를 금지하며,
이 책 내용의 전부 및 일부를 이용하려면 반드시 저작권자와 도서출판 바른북스의 서면동의를 받아야 합니다.